LEONIE SWANN

Garou

GOLDMANN

Lesen erleben

Buch

Es ist soweit: für die Schafe von Glennkill beginnt ein neues, wollsträu-
bendes Abenteuer. Gemeinsam mit ihrer Schäferin Rebecca haben sie
die irische Heimat verlassen und ihre ersehnte Europareise angetreten!
In Frankreich beziehen sie Winterquartier im Schatten eines entlegenen
Schlosses, und eigentlich könnte es dort recht gemütlich sein – wären da
nicht die Ziegen auf der Nachbarweide, die mysteriöse Warnung eines
fremden Schafes und das allgemeine Unbehagen vor dem Schnee. Ein
Mensch im Wolfpelz! – wispern Ziegen und Menschen. Ein Werwolf!
Ein Loup Garou! Oder doch nur ein Hirngespinst? Als dann ein Toter am
Waldrand liegt, ist schnell nicht mehr klar, wer gefährlicher ist: der Garou
oder seine Jäger. Fest steht, dass die Schafe schnell Licht ins Dunkel bringen
müssen, um sich selbst und ihre Schäferin zu schützen. Und schon bald
folgen sie mit bewährter Schafslogik einer ersten Spur, die sie durch die
Gänge des Schlosses und das Schneegestöber der Wälder führt ...

Autorin

Leonie Swann wurde 1975 in der Nähe von München geboren. Sie stu-
dierte Philosophie, Psychologie und Englische Literaturwissenschaft in
München und Berlin. Mit ihrem ersten Roman »Glennkill« gelang ihr auf
Anhieb ein sensationeller Erfolg: Das Buch stand monatelang ganz oben
auf den Bestsellerlisten und wurde bisher in 25 Länder verkauft. Leonie
Swann lebt in Berlin.

Außerdem von Leonie Swann bei Goldmann lieferbar:

Glennkill. Ein Schafskrimi (46415)

Leonie Swann

GAROU

Ein
Schaf-Thriller

GOLDMANN

Verlagsgruppe Random House FSC-DEU-0100
Das FSC®-zertifizierte Papier *München Super* für dieses Buch
liefert Arctic Paper Mochenwangen GmbH.

2. Auflage
Taschenbuchausgabe Dezember 2011
Copyright © 2010 by Leonie Swann
Copyright © dieser Ausgabe
by Wilhelm Goldmann Verlag, München,
in der Verlagsgruppe Random House GmbH
Umschlaggestaltung: Uno Werbeagentur München
Umschlagmotiv: FinePic, München
Autorenfoto: Peter von Felbert
CN · Herstellung: Str.
Druck und Einband: GGP Media GmbH, Pößneck
Printed in Germany
ISBN 978-3-442-47359-5

www.goldmann-verlag.de

Für M.

Dramatis Oves

MISS MAPLE	das klügste Schaf der Herde und vielleicht der Welt.
MOPPLE THE WHALE	das dicke Gedächtnisschaf.
SIR RITCHFIELD	der alte Leitwidder, hat noch immer die besten Augen der Herde.
OTHELLO	der neue Leitwidder, schwarz, vierhörnig und entschlossen.
DAS WINTERLAMM	ein junger Außenseiter auf der Suche nach seinem Namen.
RAMSES	ein nervöser junger Widder mit guten Ideen.
ZORA	ein Schaf mit einem schwarzen Gesicht und einer Schwäche für Abgründe.
HEIDE	ein forsches Jungschaf.
CLOUD	das wolligste Schaf der Herde.
CORDELIA	ein idealistisches Schaf.
MAUDE	die beste Nase der Herde.
LANE	das langbeinigste und schnellste Schaf weit und breit.

Melmoth _____ Ritchfields Zwilling. Ein Widder, an den man sich erinnert.

Willow_____ das zweitschweigsamste Schaf der Herde.

Das schweigsamste Schaf der Herde.

Der Ungeschorene ____ ein zottiger Fremdling.

Dramatis Caprae

Madouc _____ eine kleine schwarze Ziege voller verrückter Ideen.

Megära _____ die Ziege mit dem schwarzen Ohr.

Amaltée _____ eine junge graue Ziege.

Circe _____ eine junge rote Ziege.

Kalliope_____ eine junge braun-weiß gescheckte Ziege.

Kassandra _____ eine alte blinde Ziege.

Bernie _____ ein legendärer Ziegenbock.

Die Ziege mit
nur einem Horn _____ ein Skeptiker.

Dramatis Personae

Rebecca _____ die Schäferin.

Mama _____ ihre Mutter.

Der Häher _____ ist der Herr der Schlossmenschen und hinkt ein bisschen.

HORTENSE	riecht nach Veilchen und passt auf die Jungmenschen auf.
JULES UND JEAN	zwei Jungmenschen.
MADAME FRONSAC	die Haushälterin, wird von Mama »das Walross« genannt.
MONSIEUR FRONSAC	guckt.
MADEMOISELLE PLIN	die Verwalterin mit einer strengen Frisur.
PAUL DER ZIEGENHIRT	schweigt.
YVES	ein Mädchen für alles.
DER GÄRTNER	bewacht den Apfelgarten.
ERIC	macht Ziegenkäse.
ZACH	ein sehr geheimer Agent.
MALONCHOT	ein Polizist.
DER TIERARZT	ist bei den Schafen nicht beliebt.
DER KLEINE SPAZIERGÄNGER	ein Wintergast.
DER DICKE SPAZIERGÄNGER	ein zweiter Wintergast.

Dramatis Canidae

TESS	die alte Schäferhündin.
VIDOCQ	ein ungarischer Hirtenhund.
DER GAROU.	

»Was macht ihr da?«, fragte die Ziege mit nur einem Horn.

»Einen Thriller!«, verkündete die graue Ziege und wirbelte dramatisch mit den Ohren.

»Mit Schafen?«, fragte die Ziege mit nur einem Horn, kniff ein Auge zu und spähte kritisch durch den Zaun.

»Ein Capriccio!«, sagte die graue Ziege und keilte aus.

»Eine Komödie!«, sagte die Ziege auf der Kommode.

»Das wird nie und nimmer eine Komödie«, sagte die Ziege mit nur einem Horn und äugte wieder durch den Zaun.

»Alles ist eine Komödie!«, meckerte die Ziege auf der Kommode. »Eine Komödie mit viel Rot!«

Die drei Ziegen blickten zu den ahnungslos grasenden Schafen hinüber.

»Wir bilden uns das alles nur ein!«, sagte die Ziege mit nur einem Horn.

Prolog

Vorbei.

Vorüber.

Danach war es immer schön.

Er stand dann gerne einfach nur da, an einen Baum gelehnt, und hörte zu, wie die Erregung der Jagd im Schnee versickerte. Wie Blut. Über ihm der Himmel und das Rauschen des Waldes, unter ihm der Boden. Und vor ihm – ein Bild.

Alles so friedlich. Ohne Angst. Ohne Eile. Er fühlte sich frei. Neugeboren. Überrascht, Hände zu haben – wie rot sie waren! – und Beine und eine Form.

Während der Jagd war alles formlos, nur ein Vorne und Hinten, Fährte und Beute und Geschwindigkeit. Leben und Tod. Vier Beine oder zwei? Es war nicht wichtig. Und manchmal entkamen sie ihm. Selten. Das war gut so. Alles war gut.

Ein Rotkehlchen landete auf einem Zweig. So hübsch, so nah, so lebendig. Er liebte den Wald. Egal, was passiert war, egal, was passieren würde, der Wald nahm ihn auf, und er wurde ein Tier wie andere Tiere. Wäre es Nacht gewesen, hätte er jetzt vor Freude den Mond angeheult.

Aber es war nicht Nacht, und auch das war gut. Es war heller Tag, und die Farben leuchteten.

Und die Zeit verging.

Er seufzte. Die Zeit danach war immer zu kurz. Bald würde er zu frieren beginnen. Er musste zurück. Seine Hände im

Schnee weiß waschen. Handschuhe anziehen. Andere Stiefel. Haken schlagen. Seine Spuren verwischen. Wieder anfangen zu denken. An Einkaufen und den Steuerprüfer und natürlich an sie. Immer an sie. Woran Menschen eben so dachten.

Ein Anzug musste in die Reinigung. Das Rasierwasser war aus. Eine Pflanze in seinem Schlafzimmer sah traurig aus. Gießen? Vielleicht. Er verstand nicht viel von Pflanzen. Die Arbeit wartete. Und das Mittagessen. Pilze, in Butter gebraten, Sahnesoße und ein Steak. Frites? Warum nicht! Gänseleberpastete? Was für ein Tag war heute? Und frisches Brot! Brot mit knuspriger Rinde wäre gut.

Er warf einen letzten Blick auf das Bild – wieder der Fuchs! Der Fuchs war ein interessanter Akzent – dann ging er los, auf seinen zwei Beinen, und mit jedem Schritt veränderte er sich ein bisschen.

Als er aus dem Wald trat, musste er lächeln. Schafe! Das Schloss sah so viel interessanter aus mit Schnee und Schafen. Wie weiß sie waren – alle bis auf eines. Das schwarze Schaf machte ihn nervös.

Er ging weiter, am Zaun entlang auf das Schloss zu, und schielte verstohlen nach ihrem Fenster. Er konnte nicht anders.

Nichts.

Der Garou rollte sich tief in seinem Inneren zu einem satten, zufriedenen Knäuel zusammen – und schlief.

1. Teil

Felle

1

Und dann?«, fragte das Winterlamm.

»Dann brachten die Mutterschafe die Lämmer weg von dem Mann mit dem kleinen Hund, in Sicherheit. Und sie fanden einen... einen...« Cloud, das wolligste Schaf der Herde, wusste nicht weiter.

»Einen Heuhaufen!«, schlug Cordelia vor. Cordelia war ein sehr idealistisches Schaf.

»Genau, einen Heuhaufen!«, sagte Cloud. »Und die Mutterschafe fraßen, und die Lämmer rollten sich im Heu zusammen – und schwiegen!«

Die Schafe blökten begeistert. Die Geschichte vom »Schweigen der Lämmer« hatte beim wiederholten Erzählen nach und nach einige Änderungen erfahren, und jedes Mal hatte sie dabei ein wenig gewonnen.

Rebecca die Schäferin hatte ihnen das Buch diesen Herbst vorgelesen, als die Blätter schon gelb waren, die Sonne aber noch rund und reif und gesund. Mittlerweile konnten sich die Schafe nicht mehr erklären, warum sie sich damals, in den ersten kalten silbrigen Herbstnächten, so vor dem Buch gegruselt hatten. Nur Mopple the Whale, das dicke Gedächtnisschaf, erinnerte sich noch daran, dass in dem Buch, das Rebecca ihnen damals auf den sonnenwarmen Schäferwagenstufen vorgelesen hatte, kaum Lämmer vorgekommen waren – und herzlich wenig Heu.

15

Der Wind trieb Fäden von Schnee zwischen ihren Beinen hindurch, die kahlen Sträucher unten am Weidezaun zitterten, und die Geschichte war vorbei.

»War es ein großer Heuhaufen?«, fragte Heide, die noch jung war und nicht wollte, dass Geschichten so einfach aufhörten.

»Sehr groß!«, sagte Cloud mit Überzeugung. »So groß wie ... so groß wie ...«

Sie sah sich nach großen Dingen um. Heide? Nein. Heide war nicht besonders groß für ein Schaf. Mopple the Whale war schon größer. Und dicker. Größer als alle Schafe war der Schäferwagen, der mitten auf ihrer Weide stand, noch größer der Heuschuppen und am größten die alte Eiche, die nahe am Waldrand wuchs und im Herbst unzählige knirschende bittere braune Blätter abgeworfen hatte. Es war eine Heidenarbeit gewesen, um diese ganzen Blätter herumzugrasen.

An den Flanken der Weide waren links der Obstgarten und rechts die Ziegenweide. Auf der Ziegenweide gab es gar nichts Großes. Nur Ziegen. Hinter den beiden Weiden war der Wald, fremd und flüsternd und viel zu nah, vor ihnen der Hof mit Stallungen und Wohnhäusern, Kaminen, die rauchten, und Menschen, die Krach machten, und direkt daneben, nah und grau und massiv wie ein Kürbis, das Schloss. Weil ihre Weide zum Wald hin etwas anstieg, konnte man es hervorragend sehen.

»So groß wie das Schloss!«, sagte Cloud triumphierend.

Die Schafe staunten. Das Schloss war wirklich ausgesprochen groß. Es hatte einen spitzen Turm und viele Fenster und schnitt ihnen jeden Abend viel zu früh die Sonne ab. Ein Heuhaufen wäre da eine willkommene Abwechslung gewesen.

Etwas knallte. Die Schafe erschraken.

Dann streckten sie neugierig die Hälse.

Etwas war aus dem Schäferwagenfenster geflogen. Schon wieder!

Die Herde setzte sich in Bewegung. Neuerdings flogen öfters Dinge aus dem Schäferwagen, und manchmal war etwas Interessantes dabei. Ein Topf mit nur leicht angebranntem Haferbrei zum Beispiel, eine Zimmerpflanze, eine Zeitung. Die Zimmerpflanze hatte Blähungen verursacht. Die Zeitung hatte nur Mopple geschmeckt.

Heute war kein schlechter Tag: vor ihnen, im Schnee, lag ein Wollpullover. Rebeccas Wollpullover. *Der* Wollpullover. Die Schafe mochten diesen Pullover mehr als alle anderen. Er war das einzige Kleidungsstück, das sie verstanden. Schön und schafsfarben, dick und fellig – und er roch. Nicht nur einfach vage nach Schaf wie viele Wollpullis, sondern nach bestimmten Schafen. Einer Herde, die am Meer gelebt hatte, salzige Kräuter gegrast, sandigen Boden betrabt, weit gereisten Wind geatmet. Wer ganz genau hinroch, konnte sogar einzelne Schafspersönlichkeiten herauswittern. Da war ein erfahrenes, milchiges Mutterschaf, ein harziger Widder und das hagere, zottige Schaf vom Rande der Herde. Da waren Löwenzahn und Sonne und Möwenschreie im Wind.

Die Schafe sogen das wollige Aroma des Pullovers ein und seufzten. Sie sehnten sich nach ihrer alten Weide in Irland, nach der Weite und dem grauen Murmeln des Meeres, nach Klippen und Strand und Möwen und sogar nach dem Wind. Mittlerweile war die Sache klar: der Wind sollte reisen – Schafe sollten daheimbleiben.

Die Schäferwagentür ging auf, und Rebecca die Schäferin stapfte die Stufen herunter, mit schmalen Lippen und kurzen, wütenden Schritten. Sie hob den Pullover aus dem Schnee und machte dem Geruchsvergnügen ein jähes Ende.

»Es reicht!«, murmelte sie mit gefährlich gerunzelten Brauen und klopfte Schneekristalle aus dem Wollstrick. »Es reicht! Sie fliegt raus! Diesmal fliegt sie raus!«

Die Schafe wussten es besser. Alles Mögliche flog aus dem Schäferwagen, aber nicht *sie*. Sie bewegte sich überhaupt selten, dann aber überraschend schnell. Die Schafe bezweifelten sogar, ob sie durch das Schäferwagenfenster passen würde.

Rebecca schien es auch zu bezweifeln. Sie blickte auf ihren Pulli hinunter und seufzte tief.

Ein Gesicht erschien, seltsam weich und breit im milchigen Glas des Schäferwagenfensters, und starrte missbilligend auf Rebecca und die Schafe herunter. Rebecca sah nicht hin. Die Schafe starrten fasziniert zurück. Dann war das Gesicht auch schon wieder verschwunden, dafür ging die Schäferwagentür auf. Aber niemand trat heraus.

»Das stinkende Ding kommt mir nicht mehr ins Haus!«, zeterte es aus dem Schäferwagen.

Rebecca holte tief Luft.

»Es ist kein Haus«, sagte sie gefährlich leise. »Und es ist schon gar nicht *dein* Haus. Das ist ein Schäferwagen. *Mein* Schäferwagen. Und der Pulli stinkt nicht. Er riecht nach Schaf! Das ist normal, wenn er feucht wird. Schafe riechen auch nach Schaf, wenn sie feucht sind! Schafe riechen immer nach Schaf!«

»Genau!«, blökte Maude.

»Genau!«, blökten die anderen Schafe. Maude war das Schaf mit der besten Nase der Herde. Sie kannte sich mit Gerüchen aus.

Eisiges Schweigen wehte aus dem Schäferwagen.

»Und sie stinken nicht!«, fauchte Rebecca. »Das Einzige, was hier stinkt, sind deine …«

Sie brach ab und seufzte wieder.

»Fläschchen!«, blökte Heide.

»Puder!«, blökte Cordelia.

»Und die Ziegen!«, ergänzte Maude der Vollständigkeit halber.

Die Schafe konnten spüren, wie sich das Schweigen im Schäferwagen zu einer kleinen dunklen Wolke verdichtete. Und die Wolke dachte.

»Na und?«, kreischte sie dann. »Von mir aus können sie nach Schaf riechen! Sie können den ganzen lieben langen Tag herumstehen und nach Schaf riechen! Da draußen! Aber nicht hier drinnen. Schafe haben hier drinnen nichts zu suchen!«

»Genau!«, blökte Sir Ritchfield, der alte Leitwidder. Sir Ritchfield war sehr für Ordnung zu haben. Die anderen schwiegen. Das Innenleben des Schäferwagens mit all seinen Futtergerüchen und Zimmerpflanzen hätte sie schon interessiert.

»Wirklich, Reba, ein bisschen Hygiene!«, sagte die Stimme, sanft diesmal und mütterlich.

Hygiene klang nicht schlecht. Ein bisschen wie frisches, grünes, glänzendes Gras.

»Hygiene!«, blökten die Schafe anerkennend. Alle bis auf Othello, den neuen, rabenschwarzen Leitwidder. Othello hatte seine Jugend im Zoo verbracht und dort von ferne einige Hygiänen gesehen – und vor allem gerochen – und wusste, dass sie kein Grund zur Begeisterung waren. Ganz und gar nicht.

Rebecca ließ die Hände sinken, und ein Pulloverärmel, den sie gerade noch sorgfältig sauber geklopft hatte, landete wieder im Schnee. Sie sah verloren aus, ein bisschen wie ein junger Widder, der nicht genau weiß, ob er weglaufen oder angreifen soll.

»Angriff!«, blökte Ramses. Ramses war selbst ein junger Widder, und meistens entschied er sich fürs Weglaufen.

Rebecca senkte die Stirn, knautschte den Wollpullover gegen ihre Brust und machte sich groß. Sie war nicht besonders groß. Aber sie konnte sich sehr groß machen, wenn sie wollte.

»Das ist mein Schäferwagen. Und meine Schafe. Und mein Pulli. Und niemand braucht hier deine Erlaubnis, um nach Schaf zu riechen. Und ich brauche deine Ratschläge nicht. Ich habe das alles von Papa geerbt, weil er mir getraut hat, und weißt du was: Ich mache es gar nicht so schlecht!«

Die Schafe konnten spüren, wie sich etwas im Schäferwagen veränderte. Die Wolke dehnte sich aus, wurde heller und feuchter. Dann begann sie zu regnen.

»Dein Vaaater!«, flüsterte Heide Lane ins Ohr.

»Dein Vaaaaater!«, stöhnte es aus dem Schäferwagen.

»Na toll. Gut gemacht, Rebecca!«, murmelte Rebecca.

Der Schäferwagen seufzte tief, dann erschien eine Frau in der Tür. Es sah nicht so aus, als würde sie einfach dort stehen. Es sah aus, als hätte sie sich im Türrahmen festgesaugt wie eine elegante Nacktschnecke, adrett und braun und glänzend. Wasser rann ihr aus den Augen und ließ ihr Gesicht verschwimmen.

Die Schafe sahen sie beunruhigt an.

Das erste Mal hatten sie dieses Gesicht in strömendem Regen gesehen, genauso seltsam und nass.

Mittlerweile waren die Schafe überzeugt davon, dass sie den Regen gebracht hatte, vielleicht in ihrer ozeanblauen Handtasche, vielleicht in ihrem glänzenden kleinen Metallkoffer, möglicherweise auch in den Taschen ihres makellosen Mantels. Der Regen war ihr Verbündeter gewesen, als sie an die Schäferwagentür geklopft hatte – der Regen und selbst gemachter Sahnelikör.

Rebecca hatte die Tür geöffnet, und die Worte der Regenbringerin hatten zu prasseln begonnen: Sehnsucht, Tochter, was für ein Nest, ab jetzt fliege ich nur noch erster Klasse, Tochter, Sorgen, nur über die Feiertage, dünn siehst du aus, und den guten Sahnelikör habe ich auch mitgebracht.

Rebecca hatte die Arme hängen lassen.

»Mama!«

Es hatte nicht gerade einladend geklungen, trotzdem waren die Frau und der Regen geblieben. Vorher hatte es nie Regen gegeben, den ganzen Herbst nicht – höchstens mal einen Gewitterschauer, der die Frösche im Schlossgraben beglückt quaken ließ. Sonst nichts.

Von da an gab es nur noch Regen. Im Heuschuppen tropfte es. Der Boden war matschig und glitschig, vor allem unten am Futtertrog. Das Kraftfutter schmeckte feucht. Der kleine Bach auf ihrer Weide war braun und reißend geworden, und Mopple the Whale war auf der Jagd nach einem Böschungskraut hineingefallen.

»Panta rhei«, sagten die Ziegen am Zaun.

Zuerst fiel Regen. Dann Schnee. Dann flog der Sahnelikör aus dem Fenster. Dann andere Dinge. Manche der verbannten Dinge holte Rebecca wieder in den Schäferwagen, manche Mama, manche niemand, und Mopple hatte die Zeitung gefressen und nachts von einem Menschen mit Fuchskopf geträumt.

Es hing alles irgendwie zusammen – aber die Schafe verstanden nicht, wie.

»Mit Papa hat das gar nichts zu tun«, sagte Rebecca, sanft jetzt, und zog sich den Wollpullover über. »Nur mit dir und mir. Du bist hier Gast, und ich will, dass du dich verhältst wie ein Gast. Das ist alles. Okay?«

»Okay«, schniefte Mama aus der Tür und tupfte sich mit einem weißen Tuch die Augen.

»Okay!«, blökten die Schafe. Sie wussten, was als Nächstes kommen würde: Zigaretten. Mama auf den Stufen des Schäferwagens, Rebecca etwas weiter oben am Hang, an den Schrank gelehnt, der unerklärt und unerklärbar unter der alten Eiche stand.

Rauch und Schweigen.

Auch die Schafe schwiegen, scharrten im Schnee, grasten feuchtes Wintergras oder taten wenigstens so. Alle warteten auf etwas, das gleich passieren würde. Etwas, das man kaum sehen, dafür aber sehr gut riechen konnte.

Auf ihrer Weide gab es ein fremdes Schaf. Es war vor ihnen hier gewesen, nicht auf der Schafweide, aber im Apfelgarten und auf dem schmalen Wiesenstück zwischen Weide und Waldrand. Jetzt war es bei ihnen und drückte sich Tag für Tag am Weidezaun herum.

Immer wenn Rebecca sich rauchend an den Schrank lehnte, erstarrte der Fremde. Er bewegte nichts, kein Ohr, keine Wimper, nicht einmal die Schwanzspitze. Aber er roch. Roch wie reinste, blindeste Panik. Wie ein Lamm, das vor wilden Hunden über das Moor flieht. Nicht dass die Schafe je vor wilden Hunden über das Moor geflohen waren, zum Glück nicht, aber sie konnten es sich sehr gut vorstellen.

Die Sache machte die Schafe nervös.

Der Fremde war im Allgemeinen kein furchtsames Schaf. Er fürchtete sich nicht vor Tess, der alten Schäferhündin, die meistens auf den Stufen des Schäferwagens schlief, und vor Othellos vier schwarzen Hörnern fürchtete er sich auch nicht. Aber er fürchtete sich vor Rebecca, wenn sie rauchend am Schrank lehnte und über die Weide blickte. Er fürchtete sich wie verrückt.

Endlich drückte Rebecca ihre Zigarette aus, steckte sie sorgfältig in die Tasche und ging wieder hinunter zum Schäferwagen. Der Fremde entspannte sich und begann zu murmeln. Die anderen Schafe schlackerten mit Ohren und Schwänzen und versuchten, das Schweigen wieder abzuschütteln.

Der Fremde ging ihnen auf die Nerven. Er roch nicht wirklich wie ein Schaf, er verhielt sich nicht wie ein Schaf, und vor allem sah er nicht aus wie ein Schaf. Eher wie ein großer, unförmiger, bemooster Stein.

Miss Maple, das klügste Schaf der Herde und vielleicht der Welt, behauptete, dass er trotzdem ein Schaf war. Ein einsames Schaf, das seit Jahren niemand mehr geschoren hatte, mit einer großen Masse filziger, steifer grauer Wolle auf dem Rücken – und einer Geschichte, die niemand kannte.

»Sie werden sich aneinander gewöhnen!«, hatte Rebecca gesagt, als sie zusammen mit dem Ziegenhirten das Fremdlingsschaf aus dem Apfelgarten auf ihre Weide hinüber getrieben hatte.

Der Ziegenhirt hatte die Augen zusammengekniffen und gehustet. Vielleicht war es auch ein staubiges Lachen gewesen.

Sie hatten sich *nicht* gewöhnt, kein bisschen. Im Gegenteil: mit jedem Tag kam ihnen der ungeschorene Widder ein wenig fremder vor. Und ein bisschen ferner.

Er war unter ihnen, aber nicht bei ihnen, er bewegte sich in einer Herde, aber nicht in ihrer Herde. Manchmal hatten sie das Gefühl, dass der Fremde sie gar nicht sah. Er sah andere Schafe, Schafe, die sonst niemand sehen konnte.

Geisterschafe.

Gespenster.

Jetzt gab der Ungeschorene seinen Spähposten oben am Waldrand auf und trabte quer über die Weide, vorbei an Heuschuppen und Schäferwagen, mit einem Hops über den kleinen Bach bis hinunter zu der Ecke am Apfelgarten, murmelnd und mahnend, eine Schar unsichtbarer Schafe im Schlepptau.

Die Schafe sahen nicht hin. Alle bis auf Sir Ritchfield.

»Ich glaube … das ist ein Schaf!«, blökte Ritchfield aufgeregt. Der alte Leitwidder interessierte sich momentan sehr für die Frage, wer ein Schaf war – und wer nicht.

Die anderen seufzten.

Wieder einmal fragten sie sich, ob die Fahrt nach Europa wirklich eine so gute Idee gewesen war.

Sie hatten die Reise von George geerbt, ihrem früheren Schäfer. George war eines Tages einfach reglos auf ihrer Weide gelegen, einen Spaten im Leib. Die Schafe selbst hatten damit nichts zu tun gehabt – nun ja, zumindest nicht viel –, aber sie hatten geerbt: eine Reise nach Europa, den Schäferwagen und darin Rebecca, Georges Tochter, die sie füttern und ihnen vorlesen musste. Es stand im Testament.

Dann aber musste irgendwo ein Fehler passiert sein. Das Europa, von dem ihnen George erzählt hatte, war voller Apfelblüten, Kräuterwiesen und komischer langer Brote gewesen. Niemand hatte etwas von hupenden Autos, staubigen Landstraßen und sirrenden Stechmücken gesagt, von Schnee, Geisterschafen oder gar von Ziegen.

Die Schafe gaben der Karte die Schuld. Rebecca hatte eine bunte Landkarte mitgeführt, auf die sie auf ihren Wanderungen oft und ausdauernd starrte, und diese Karte verstand ganz offensichtlich nichts von Europa.

Drei Schafe hatten Rebecca in einem Sonnenblumenfeld abgelenkt, während Mopple the Whale die Landkarte von den Stufen des Schäferwagens geschnappt und ganz aufgefressen hatte, sogar den harten, glänzenden Kartonteil. Und wirklich: ein paar Tage später war eine schmeichelnde Frau mit streng über den Kopf gespannten Haaren vor dem Schäferwagen aufgetaucht und hatte die Schafe eingeladen. Bald darauf war es mit dem aufreibenden Wanderleben vorbei, und sie hatten wieder eine Weide, einen Heuschuppen, eine Futterkammer und diesmal sogar einen Schrank. Trotzdem – ihre Weide war es nicht.

»Sag mir noch einmal, warum wir hier sind«, seufzte Mama, die noch immer wie eine Schnecke in der Tür klebte und sich eine zweite Zigarette angezündet hatte. Tess hatte es geschafft, sich an ihr vorbeizuquetschen, und begrüßte Rebecca schwanzwedelnd auf den Schäferwagenstufen. Rebecca ging in die Hocke und kraulte Tess hinter den Ohren. Tess versuchte, ihre angegraute Schnauze in Rebeccas Achselhöhle zu stecken.

»Ich bin hier, weil die Schafe ein Winterquartier brauchen«, sagte Rebecca. Sie hatte es schon hundert Mal erklärt, erst den Schafen, dann Mama, manchmal auch sich selbst. »Die Weide ist gut, die Miete ist billig. Die Landschaft ist idyllisch. Man hat mich eingeladen. Warum du hier bist, weiß ich nicht.«

Die Schafe wussten, warum Mama da war: zum Schmarotzen. Rebecca hatte es ihnen einmal im Vertrauen beim Heufüttern verraten. »Sie tut fein, aber eigentlich ist sie pleite. Wie auch nicht, bei dem Job? Und dann panscht sie ein bisschen Sahnelikör zusammen und setzt sich wochenlang fest. Nur über die Feiertage? Pah! Ihr werdet schon sehen. Ich habe keine Ahnung, wie ich sie wieder loswerde.«

Nicht durch das Schäferwagenfenster, so viel war klar. Mama blies Rauch auf Rebecca und Tess herab und blickte kritisch hinunter zum Schloss.

»Wir sollten hier weg. Sieh dich doch einmal um, Kind! Gottverlassen – und diese ganzen Irren.«

»Hortense ist in Ordnung«, sagte Rebecca.

»Kein Stil«, sagte Mama verächtlich. »Ich dachte, Französinnen hätten Stil. Was ist mit dem Ziegenhirten da drüben? Der läuft den ganzen Tag durch den Wald, und wenn er hier vorbeikommt, sagt er kein Wort. Ist das etwa normal? Ist dir aufgefallen, wie sich die anderen von ihm fernhalten? Irgendeinen Grund muss das doch haben.«

»Von uns halten sie sich auch fern«, sagte Rebecca.

Tess hatte sich auf den Rücken gerollt und bekam von Rebecca das Bauchfell gekrault.

25

»Auch das hat einen Grund«, sagte Mama. »Du verstehst nichts von Leuten, Reba. Genau wie dein Vater. Du hast dich nie für Menschen interessiert. Ich schon. Ich habe den *Sinn*. Ich *sehe*. Idyllisch? Die Karten sagen etwas anderes!«

Die Schafe sahen sich bedeutungsvoll an. Karten sagten oft etwas anderes. Wie die Landkarte, bis Mopple sie gefressen hatte. Alle ihre Probleme hatten mit der Landkarte angefangen.

»Weißt du, welche Karte seit zwei Wochen in jeder meiner Seancen auftaucht?«

Rebecca seufzte, richtete sich wieder auf und streckte sich wie eine Katze.

»Der Teufel!«, blökten die Schafe im Chor. Es war immer das Gleiche.

»Der Teufel!«, schmetterte Mama triumphierend von den Schäferwagenstufen.

Rebecca lachte. »Das kommt daher, dass du drei Teufel in deinem Deck hast, Mama. Und die Gerechtigkeit und die Mäßigung hast du aussortiert!«

Tess streckte sich nach Hundsart und schlüpfte an Mamas Pantoffeln vorbei zurück ins Innere des Schäferwagens.

»Na und? Man muss die Karten eben ein bisschen den heutigen Verhältnissen anpassen, das ist alles. Seit die Mäßigung raus ist, habe ich eine Erfolgsquote von 75 Prozent! Weißt du, was die anderen ...«

Rebecca wedelte mit der Hand hin und her, als würde sie unsichtbare – und sehr kälteunempfindliche – Fliegen verscheuchen, und Mama seufzte.

»Nun mal ehrlich, Kind, fühlst du dich hier wohl? Frag doch morgen mal den Tie ...«

Schneller als ein Wiesel war Rebecca die Schäferwagenstufen hinaufgesprintet und presste Mama eine Hand auf den Mund.

»Bist du verrückt?«, zischte sie. »Weißt du, was hier los ist, wenn du das Wort sagst?«

»Der Teufel!«, blökten die Schafe.

Wenn hier etwas los war, dann war es meistens der Teufel.

Diesen Abend standen die Schafe länger als üblich vor dem Heuschuppen und guckten in die Nacht hinaus. Die Hofgebäude schmiegten sich schutzsuchend an das Schloss. Der Apfelgarten schwieg. Es roch nach Rauch und neuem Schnee. Der Schatten einer Eule glitt lautlos über die Weide Richtung Wald.

Fühlten sie sich hier wohl? Cloud vielleicht. Cloud war das wolligste Schaf der Herde, und sie fühlte sich überall wohl. Wollig und wohlig hingen zusammen. Auch Sir Ritchfield schien es zu gefallen, weil es hier viele Gesprächspartner gab, die nicht wegliefen: die alte Eiche, den Schrank, den Bach, manchmal den ungeschorenen Fremden, und wenn er Glück hatte die eine oder andere Ziege. Bei den Ziegen waren Ritchfields laute und einseitige Unterhaltungen sogar beliebt, und oft fand sich ein ganzer Trupp am Zaun ein, kicherte und hopste.

Die anderen waren sich nicht so sicher. Etwas stimmte nicht. Im Apfelgarten hing nur noch ein einziger vergessener Apfel, rot wie ein Tropfen Blut. Man konnte ihn sehen, aber nicht riechen. Vielleicht war es wieder an der Zeit, eine Karte zu fressen. Aber welche Karte?

»Was sie wohl sagen wollte?«, fragte Miss Maple plötzlich.

»Wer?«, fragte Maude.

»Mama«, sagte Maple. »Bevor ihr Rebecca den Mund zugehalten hat.«

Die Schafe wussten es nicht und schwiegen. Ein halber Mond hing über der Weide wie ein angefressener Haferkeks.

»Rebecca ist richtig erschrocken«, sagte Miss Maple. »Als würde bald etwas passieren. Etwas Schreckliches.«

»Was soll schon passieren?«, sagte Cloud und plusterte sich.

»Was soll schon passieren?«, blökten die anderen Schafe. Es gab jeden Tag Kraftfutter im Trog und ein bisschen Vorlesen auf den Schäferwagenstufen. Wenn die Wasserstelle zugefroren war, hackte Rebecca das Eis mit einer Hacke auf. Wenn es zu sehr schneite, blieben sie im Heuschuppen. Wenn ihnen langweilig war, fraßen sie oder erzählten Geschichten. Und am Ende jeder Geschichte wartete ein duftender Heuhaufen.

Die Schafe blickten hinaus auf den blauen Schnee und kamen sich kühn vor.

In diesem Moment schnitt ein Ton durch die Stille, lang und dünn und fern und herzzerreißend.

Eine Klage.

Ein Heulen.

2

Cloud flog.

Nicht wie in ihren Träumen, schaukelnd und majestätisch wie ein Wolkenschaf, sondern eher wie ein Pusteblumensamen, hin und her, zick und zack, von launischen Winden getrieben. Quer über die Weide, über schmierigen Schnee und hart gefrorenes Gras, in einem weiten Satz über den Bach, vorbei an der alten Eiche – Spatzen stoben auf – den Hang hinauf.

Tief unter ihr galoppierten wild ihre Beine. Ihre Ohren pochten. Ihr Herz flatterte im Wind. Schneller! Die anderen hatte sie längst hinter sich gelassen, aber nicht ihn. Er war dicht hinter ihr, ein Keuchen in ihrem Nacken, eine blitzende Ahnung im Augenwinkel.

Der Wind blies Cloud auf einen schwankenden Wald zu.

Zwischen dem Wald und der Weide war der Zaun.

Er war immer da, aber heute hatte Cloud irgendwie nicht mit ihm gerechnet. Sie äugte panisch nach allen Seiten. Links am Zaun entlang in eine Ecke? Rechts am Zaun entlang in eine Ecke? Der Wind hatte andere Pläne.

Ohne auch nur Luft zu holen, galoppierte Cloud in den Draht.

Ein Klingen in ihren Ohren, ein dumpfer Schmerz am Hals. Der Zaun gab nach. Einer der Pfosten, zwischen denen die Drähte gespannt waren, fiel um. Der Himmel kippte weg.

Doch im nächsten Moment war Cloud schon wieder auf

29

den Beinen und drehte den Kopf. Ihr Verfolger keuchte den Hügel hinauf, nur einige Schafslängen entfernt. Aber der Zaun lag nun flach vor ihr, und mit einem Sprung war sie darüber. Mit einem Sprung am Waldrand. Mit einem Sprung im Wald.

Mit einem Mal war das Sausen in ihren Ohren verschwunden. Cloud fröstelte. Sie fühlte sich, als hätte sie kein bisschen Wolle mehr auf der Haut. Ganz nackt. Ganz kalt. Ein kleiner Vogel landete auf einem Zweig hoch über ihr, und Schnee stäubte herab.

Cloud schauderte und trabte vorsichtig weiter.

Bald umschloss sie das Halbdunkel des Waldes wie ein Stall, und das Keuchen war verschwunden.

Ein Knacken hier, ein Knacken dort, sonst Stille.

Vielleicht war alles ja doch nur ein Traum.

Die anderen Schafe beobachteten Clouds Flucht mit gemischten Gefühlen.

Einerseits waren sie froh, dass der Tierarzt Cloud nicht erwischt hatte. Andererseits waren jetzt sie dran. Eines von ihnen. Dann noch eines. Und noch eines. Irgendwann alle. Der Tierarzt würde sie so festhalten, dass sie vor Schreck keine Luft mehr bekamen. Er würde ihren Hufen wehtun und ihren Ohren. Er würde sie mit einer Nadel stechen und ihnen stinkende, bittere Flüssigkeit ins Maul kippen. Der Tierarzt war das gefährlichste Wesen, das sie kannten. Jetzt stand er mit hängenden Armen am Waldrand und starrte hinter Cloud her. Starrte lange und gründlich.

Rebecca fluchte. Sie schob sich ihre rote Wollmütze aus der Stirn und sah die Schafe böse an. »Ihr bleibt hier!«, fauchte sie.

Als ob die Schafe eine Wahl gehabt hätten! Rebecca hatte sie alle in den Pferch gesperrt. Der Pferch war nichts anderes

als ein schmales und eigentlich sehr beliebtes Weidestück –
das Weidestück mit dem Futtertrog. Doch manchmal klappte
Rebecca ein Tor zu, und dann saßen sie in der Falle, dicht
gedrängt, Schulter an Schulter, direkt unten am Hofzaun, wo
die meisten Menschen vorbeikamen. Warum Rebecca immer
wieder mit dem Tierarzt gemeinsame Sache machte, war den
Schafen ein Rätsel.

Jetzt rannte die Schäferin den Hang hinauf, ungleich ele-
ganter als der Tierarzt, wenn auch nicht ganz so elegant wie
Cloud. Der Tierarzt sagte etwas und breitete die Arme aus, wie
um Rebecca abzufangen. Rebecca schüttelte den Kopf. Der
Tierarzt griff nach ihrem Handgelenk, aber Rebecca riss sich
los und verschwand im Wald. Der Tierarzt blickte säuerlich zu
den Schafen hinunter.

Die Schafe taten unauffällig.

Der Tierarzt tat auch unauffällig, blickte auf seine Füße, auf
seine Hände, in die Luft und wieder zu den Schafen. Überall
hin. Nur nicht zum Wald.

Dann geschah etwas Seltsames.

Rebecca trat wieder zwischen den Bäumen hervor und
wich langsam vom Waldrand zurück, rückwärts, eine Hand
vor sich ausgestreckt, als wolle sie etwas aufhalten – ein vor-
witziges Schaf vielleicht oder – wie so oft auf ihren Reisen –
ein Auto oder einen erbosten Bauern mit einem abgefressenen
Stängel Lauch in der Hand.

Die Schäferin warf schnelle Blicke nach links und rechts, als
ob da etwas wäre.

Als ob da etwas käme.

Aber nichts kam aus dem Wald.

Wenig später wimmelte es auf ihrer Weide von Menschen.
Sie waren mit drei Autos auf den Hof gebraust und von dort

aus ausgeschwärmt: zwei durch das Hoftor zu den Ställen und Häusern und Scheunen, wo die Menschen wohnten, zwei außen um Hofgebäude und Schlossmauer herum, wo niemand wohnte, und die meisten direkt auf die Weide, wo die Schafe wohnten. Sie gingen den Zaun ab, durchsuchten den Heuschuppen oben am Hang, verschwanden im Wald, tauchten wieder auf, schleppten Dinge zum Waldrand und vom Waldrand weg, sprachen mit Rebecca, schritten in systematischem Zick-Zack über die Weide, traten den Schnee matschig und das magere Wintergras noch platter, als es ohnehin schon war.

Die Schafe waren beeindruckt. Eine so gründliche Suche nach Cloud hatten sie nicht erwartet. Das passierte also, wenn es Rebecca »zu bunt« wurde: Sie rief Menschen mit Mützen zu Hilfe – und Hunde. Zwei dunkle Schäferhunde mit dunklen Stimmen schnüffelten über die Weide.

Die Schafe schauderten, zu eingeschüchtert und zu eingepfercht für eine richtige Panik. Das Unheimlichste an den Schäferhunden war, dass sie sich nicht für die Schafe interessierten. Kein bisschen, nicht einmal für das Fremdlingsschaf, das natürlich wieder einmal nicht wie der Rest der Herde zum Futtertrog getrabt war und jetzt beneidenswert frei unter der alten Eiche stand, murmelnd und witternd, und sich für die ganze Aufregung gar nicht zu interessieren schien.

Die Schafe wollten weg. Sie versuchten es zuerst mit Protestblöken – ein bewährtes Rezept gegen die Übel der Welt. Wenn man nur lang genug blökte, passierte etwas, meistens das Richtige. Doch Rebecca, die sonst dafür sorgte, dass das Richtige passierte, machte nur große, erschrockene Augen und ließ die Arme hängen.

Die Schafe blökten und blökten. Irgendwann hörten sie mit dem Blöken wieder auf und schwiegen drohend. Aber auch das interessierte niemanden.

»Es reicht«, sagte Maude nach einer Weile fruchtlosen Schweigens. »Wir hauen ab!«

Der Plan gefiel den Schafen. Rebecca würde schon sehen, wie albern eine Schäferin ohne Schaf aussah!

»Aber wie?«, fragte Lane.

»Mopple soll wieder tot spielen!«, blökte Heide. Heide mochte es, wenn Dinge passierten.

»Warum immer ich?«, murmelte Mopple, aber sie hatten ihm schon oft erklärt, warum: Mopple war das größte und dickste Schaf der Herde. Unübersehbar und eindrucksvoll, wenn er am Boden lag und alle Viere von sich streckte.

Es hatte auch schon ein paar Mal geklappt. Das erste Mal, als die Äpfel im Obstgarten nebenan reif waren, und dann noch einmal während der Heuernte. Mopple lag leblos am Boden, und Rebecca eilte erschrocken zu ihnen auf die Weide. Und vor Schreck machte sie das Weidetor nicht wieder richtig hinter sich zu. Beim dritten Mal war Rebecca misstrauisch geworden und hatte den Tierarzt gerufen, extra für Mopple. Trotzdem: das Totspielen war eine bewährte Methode, um auf die andere Seite von Zäunen zu kommen.

Mopple sackte seufzend in den Schnee, zappelte mit den Beinen und starb. Die anderen Schafe machten um ihn herum ein bisschen Platz, damit man ihn gut sehen konnte, blökten dramatisch und schielten aus den Augenwinkeln zu Rebecca hinüber. Doch Rebecca saß auf den Schäferwagenstufen, in eine Decke gewickelt, und sprach mit einem der Mützenmänner. Mama tauchte hinter ihr auf und drückte ihr eine dampfende Tasse Tee in die Hand. Es war das erste Mal, dass die Schafe sahen, dass sie etwas Nützliches tat. Daran konnte man sehen, wie ernst die Lage war.

Mopple strampelte theatralisch mit den Beinen.

»Und?«, ächzte er von unten.

33

»Nichts«, sagte Cordelia.

»Gar nichts«, blökte Ramses.

»Sie hört nichts!«, sagte Sir Ritchfield kopfschüttelnd.

»Sie guckt nicht«, sagte Zora.

»Vielleicht *sind* wir schon verschwunden«, flüsterte Cordelia. »Vorhin, als der Tierarzt zu uns in den Pferch gekommen ist, wollten wir alle verschwinden. Vielleicht ist es jetzt passiert!«

»Ich wollte nicht verschwinden!«, murmelte Heide. »Ich wollte, dass der Tierarzt verschwindet.«

Der Tierarzt *war* verschwunden, blass und verstohlen, gleich nachdem Rebecca den Hang heruntergestolpert war und sich im Schäferwagen aufgeregt mit Mama und ihrem Sprechgerät unterhalten hatte.

»Vielleicht suchen sie uns«, sagte Lane. »Uns alle!«

Nach und nach schienen sich die Fremden etwas zu beruhigen. Sie ließen von Weide und Wald ab und versammelten sich vor dem Schäferwagen. Drei Männer und zwei Hunde fuhren mit einem Auto davon. Der Rest stand herum und trank ohne Begeisterung den Tee, den Mama im Schäferwagen gebraut hatte.

Einer übergab sich. Das Weidetor stand offen. Jetzt, wo es ein wenig stiller geworden war, konnte man Tess im Inneren des Schäferwagens bellen hören.

Nun wagten sich auch die üblichen Menschen auf den Hof, neugierig und unheilvoll wie junge Krähen. Man sah sie kaum kommen, aber jedes Mal, wenn die Schafe durch den Zaun auf den Hof blickten, waren es ein paar mehr geworden: Zuerst die dicke Madame Fronsac, die immer Essen in den Taschen hatte. Die Madame war eine potentielle Futterquelle, und die Schafe sahen sie erwartungsvoll an. Doch die Dicke schien nicht in Fütterlaune. Sie stand nur da, als hätte sie sich an etwas verschluckt, und wrang ihre großen roten Hände. Monsieur Fronsac neben ihr tat, was er immer tat: er guckte. Vielleicht guckte er heute ein bisschen trauriger.

Yves trat durch das Hoftor, eine Axt über der Schulter. Die Schafe rümpften die Nasen. Yves war geruchlich kein Vergnügen, er trieb sich mit seiner Axt zu häufig in Weidenähe herum, und er grinste immer, wenn er Rebecca sah. Grinste, wie Hunde manchmal grinsen, mit den Zähnen, aber nicht mit den Augen. Rebecca hatte ihnen einmal erklärt, dass er ein »Mädchen für alles« war, aber selbst das jüngste Lamm konnte sehen, dass er kein Mädchen war. Kein bisschen.

Der Ziegenhirt schlurfte die Hofmauer entlang.

Der Gärtner kam aus dem Obstgarten, die blonde Hortense und ihr Veilchengeruch wehten aus dem Schloss. Schließlich erschienen auch noch einige der selteneren Kreaturen, die die Schafe sonst nur flüchtig hinter hochgeschlagenen Krägen zu sehen bekamen. Schlosskreaturen. Die Frau mit den streng gespannten Haaren, die die Schafe eingeladen hatte. Die Kinder. Die Kinder wurden sofort weggeschickt.

Der Rest hielt sich von den Mützenmännern fern und quakte gedämpft in der unverständlichen Sprache der Europäer. Alle bis auf den Ziegenhirten. Er hielt nur seinen Wanderstock umklammert, mit Händen, die trotz der Kälte weiß waren, weiß wie Schnee. Die Schafe interessierten sich für den Ziegenhirten – nicht persönlich, aber sozusagen von Berufs wegen. Er tauchte mit schöner Regelmäßigkeit mit einem Futtersack am Ziegenzaun auf, und sie hatten versucht, sich trotz seines strengen Ziegengeruchs mit ihm anzufreunden. Vergebens. Verrückter als seine Ziegen, vermuteten die Schafe.

Rebecca saß noch immer auf den Schäferwagenstufen und blätterte wild in ihrem gelben Buch. Das gelbe Buch verwan-

delte die Quaklaute der Europäer in Sinn, aber heute schien es keine besonders guten Dienste zu leisten.

»*Pourquoi?*«, quäkte Rebecca. »*Quand? Qui?*«

Hortense ging durch das Weidetor zu ihr hinüber und hüllte die Schäferin in eine Wolke aus albernem Blumenduft, aber eine Antwort wusste sie auch nicht. Dann löste sich auch die dicke Fronsac von den anderen Schlossmenschen und walzte mit einiger Mühe den Hang hinauf bis zum Schäferwagen. Mama nannte sie »das Walross«, und nur Othello, der die Welt und den Zoo kannte, wusste warum. Das Walross quakte etwas, leise und aufgeregt, und Rebecca verstand es nicht.

»Sie sagt, du sollst deine Schafe nehmen und weg von hier!«, erklärte Hortense. »An deiner Stelle würde sie sofort weg.«

»Sag ich doch! Sag ich doch! Sag ich die ganze Zeit!«, dröhnte Mama aus dem Schäferwagen.

Rebecca schwieg, und Hortense zuckte verlegen mit den Schultern.

Und dann, fast unmerklich, veränderte sich etwas zwischen den Menschen. Sie wurden stiller, aber nicht ruhiger. Die Schlossmenschen rückten fast unmerklich etwas weiter vom Weidezaun ab, Rebecca schob sich abwesend eine Locke zurück hinters Ohr, Mama postierte sich auf den Schäferwagenstufen und flatterte mit den Wimpern. Tess bellte noch lauter. Alles, weil auf dem Hof ein weiteres Auto vorgefahren war, größer und schwärzer als alle anderen.

Der Häher stieg aus. Der Häher war so etwas wie der Leitwidder der Schlossmenschen, und er sah nicht wirklich wie ein Eichelhäher aus, nicht so bunt und klein, und natürlich hatte er auch keinen Schnabel. Doch etwas an der Art, wie er sich bewegte, scharf und schnell und präzise, erinnerte die Schafe an den jungen Häher, der vor einiger Zeit auf ihrer Weide gesessen hatte.

Der Häher auf ihrer Weide hatte einen hängenden Flügel gehabt.

Der Häher aus dem Schloss hinkte. Nicht viel, und die meisten Menschen bemerkten es wahrscheinlich kaum, aber die Schafe wussten es, und der Häher selbst wusste es auch.

Einer der Mützenmänner ging auf ihn zu und sagte etwas. Der Häher nickte, dann ging er weiter, hinauf zum Schäferwagen, und legte dem Walross sanft die Hand auf den Arm. Auf einmal liefen dem Walross Tränen über die Wangen, und es wurde von Hortense und Monsieur Fronsac weggeführt.

Der Häher trat an den Pferch und sah finster auf die Schafe herab. Die Schafe blickten unbehaglich zurück. Bisher hatten sie ihn nie besonders ernst genommen, weil er hinkte und vermutlich zu langsam war, um ihnen gefährlich zu werden, aber jetzt standen sie eingepfercht. Das große schmale Gesicht des Hähers schwebte dicht über ihnen, und es gab kein Entkommen vor seinen Augen. Zwei Hände schoben sich beiläufig über die oberste Latte des Zauns, schwarz von Handschuhen und selbst in den Handschuhen lang und schmal wie Vogelkrallen. Die Schafe fürchteten, eine dieser beweglichen langen Hände könne sich nach ihrer Wolle ausstrecken, eine Hand, der sie hier in der Enge nicht ausweichen konnten. Was dann?

Doch die Hand kam nicht, nur die Hähersaugen sahen sie weiter an, mit kaltem, bohrendem Interesse und so etwas wie Ärger – als wären die Schafe an irgendetwas schuld. Ab und zu flatterte sein Blick zu Rebecca hinüber, und was dann mit den Augen passierte, gefiel den Schafen noch weniger. Sie wurden tief und schmal, dunkel und glänzend wie Brunnen.

»Attacke!«, meckerte jemand unter ihnen.

»Futter!«, blökte Mopple the Whale, der sich unter den pickenden Blicken des Hähers wieder aufgerappelt hatte.

Bald blökten alle Schafe nach Futter. Für Futter musste Rebecca das Tor aufmachen. Futter war jetzt die richtige Strategie. Futter war meistens die richtige Strategie.

Doch Rebecca rührte sich noch immer nicht.

»Tja«, sagte jemand. »Wir sitzen in der Falle, was?«

Sie saßen in der Falle! Mopple und Maude blökten alarmiert. Ritchfield hustete, und Ramses setzte sich vor Schreck aufs Hinterteil.

»Es ist nicht wirklich eine Falle«, sagte Zora beschwichtigend. »Es ist nur ein Pferch. Rebecca hat uns hier hereingelockt. Sie wird uns wieder herauslassen. Sie muss. Es steht im Testament.«

Im Testament stand eine ganze Menge wichtiger Dinge. Dass Rebecca sie füttern und ihnen vorlesen musste. Dass kein Schaf verkauft werden durfte oder »geschlachtet« – was auch immer das genau bedeutete. Auch der Tierarzt stand im Testament. Leider. Auf den Tierarzt hätten die Schafe verzichten können.

»Das ist kein Schaf!«, murmelte Sir Ritchfield, der alte Leitwidder. Niemand beachtete ihn.

»Vielleicht sollten wir uns verstecken«, sagte Cordelia.

»Und wo?«, fragte Heide spitz. »Etwa im Futtertrog?«

»Das ist kein Schaf!«, wiederholte Sir Ritchfield mit Überzeugung.

Der alte Leitwidder stand eingekeilt zwischen Lane und Zora und starrte in den Futtertrog. Und im Futtertrog stand eine kleine, schwarze Ziege und starrte zurück.

Die Schafe erschraken. Eine Ziege mitten unter ihnen! Und niemand hatte sie gewittert!

»Attacke!«, meckerte die Ziege und sprang auf Mopples breiten Rücken. Mopple bekam einen Schluckauf.

Die anderen waren schockiert. Dass Ziegen auf Bäume

kletterten, war allgemein bekannt. Aber dass Ziegen auch auf Schafe kletterten? Es passte jedenfalls ins Bild. Sie versuchten, die Ziege zu ignorieren. Das war gar nicht so einfach. Von Mopples Rücken hüpfte die Ziege weiter auf Maude, dann auf Lane. Sie übersprang Ramses, machte einen vorsichtigen Bogen um den schwarzen Rücken Othellos und landete schließlich auf Sir Ritchfield.

»Kein Schaf…«, blökte Sir Ritchfield. Die Ziege beugte den Kopf und flüsterte ihm etwas in Ohr.

»Schweine?«, brüllte Sir Ritchfield aufgeregt. Die Ziege kicherte.

Irgendwann hielt Heide es nicht mehr aus.

»Was suchst du hier?«, fragte sie die Ziege.

Ritchfield nieste.

»Gesundheit«, sagte die Ziege. »Den Tierarzt.«

Sie schniefte zierlich. »Ein Schnupfen. Er hat mich angesteckt.« Die Ziege klopfte mit ihrem Vorderhuf auf Ritchfields grauen Rücken. Ritchfield nieste zum zweiten Mal.

Die Schafe sahen sich viel sagend an. Vollkommen verrückt!

»Der Tierarzt ist weg«, sagte Mopple the Whale, um die Ziege wieder loszuwerden.

»Aber er kommt wieder!«, sagte die Ziege triumphierend.

Das wiederum klang nun leider fast zu vernünftig.

Die Schafe schwiegen und lauschten Mopples Schluckauf. Wenn der Tierarzt wiederkam, würden sie längst weg sein. Irgendwie. Irgendwo. Vielleicht im Schatten der alten Eiche. Oder unter dem Schäferwagen. Oder hinter der Futterkammer. Oder – idealerweise – *in* der Futterkammer. Oder notfalls im Futtertrog. Überall. Nur nicht hier im Pferch.

»Du suchst nicht wirklich den Tierarzt, oder?«, gluckste Mopple nach einer Weile.

»Nein«, gab die Ziege zu. »Ich suche das Abenteuer!«

»Hier?«, hickste Mopple aufgeregt. »Auf Sir Ritchfield?«

»Genau hier«, bestätigte die Ziege.

Mopple beschloss, sich in Zukunft von Sir Ritchfield fern-zuhalten. Ein Schluckauf war schlimm genug. Bei Schluckauf konnte man nicht vernünftig fressen. Das Abenteuer hatte ihm gerade noch gefehlt!

»Ich will euch warnen«, sagte die Ziege. »Ich werde euch warnen!«

»Zu spät!«, stöhnte Ramses. »Der Tierarzt war schon da!«

Die Ziege schüttelte den Kopf.

»Schnee?«, fragte Maude. »Noch mehr Schnee?«

»Auch«, gab die Ziege zu. »Hört zu!«

Die Schafe staunten. Rebecca hatte sie vergessen, ihre Weide wurde von Mützenmenschen überrannt, und auf Sir Ritch-field stand eine kleine schwarze Ziege und hielt eine Anspra-che. Es ging um Geheimnis, Gefahr und Abenteuer. Um den Mond, der – wie die Ziege behauptete – ein riesiger Ziegen-käse war. Um Schnee, einen Wolf, der kein Wolf war, und einen Plan, der eigentlich auch kein Plan war.

Kurz – es ging um eine Menge Dinge, von denen die Schafe nichts wissen wollten. Sie hörten weg, so gut es ging.

»Ich denke, wir sollten zusammenarbeiten!«, schloss die Ziege. »Die anderen denken, ich bin verrückt«, fügte sie stolz hinzu.

»Schweine!«, blökte Sir Ritchfield kopfschüttelnd.

»Wir denken auch, dass du verrückt bist«, sagte Heide.

»Hervorragend«, sagte die Ziege. Sie hopste von Sir Ritch-fields Rücken und landete wieder im viel zu leeren Futtertrog. Dort begann sie, hin und her zu trotten, hin und her, auf und ab, auf und ab. Die Schafe sahen ihr fasziniert zu. Wie klein sie war. Und wie fellglänzend und schwarz – schwärzer noch als Othello. Wie gelb und seltsam ihre Augen waren und wie spitz ihre Hörnchen. Und wie sie roch!

Die Ziege trabte und trabte und murmelte Dinge wie »sie glauben dir nicht«, »noch nicht!«, »was kann man von Schafen schon erwarten?«, »meinst du, wir sollten?« und »na gut«. Den Schafen wurde ein wenig schwindelig vom vielen Auf und Ab.

Plötzlich war die Schwarze stehen geblieben.

»Heute ist euer Glückstag!«, verkündete sie. »Ihr habt drei Wünsche frei!«

»Kraftfutter«, blökte Mopple sofort. »Hick!«

»Die Menschen sollen weg«, sagte Maude.

»Rebecca soll uns wieder aus dem Pferch lassen!«, blökte Heide.

»Cloud soll zurückkommen!«, sagte Cordelia – etwas zu spät.

Kurz darauf kippten die letzten der Mützenmenschen Reste von kaltem Tee in den Schnee und gingen zurück zu ihren Autos.

»*Revenons à nous moutons*!«, sagte jemand, und Rebecca sah auf einmal zu den Schafen herüber. Endlich! Dann wurden sie doch noch gefüttert, von einer zerstreuten Schäferin, die ihnen sechs statt der üblichen fünf Futtereimer in den Trog kippte, einen davon direkt auf die Ziege.

Während alle sich den Magen vollschlugen, ging Rebecca zusammen mit dem Ziegenhirten den Zaun ab und kontrollierte die Pfosten.

Dann knarrte das Tor auf, und die Schafe strömten zurück auf ihre lädierte Weide.

Ohne Cloud.

Das Winterlamm war nicht wie die anderen sofort aus dem Pferch getrabt. Es stand noch immer neben der kleinen Ziege am Futtertrog. Sie waren ungefähr gleich groß.

»Wie hast du das gemacht?«, fragte das Winterlamm.

»Was?«, fragte die Ziege unschuldig.

»Das mit den Wünschen«, sagte das Winterlamm.

»Ein Ziegenzauber«, sagte die Ziege.

»Wirklich?«, fragte das Winterlamm.

»Nein«, sagte die Ziege. »Schafe wünschen sich sowieso immer nur das, was ohnehin passieren wird. Ziegen hingegen…« Sie sah das Winterlamm mit gelben Ziegenaugen an. »Wenn du dir wünschst, dass etwas passiert, dann musst du dafür sorgen, dass es passiert.«

»Und was wünschst du dir?«, fragte das Winterlamm.

»Viel«, sagte die Ziege. »Ich wünsche mir einen Ort, wo immer Süßkraut wächst, und den längsten Ziegenbart der Welt und dass Megära irgendwann ein fauler Apfel auf den Kopf fällt. Aber im Augenblick…«, sie legte den Kopf schief und dachte nach, »…im Augenblick wünsche ich mir, dass jemand kommt und den Mond auffrisst. Ganz auffrisst.«

Sie blickte Richtung Tor, wo sich der Schatten des Schlosses wie jeden Nachmittag anschickte, über den Zaun auf die Weide zu klettern.

»Ich muss gehen«, sagte sie. »Wenn ihr mich braucht – ich bin nicht da!«

Das Winterlamm hätte gerne Dinge gefragt – vor allem nach ihrem Namen.

Diesen Abend kauten die Schafe noch lustloser als sonst auf ihrem Wintergras herum. Sogar Mopple. Alles roch falsch. Zu sehr nach Hundetatzen, Puder und Gummistiefeln. Nach Menschenschweiß und Zigarettenrauch. Und nach etwas anderem, das die Schafe nicht verstanden.

Und viel zu wenig nach Cloud.

»Kein Schaf darf die Herde verlassen!«, blökte Sir Ritchfield bekümmert.

»Außer, es kommt zurück!«, sagte Cordelia.

»Warum kommt Cloud nicht zurück?«, fragte Heide.

»Auf eine Weide voller Hunde und Mützen würde ich auch nicht zurückkommen«, sagte Miss Maple. »Wahrscheinlich hat sie sich versteckt. Und vielleicht ist es gar nicht so einfach, aus so einem Wald wieder herauszufinden. Zu viele Bäume.«

Sie beschlossen, in den Wald hineinzublöken. So laut wie möglich. Vielleicht kam Cloud dann heraus!

»Cloud!«, blökten sie im Chor. »Der Tierarzt ist weg! Wir sind noch da! Komm zurück!«

Aber der Wald schwieg.

3

Sie ist wollig!«, sagte Zora anerkennend.

»Für einen Menschen«, sagte Maude.

Die anderen nickten. Offensichtlich versuchte die Schäferin, ihnen in Sachen Wolligkeit ein Vorbild zu sein. Vielleicht wollte sie auch Cloud ersetzen. Dafür war sie natürlich lange nicht wollig genug.

Rebecca saß auf den Stufen des Schäferwagens, in eine Decke gewickelt, ungewöhnlich dick mit zwei Mänteln übereinander, und darunter – die Schafe konnten es riechen – den populären Wollpullover. Um den Hals hatte sie sich das Stielaugengerät gehängt. Das Stielaugengerät kam sonst nur bei helllichtem Tage zum Einsatz, wenn besonders langbeinige Vögel über die Weide staksten, Reiher oder Störche mit schwarzen Schnäbeln und einmal, im Herbst, ein paar Kraniche in Feierlaune. Dann hielt sich Rebecca das Stielaugengerät vor die Augen und behauptete, es würde die Vögel größer machen. Es war natürlich reine Einbildung, die Schafe sahen sehr genau, dass die Vögel kein bisschen größer wurden, aber die Schäferin hatte ihren Spaß.

Doch heute, mit Decke und Kälte und Dämmerung, sah das Ganze nicht nach Spaß aus.

»Ich finde, du übertreibst!«, dröhnte Mama und reichte Rebecca eine Thermoskanne aus dem Schäferwagen. »Komm rein! Du kannst hier sowieso nicht die ganze Nacht sitzen.«

Rebecca nahm ihr die Kanne aus der Hand.

»Ich weiß. Aber solange ich hier sitzen kann, sitze ich hier. Ich muss doch auf sie aufpassen, wenigstens ein bisschen. Du hättest das sehen sollen, Mama! Ich wusste zuerst gar nicht, was es war, ein Mensch oder ein Tier …«

»Ein Reh«, sagte Mama. »So was kommt vor.«

»So was kommt nicht vor!«, sagte Rebecca und schenkte sich eine Tasse Tee ein. »Nicht so! Es war so kaputt, so … Wer soll so etwas denn getan haben? Ein Hund? Ein Fuchs? Lächerlich!«

Die Tasse Tee dampfte vor sich hin.

Rebecca fröstelte »Und sieh dir an, wie schnell sie da waren! Vier Autos und ein Inspektor und Hunde mit allem drum und dran. Ich meine: wer tut so etwas für ein Reh? Es war, als … na ja, als hätten sie darauf gewartet, weißt du.«

»Hier ist eben sonst nichts los«, sagte Mama. »Ich mach die Tür zu, ja? Es kommt kalt rein.«

Rebecca nickte und schlürfte Tee. Dann zückte sie das Stielaugengerät.

Die Schafe sahen sich nach langbeinigen Dämmerungsvögeln um, aber da war nichts. Gar nichts. Nicht einmal ein Huhn. Und genau genommen guckte Rebecca auch gar nicht auf die Weide. Rebecca guckte hinauf zum Wald.

»Hoffentlich wird der nicht größer!«, sagte Heide.

Die Schafe sahen kritisch zu den Bäumen hinüber. Der Wald war groß genug!

»Ich glaube, sie sucht Cloud!«, sagte Ramses. »Sie guckt durch das Stielaugengerät, um Cloud größer zu machen! Und wenn sie groß genug ist, können wir sie über den Bäumen sehen!«

Es wäre gar kein so schlechter Plan gewesen, wenn das Stielaugending funktioniert hätte.

Miss Maple schwieg. Sie hatte das Gefühl, dass Rebecca nicht Cloud suchte. Rebecca suchte etwas anderes – etwas, das auf keinen Fall größer werden sollte.

Rebecca saß auf den Schäferwagenstufen, trank Tee, machte Stielaugen und wurde mit fortschreitender Dämmerung blauer und blauer. Die Schafe grasten. Der Wald flüsterte spöttisch. Das Schloss schwieg. Die Eingangstür zum Turm ging auf, und jemand trat heraus, und weil er außergewöhnlich helle Haare hatte, konnten ihn die Schafe auch in der Dämmerung gut erkennen – Eric. Eric wohnte nicht im Schloss, aber er kam oft vorbei, in einem alten Lieferwagen, und schaffte Ziegenkäse in den Turm. Oder aus dem Turm. Die Schafe mochten, dass er nie etwas Lautes tat. Den Ziegenkäse mochten sie weniger. Jetzt stand Eric einfach nur am Fuße des Schlosses, blickte zum Wald hinüber und sah ein bisschen verwirrt aus. Rebecca winkte. Eric winkte zurück. Dann stieg er in seinen alten Lieferwagen und fuhr davon.

Nach langer Zeit ging die Schäferwagentür wieder auf. Ein langer goldener Streifen Licht fiel auf die Weide, direkt auf Mopple the Whale. Mopple bekam wieder Schluckauf.

»Ich bin jetzt mit der Arbeit fertig!«, sagte Mama. »Komm rein, Kind, du holst dir den Tod!«

Rebecca seufzte. »Meine Güte, ich hoffe so, dass ich sie wieder finde! Ein entlaufenes Schaf allein ist schlimm genug, und jetzt das! Was, wenn …«

»Wenn du hier draußen herumsitzt, hilft das auch nicht weiter. Komm rein! Trink Tee! Wenn du willst, können wir die Karten …«

»Mama!«

»Frag doch morgen den Tie …« Rebecca war schon von den Stufen aufgesprungen und hatte ihre Teetasse umgestoßen, aber diesmal kam sie nicht rechtzeitig.

»…den Tierarzt«, sagte Mama. »Frag ihn, wie man am besten so ein Schaf…«

Mehr hörten die Schafe nicht. Der Tierarzt kam wieder! Mit seiner spitzen Nadel! Schon morgen! Ramses verlor als Erster die Nerven und galoppierte in panischen Sprüngen über die Weide. Maude und Lane preschten blökend hinterher. Bald rannte die ganze Herde am Weidezaun auf und ab und blökte nach Herzenslust. Sie glaubten nicht wirklich, dass das Rennen gegen den Tierarzt helfen würde, aber es fühlte sich gut an.

Miss Maple war als Einzige nahe beim Schäferwagen stehen geblieben und versuchte, nicht an den Tierarzt zu denken. Rebecca und Mama sprachen von etwas anderem. Sie sprachen davon, und gleichzeitig sprachen sie nicht davon. Sie sprachen darum herum.

Der Tee hatte ein schwarzes Loch in den Schnee geschmolzen.

Rebecca verschränkte die Arme. »Na toll!«, sagte sie. »Was meinst du, was es morgen braucht, um sie noch mal in den Pferch zu kriegen!«

Es würde Futter brauchen, dachte Maple. Mehr nicht. Futter und Geduld. Niemand konnte Futter widerstehen. Außer…

»Ein komischer Kauz ist das«, sagte Mama, um Rebecca von den blökenden Schafen abzulenken.

»Der Tierarzt?« Rebecca zuckte mit den Achseln. »Schon seltsam, dass er es sich nicht angesehen hat«, murmelte sie dann. »Ich meine, als Arzt… Er hat überhaupt nicht hingesehen! Kein einziges Mal. Als… als wäre er gar nicht neugierig. Und er hat versucht, mich festzuhalten.«

»Er wollte eben nicht, dass du es siehst«, seufzte Mama.

»Er wollte, dass es überhaupt niemand sieht. Er wollte nicht, dass ich die Polizei rufe. Als ob sich so etwas vertuschen lässt. Bei der nächsten Zaunkontrolle hätte ich es sowieso gefunden…«

Rebecca hüpfte von einem Bein auf das andere. Tess sprang aus dem Schäferwagen und tanzte um Rebecca herum. Tanzte und bellte.

»Da!« Mama zeigte auf Tess. »Soll sie doch aufpassen! Wozu hast du den Hund!«

Rebecca hörte auf zu hüpfen.

»Das stimmt«, sagte sie. »Tess würde bellen.«

Sie runzelte ihre dämmerungsblaue Stirn.

»Sie hat nicht gebellt!«, sagte sie dann. »Es muss gestern oder heute früh passiert sein, und sie hat nicht gebellt!«

»Weil es nicht auf der Weide war«, sagte Mama.

»Aber fast!«, sagte Rebecca. Sie rollte ihre Decke zusammen und stieg die Schäferwagenstufen hinauf.

»Gute Nacht!«, sagte sie zu den Schafen, die sich langsam wieder beruhigten. Der goldene Lichtstrahl kroch zurück in den Schäferwagen, und die Tür schlug zu.

Die Schafe standen schnaufend im Schnee. Gute Nacht! Rebecca hatte leicht reden! Sie würde morgen nicht in den Pferch gelockt und vom Tierarzt verarztet werden!

»Ich gehe morgen einfach nicht in den Pferch!«, verkündete Heide plötzlich.

Die anderen schwiegen. Sie hatten schon öfters beschlossen, einfach nicht mehr in den Pferch zu gehen. Aber wenn der Futtereimer klapperte und der süße, schwere Duft des Kraftfutters über die Weide strömte, gingen sie doch. Jedes Mal.

»Aber der Futtereimer . . .«, sagte Mopple niedergeschlagen.

»Wir brauchen nur Wollensstärke!«, sagte Heide. Sie hatte es von Mama gehört. Mit Wollensstärke ging alles!

Einige Schafe plusterten sich, um stärker zu wollen. Andere guckten betreten zu Boden. Cloud war das wollensstärkste Schaf der Herde gewesen – und der Tierarzt hatte sie in den Wald gejagt.

»Wir brauchen nicht nur Wollensstärke!«, sagte Maple plötzlich. »Wir brauchen einen Plan!«

»Ich bin mir sicher, das ist ein Schaf!«, erklärte Sir Ritchfield mit Überzeugung.

Der fremde Widder hatte sich zum Schlafen nahe am Apfelgarten an den Zaun gelehnt und sah in der späten Dämmerung alles andere als schafshaft aus, eher wie ein Haufen Laub und Moos, aber Ritchfield schien sich seiner Sache sicher zu sein.

Die Schafe hatten den ungeschorenen Fremden von drei Seiten umzingelt und versuchten, ihn zum Sprechen zu bringen. Der Ungeschorene mochte zottig sein, unförmig und filzig, aber er war zweifellos das wollensstärkste Schaf, das sie je gesehen hatten. Und er wusste etwas Wichtiges: Er wusste, wie man nicht in den Pferch ging, selbst wenn der Futtereimer klapperte und der Duft von würzigem Kraftfutter über die Weide strömte. Sie mussten es nur aus ihm herauslocken.

Aber wie?

Bisher hatten die Schafe immer vermieden, mit dem Fremden zu sprechen. Die Art, wie er sie nicht sah und nicht hörte, machte sie nervös. Was, wenn sie ihn aus Versehen anrempeln würden? Vielleicht würden sie dann durch ihn hindurchlaufen, wie durch Nebel. Die Sache war den Schafen unheimlich.

Othello räusperte sich.

Nichts.

Der Fremde hatte kurz aufgeblickt, als sie alle im Pulk an seinem Schlafplatz aufgetaucht waren, so wie man bei einem Windhauch aufblickt oder einem fernen Geräusch. Aber jetzt stand er wieder da, mit halbgeschlossenen Augen, entspannt und schläfrig. Es war nicht normal. Es ließ die Schafe daran zweifeln, ob *sie* da waren.

»Hallo, Widder!«, sagte Cordelia tapfer. »Willkommen auf unserer Weide!« Es war reichlich spät für einen Willkommensgruß – aber besser spät als nie.

Der Ungeschorene bewegte nicht einmal die Ohren.

»Wir wollen nicht stören!«, erklärte Lane. »Wir wollen nur besser wollen!«

Die Augen des Widders fielen noch ein bisschen weiter zu. Er murmelte leise und vertraut, nicht zu ihnen – zu irgendjemand anderem. Die Schafe sahen sich um – da war niemand. Natürlich nicht.

»Widder!«, blökte Ramses. »Wir wollen nicht in den Pferch!«

Die Augen des Widders waren geschlossen. Er summte leise vor sich hin.

»Ich glaube, er kann nicht sprechen«, sagte Cordelia.

»Er kann murmeln«, sagte Heide. »Wenn er etwas lauter murmeln würde, könnte er sprechen!«

Sie beschlossen, den Rest der Diskussion Sir Ritchfield zu überlassen. Der schwerhörige Ritchfield war in Sachen laut sprechen ein gutes Vorbild.

Es dauerte eine Weile, bis Sir Ritchfield verstanden hatte, worum es ging.

Dann aber richtete er sich vor dem fremden Schaf zu seiner vollen Leitwiddergröße auf, streckte seine imposanten Hörner in die Nacht und scharrte mit den Hufen im Schnee. Die anderen sahen ihn respektvoll an.

»Widder!«, donnerte Sir Ritchfield würdevoll. »Manche Sachen sind da. Und manche Sachen sind nicht da. Und manche Sachen sind nur manchmal da. Und es ist nicht immer einfach, zu verstehen, was da ist und wann es da ist. Melmoth war da, und jetzt ist er nicht da, und irgendwie ist er doch da, und manchmal …«

Ritchfield brach ab, starrte nachdenklich auf die Muster, die seine Hufe in den Schnee gezeichnet hatten, und dachte an Melmoth das Wanderschaf, seinen Zwilling, seinen Bruder, der damals so einfach über die Klippen verschwunden war. Dann fasste er sich wieder.

»Wichtig ist zu wissen, was ein Schaf ist – und was nicht«, erklärte er dem fremden Widder. »Wir sind Schafe. Und wir sind da. Wie kann man das wissen? Weil wir nicht hier sein wollen! Man kann es immer am Wollen erkennen. Alles. Wenn wir nicht hier wären und nicht Schafe wären, würden wir nicht wegwollen! Aber wir sind da, und wir sind Schafe, und wir wollen nicht in den Pferch!«

Die Schafe staunten. Ritchfield machte es gar nicht so schlecht. Auf einmal waren die Augen des fremden Widders wieder offen, und zum ersten Mal hatten die Schafe das Gefühl, dass er sie bemerkte.

»Tourbe«, sagte er. »Farouche. Grignotte. Boiterie. Sourde. Tache? Aube?«

Die Schafe verstanden kein Wort.

»Aube?«, fragte der Fremde. »Pâquerette? Gris? Marcassin? Pré-de-Puce?«

»Er spinnt«, sagte Heide.

Kein Wunder! So viel Wolle überall musste ein Schaf einfach verrückt machen.

»Namen«, murmelte auf einmal das Winterlamm. »Das sind alles Namen.« Das Winterlamm selbst hatte keinen Namen. Die Schafe bekamen erst Namen, wenn sie ihren ersten Winter überstanden hatten.

»Bist du das?«, fragte es. »Farouche Grignotte Gris Marcassin Tache? So viele?«

»Aube!« Der Ungeschorene nickte traurig.

Das Winterlamm sah ihn respektvoll an. Es hätte gerne auch seinen Namen gesagt, wenn es nur einen gehabt hätte.

51

»Ich bin nur ich«, sagte es leise.

»Ihr seid es nicht«, sagte der Fremde überrascht. »Aber fast! Genauso weiß. Sie waren so weiß, wisst ihr. Aube, Farouche. Sogar Gris. Davor. Wie gut, dass ihr noch weiß seid.«

»Soso«, knurrte Othello.

»Woher?«, flüsterte der Ungeschorene. »Warum?« Seine Stimme klang wie Laub im Wind. Dünn und sanft und sehr weit weg. »Seid ihr ... früher? Vorher?«

»Wir sind hier«, sagte Othello. »Jetzt. Darum geht es.«

»Ihr müsst verschwinden!«, blökte der Fremde aufgeregt. »In alle Richtungen! Jeder für sich. Bleibt unter Bäumen! Bleibt im Schatten! Und *bewegt euch nicht, wenn ihr ihn seht*. Egal was ihr seht! Egal was! Seht weg! Seht weg! Wer flieht, ist sein!«

»Er kann nicht den Tierarzt meinen!«, sagte Heide.

»Das ist unsere Weide«, sagte Othello ruhig. »Wir fliehen nicht. Wir wollen nur nicht in den Pferch!«

Die anderen Schafe waren ein wenig zurückgewichen. Jetzt, wo er sich so aufregte, hatte der Fremde begonnen, einen strengen und nicht besonders schafshaften Geruch von sich zu geben.

»Wo sind die anderen?«, fragte er. »Farouche? Aube? Pâquerette?«

»Ich glaube, er frisst zu wenig!«, sagte Mopple leise. Und hickste.

Mopple the Whale fraß zu viel.

»Wo sind die anderen?«, fragte Cordelia sanft.

Heide nieste. Eine Schneeflocke war mitten auf ihrer Nase gelandet. Eine zweite fuhr ihr wie eine kalte Träne ins Auge. Schon wieder Schnee! Die Vögel saßen still in den Zweigen, dick, flauschig und dunkel wie überdimensionale Palmkätzchen.

Der Schnee brachte den Fremden vollkommen aus der Fassung. Seine Augen rollten. Sein ganzer großer bemooster Körper begann zu zittern. Es sah komisch aus.

»Renn, Farouche!«, blökte er. »Er kommt! Er kommt aus dem Schrank! Gris! Aube! Flieht! Flieht *jetzt*!«

Er drängte sich an den anderen Schafen vorbei und hetzte in einem seltsamen, schwerfälligen Galopp am Zaun entlang, im Zickzack über die Weide bis zu den Ginsterbüschen am Ziegenzaun. Dort blieb er stehen.

Die Schafe äugten nervös nach allen Seiten, aber da war nichts. Nur der Schnee.

»Gute Nerven hat er ja nicht«, sagte Zora schließlich.

»Nein«, sagte Othello. »Das ist ein mutiger Widder. Ein sehr mutiger Widder.«

Othello war ein Meister des Duells. Er wusste, was Mut war. Nicht das Gegenteil von Furcht jedenfalls. »Etwas Schlimmes ist mit seiner Herde passiert. Mit Farouche und Aube und Pâquerette. Und ich denke, dass es hier passiert ist.«

»Er mochte Aube«, sagte Mopple the Whale.

»Ich glaube, das war ein… Schaf!«, blökte Sir Ritchfield plötzlich.

Die anderen seufzten. Ritchfield war wirklich nicht mehr der Jüngste.

Die Schafe sahen sich an. In ihren Legenden war Jack-der-ungeschoren-Davongekommene eine heroische Figur, ein Schafsheld, der Schäfer an der Nase herumführte, ihrer Schere um Haaresbreite entkam und mit wild wehender Wolle in die Abenddämmerung trabte. Ein Held der Wollensstärke. Der Ungeschorene hingegen konnte ihnen noch nicht einmal erklären, wie man nicht in den Pferch ging.

»Heuschuppen!«, sagte Othello, und die Schafe trabten stumm hinüber zum Stall.

Nur Mopple stand weiter einfach so im Schnee herum, in einem seltenen Anfall von Appetitlosigkeit. Mopple hatte ein phänomenales Gedächtnis, so groß und dick wie er selbst. Was er sich einmal gemerkt hatte, vergaß er nie. Hick. Ob er wollte oder nicht. Nicht dass er *glaubte*, was die Ziege und das fremde Schaf erzählt hatten. Hick. Das nicht. Nur … es war alles auf die gleiche Art verrückt gewesen. Es hing zusammen wie zwei Pflanzen, die aus derselben Wurzel kamen. Irgendwo tief unten. Man konnte es schmecken. Hick. Und jetzt lag es ihm im Magen wie … wie … wie Blähgras. Lag herum und gärte. Und die Ziege hatte ihnen Wünsche erfüllt. Ganz so übel konnte sie da doch nicht sein. Und vielleicht hatte sie sogar noch ein bisschen Kraftfutter im Fell! Hick. Hick. Wenn es nur nicht die falschen Wünsche gewesen waren … und dieser Schluckauf!

Er hätte gerne mit Miss Maple darüber gesprochen. Nicht über den Schluckauf, aber über den Rest. Miss Maple war so klug, dass einem davon schwindelig werden konnte. Oder mit Othello? Am liebsten mit Zora. Mopple sprach gerne mit Zora über Dinge. Sie hatte Hörner und ein hübsches schwarzes Gesicht, und sie interessierte sich für Abgründe – und Wurzeln. Mopple beschloss, zu ihr hinüberzutraben, sobald er den idiotischen Schluckauf losgeworden war.

Genau genommen gab es im Heuschuppen gar kein Heu, nur gelbes Stroh am Boden und – hoch über ihren Köpfen – ein Fenster ohne Scheiben, durch das Schneeflocken wehten, aber sie hatten früher in Irland in einem Heuschuppen geschlafen, und daran sollte Europa nicht so einfach etwas ändern.

Der Schuppen stand mitten in der jungen Nacht, und im Schuppen standen die Schafe und atmeten. Zora drehte den Kopf zum Fenster und sah nach den Sternen. Sir Ritchfield hustete. Othellos Vorderhuf scharrte im Stroh. Maude witterte. Das Winterlamm schabte sich an einem Pfosten.

Niemand schlief. Niemand hatte Lust, sich morgen vom Tierarzt über die Weide hetzen zu lassen. Die Nacht kam ihnen kälter vor ohne Cloud.

»Vielleicht sollten wir uns doch verstecken?«, sagte Cordelia nachdenklich.

Der Plan gefiel ihnen.

»Aber wo?«, fragte Maude.

»Hinter der alten Eiche!«, blökte Ramses aufgeregt.

Die alte Eiche war der einzige nennenswerte Baum auf ihrer Weide, und sie lag praktisch, mit Fluchtmöglichkeiten in drei Richtungen und dem Ziegenzaun als Rückendeckung. Die Schafe trabten los, um es auszuprobieren. Doch egal, wie dicht sie sich aneinanderpressten: selbst in der Dunkelheit war der Stamm der alten Eiche kein besonders überzeugendes Versteck.

»Wir könnten uns *auf* der alten Eiche verstecken!« Ramses ließ nicht locker.

Die anderen verdrehten die Augen.

Sie versuchten das Verstecken hinter dem Schrank – katastrophal! –, hinter dem Heuschuppen oben am Hang – besser! –, hinter dem Schäferwagen – na ja – und schließlich hinter der Futterkammer. Hinter der Futterkammer roch es gut, aber besonders versteckt kamen sie sich auch nicht vor. Das Problem war: jedes Mal, wenn sie nach einer Seite versteckt waren, waren sie nach drei Seiten nicht versteckt.

Maude behauptete, die beste Art, sich zu verstecken, wäre, die Augen ganz fest zuzukneifen. Sie probierten auch das, aber egal, wie fest Maude die Augen zukniff – die anderen konnten sie ganz hervorragend sehen.

»Ich hab's!«, blökte Mopple the Whale, der sich wieder zu

den Schafen gesellt hatte. »Wir verstecken uns *in* der Futter-kammer!«

»Was ist, wenn Rebecca in die Futterkammer geht?«, fragte Lane. »Dann sitzen wir in der Falle!«

»Sie wird nicht in die Futterkammer gehen!«, sagte Mopple. »Sie geht nur in die Futterkammer, um uns zu füttern. Und wenn wir nicht da sind, kann sie uns nicht füttern!«

Es war ein brillanter Plan. Die Sache hatte nur einen Haken: den Haken an der Futterkammertür. An diesem Haken hing ein Schloss. Ein Schloss, das man nur durch Zählen öffnen konnte. Die Schafe konnten nicht besonders gut zählen, aber einen Versuch war es wert.

»Drei!«, sagte Heide.

»Acht!«, schnaubte Othello.

»Vier!«, blökte das Winterlamm.

Das Futterkammerschloss zeigte sich wenig beeindruckt von ihren Zählkünsten.

»Vielleicht müssen wir *etwas* zählen?«, sagte Maude. »Zum Beispiel… Beine!« Sie blickte nach unten auf ihre Hufe. »Eins… zwei. Zwei!« Maude blickte stolz in die Runde.

»Zwei?«, fragte Lane. »Nur zwei?«

»Es müssen mehr sein!«, sagte Cordelia.

»Ich sehe nur zwei«, sagte Maude störrisch.

Miss Maple sah Maude kritisch an. »Vier«, sagte sie dann.

Das Schloss rührte sich nicht.

Die Schafe zählten Sir Ritchfields Ohren (zwei!) und Othellos Hörner (vier!), sie zählten die Astlöcher in der Futter-kammertür (drei!), die Blätter der alten Eiche (drei!) und die Schneeflocken, die vom Himmel flockten (mindestens sieben!).

Doch das Zahlenschloss machte keinen Mucks.

Die Tür des Schäferwagens ging auf, und Rebecca sah misstrauisch zu ihnen herüber. Die Schafe taten so, als würden sie sich nur für den Haferkeksmond interessieren, und Rebecca machte die Tür wieder zu.

Frustriert trabten die Schafe zurück zum Heuschuppen. Es gab kein Entrinnen. Der Tierarzt würde heute Nacht ungebeten auf ihren Traumweiden erscheinen und eine Hufschneidenschere schwenken, und morgen würde er sie aus dem Pferch zerren, eines nach dem anderen, bis auf Maude, die heute Morgen schon vor Cloud dran gewesen war.

»Was, wenn wir den Futtereimer nicht hören?«, sagte Othello auf einmal.

»Ritchfield vielleicht...«, murmelte Heide.

»Niemand!«, sagte Othello. »Der Tierarzt kommt – wir gehen. So einfach ist das.«

»Aber...«, blökte Zora. »Das ist unsere Weide! Wir fliehen nicht! Du hast es selbst gesagt!«

»Wir fliehen auch nicht«, sagte Othello. »Wir gehen einfach weg.«

Die Schafe sahen ihren Leitwidder respektvoll an.

»Und Rebecca?«, fragte Lane.

»Rebecca wird nachkommen«, sagte Othello.

So hatte es bisher funktioniert: die Schafe waren losgetrabt, in die Richtung, aus der es am appetitlichsten roch, und Rebecca war mit hochrotem Gesicht nachgekommen. Dieser Teil des Wanderschafslebens hatte immer gut geklappt.

»Wir warten bis zum Morgengrauen. Dann kann Rebecca unseren Spuren im Schnee folgen. Wir gehen in den Wald und suchen Cloud. Und wenn wir sie gefunden haben, gehen wir weiter.«

Die Schafe schwiegen. Es war ein kühner Plan. Und er war nicht so attraktiv wie der mit der Futterkammer.

»Wohin gehen wir denn?«, fragte Cordelia zögerlich.

»Weg«, antwortete Othello.

57

»Was ist, wenn es schneit?«, fragte Ramses.

»Es wird nicht schneien«, sagte Othello.

»Was ist, wenn wir Cloud nicht finden?«, fragte Lane.

»Wir finden Cloud«, sagte Othello entschlossen.

Die Schafe guckten beeindruckt. Othello hatte an alles gedacht.

»Und wie kommen wir in den Wald?«, fragte auf einmal das Winterlamm. »Rebecca hat gerade erst den Zaun kontrolliert.«

»Das weiß ich noch nicht«, sagte Othello leise. »Aber wir kommen in den Wald.«

Mopple schnarchte. Heide nieste. Ritchfield murmelte leise und sanft. Durch das leere Stallfenster tanzten ein paar einsame Schneeflocken auf die Schafe herab.

»Ich weiß, wie wir in den Wald kommen könnten«, blökte das Winterlamm.

»Das dachte ich mir«, sagte Othello. Niemand glaubte weniger an Zäune als das Winterlamm.

»Wir können nicht durch den Drahtzaun«, sagte das Winterlamm mit glänzenden Augen. »Aber im Lattenzaun zwischen uns und den Ziegen ist eine Latte locker. Ich habe gesehen, wie die schwarze Ziege hindurchgeschlüpft ist. Und niemand hat den Zaun auf der Ziegenweide kontrolliert!«

Mopple schwieg. Ritchfield schnarchte.

Draußen hatte es aufgehört zu schneien.

4

Ein halber Mond schien. Blauer Schnee knirschte. Die Luft war kalt wie die Klinge des Schermessers. Ein kleiner Trupp zu allem entschlossener Schafe näherte sich vorsichtig dem nächtlichen Ziegenzaun.

Othello der Leitwidder, Miss Maple, weil sie klug war, Mopple, weil er ein gutes Gedächtnis hatte, Sir Ritchfield, weil er dachte, es würde sich um einen Ausflug handeln, und das Winterlamm – niemand wusste, warum. Was, wenn die Ziegen alle schliefen? Aber irgendwie konnten sie sich nicht vorstellen, die Ziegen bei etwas so Normalem wie Schlafen zu ertappen.

Und tatsächlich: mitten in der Nacht, in der Nähe des Zauns, standen drei Ziegen, mit gebogenen Hörnern, schmalen Gesichtern und langen, schlanken Hälsen. Eine Dunkle, eine Graue und eine Blaue mit einem schwarzen Ohr – zumindest sah es im bleichen Licht des Mondes so aus. Standen, als hätten sie auf die Schafe gewartet.

Standen und schwiegen.

Ihre Augen funkelten.

Die Zeit drängte. Sie mussten im ersten Licht von der Weide verschwinden, bevor die Menschen erwachten. Vor allem Rebecca. Und der Morgen war nah. Unsichtbar noch, aber nah.

Eine der Ziegen rülpste.

»Ich bin Maple«, sagte Maple. Sie wollte es diplomatisch angehen.

»Na und?«, meckerte die dunkle Ziege.

»Ich bin Mopple«, sagte Mopple. »Und das ist Sir Ritchfield.«

»Er ist alt, und du bist dick«, sagte die Graue.

»Ich bin nicht dick!«, blökte Sir Ritchfield. Der Ausflug verlief bisher nicht besonders nach seinem Geschmack.

»Das bildest du dir nur ein!«, meckerte eine Ziege mit nur einem Horn aus einiger Entfernung. Die anderen Ziegen sahen nicht hin.

Othello schnaubte ungeduldig.

Die Ziegen schnaubten auch. Und kicherten.

»Ich bin Shub-Niggurath«, sagte die Dunkle dann. »Und die beiden anderen sind auch Shub-Niggurath.«

»Ich bin auch Shub-Niggurath!«, meckerte eine vierte, graublau gescheckte Ziege, die neugierig näher gekommen war.

Die Schafe standen stumm und staunten.

»Ihr wollt etwas«, sagte die graue Ziege. »Schafe wollen immer.«

»Schafe wollen immer«, seufzten die drei anderen im Chor.

»Sogar nachts!«, fügte die Blaue mit dem schwarzen Ohr vorwurfsvoll hinzu.

»Aber wir wollen nicht«, fuhr die Graue fort. »Wir sind Shub-Niggurath, und wir sprechen nicht mit euch. Wir sprechen nur mit uns. Mit uns und sonst mit niemand.«

Die Schafe warfen sich viel sagende Blicke zu. Vollkommen verrückt! Sie hatten es ja gleich gewusst!

»Ich bin Niemand«, sagte das Winterlamm plötzlich.

Die Ziegen starrten interessiert durch den Zaun.

»In der Tat?«, fragte die Graue.

»In der Tat!«, meckerte die Gescheckte.

»In der Tat!«, sagte die Blaue mit dem schwarzen Ohr.

»Wir sprechen mit Niemand«, sagte die Dunkle gönnerhaft. Alle vier guckten erwartungsvoll auf das Winterlamm.

Das Winterlamm überlegte kurz.

»Was, wenn ein Schaf auf eure Weide käme?«, fragte es dann.

»Eklat!«, meckerte die Graue.

»Skandal«, hauchte die Grau-Blaue.

»Krawall!«, sagte die Dunkle.

»Vive la révolution!«, meckerte eine zweite Grauziege, die neben den vier anderen aufgetaucht war.

»Und wenn es nichts fressen würde?«, fragte das Winterlamm. »Keinen Halm? Wenn es nur quer über eure Weide laufen würde, hinein in den Wald?«

Eine Wolke wanderte vor den Mond, und es wurde sehr dunkel.

»In den Wald?«, fragte die Dunkelgraublaue.

»Warum?«, sagte die Dunkelgraue.

»Wieso?«, sagte die Tiefblaue mit dem schwarzen Ohr.

»Seid ihr verrückt?« Die fünf Ziegen sahen die Schafe mit neuem Respekt an.

Eine schwarzgraue Ziege trabte neugierig näher.

»Das ist Shub-Niggurath«, erklärte die tiefblaue Ziege mit dem schwarzen Ohr höflich.

»Das ist kein Schaf«, murmelte Sir Ritchfield.

»Das ist etwas ganz anderes«, sagte die Dunkelgraue. »Wenn es nichts isst, ist es egal.«

»Kein bisschen?«, platzte Mopple heraus. Die Ziegen sahen nicht einmal hin.

»Und wenn es mehrere Schafe sind?«, fragte das Winterlamm. »Sozusagen … alle?«

Der Mond kroch wieder hinter der Wolke hervor, und die Ziegen wurden bleicher.

»Wir fressen nichts. Wir laufen einfach morgen früh über eure Weide. Ohne Eklat, Krawall und Révolution. Was wollt ihr dafür?«, fragte das Winterlamm.

»Wir?«, sagte die Graue unschuldig.

»Wir?«, fragte die Dunkle.

»Wir wollen nicht«, sagte die Grau-Blaue würdevoll.

»Ziegen wollen nie!«, meckerte die Blaue mit dem schwarzen Ohr.

»Was wollt ihr dafür?«, wiederholte das Winterlamm störrisch.

»Nichts!«, sagte die Dunkle.

»Gar nichts!«, meckerte die Graue.

»Natürlich nicht!«, sagte die Blaue mit dem schwarzen Ohr.

»Außer...«

»... vielleicht...«

»... eine...«

»... klitzeklitzekleine...«

»... Kleinigkeit!«

Die Ziegen hopsten aufgeregt.

»Gemacht!«, sagte das Winterlamm.

»Er könnte es schaffen«, sagte Zora überrascht.

»Wenn er nicht vergisst, wo er hin soll«, seufzte Mopple the Whale.

»Ziegen«, murmelte Othello.

»Aber spannend ist es!«, sagte das Winterlamm und hüpfte mit allen vier Beinen gleichzeitig in die Luft wie... nun ja, wie eine Ziege.

Die ganze Herde hatte sich am Ziegenzaun zusammengeballt und starrte gebannt durch die Latten. Die Ränder des Himmels wurden schon fahl, und Sir Ritchfield, der alte Leitwidder, trottete bedächtig, aber zielstrebig über die Ziegenweide auf den gespaltenen Baum zu, während seine Gegnerin, die blinde Ziege, im Zickzack hin und her lief, schneller zwar, aber ohne Orientierung.

»Ritchfield! Ritchfield!«, blökten die Schafe.

Die Sache war eigentlich ganz einfach. Einfach, aber verrückt. Ein Wettrennen der Ältesten. Wenn Ritchfield vor der Ziege den gespaltenen Baum erreichte, konnten die Schafe über die Ziegenweide fliehen, ohne dass die Ziegen Alarm schlugen. Wenn nicht…

»Ritchfield! Ritchfield! Ritchfield!«

Sie hatten dem alten Widder eingeschärft, dass er zu dem Baum gehen musste. Nicht mehr und nicht weniger. Und sie hofften inständig, dass er diese einzige Aufgabe nicht unterwegs vergaß.

Die blinde Ziege hatte sich in einem Ginstergestrüpp verfangen und ging vorsichtig rückwärts.

»Ritchfield! Ritchfield!«, blökten die Schafe aufgeregt. Immer lauter.

Ritchfield blieb stehen und lauschte.

Die Schafe verstummten entsetzt.

Ritchfield guckte einen Moment verwirrt. Dann schüttelte er den Kopf und trabte weiter Richtung Baum.

»Puh!«, sagte Mopple.

»Ritchfield!«, blökte Heide begeistert. Die anderen sahen sie böse an.

Aber auch die alte Ziege hatte sich aus dem Gestrüpp befreit und hetzte weiter über die Weide. Trotzdem: wenn Ritchfield so weitermachte, hatte sie keine Chance.

»Ritchfield! Ritchfield!«, meckerten die Ziegen. Sie machten die Hälse lang, hopsten in die Luft und amüsierten sich königlich.

»Ritchfield!«

Wieder blieb der Leitwidder stehen und lauschte.

»Ritchfield!«

»Das ist gemein!«, blökte Ramses.

»Ziegen«, seufzte Zora.

Ritchfield wackelte mit den Ohren und trottete weiter. Noch immer auf den Baum zu.

»Unglaublich!«, sagte Mopple. Ritchfield würde es schaffen! Nur noch wenige Schafslängen!

Auf einmal stand eine kräftige junge Ziege zwischen Ritchfield und dem Baum. Eine Ziege mit langen, spitzen Hörnern.

»Die Parole?«, fragte die Ziege. »Das Kennwort? Die Losung?«

Aber der schwerhörige Ritchfield trabte einfach weiter.

»Stopp!«, meckerte die Spitzgehörnte entsetzt. Kaum eine Nasenlänge von der Ziege entfernt kam Ritchfield schließlich zum Stehen und schüttelte den Kopf. Er tat einen Schritt nach links. Die Ziege tat einen Schritt nach rechts. Ritchfield tat einen Schritt nach rechts. Die Ziege nach links.

»Kein Schaf!«, sagte Sir Ritchfield kopfschüttelnd.

»Die Parole!«, insistierte die Ziege.

»Die Losung! Die Losung!«, feixten die anderen Ziegen.

»Was?«, brüllte Sir Ritchfield.

Die blinde Ziege am anderen Ende der Weide blieb stehen, legte den Kopf schief und lauschte. Dann rannte sie los. Direkt auf den Baum zu.

»Das war's«, seufzte Mopple the Whale.

»PA-RO-LE!«, meckerte die junge Ziege laut. Aber nicht laut genug.

Ritchfield kicherte geschmeichelt. »Wie? Ein Duell? Warum nicht? Warum nicht!«

Im nächsten Moment hatte sich der alte graue Widder hoch aufgerichtet. Seine Augen glänzten, seine Hufe tanzten, und seine Hörner standen wie starke Äste in der gefrorenen Luft. Ritchfield schnaubte. Die Schafe sahen beeindruckt zu. Jetzt wussten sie wieder, warum Ritchfield viele Jahre ihr Leitwidder gewesen war.

Umhüllt von Atemwolken ging Ritchfield rückwärts. Erst einen Schritt. Dann einen zweiten. Dann einen dritten.

»Ritchfield! Ritchfield!«, blökten die Schafe begeistert. Der dumme Baum war vergessen. Ritchfield würde den Ziegen zeigen, wie ein faires Duell aussah!

Ritchfield senkte seine mächtigen Hörner und galoppierte los. Die Ziege guckte überrascht. Dann erhob sie sich nach Ziegenart auf die Hinterhufe. Ihre spitzen Ziegenhörner glänzten wie Eis. Die Schafe hielten den Atem an, aber Ritchfield donnerte unbeeindruckt weiter. Im nächsten Augenblick war die Ziege beiseitegesprungen, und Ritchfield prallte mit ganzer Wucht gegen den Stamm des alten gespaltenen Baumes. Ein voller, runder Ton klang über die Weide. Die blinde Ziege blieb stehen und meckerte.

»Das war's!«, sagte Othello zufrieden.

Es war höchste Zeit. Der Himmel wurde blasser und durchsichtiger, Rauch lag in der Luft, und bald würde Rebeccas gelbes Schäferwagenfenster zu glimmen beginnen und Mama rauchend auf den Schäferwagenstufen auftauchen. Eines nach dem anderen quetschten sich die Schafe durch die Lücke im Ziegenzaun. Es gab eine kurze Aufregung, als Mopple the Whale im Zaun stecken blieb und fast ihren Fluchtweg verstopft hätte, aber Zora biss den runden Widder ins Hinterteil, und Mopple schnellte durch das Loch wie ein übergewichtiger Grashüpfer.

Nur Maude wollte nicht. »Ich gehe nicht über die Ziegenweide!«, blökte sie. »Es stinkt! Und warum auch? Ich war schon dran! Was kann mir schon passieren?«

Die Schafe wussten nicht genau, was Maude passieren konnte, aber es gefiel ihnen nicht, sie einfach so zurückzulassen.

»Aber wir gehen alle!«, blökte Heide.

»Jetzt nicht mehr!« Maude drehte dem Ziegenzaun den Rücken zu.

Doch später, als Othello die Herde umrundete und nachsah, ob alle da waren, stand Maude doch auf der Ziegenseite des Zauns und machte ein schafshaftes Gesicht.

»Was ist mit ihm?«, fragte Zora und blickte hinüber zu den Ginsterbüschen. Der fremde Widder hatte wieder die Augen geschlossen und schien zu schlafen. »Er ist auch ein Schaf!«

»Aber er weiß, wie man nicht in den Pferch geht«, sagte Heide.

»Trotzdem!«, sagte Cordelia. »Er soll mit!«

Die Schafe blökten halbherzig zu dem Ungeschorenen hinüber. Nichts.

Dann machten sie sich daran, die Ziegenweide zu überqueren. Es roch streng. Die Ziegen waren weit weg, verschwommene graue Punkte am anderen Ende der Weide. Ein bisschen unheimlich war den Schafen die Sache jetzt doch.

Sie holten Sir Ritchfield unter dem gespaltenen Baum ab, dann ging es weiter zum Waldrand. Der alte graue Widder war noch immer ziemlich benommen, aber blendender Laune.

»Ein wunderbarer Ausflug!«, blökte er. »Wunderbar!«

»Und das ist erst der Anfang«, knurrte Othello. Der schwarze Leitwidder prüfte die einzelnen Pfosten des Ziegenzauns. Beroch sie. Lehnte sich gegen sie. Stupste sie mit seinen vier schwarzen Hörnern. Einen um den anderen.

»Guten Morgen, Shub-Niggurath«, sagte Maple freundlich.

Eine einzelne Ziege war am Zaun aufgetaucht. Auf der falschen Seite. Drüben. Draußen. Am Waldrand. Eine Morgenweiße mit einem schwarzen Ohr.

»Ich heiße Megära«, sagte die Ziege würdevoll.

Das Winterlamm staunte.

»Wie bist du da herausgekommen?«, fragte Lane. Lane war ein ungemein praktisches Schaf.

»Oh, ich bin nicht draußen«, sagte die Schwarzohrige. »Ich bin drinnen. Ihr seid draußen!«

»Und wenn wir auch nach drinnen wollen?«, fragte Miss Maple.

Die Ziege seufzte. »Wollen, immer nichts als Wollen im Kopf! Geht doch einfach durch den Zaun!« Mit einer eleganten Bewegung wand sich die Schwarzohrige durch den Draht, an einer Stelle, wo er nicht richtig an seinem Pfosten befestigt war und sich leicht beiseiteschieben ließ.

Othello ließ von den Pfosten ab.

»Warst du schon im Wald?«, fragte Heide.

Die Ziege kicherte. »Die Frage ist vielmehr – war der Wald schon hier?«

Zora verdrehte die Augen und kletterte an der Schwarzohrigen vorbei als Erste durch den Draht. Vorsichtig. Trittsicher. Wie am Abgrund entlang. Der Wald war ein Abgrund. Nur ging es nicht hinunter, sondern hinein. Zoras Ohren kribbelten vor Erwartung.

Tapfer schnaufend quetschte sich Mopple hinter Zora her durch den Zaun. Dann Othello. Dann Maple, Heide und Lane. Sir Ritchfield verhedderte sich mit seinen gewundenen Hörnern, was seiner guten Laune keinen Abbruch tat. Es dauerte eine Weile, bis sie den kichernden Ritchfield aus dem Draht befreit hatten. Maude fürchtete sich vor dem kalten, scharfen Geräusch, das der Draht von sich gab, Cordelia vor der Stille dahinter. Ramses hatte einen nervösen Niesanfall. Einem Schaf zupfte der Zaun ein Büschel Wolle aus, einem anderen stellte er ein Bein. Endlich waren sie alle auf der anderen Seite, zu-

letzt das Winterlamm, voller finsterer Gedanken. Jetzt sprachen die Ziegen mit allen! Es war Niemand, und es nützte nichts. Rein gar nichts. Nicht einmal bei den Ziegen.

Das Fenster des Schäferwagens glomm auf, und die Schafe machten sich auf den Weg. Dicht gedrängt. Nervös. Hinein in den Wald.

»Ach übrigens«, rief die Ziege ihnen nach, »wenn ihr den Garou trefft…«

»Ja?«, fragte das Winterlamm düster.

»Ach, nichts«, murmelte die Ziege, als die Schafe eines nach dem anderen zwischen den Stämmen verschwanden.

»Gar nichts.«

5

Nur der Fuchs wusste Bescheid.

Der Mensch ging durch den Schnee und hinterließ Spuren wie alle anderen Menschen. Er roch wie sie und bewegte sich wie sie zwischen den Bäumen, hoch und steif und lächerlich aufrecht, er machte Lärm wie sie und verstand nichts vom Unterholz.

Andere Menschen nickten ihm schweigend zu, als wäre er nichts Besonderes, Schafe und Ziegen hoben kaum den Kopf, wenn er vorbeischritt, selbst die Rehe drehten nur die Ohren nach ihm, hochmütig in ihrer Wachsamkeit.

Der Fuchs aber folgte der Fährte im Schnee zu unerhörten Genüssen.

Die Mäuse waren über die Jahre flinker und wendiger geworden, und die Kälte fand Winter für Winter tiefer unter sein Fell. Die unkomplizierten Mahlzeiten, die die Spuren im Schnee versprachen, kamen da wie gerufen.

Einmal, tief in seinem Bau an einem mageren, regnerischen Tag, hatte der Fuchs davon geträumt, ihm die Hand zu lecken, und hatte Blut geschmeckt und Salz. Im Wachen ließ ihn der Gedanke an Berührung – jede Berührung – erschaudern.

Besser als alle anderen wusste der Fuchs, dass mit diesem Menschen etwas nicht stimmte.

Der Fuchs lief schneller. Da war die Hütte, die der Fuchs nie betreten hätte. Die Spur des Menschen führte hin, aber dann –

wie immer schnürte der Fuchs in weiten misstrauischen Kreisen um das dunkle Menschending – führte sie auch wieder weg. Weiter. Dann konnte er es schon riechen und brauchte all seine rotschwänzige Fuchsweisheit, um nicht vor Erwartung zu winseln.

Am Ende der Fährte war der Mensch schon fertig und stand einfach da, an einen Baum gelehnt. Der Fuchs leckte sich die Lippen, presste sich gegen den Boden und wartete.

Erst als der Mensch sich abwandte und davonging, freudentaumelnd wie eine Motte, schoss der Fuchs aus seiner Deckung und biss verzückt in den roten Schnee.

Dann ein Kitzel in seinem Nacken, wie Atem, nur flüchtiger. Der Fuchs blickte auf, und in einiger Entfernung, zwischen den Bäumen, stand der Mensch und blickte zurück.

Sie hielten den Blick eine Weile zwischen sich wie einen Spinnenfaden, hauchdünn und zäh und unentrinnbar, und wussten, dass sie da waren.

Den Menschen ließ dieses Wissen lächeln.

Den Fuchs machte es wachsam – und kalt.

Der Mensch ging weiter, und der Fuchs fraß. Fraß, bis der Mensch sich zu einem winzigen Punkt verdichtet hatte, der wie eine Fliege zwischen den Stämmen herumirrte.

Dann ließ er von der Beute ab, leckte sich ein letztes Mal die Lippen und schnürte wieder hinter der großfüßigen Menschenfährte her. Und wusste selbst kaum, warum. Hier war ein Festmahl für einen Fuchs – für viele Füchse. Aber dieser Fuchs war grauschnäuzig und schlau. Viele Sommer und viele Winter hatten ihm den blanken Pelz geschliffen, und der Fuchs war glatter geworden und glatter, bis er sich durch den Wald bewegen konnte wie ein saftiger Fisch durch Wasser. Der Fuchs schluckte den Wald und atmete den Wald mit jedem Schritt, jedem Blick, und um atmen zu können, musste er etwas wissen. Der Fuchs musste wissen, ob der Mensch wieder aus dem Wald verschwunden war.

Jedes Mal.

Im Wald war es noch Nacht und so still wie im Schlaf. Das Flüstern des Windes wagte sich nicht hierher, und die Bäume schwiegen.

Auch die Schafe schwiegen beeindruckt. Bäume! Es überraschte sie dann doch ein bisschen. So viele! Sie hatten Bäume bisher nur als Einzelgänger kennen gelernt, als harmlose Schattenspender, deren Rinde man ungestraft annagen konnte und an deren Stamm man sich scheuerte, bis die Stelle glatt und glänzend war und kein befriedigendes Scheuererlebnis mehr hergab.

Aber hier war auf einmal alles voll von Bäumen, Stamm an Stamm, eine gewaltige Herde, so eng, dass die Schafe nicht in der beliebten Knäuelformation vorwärtskommen konnten, sondern immer nur hintereinander, drei oder zwei oder eins. Die Sache gefiel ihnen nicht. Hinter jedem Stamm konnte etwas lauern, und die Schafe hatten das ungute Gefühl, dass auch die Bäume selbst lauerten, wie sehr geduldige Katzen auf sehr vorsichtige Mäuse. Obwohl sie sich behutsam vorwärtsbewegten, zögerlich und sacht, galoppierten ihre Herzen im Galopp. Die Schafe vermissten den Himmel.

Nachdem sie sich eine Weile angeschwiegen hatten − der Wald die Schafe und die Schafe den Wald −, fasste sich Zora ein Herz und rupfte einige Knospen von einem zarten Zweig auf Schafshöhe. Von da an ging es entspannter weiter, wachsam zwar, aber nicht ohne den gelegentlichen appetitlichen Happen vom Wegesrand.

Die Bäume zerschnitten die Welt in schwarz und weiß. Weiß der Schneeflaum um ihre Hufe, schwarz die Stämme im Schnee.

Schwarz die stummen Vögel über ihnen, weiß der Morgennebel, der aus dem Boden stieg. Schwarz die gezackten Äste, weiß die Wolken darüber. Schwarz Othello, der ihnen vorantrabte, weiß Maple, Lane und Cordelia, die ihm folgten, dicht gedrängt wie ein einziges Schaf. Schwarz Zoras hübsches Gesicht, weiß ihre makellose Wolle. Schwarz die Schatten. Schwarz die Spuren. Schwarz die Witterung, die zwischen den Wurzeln saß. Weiß Maude. Weiß Heide. Weiß sogar das Winterlamm.

Schwarz ihr Verfolger, der in einiger Entfernung zwischen den Stämmen hindurchglitt, lautlos wie ein Gedanke.

Nur Ritchfield blieb grau.

»Das nächste Mal ist Sommer«, murmelte er.

Reglos, lautlos veränderte sich der Wald um sie herum. Der Boden stieg an. Die Luft schmeckte heller und klarer. Das Unterholz verschwand. Die Stämme wurden dicker und gerader und rückten höflich ein wenig auseinander. Nicht viel, aber gerade genug für eine klassische, wenn auch etwas lang gezogene Herdenformation.

Miss Maple ergriff die Chance und trabte schnell nach vorne, dicht neben Othello.

Man musste zugeben, dass Othello ein ausgezeichneter Leitwidder war. Der Vierhörnige schritt entschlossen voran, nicht zu schnell und nicht zu langsam, die Hörner hoch, die Nüstern weit, die Augen aufmerksam in alle Richtungen. Eine Weile sah es so aus, als würde er Maple keine besondere Beachtung schenken. Er prüfte den Boden eines Hanges, der hart und doch seltsam nachgiebig unter den Hufen knirschte.

»Nun?«, sagte er dann.

»Es ist nicht nur der Tierarzt, nicht wahr?«, schnaufte Miss Maple, während sie vorsichtig neben Othello den Hang hinaufkletterte. »Es ist auch etwas anderes, nicht wahr?«

Othello schwieg. Maple hatte Recht. Trotzdem war es einfacher, vor dem Tierarzt wegzulaufen. Sie kannten den Tierarzt. Er war schrecklich, aber er war nicht der Schnellste. Er trank Schnaps aus kleinen Flaschen und verhedderte sich im Kabel seiner eigenen Wollschneidemaschine. Das, was die schwarze Ziege und der Ungeschorene erzählt hatten hingegen... und vor allem das, was sie *nicht* erzählt hatten... Es war besser, vor etwas davonzulaufen, das man kannte!

»Die Menschen...«, sagte Othello nachdenklich. Er war sich nicht sicher, wie er es sagen sollte. Oder was er sagen sollte. »Die Menschen hier und die Ziegen und das fremde Schaf... sie erinnern sich an etwas. Und sie warten auf etwas.«

Miss Maple nickte. Heute früh, als sie im Morgengrauen über die Ziegenweide getrabt waren, taten die Ziegen das, was sie immer taten. Sie guckten unschuldig, sprangen herum, stanken und fanden überall Futter. Alle bis auf eine. Eine Ziege stand auf dem Sofa, etwas entfernt, und ließ den Wald nicht aus den Augen.

Ein Wachposten. Ein Späher. Graue Ziegenaugen gegen das blendende Weiß des Schnees.

»Manchmal ist es besser, nicht zu lange zu warten!« Othello schnaubte. »Manchmal ist es besser, einfach wegzugehen. Ich glaube, etwas, vor dem sich Menschen und Ziegen und Schafe fürchten, ist sehr gefährlich«, sagte er leise. »Wie Feuer.«

In diesem Augenblick hörten sie wieder das Heulen, dünn und verloren zwischen den Stämmen, leise wie eine Erinnerung. Ungeheuer fern.

Alle hatten sie Namen! Alle! Der alte Widder, der alles vergaß, und der junge Widder, der sich vor allem fürchtete. Das Winterlamm war weder besonders vergesslich noch besonders furchtsam. Wen interessierte das? Die Schafe bekamen erst Na-

men, wenn sie ihren ersten Winter überstanden hatten. Aber das Winterlamm war mitten im Winter auf die Welt gekommen, in einer kalten, dunklen Nacht vor etwa einem Jahr. Es hatte Milch gestohlen und Nähe und Wärme. Und im Frühjahr hatte es eben nur einen halben Winter überstanden. Und jetzt steckte es mitten in seinem zweiten Winter, und nichts! Nichts! Das Winterlamm kickte zornig nach dem Schnee. Wenn es gewusst hätte, wo man Namen findet, wäre es losgezogen, um einen zu stehlen. Etwas Schwarzes huschte hinter ihm vorbei. Das Winterlamm vergaß für einen Moment den geplanten Namensraub und spähte zitternd in den Wald. Schweigende Stämme, sonst nichts. Trotzdem hatte sich gerade noch etwas bewegt. Da, wieder! Schnell und schwarz, von Stamm zu Stamm. Mitten zwischen zwei Stämmen merkte die kleine Ziege, dass sie ertappt worden war. Sie hielt in der Bewegung inne, einen Vorderlauf zierlich angewinkelt, und blickte frech zu dem Winterlamm hinüber.

»Warum folgst du uns?«, blökte das Winterlamm, noch immer etwas erschrocken.

»Oh, ich folge euch nicht«, sagte die Ziege. »Ihr folgt mir!« Dann zog sie mit erhobenen Hörnchen an ihm vorbei und verschwand zwischen den anderen Schafen.

Das Winterlamm staunte.

Othello führte sie auf dem Kamm des Hanges entlang. Eine gute Wahl. Die Schafe konnten nach beiden Seiten weit durch die Stämme spähen und fingen an, sich im Wald ein wenig zurechtzufinden: vorne und hinten, oben und unten, Dickicht und Lichtung. Manchmal roch es unter dem Schnee ganz appetitlich, nach Knospen und Zweigen und gefallenem Laub.

Alles war so neu und aufregend, so weit und duftend und eng, dass es eine Weile dauerte, bis Mopple begann, sich über die kleine schwarze Ziege an seiner Seite zu wundern. War sie vorher schon da gewesen? War sie überhaupt da? Mopple versuchte, nicht hinzusehen.

»Hör zu«, sagte die kleine schwarze Ziege irgendwann. »Hör genau zu!«

Mopple dachte nicht daran, zuzuhören. Er war viel zu beschäftigt damit, herauszufinden, ob er sich die kleine schwarze Ziege vielleicht doch nur einbildete. Immerhin hatte er schon lange nichts Vernünftiges mehr zwischen die Zähne bekommen. Sein Kopf fühlte sich leicht an und seine Wolle wirr und schwer. Mopple the Whale tat, was er immer tat, wenn er nicht weiterwusste: er kaute. Kauen ohne Futter machte keinen besonderen Spaß – aber es half beim Nachdenken. Vielleicht sollte er nach der Ziege keilen – aber wer sagte, dass eingebildete Ziegen nicht ausweichen konnten? Oder böse meckern? Oder ihm etwas wegfressen?

Die Ziege kaute auch – einen langen Halm mit einer interessant aussehenden Rispe. Kaum zu glauben, dass sie den hier im Wald gefunden hatte. Oder bildete er sich den Halm etwa auch nur ein?

»Wir müssen uns unterhalten«, sagte die Ziege mit vollem Mund. »Über den Garou.«

Mopple erinnerte sich nur zu gut an das, was die Ziege auf Sir Ritchfield über den Garou gesagt hatte.

»Nein«, sagte er schnell. »Das müssen wir nicht!«

»Du glaubst mir nicht!«, sagte die schwarze Ziege.

Mopple hatte sich eigentlich vorgenommen, seine eingebildete Ziege zu ignorieren. Aber dafür war es jetzt zu spät.

»Nein«, sagte er entschlossen. »Hast du ihn denn gesehen? Mit deinen eigenen Augen?«

»Niemand hat ihn gesehen«, sagte die Ziege. »Zumindest niemand, der nachher weitergetrabt ist, um davon zu berichten.«

Sie überlegte einen Augenblick. »Ich habe einmal ein Werhuhn gesehen. Ein weißes. Es sah aus wie alle anderen Hühner, aber wenn im Herbst nachts die Vogelschwärme über den Wald zogen und schrien, verwandelte es sich in einen Menschen, ganz weiß und nackt, und ist über den Hof getorkelt und hat gegluckst und im Staub gescharrt. Das habe ich gesehen!«

Sie blickte Mopple triumphierend an.

»Und dann?«, fragte Mopple.

»Die Dicke hat es geschlachtet«, sagte die kleine Ziege nachdenklich.

»Ich weiß nicht«, murmelte Mopple. Zora würde es nicht gut finden, wenn er sich hier mit Ziegen über Werhühner unterhielt – eingebildet oder nicht. Mopple kniff die Augen zu Schlitzen zusammen und trabte schneller hinter Lanes wolligem Hinterteil her.

»Ich heiße Madouc«, sagte die Ziege neben ihm. »Zumindest manchmal.«

Mopple starrte entschlossen auf Lanes Schwanz und schwieg.

»Wenn ich nicht Madouc sein möchte, dann bin ich nicht Madouc«, erklärte Madouc unverdrossen. »Dann bin ich Circe. Sie hat nichts dagegen. Wenn du willst, kannst du auch Circe sein.«

»Ich bin Mopple the Whale«, sagte Mopple the Whale. Und schwieg.

»Madouc«, sagte Madouc. »Ich glaube, wir werden gute Freunde, Whale.«

Mopple prallte gegen Lane, die stehen geblieben war.

Weiter vorne schien es eine kleine Aufregung zu geben.

Ritchfield genoss es, hinter seiner Herde herzutraben, all die wolligen Rücken vor sich. Er mochte seine Herde. Mochte es, auf sie aufzupassen. Der alte Leitwidder war sich seiner Verantwortung in der empfindlichen Schlussposition bewusst, hielt die Hörner hoch und die Augen weit offen.

Ein wunderbarer Ausflug. Und seltsamerweise kam es Ritchfield so vor, als würden sie nicht vorwärts laufen, sondern zurück. Auch das war wunderbar, denn dort gab es Sommer voller Duft und Klang und Glück, es gab ehrenvolle Duelle und das Meer, und es gab Melmoth. Die Welt war so viel leiser geworden seither.

Ritchfield spähte voller Erwartung in den Wald, um zu sehen, ob er Melmoth vielleicht schon irgendwo erkennen konnte. Dort hinten bewegte sich zweifellos etwas Graues zwischen den Stämmen – aber es war nicht Melmoth. Zu unförmig. Zu dunkel. Und irgendwie nicht elegant genug.

Ritchfield hatte die besten Augen der Herde. Er blieb kurz stehen und spähte neugierig dorthin, wo er die Bewegung gesehen hatte. Rund und groß. Etwas wackelig, aber zielstrebig. Vorsichtig und geschickt zwischen den Bäumen.

Ein Schaf? Ritchfield war sich nicht sicher.

»Das ist aufregend!«, blökte Heide. »Ich hätte nie gedacht, dass Bäume so aufregend sein können!«

»Ich auch nicht«, sagte Zora, die neben ihr trabte. Nicht dass der Wald ihr gefallen hätte. Das nicht. Zu unübersichtlich. Zu eng. Zu fremd. Aber er berührte sie. Wie das Meer. Wie der Sternenhimmel. Wie …

»Wie werden wir denn Cloud finden?«, fragte Heide.

»Wir gehen dahin, wo es sich gut anfühlt«, erklärte Zora.

»Und dann?«

»Cloud wird auch dahin gehen, wo es sich gut anfühlt«, sagte Zora. »Dort finden wir sie.«

»Und was, wenn es sich an mehreren Stellen gut anfühlt?«, fragte Heide. »Was, wenn es sich nirgends gut anfühlt?«

Zora schwieg und blieb stehen.

Heide rannte in Willow, die auch stehen geblieben war. Willow schwieg stoisch. Dafür blökte Lane, die Heide von hinten schubste. Heide blökte empört zurück.

Die Schafe spähten neugierig nach vorne.

Othello stand still und aufrecht und sah mit seinen vier imposanten Hörnern fast auch ein wenig wie ein Baum aus. Stand und witterte. Witterte und lauschte. Aber mittlerweile blökten hinter ihm so viele Schafe, dass er vermutlich nicht viel hören konnte. Im nächsten Moment war der schwarze Widder losgetrabt, schnell und schweigend, den Hang herunter. Die Schafe folgten ihm erschrocken. Othello führte sie direkt in ein Dickicht aus Weißdorn, Brombeerhecken und halbwüchsigen Birken. Dort war es eng und ungemütlich. Zweige piekten und zwickten sie von allen Seiten. Der Leitwidder blieb stehen.

Maude witterte. »Das ist ...«

»Still!«, schnaubte Othello.

Die Schafe standen still wie Steine.

Etwas bewegte sich zwischen den Stämmen, ein gutes Stück entfernt.

Rot.

Und schwarz.

Und braun.

Und ein bisschen Gold.

Eine Glocke.

Und Stimmen.

Und wieder die Glocke.

Komm, sang die Glocke. *Schafe, viele Schafe, eine Herde, deine Herde. Zusammen*, versprach die Glocke, *geborgen, Flanke an Flanke, warm und ganz ...*

78

»…und warum dann die ganze Heimlichkeit?«, sagte eine Männerstimme. »Die Treffen, die gezielte Fehlinformation – und warum das Licht im Turm? Und was suchen die beiden Fremden hier?«

»Das sind Touristen, Zach«, sagte Rebecca. »Wintergäste.«

»Sie sind hier seit genau 21 Tagen. Seit dem ersten Schnee. Wer bleibt hier schon 21 Tage?«

»Du«, sagte Rebecca. »Ich. Mama.« Sie seufzte.

»Du hast deine Schafe, und ich bin hier stationiert. Das ist etwas ganz anderes. Normalerweise bleiben Touristen höchstens zwei Wochen. Selbst ohne meine Ausbildung würde ich merken, dass hier etwas faul ist. Und was machen sie die ganze Zeit im Wald? Glaubst du, die sammeln Pilze?«

Rebecca lachte. »Sie gehen spazieren. Was soll man hier auch sonst machen? Der Kleine, Monsieur… ich vergesse den Namen immer, hat eine Lungengeschichte, sagt Madame Fronsac.«

Rebecca blitzte zwischen den Bäumen auf, mit roter Mütze und der Schafsglocke in der Hand. Hinter ihr kam Zach, unverkennbar in seinem schwarzen Anzug und Mantel und mit Sonnenbrille. Zach trug immer Sonnenbrille, sogar nachts. Das wussten die Schafe, seit Zach einmal eine ganze Nacht auf dem Dach des Schäferwagens gelegen hatte, um das Schloss zu beobachten. Doch das Schloss hatte genau dasselbe getan wie immer: nichts. Und am Morgen hatte ihn Mama entdeckt und gekreischt.

»Und der Große? Was ist mit dem Großen?«

»Ich weiß nicht, vielleicht ist es sein Bruder. Irgendeinen Grund wird es schon haben.«

Rebecca und Zach flackerten zwischen den Bäumen hin und her, mal rot, mal schwarz und mal braun, mal sichtbar, mal von den dunklen Stämmen verdeckt. Manchmal klingelte das Glöckchen.

79

Es dauerte eine Weile, bis die Schafe verstanden, dass sich die beiden direkt auf ihr Gebüsch zubewegten. Direkt auf ihr Gebüsch! In stummer Panik beobachtete die Herde, wie Zach an einem Ast hängen blieb, stolperte, sich dann wieder aufrichtete und den Kragen seines Mantels zurechtrückte. Die Schafe mochten Zach. Er tat interessante Dinge, andere als die anderen Menschen. Er versteckte sich zwischen den Ginsterbüschen, blies blauen Puder über die Schäferwagenstufen, fotografierte den Boden und sprach mit einer Uhr an seinem Handgelenk. Und er achtete auf Dinge, auf die Menschen sonst nicht achteten: Fußabdrücke, Steine, Gerüche, Krümel auf der Fensterbank. Einmal hatte er die Futterkammer nach Waffen durchsucht und anschließend die Tür nicht wieder richtig zugemacht.

Und anders als die meisten Europäer konnte er sprechen.

»Sein Bruder? Ha!« Zach klang beleidigt.

Rebeccas Stimme lächelte. »Wahrscheinlich nicht. Vielleicht sind sie schwul? Oder sie arbeiten für die Steuerfahndung? Egal. Ich bin wirklich froh, dass du mitgekommen bist, Zach. Allein wäre es mir hier jetzt schon ein bisschen unheimlich, nach der Sache gestern.«

Zachs Miene hellte sich auf. »Nichts zu danken, Rebecca, der Fall interessiert mich natürlich auch beruflich.«

»Mein ausgebüxtes Schaf?«, sagte Rebecca. »Ein Fall?«

Einen Augenblick lang blitzte Zachs ernstes Sonnenbrillengesicht hinter einem Stamm auf, dann war er wieder verschwunden.

»Du solltest das nicht auf die leichte Schulter nehmen«, sagte er. »Die Sache ist komplexer, als es den Anschein hat. Alles hängt zusammen. Alles folgt einem Plan. Erst das Reh, jetzt dein Schaf. Und all die anderen Rehe. Und der kleine Junge. Und die Frau und das Mädchen. Und natürlich auch der alte

Herr mit der Silberkugel im Kopf tot vor dem Spiegel. Du glaubst doch nicht etwa an diese absurde Werwolfsgeschichte?«

»Werwolfsgeschichte?«, sagte ein schwarzer Baumstamm mit Rebeccas Stimme. »Was für eine Werwolfsgeschichte?«

Rebecca tauchte an anderer Stelle wieder zwischen den Bäumen auf. »Welche anderen Rehe?«, fragte sie dann. »Und welcher Junge? Und was für ein alter Herr?«

»Darüber darf ich nicht sprechen«, sagte Zach. Wenn Zach über etwas nicht sprechen durfte, dann sprach er nicht darüber. Das wusste auch Rebecca und fragte nicht weiter.

Es war seltsam, ihre Schäferin so auf sie zustapfen zu sehen. Sie sah kleiner aus zwischen all den Bäumen. Klein, aber kühn. Einige Schafslängen vor ihrem Dickicht blieb Rebecca stehen und sah sich um. Sah sie an. Die Schafe versuchten, leicht und flockig auszusehen. Leicht und flockig und unbeweglich, wie der Schnee.

Das Glöckchen klingelte.

»Wenn ich das sagen darf, diese Glocke ist nicht gerade ideal für eine verdeckte Operation«, sagte Zach.

»Vielleicht nicht«, grinste Rebecca, »aber die Schafe kennen die Glocke. Sie mögen die Glocke. Wenn wir unterwegs sind, bekommt der Schwarze sie um den Hals. Wenn Cloud die Glocke hört, kommt sie vielleicht.«

Rebecca und Zach standen nun so nah, dass die Schafe sie gut wittern konnten. Nicht nur als ganze Menschen, sondern alle Einzelheiten. Rebeccas Haare, warm und erdig unter der roten Mütze, die Kekse in ihrer Tasche und den interessanten Wollpulli. Zachs kalte Füße und nasse Hosenbeine, das Kräuterbonbon, das er lutschte, und seine Entschlossenheit. Zach war immer entschlossen.

»Hoffentlich finden wir sie«, sagte Rebecca. Jetzt blickte die Schäferin direkt zu ihnen hinüber. Und sah sie nicht. Und

roch sie schon gar nicht. Und ging weiter. Es war schwer zu verstehen. Die Menschen sahen nicht die Dinge, die da waren, sondern die Dinge, von denen sie dachten, dass sie da waren. Rebecca konnte stundenlang in der Futterkammer nach einem Eimer suchen, der vor der Tür stand. Die Menschen dachten zu viel. Oder an die falschen Sachen. Meistens dachten sie zu wenig an Schafe. Und wenn sie auf etwas trafen, das sie nicht denken konnten, waren sie hilflos wie Lämmer.

Irgendwo im Wald knackte ein Ast, und Rebecca zuckte zusammen.

»Keine Sorge«, sagte Zach. »Du bist vollkommen sicher. Ich habe meine Dienstwaffe dabei!«

Er klopfte sich mit der Hand auf den Mantel.

Rebecca schmunzelte

»Ich habe auch meine Dienstwaffe dabei«, sagte sie und zog etwas aus ihrer Manteltasche, nur einen Moment lang.

Die Schafe erschraken. Georges Kanone! Das Schießeisen! Es machte einen Höllenlärm und war zu nichts zu gebrauchen.

»Damit hat mein Vater sich Drogendealer vom Leib gehalten! Gut, was?«

Das war nun eine glatte Lüge. Das Einzige, was sich der alte George mit dem Schießeisen vom Leib gehalten hatte, war eine windschiefe, wehrlose Zielscheibe gewesen.

Rebecca läutete wieder die Glocke. Die Schafe mochten die Glocke wirklich. Sie war beruhigend wie das Murmeln eines Mutterschafs. Langsam machte sich der Wald wieder daran, die beiden Menschen zu verschlucken. Ein Bein, einen Arm. Ein wenig Rot und Schwarz und Braun und ein bisschen Gold. Und die Stimmen. Und die Glocke.

»Früher war das hier unsere Basis, weißt du«, sagte Zach. »Ein Ausbildungszentrum für Agenten. Getarnt als Klapsmühle. Streng geheim. Aber dann wurde alles aufgelöst und die Agen-

82

ten abgezogen. Alle bis auf mich. Und ich sehe zu und frage mich die ganze Zeit: was steckt dahinter? Warum haben sie mich hier stationiert? Ich wüsste wirklich zu gerne, warum sie mich hier stationiert haben, all die Jahre!« Einen Augenblick lang klang Zach viel jünger, und ein bisschen verloren.

»Aber diesmal bin ich ganz dicht dran. Das ist natürlich alles streng vertraulich«, sagte er dann und klang wie immer.

»Natürlich«, sagte Rebecca, »streng vertraulich…«, bevor auch ihre Stimme zwischen den Stämmen verschwand.

Eine Weile war noch das Glöckchen zu hören, dann Stille.

Die Schafe hatten es eilig, aus dem stacheligen Dickicht herauszukommen, aber ausgerechnet Maude, die sonst immer so für Bequemlichkeit zu haben war, bestand darauf, dass sie sich nicht vom Fleck bewegten. Maude war ihr Warnschaf. Sie roch Dinge, die andere nicht rochen. Also ließen sich die Schafe weiter vom Weißdorn stechen und warteten.

Und wirklich. Nach einer kurzen Weile bewegte sich wieder etwas im Wald. Dunkel diesmal. Dunkel und schweigsam. Auf einen Stock gestützt. Direkt auf sie zu. Stapf, stapf und stapf. Sie erkannten die Witterung, noch bevor sie die Gestalt zwischen den Stämmen richtig sehen konnten: der Geruch von zu vielen Ziegen und ein bisschen Wurst. Die Schafe hielten den Atem an. Aber der Ziegenhirt hatte den Blick auf den Boden gerichtet und folgte Zachs und Rebeccas Spuren im Schnee, ohne aufzusehen. Stapf, stapf und stapf.

Dann war die Luft rein.

Othello führte sie nicht zurück den Hang hinauf, sondern einen Graben entlang. Die Schafe liefen schneller und breiter gestreut. Ihre Schäferin war ihnen dicht auf den Fersen – sie wusste es nur noch nicht. Um diese Zeit dösten sie normalerweise noch alle im Heuschuppen, und die Schafe konnten sich Rebeccas Überraschung vorstellen, wenn sie statt Cloud

eine ganze Herde entflohener Schafe fand. Irgendwie glaubten sie nicht, dass Rebecca sich besonders freuen würde.

Zora trabte flott am äußeren Rand der Herde. Zora mochte Ränder. Jeder Rand war ein bisschen wie ein Abgrund, und von jedem Abgrund konnte man etwas lernen.

Plötzlich streifte etwas Dunkles ihr Gesicht. Ein Krähenschatten. Er kreiste und verschwand. Zora sah sich neugierig um. Im nächsten Augenblick war sie einen riesigen Satz zur Seite gesprungen. Ihr Herz klopfte im Galopp. Etwas zwischen den Bäumen hatte sie angesprungen. Ein Bild. Zora zitterte. Sie wollte weglaufen, und doch musste sie wissen, was sie so erschreckt hatte.

Warten. Wittern. Ein winziger Schritt.

Nichts.

Noch ein Schritt, den Hals lang und die Ohren spitz.

Vor einiger Zeit, als der Wind noch dabei war, die letzten bunten Blätter von den Bäumen zu zupfen, war Zora aufgewacht, früher als alle anderen Schafe. Die Luft hatte sich kühl und schwer und fremd angefühlt. Undurchdringlich. Wie der Wald. Der Wald war auf ihre Weide gekommen.

Zora war aufgestanden, neugierig, widerwillig, und zur Tür ihres Stalls getrabt.

Und erschrocken.

Auf ihrer Weide, nicht weit vom Waldrand, stand ein großes, fremdes Tier:

Ohren wie flatternde Schmetterlinge, riesige schwarze Augen, gewölbt wie Tautropfen. Es trug eine Witterung so voll von Wildheit und Freiheit und – Verletzlichkeit, dass Zora noch bei der bloßen Erinnerung schwindelig wurde. Das Tier hatte einige Augenblicke stillgestanden, schwarz vor dem milchweißen Morgenhimmel. Zwei andere wie es tauchten hinter ihm auf, gefroren ebenfalls. Die drei sahen Zora an, und Zora, hypnotisiert, hilflos, starrte zurück. Dann lief ein Zittern über die Flanken der Fremden wie Wasserwellen über einen Teich. Und sie stoben davon, lautlos, weit über den Weidezaun hinweg, so als wäre er gar nicht da, hinein in den Wald. Der Wald stand schwarz und schwieg, während der untere Rand des Himmels langsam errötete.

Rehe, sagten die Ziegen.

Rehe waren wie Geister, machtvolle Gedanken von Flucht und Wachsamkeit. In ihrer Welt gab es keine Zäune. Keine, die sie hielten. Keine, die sie beschützten. Zora verstand, warum ihre Augen so groß waren, ihre Beine so lang und ihre Ohren so zart und nervös. Rehe mussten schneller sein als die Gefahr.

Und doch lag nun eines vor Zora – oder besser gesagt: etwas, das einmal ein Reh gewesen war. Noch vor kurzem. Vor langer Zeit.

»Das war der Garou!«, sagte eine kleine schwarze Ziege neben Zora.

»Ich glaube, das war ein Reh!«, sagte Zora.

»Das ist schön«, murmelte das Winterlamm.

Seltsamerweise verstand Zora, was es meinte. Auf einmal schien die Sonne durch die Bäume und zeichnete filigrane Schattenmuster in den Schnee. Das Weiß und das Schwarz. Das Weiß und das Schwarz und das Rot.

Wie eine Blume im Schnee.

»… und seine Augen glühen im Dunkeln wie Glühwürmchen. Und aus seinem Maul hängt eine lange rosa Zunge!«, sagte die Ziege.

Diesmal hörten ihr die Schafe zu.

»Kugeln können ihm nichts anhaben!«, meckerte die Ziege.

Die Schafe nickten verständig. Wem konnten Kugeln schon etwas anhaben? Sehr große Kugeln vielleicht – aber die Schafe hatten noch nie eine so bedrohlich große Kugel gesehen.

»Nur Silber hilft!«, verkündete die Ziege und guckte in die Runde.

Die Schafe versuchten so zu tun, als hätten sie das längst gewusst.

»Wenn er sich verwandelt – hat er dann Menschensachen an oder nicht?«, fragte Miss Maple.

Es war eine wichtige Frage. In Menschenkleidern würde sich ein Vierbeiner schnell verheddern – und leicht zu erkennen wäre er dann auch.

Drei Spuren führten zu dem Fleck, der einmal ein Reh gewesen war. Drei Spuren, miteinander verwoben wie Wicken an einem Zaun. Eine zarte, flüchtige, eine große, längliche und eine rote Kette von Blutstropfen, hier und da und dort, wie Mohn in einem Feld. Der Schnee war so weich und pulvrig, dass aus den Spuren sonst nicht viel zu lesen war. Runde Krater im Schnee. Große, kleine und rote. Mehr nicht.

Auch geruchlich gab der Fleck nicht mehr viel her. Witterungen gefroren in der Kälte, wurden spröde und zersprangen. Alles, was hier übrig geblieben war, war eine kalte Ahnung von Blut. Jetzt glaubten die meisten Schafe etwas von dem, was die Ziege erzählte. Nicht alles, aber dies und das. Ein Wolf, der durch den Wald schlich und Rehe riss. Rehe und Menschen und vermutlich auch Schafe, wenn sich die Gelegenheit bot. Ein Wolf, der am Rande des Waldes aufhörte, Wolf zu sein, und auf zwei Beinen weiterging und unerkannt zwischen den Menschen lebte.

Ein Wertier. Ein Wandelwolf.

Die kleine Ziege nannte ihn Garou.

Der Garou hatte den Schafen gerade noch gefehlt.

»Und er versteckt sich hinter einem Menschen?«, fragte Lane noch einmal. Es schien ihr kein besonders gutes Versteck zu sein. Menschen waren hoch und dünn und ständig in Bewegung.

»Nicht hinter einem Menschen«, erklärte Madouc. »In einem Menschen.«

»Wenn er sich *in* einem Menschen versteckt, kann er zumindest nicht *größer* als ein Mensch sein«, sagte Mopple.

Das war immerhin etwas. Alle Schafe fürchteten sich vor Wölfen, aber wenn sie ehrlich waren, wussten sie nicht sehr genau, wovor sie sich da fürchteten. Wölfe waren Gespenster, der Schrecken zahlloser Lämmermärchen, heißer Atem in ihrem Nacken, wenn sie Angst hatten. Wölfe lebten in Geschichten. Es überraschte die Schafe, dass auf einmal einer dort draußen sein sollte, irgendwo im Schnee, mit blutiger Schnauze.

»Warum versteckt er sich denn?«, fragte das Winterlamm.

Madouc überlegte kurz. »Weil die Menschen Angst vor ihm haben. Und wenn Menschen vor etwas Angst haben, sind sie sehr gefährlich. Sogar für den Garou.«

»Wir könnten auch vor ihm Angst haben«, schlug Heide vor. »Sind wir dann auch gefährlich?«

»Ein bisschen«, sagte Madouc. Der Gedanke schien ihr zu gefallen.

»Ich habe Angst vor ihm!«, Heide ging mit gutem Beispiel voran.

»Ich auch«, seufzte Mopple, nicht besonders bedrohlich.

Die Schafe hatten sich in sicherer Entfernung unter drei jungen Tannen zusammengeballt und warteten ungeduldig darauf, dass Miss Maple endlich von dem roten Fleck zurückkehrte. Alles hier war zu frisch. Zu … offen. Wie eine Wunde im Schnee.

Maple umkreiste den Fleck schweigend. Einmal. Und ein zweites Mal. Witterte. Scharrte im Schnee. Folgte der großen Spur ein Stück weit. Endlich trabte auch sie zu den jungen Tannen.

»Wir müssten nur dieser Spur folgen«, sagte sie mit einem seltsamen Glanz in den Augen, »und wir könnten ihn *sehen*!«

Die anderen guckten wenig begeistert.

Maple seufzte. »Ich weiß. Ich traue mich auch nicht. Aber …« Sie blickte dorthin, wo die Spur zwischen den Bäumen verschwand. »Die Leute in den Geschichten würden es tun«, sagte sie leise.

Die Schafe schwiegen stur. Die Leute in den Geschichten taten eine Menge absurder Dinge. Frühjahrsputz, Rache und Diäten. Kein Grund, arglos dem Garou in den Rachen zu laufen. Das wäre geradezu …

»Verrückt«, murmelte Madouc. »Ich mach's!«

Die kleine Ziege sprang unter den Tannen hervor, und ehe die Schafe zu einem Warnblöken ansetzen konnten, war sie zwischen den Baumstämmen verschwunden, klein, schwarz, lebendig – und entschlossen.

»Wenn du dir wünschst, dass etwas passiert, dann musst du dafür sorgen, dass es passiert«, murmelte das Winterlamm und nagte nachdenklich an einem Wurzelstück.

In diesem Moment schnellte seitlich von ihnen etwas Rotes zwischen den Stämmen hindurch.

»Der Garou!«, blökte Ramses panisch.

Erst als sie alle schon in lang gestrecktem Galopp durch den Wald jagten, wurde ihnen klar, dass es wahrscheinlich doch nur ein Fuchs gewesen war. Nur? Der Fuchs hatte groß ausgesehen, spitz und gefährlich, selbstbewusst und spöttisch zwischen den Bäumen. Ein Waldtier. Ein Wildtier. Im Wald waren die Dinge anders als auf der Weide, selbst bekannte Dinge. Fremder. Größer. Abgründiger.

Auch wenn die Schafe nicht wirklich Angst vor dem Fuchs hatten – zumindest nicht im Nachhinein –, kam ihnen Flucht wie eine gute Idee vor. Schließlich musste es noch ein anderes Raubtier im Wald geben. Ein Raubtier, dem keines von ihnen begegnen wollte.

Othello führte sie in halsbrecherischem Tempo durch einen kleinen Buchenhain, einen Hang hinauf und einen Hang hinunter, vorbei an einem Holzhäuschen, das ziegenartig auf einer sehr alten Eiche saß, immer geradeaus. Schnee staubte, Zweige peitschten, und Vögel flogen auf. Niemand beklagte sich. Sie hatten das ungute Gefühl, dass ihnen etwas auf der Spur war. Etwas Großes.

Irgendwann versperrte ihnen ein Bach den Weg. Kein besonders großer Bach, aber doch zu breit für einen Schafssprung und zu steil und scharf und eisig rauschend für eine vorsichtigere, kletternde Durchquerung. Der Bach gefiel ihnen nicht. Er sperrte sie ein wie ein Zaun. Aber zurück – wo hinter jedem Stamm der Garou lauern konnte?

Othello lauschte einen Moment. Maude witterte. Mopple

schnaufte. Ritchfield sah so aus, als hätte er gerade etwas vergessen.

Dann ging es weiter, am Bach entlang, mit fliegenden Hufen und flatternden Ohren, bis zu einer Brücke. Nun ja, es war keine richtige Brücke, nur ein schmaler Steg, etwa zwei Huf breit. Aber auf dem Steg lag Schnee, frischer, pudriger, flauschiger Schnee. Kein Reh hatte ihn heute überquert, kein Mensch – und bestimmt kein Wolf.

Othello prüfte ihre kleine Brücke vorsichtig. Sie schien stabil und Vertrauen erweckend, aber unter dem Schnee lauerte eine tückische, dünne Eisschicht. Der schwarze Widder setzte vorsichtig einen Huf auf den Steg, rutschte fast ab und versuchte es noch einmal, sachter und bestimmter. Er schnaubte zufrieden. Dann war er schon hinüber und witterte wieder nach allen Seiten. Zora kam als Nächste, elegant und beiläufig, als würde sie über eine Sommerwiese traben. Heide folgte mit spitzen, kühnen Schritten, Lane und Cordelia schnell und behutsam. Die ganze Herde hielt den Atem an, als Miss Maple strauchelte, abrutschte und sich im letzten Moment mit einem Sprung ans andere Ufer rettete.

Mopple schaffte es bis auf die Mitte der Brücke, dann blieb er stehen.

»Ich, ich … ich kann nicht weiter«, japste Mopple und kniff die Augen zu.

»Du kannst weiter«, sagte Cordelia beruhigend. »Es sind nur noch ein paar Schritte.«

»Ich kann nichts sehen«, ächzte Mopple.

»Natürlich kannst du nichts sehen, wenn du die Augen zumachst«, sagte Zora. »Mach die Augen wieder auf!«

»Ich kann nicht!« Mopple zitterte und schwankte bedenklich.

Etwas im Wald knackte.

»Komm!«, lockten Cordelia, Lane und Zora.

»Ist das Süßkraut?«, fragte Miss Maple von weiter hinten. »Mitten im Winter! Kaum zu glauben!«

Im nächsten Moment war Mopple über den Steg getrabt und steuerte mit glänzenden Augen auf Maple zu.

»Süßkraut?«, blökte er. »Wirklich?«

»Nein«, sagte Maple. »Nicht wirklich.«

Mopple ließ die Ohren hängen.

Sir Ritchfield meisterte die Brücke mit Bravour, jeder Zoll ein Leitwidder.

Maude zögerte und zauderte, aber schließlich schaffte sie es doch.

Auch das Winterlamm blieb in der Mitte der Brücke stehen.

»Komm!«, lockten Lane, Cordelia und Zora wieder. »Es ist nicht mehr weit! Du hast es bald geschafft!«

»Ich weiß«, sagte das Winterlamm. Und stand. Und hielt den Kopf hoch. Und sah sie mit funkelnden Augen an.

»Was ist?«, fragte Maude.

»Ich will einen Namen!«, blökte das Winterlamm. »Jetzt. Hier. Sofort. Ohne einen Namen gehe ich nicht weiter!«

Fernes Knirschen und Knacken. Jetzt waren sich die Schafe sicher: hinter ihnen bewegte sich etwas durch den Wald. Schnell und laut. Etwas Großes.

»Da ist was!«, blökte Ramses aufgeregt. »Du musst weitergehen! Wir wollen alle über die Brücke! Wir wollen nicht auf der Wolfseite bleiben!«

»Ich weiß«, sagte das Winterlamm wieder. Und blieb stehen. »Ich will einen Namen!«, wiederholte es.

Die Schafe sahen sich an.

»Wir … ähm … wir haben keinen Namen«, sagte Cordelia ratlos.

»Doch!«, blökte das Winterlamm. Seine Augen schimmerten feucht. »Alle habt ihr Namen! Alle! Nur ich nicht!«

91

»Du kannst meinen Namen haben!«, blökte Ramses panisch von hinten. »Ramses ist ein schöner Name!«

»Nein! Ich will einen eigenen Namen!« Das Winterlamm stampfte zornig mit dem Fuß auf. Die Brücke wackelte.

Die Schafe lauschten. Kein Zweifel: das Knacken kam näher.

Othello trabte langsam auf das Winterlamm zu.

»Geh von der Brücke«, sagte er leise. »Oder ich renn dich um!«

Die Schafe hielten den Atem an. Ein anderes Schaf auf dem schmalen, eisigen Steg umzurennen – das war kühn. Othello wich ein paar Schritte zurück und senkte die Hörner.

Das Winterlamm stand.

Wieder knackte irgendwo ein Ast.

Othello galoppierte los.

Das Winterlamm stand.

Othello stoppte so kurz vor der Böschung, dass feiner weißer Schnee über das Winterlamm stäubte. Er wollte das Winterlamm nicht umrennen. Es war das Schwächste unter ihnen, und gleichzeitig war es auf eine seltsame Art ganz. Ein geborener Leitwidder. Othello mochte das Winterlamm.

Das Winterlamm blinzelte durch den Schneestaub. Hinter ihm wartete seine Herde, und vor ihm wartete seine Herde. Und nicht allzu weit entfernt brach etwas durch das Dickicht.

Schweigend und namenlos trottete das Winterlamm über den Steg. Es würde seinen Namen finden. Irgendwann. Irgendwo.

Der Rest der Herde schaffte es ohne besondere Schwierigkeiten über die Brücke – und weiter ging es, weg vom Bach, vorbei an Bäumen und immer neuen Bäumen.

Mopple schnaufte. Er konnte sich kaum noch erinnern, wann er das letzte Mal etwas gefressen hatte. Bäume flirrten vorbei.

Wenigstens war seine eingebildete Ziege jetzt verschwunden, dafür phantasierte Maple von Süßkraut, und Mopple hörte ein fernes, verlorenes Blöken in seinen rundlichen Hörnern. Er schüttelte den Kopf, aber das Blöken blieb.

»Hörst du das?«, fragte er Sir Ritchfield, der neben ihm trabte.

»Was?«, blökte Sir Ritchfield.

Mopple seufzte.

»Ich höre was!«, blökte Lane von hinten.

Bald hörten es alle Schafe – alle bis auf Ritchfield: dort draußen, mitten im Wald, blökte ein Schaf. Ein sehr einsames Schaf.

Cloud!

Die Schafe blökten zurück. »Cloud! Hierher! Hier sind wir!«

Cloud blökte lauter. Aber sie kam nicht.

»Sie steckt fest!«, sagte Miss Maple und galoppierte los, in die Richtung, aus der das Blöken kam.

Othello und der Rest der Herde folgten.

Und wirklich: mitten auf einer Lichtung stand Cloud. Unverletzt, wollig und ganz, soweit die Schafe sehen konnten. Aber sie bewegte sich nicht vom Fleck. Die Schafe umringten und berochen Cloud. Sie roch ganz in Ordnung – für ein Schaf, das sich eine Nacht lang sehr gefürchtet hatte. Nach Wald und Schnee – und vor allem nach Cloud.

Cloud zitterte.

»Komm mit!«, sagte Heide. »Wir gehen dahin, wo es sich gut anfühlt! Und Rebecca wird nachkommen!«

»Sie kann nicht mit«, sagte Miss Maple. »Ihr Bein steckt fest.«

Jetzt sahen die anderen es auch: eine Drahtschlinge hatte sich um Clouds Hinterbein gelegt, so eng, dass etwas Blut von Clouds Fessel in den Schnee sickerte.

»Sie kann hier nicht weg!«, wiederholte Maple.

»Aber *wir* müssen hier weg!«, blökte Maude. »Der Ga…«

»Nicht ohne Cloud«, sagte Miss Maple scharf.

Cloud blickte von einem Schaf zum anderen und zitterte noch mehr.

»Keine Herde darf ein Schaf verlassen«, blökte Ritchfield, der alte Leitwidder plötzlich. »Außer…«

»Nichts außer!«, sagte Othello.

Damit war die Sache entschieden. Die Schafe ballten sich um Cloud herum zusammen und warteten. Maple summte tief und beruhigend in Clouds Ohr, nach Art der Mutterschafe. Irgendwann hörte Cloud auf zu zittern.

»Und?«, fragte Maple. »Was ist passiert?«

»Ich… ich bin dem Tierarzt entkommen«, sagte Cloud, ein bisschen durcheinander und ein bisschen stolz. »Aber dann waren auf einmal überall Bäume, und ich wusste nicht mehr, wohin. Und dann gab es noch mehr Bäume, und ich bin weitergelaufen.«

»Über einen Bach?«, fragte Maple.

»Nein«, sagte Cloud. »Nur durch Bäume.«

»Wir sind über einen Bach gekommen«, blökte Heide. »Und Mopple hätte es fast nicht geschafft. Und Othello hätte fast das Winterlamm umgerannt.«

Cloud sah sie verwirrt an.

»Und dann?«, fragte Maple.

»Ich bin weitergelaufen«, sagte Cloud. »Nichts als Bäume!«

»Und weiter?«

»Irgendwo auf einer Lichtung gab es Grasbüschel, die schmeckten nicht schlecht.«

»Wo?«, fragte Mopple schnell.

»Ich weiß nicht«, sagte Cloud. »Irgendwo hinter Bäumen.«

Mopple seufzte.

»Und dann?«, fragte Maple wieder.

»Dann wurde es dunkel, und ich bin nicht mehr so viel gelaufen, weil ich Angst hatte, im Dunkeln gegen etwas zu stoßen. Vor allem gegen Bäume. Und es gab Geräusche.«

»Was für Geräusche?«, fragte Maple.

Cloud überlegte einen Augenblick. »Baumgeräusche«, sagte sie dann. »Knacken und Knarren und Knirschen, und dann schneite es. Das kann man nicht hören, aber manchmal rutscht Schnee von den Ästen, und das hört man. Einmal ist Schnee auf mich gerutscht.«

»Und weiter?«, fragte Maple.

»Irgendwann wurde es wieder ein bisschen heller«, sagte Cloud. »Da bin ich auf diese Lichtung hier gekommen, weil es hier noch heller war. Und dann ist mein Fuß hängen geblieben. Ich wollte mich losreißen und konnte es nicht. Und dann habe ich angefangen zu blöken. Ich habe sehr lange geblökt. Und dann seid ihr gekommen.«

»Sonst nichts?«, fragte Mopple mit einem Hauch von Enttäuschung. Kein Süßkraut. Kein Geheimnis. Kein Garou. Nicht einmal ein Werhuhn. Nur ein bisschen Draht.

»Sonst nichts?«, blökte Cloud empört. »Ich war allein, zwischen all diesen Bäumen und all diesen Geräuschen, die nicht wirklich welche waren, und all den fremden Gerüchen, und ich kam nicht vom Fleck, und mein Bein tat weh, und der Schnee … Sonst nichts!«

»Wir sind nur froh, dass dir nichts passiert ist«, sagte Lane beschwichtigend.

»Und du hast nichts Seltsames gesehen?«, fragte Heide noch einmal.

Cloud überlegte. »Doch«, sagte sie dann. »Eine Sache. Hier auf der Lichtung, heute ganz früh. Es war – wie ein Huhn und doch kein Huhn.«

95

Ein Werhuhn? Mopples Ohren klappten nach vorne.

»Es bewegte sich wie ein Huhn, aber sein Schwanz war länger, und sein Kopf war bunter, und es war braun und grün und blau und viel hübscher als ein Huhn. Das habe ich gesehen.« Cloud blickte stolz in die Runde.

»Wie groß war es denn?«, fragte Mopple.

Cloud überlegte wieder. »Etwa so groß wie ein Huhn«, sagte sie dann. »Vielleicht ein bisschen kleiner.«

Das war alles. Cloud war offensichtlich nicht dem schrecklichen Garou begegnet. Zum Glück! Die Schafe entspannten sich ein bisschen. Wenn Cloud eine ganze Nacht alleine und gefangen im Wald überstanden hatte, konnte die Sache so gefährlich nicht sein. Mopple begann, unter dem Schnee nach Grasbüscheln zu fahnden, Maple untersuchte Clouds Schlinge, Sir Ritchfield unterhielt sich angeregt mit einem Baum, Maude und Cordelia scheuerten sich an Stämmen, das Winterlamm dachte, und Heide machte sich auf die Suche nach dem bunten Wunderhuhn.

Die Sonne schien, und sie waren froh, wieder eine ganze Herde zu sein. Die Stimmung war gut, bis irgendwann im Wald ein Ast knackte. Ein großer Ast. Und noch einer. Schnee knirschte. Knirschte und knirschte.

Etwas kam. Auf sie zu. Auf allen vieren. Durch Unterholz.

Etwas Schweres.

Mopple ließ vom Gras ab, und Heide vergaß das Huhn. Sogar Ritchfield schien zu spüren, dass etwas nicht in Ordnung war, und verabschiedete sich höflich von dem Baumstamm. Cloud begann wieder zu zittern. Die Herde ballte sich dicht zusammen, und Othello trabte vor ihnen auf und ab wie ein kleiner, vierhörniger Stier.

Die Schafe warteten zitternd, aber entschlossen auf das, was da aus dem Wald kommen mochte. Zuerst sah es aus wie ein Schatten, ein körperloser Schatten zwischen den Baumstämmen, formlos und verzerrt, wie Schatten manchmal sind. Dann löste sich eine dunkle Gestalt vom Waldrand. Die Schafe zitterten, alle zusammen, zitterten wie die Oberfläche des Baches bei Regen.

Othello senkte die Hörner.

Der ungeschorene Fremde sah sie nur ganz kurz an, dann trabte er mit halbgeschlossenen Augen an ihnen vorbei und machte es sich zwischen zwei Birkenstämmen gemütlich.

»Weiter so, Gris! Gut gemacht, Aube!«, murmelte er zufrieden, schloss die Augen und begann zu dösen.

»Das ist ein Schaf!«, blökte Sir Ritchfield erleichtert.

Die anderen trauten ihren Augen nicht.

Und dann brach plötzlich noch etwas aus dem Wald, hoch und aufrecht, mit wirren Haaren und blitzenden Augen.

»Ich glaub, mein Schwein pfeift!«, sagte Rebecca.

Die Schafe waren zu erleichtert, um nach Rebeccas Schwein Ausschau zu halten. Oder sich darüber zu empören, dass Rebecca in der kurzen Zeit ohne sie schon ein Schwein angeschafft hatte. Ausgerechnet ein Schwein!

Rebeccas Haare standen wild in alle Richtungen, ihre Wangen waren rot wie Äpfel, und sie schimpfte nicht. Schweigend half sie Cloud aus der Schlinge, und schweigend packte sie Othello an den Hörnern. Niemand sonst hätte Othello an den Hörnern packen dürfen, nicht einmal der alte George. Aber Rebecca durfte. Dann ging es wieder durch den Wald, voran die Schäferin und Othello, die Herde im Schlepptau. Zurück, vermuteten die Schafe. Aber irgendwie kam ihnen das gar nicht so schlimm vor. Auf ihrer Weide gab es Kraftfutter und freien Himmel, den Heuschuppen und den Schäferwa-

gen. Alles gute Dinge. Das Schwein würden sie schon wieder irgendwie loswerden. Und der Garou? Er war weit weg, irgendwo jenseits des schmalen Stegs, und die Schafe begannen, ihn sich als kleines, buntes Huhn vorzustellen.

»Ein wunderbarer Ausflug!«, blökte Sir Ritchfield, und die meisten Schafe gaben ihm Recht.

Nur Miss Maple machte keinen besonders zufriedenen Eindruck.

»Woher kam die Schlinge?«, fragte sie Willow, die neben ihr trabte.

»Und warum ist uns der fremde Widder gefolgt? Und wo ist Rebeccas Mütze? Und was wollte der Ziegenhirt? Und wo ist Zach?«

Willow, das zweitschweigsamste Schaf der Herde, schwieg.

7

Die Sonne stand hoch am Himmel, der Schnee glitzerte, und die Schafe warfen kurze, dicke Schatten – vor allem Mopple the Whale. Das angekündigte Schwein hatte sich bisher nicht blicken lassen, und auch vom Tierarzt war nichts zu sehen.

Sie waren überrascht, wie friedlich ihnen ihre Weide nach der lauernden Stille des Waldes vorkam – selbst wenn noch immer irgendwo der Garou herumschlich. Selbst wenn Rebecca drinnen im Schäferwagen kreischte. Sogar die Ziegen schienen vernünftiger und das Wintergras weniger fade. Sie wünschten sich nur, Rebecca würde das Schäferwagenfenster schließen oder endlich ein bisschen Ruhe geben.

»Krank!«, schimpfte Rebecca. »Das ist doch vollkommen krank! Was soll das denn? Was soll das? Kann mir bitte jemand sagen, was das soll?«

Dann stand sie auf den Stufen des Schäferwagens, mit rotem Gesicht und etwas, das aussah wie ein Haufen roter Fetzen, in den Händen. Sie öffnete die Hände, und Rot regnete herab.

»Da!«

Rebecca starrte mit tränenglitzernden Augen auf die Fetzen im Schnee. Es sah beunruhigend so aus wie das, was der Garou mit dem Reh angestellt hatte.

Mama steckte hinter Rebecca ihren Kopf aus der Schäferwagentür, seltsame bunte Röllchen im Haar.

»Aber ich sage dir doch, ich war es nicht! Warum sollte

denn ich … Denk doch mal nach! Zum Teufel, ich war doch gar nicht da!«

»Wer soll es denn sonst gewesen sein?«, fauchte Rebecca.

»Das …«, sagte Mama und zündete sich eine Zigarette an, »… das ist die Frage.«

Sie zeigte mit der rauchenden Zigarettenhand in den Schnee. »Heb das auf, Kind. Das sieht vielleicht aus wie ein Haufen Lumpen, aber es sind Beweise. Und ob es das richtige Futter für deine Schafe ist, weiß ich auch nicht.«

Die Schafe sahen böse zu ihr herüber. Futterfragen sollte die alte Frau gefälligst ihnen überlassen. Mopple hatte gerade den ersten Stofffetzen zwischen den Zähnen, und abgesehen von der Textur, die vielleicht ein bisschen zäh war, kam er ihm ganz vielversprechend vor.

»Oh, shit!«, sagte Rebecca und hopste mit weiten Scheuchbewegungen von den Schäferwagenstufen. Mopple entkam mit einem zweiten Stoffstück im Maul, und die Schäferin machte sich daran, das Rot wieder aus dem Schnee zu lesen.

Draußen am Weidezaun stapfte der Gärtner vorbei und sah neugierig zu ihnen herüber. Und als er das viele Rot sah, sah er wieder weg.

»Da!« Wieder zeigte die rauchende Zigarettenhand, diesmal hinüber zu Schloss, Hof und Stallungen. »Dort musst du suchen. Ich wette meine Chaneltasche darauf, dass es einer von denen war!«

»Wer?«, murmelte Rebecca. »Warum denn bloß? Und wann? Wann warst du denn weg?«

»Eigentlich … lass mich nachdenken.« Mama saugte an ihrer Zigarette. »Ich bin um acht aufgestanden, dann Kaffee, dann haben zwei Kunden angerufen, bis ich mit denen fertig war … dann Frühstück. Ich würde sagen, ich bin um neun aus dem Haus, na ja, Haus, und zurück war ich kurz vor dir, gegen zwölf.«

»Drei Stunden!« Rebecca blickte überrascht von den roten Fetzen auf. Mama bewegte sich selten aus dem Schäferwagen, und drei Stunden waren ein neuer Rekord.

»Was hast du denn drei Stunden da draußen gemacht?«

»Ich war im Gästehaus des Schlosses, duschen«, murmelte Mama und hüllte sich in Rauch.

»Drei Stunden?«

»Erst war das Wasser eiskalt. Wieder mal. Einer dieser beiden komischen Wintergäste muss duschen wie verrückt. Also habe ich gewartet, bis es wieder warm war. Und dann hat es sich so ergeben …« Mama drehte verlegen die Zigarette in ihren Händen.

Rebecca hatte ihre roten Fetzen wieder alle aus dem Schnee gepflückt und richtete sich auf.

»Du hast … gearbeitet?« Sie hielt Mama das rote Bündel hin, aber Mama hatte noch immer die Zigarette in der Hand und wedelte den Stoffsalat von sich weg.

»Man hat mich gefragt, na und? Warum nicht? Sieh es als Nachbarschaftshilfe.«

»Ich hatte dir doch ganz klar …«

Der rote Haufen landete auf der obersten Schäferwagenstufe.

»Ich muss arbeiten, Kind. Wenn ich nicht arbeite, bin ich nicht glücklich!«

Die Schafe wussten, was Mama arbeitete: Humbug. Tag für Tag, nichts als Humbug. Und Rebecca hatte eine Regel aufgestellt, so unumstößlich wie die Regel von der täglichen Zaunkontrolle. Humbug wurde nur im Schäferwagen produziert. Am Telefon. Sonst nirgends. Schon gar nicht irgendwo, wo andere Leute etwas davon mitbekamen. Die Schafe hätten gerne ab und zu ein bisschen Humbug gesehen, aber in dieser Sache war mit Rebecca nicht zu spaßen.

»Na großartig!«

»Stell dich nicht so an, Reba!«, sagte Mama und schnippte die Zigarette in den Schnee.

Rebecca explodierte, so wie die grau gestromte Hofkatze manchmal explodierte. In einem Augenblick schlich sie friedlich nach Katzenart am Zaun entlang, Nager und Wintervögel im Sinn, im nächsten schnellte sie fauchend in die Luft, in alle Richtungen gleichzeitig, mit aufgestellten Haaren, Funkelaugen und Katzenbuckel. Abgesehen vom Katzenbuckel sah ihr Rebecca in diesem Moment ziemlich ähnlich.

»Und ich habe dir schon hundertmal gesagt, dass du nicht einfach deine Kippen auf die Weide … Was glaubst du, wenn ein Schaf das frisst? Das geht ein!«

Jetzt war es an der Zeit, Rebecca böse anzugucken. Niemand hätte je einen dieser stinkenden Stummel angerührt. Für wie dumm hielt die Schäferin sie eigentlich? Mopple, dem das zweite Stoffstück nun doch etwas schwer im Magen lag, rülpste vorwurfsvoll.

Rebecca schnappte den Zigarettenstummel vom Boden und schleuderte ihn in den Schäferwagen. Dann sackte sie auf die Stufen.

»Es ist einfach ein bisschen viel«, murmelte sie. »Ein bisschen viel … Erst Weihnachten, dann das Reh und dann Cloud, und jetzt diese Schweinerei hier« – sie hob eine Hand voll Fetzen von den Schäferwagenstufen und ließ sie zurück auf den Haufen rieseln – »und du rennst herum und legst den Leuten die Karten. Weißt du überhaupt, was das hier für Leute sind? Ich weiß es nämlich nicht! Ich werde aus ihnen nicht schlau, kein bisschen! Zuerst laden sie mich ein, und dann kommt es mir die ganze Zeit so vor, als ob sie etwas gegen mich hätten. Oder gegen die Schafe! Du hättest sehen sollen, wie sie geguckt haben, als ich die Schafe ausgeladen habe … Paul der Ziegenhirt zündet jeden Abend am Waldrand ein Licht an, Gott weiß, warum. Am Ende verbrennen die dich noch als Hexe...«

»Sei nicht albern, Kind!« Mama ließ sich neben Rebecca auf den Schäferwagenstufen nieder, erstaunlich geschickt. »Die Leute sind überall nur Leute. Es ist dir einfach peinlich, das ist alles.«

»Und warum auch nicht! Meine Mutter: Sanilla die Seherin! Die Frau mit dem zweiten Gesicht! Karriere, Finanzen, Partnerschaft und Lebensglück! Lebensglück, pah! Du läufst herum und erzählst den Leuten diesen Humbug, und ich muss es ausbaden. Immer muss ich es ausbaden...«

Die Schafe rückten gespannt näher. Vor dem Schäferwagen tat sich etwas. Einer von Rebeccas Zäunen wankte, und vielleicht würde bald etwas zum Vorschein kommen. Möglicherweise der Humbug selbst, vielleicht nur das zweite Gesicht. Auf Mamas zweites Gesicht waren die Schafe schon gespannt. Doch erst einmal kam nur Tess zum Vorschein, trottete in gemächlicher Althundeart aus dem Schäferwagen und begann, Rebecca die Hände zu lecken.

»Was ist mit ihr?«, fragte Rebecca. »War sie da, als das passiert ist? Schöner Wachhund!«

Tess wedelte geschmeichelt.

»Ich habe sie bei der Fronsac gelassen«, sagte Mama. »Das alte Mädchen ist nicht gern allein.«

»Ich will hier weg!«, sagte Rebecca.

Mama tätschelte ihr mit einer knochigen Hand den Rücken.

»Ach was!«, sagte sie.

Rebecca schwieg, Mama tätschelte, und Tess wedelte. Drei Krähen flogen mit entschlossenen Mienen über die Weide Richtung Wald.

Auf einmal hatte sich Rebecca wieder aufgerichtet.

»Wer denn?«, fragte sie. »Wem hast du die Karten gelegt?«

Mama grinste. »Nun wird es interessant, nicht wahr? Wen würdest du erwarten? Das Walross vielleicht oder die hübsche kleine Hortense. Das sind die typischen Kunden, hätte ich gedacht, oder höchstens noch Yves, dieser Tölpel. Wer fragt mich? Mademoiselle Plin! Die strenge Dame mit den strengen Haaren!«

»Die Schlange!«, murmelte Rebecca.

Das Weidetor ging auf, und die Schafe rückten ein bisschen vom Schäferwagen ab, um Abstand von der Besucherin zu halten. Hortense blieb einige Schritte vor dem Schäferwagen stehen und machte eine respektvolle Bewegung, fast einen Knicks.

»Bonjour, Madame. Ich habe gehört … können Sie auch mir die Karten legen. Mir und … Eric?«

Mama lehnte sich etwas zurück und zückte ein kleines schwarzes Buch.

»Warum nicht. Wollen wir mal sehen: heute habe ich schon drei Termine, aber morgen Vormittag … Sie um zehn und der Herr Eric um halb elf, ja?«

Hortense nickte, hauchte »Salut, Becca« und war schon wieder auf dem Rückweg, die Wangen rosig, Veilchenduft in den Haaren. Wo sie mitten im Winter die ganzen Veilchen herbekam, hätte die Schafe schon interessiert.

»Du hast … Termine«, ächzte Rebecca. »Drei!«

»Fünf!«, korrigierte Mama.

»Ich will hier weg!«, sagt Rebecca.

Mama ließ das kleine schwarze Buch wieder in den Weiten ihres Mantels verschwinden und setzte sich auf. »Bist du verrückt? Endlich passiert hier etwas! Heute ist der erste Tag, an dem ich nicht weg will! Ich sage dir, Kind, hier gibt es eine ungewöhnlich große Nachfrage nach … Glück. Nach Rat. Nach Licht im Dunkeln!«

Mama stand auf und breitete fledermausartig die Arme aus. »Reba, ich glaube dir, dass etwas nicht stimmt. Und nicht wegen der Polizei, sondern weil hier ein so großer Bedarf an... an... an Schicksal besteht. Und weißt du, worauf das hindeutet?«

Mama machte eine dramatische Pause.

»Auf etwas Übernatürliches!«

Rebecca stöhnte.

Die Schafe schwiegen beeindruckt. Übernatürlich! Noch natürlicher als natürlich! Gras war natürlich, Kraftfutter nicht ganz so natürlich, und Plastik war gar nicht natürlich und fast ungenießbar. Etwas Übernatürliches hingegen musste eine wahre Delikatesse sein!

Mama faltete ihre Fledermausarme wieder zusammen und packte Rebecca am Kinn. »Nun lass dich nicht hängen, Kind. Wir werden herausfinden, was es ist. Und wer das da war...«, sie stach mit einem knochigen Finger Richtung roter Haufen, »...das finden wir auch heraus! Was glaubst du, was dir Leute so alles erzählen während einer Seance! Lass mich nur... Wir dürfen nur nicht alles mit uns machen lassen, wie... wie Schafe!«

Wie Schafe!

Das saß!

Maude und Heide begannen beleidigt zu blöken, Mopple guckte schuldbewusst, und Ritchfield schüttelte den Kopf und murmelte »das ist kein Schaf!«.

»Ritchfield hat Recht«, sagte Zora auf einmal. »Wir müssen ihnen ein Vorbild sein!«

Zuerst kauten die anderen nur, aber dann verstanden sie auch. Von sich aus unternahmen Menschen selten etwas. Sie lebten in den Tag hinein und gingen ihren kleinen Menschengeschäften nach. Wenn wirklich etwas Wichtiges passieren

sollte, Kraftfutter oder Apfelernte oder Schluss mit dem Wanderleben, mussten die Schafe die Initiative ergreifen.

»Ich könnte wieder eine Karte fressen!«, sagte Mopple hilfsbereit.

Aber welche Karte? Die Schafe wussten es nicht. Sie beschlossen, dass Mopple probehalber jede Karte fressen sollte, die ihm vor die Nase kam. In der Zwischenzeit konnte man grasen oder ein bisschen blöken oder kopfschüttelnd die Ziegen beobachten oder…

»…oder wir finden den Garou!«, blökte Ramses auf einmal.

Die anderen sahen ihn entgeistert an.

»Ich meine…«, stammelte Ramses, »vielleicht ist er ja gar nicht so… und wir können ihn… oder vielleicht auch nicht…«

Ramses scharrte verlegen im Schnee, die anderen verdrehten die Augen, aber Miss Maple sah auf einmal hellwach aus.

»Er hat Recht!«, sagte sie. »Wir müssen herausfinden, in wem der Wolf steckt!«

»Warum?«, blökte Heide.

»Warum?«, blökten die anderen im Chor.

»Damit wir in die richtige Richtung weglaufen«, sagte Miss Maple. »Wenn wir nicht wissen, wo er ist, wie sollen wir dann wissen, wo weg ist?«

»Wenn wir ihn sehen, können wir noch immer weglaufen«, sagte Lane und drehte ihren eleganten Hals. Lane war das schnellste Schaf der Herde.

»Vielleicht«, sagte Maple. »Das Reh konnte es nicht.«

Das stimmte. Rehe waren so langbeinig, dass selbst der Wald sie nicht irreführen konnte, und trotzdem…

»Er hat es überrascht«, flüsterte Lane. »Er muss es überrascht haben!«

Nicht alle Schafe waren sich sicher, ob sie wirklich an den Garou glaubten, aber selbst diejenigen, die nicht an ihn glaubten, wollten auf einmal sehr gerne vor ihm davonlaufen. Am besten gleich.

»Aber nicht durch den Wald!«, sagte Cloud.

Die anderen nickten. Der Wald knackste und raschelte, er führte sie im Kreis und verspottete sie. Nah war fern, und fern war nah, gerade war gebogen, auf war ab, und Gras gab es auch keines.

»Wie sonst?«, fragte Maude und sog tief die Luft ein. »Hier ist überall Wald. Ringsherum.«

»So wie wir gekommen sind!«, sagte das Winterlamm mit funkelnden Augen. »Mit dem Auto!«

Die anderen blökten protestierend. Das Auto war kein besonders beliebtes Transportmittel. Es dröhnte und schlingerte, hopste und stank. Es war eng und dunkel und Furcht einflößend. Aber es konnte sie schnell und geschützt durch den Wald bringen, weg vom Garou. Insgeheim dachten die meisten Schafe, dass Autos ein bisschen wie Hunde waren: laut und großspurig, aber wenn man einmal seinen ganzen Mut zusammennahm und nicht vor ihnen weglief, stellte sich heraus, dass das Meiste davon nur Wichtigtuerei war.

Hoffentlich.

Kurze Zeit später stand wieder eine kleine Schafsexpedition vor der losen Latte im Ziegenzaun. Maude, Zora und Heide sollten das extragroße Auto finden, das die Schafe hierher gebracht hatte.

Maude sollte es wittern.

Zora sollte ihm die Stirn bieten.

Und Heide sollte es überreden, sie wieder von hier wegzubringen.

Miss Maple sah ihnen zufrieden nach.

»Und wir suchen inzwischen den Garou!«, sagte sie.

Die Schafe machten lange Gesichter.

Suchen – na gut!

Finden wollte den Garou keines von ihnen.

Ramses suchte den Garou zwischen den Ginsterbüschen.

Cordelia suchte ihn beim Schäferwagen.

Cloud suchte ihn unter dem Schäferwagen.

Die Schäferwagentür ging auf, und Rebecca stapfte entschlossen Richtung Schloss. Die Schafe hörten auf zu suchen und sahen ihr nach.

Dann ging es weiter.

Lane suchte am Ziegenzaun.

Othello suchte im Heuschuppen.

Ritchfield diskutierte mit dem Futtertrog.

Das Winterlamm suchte zwischen alter Eiche und Schrank.

Und Mopple suchte überhaupt nicht. Mopple kaute.

Maple trabte hinüber zu dem dicken Widder und räusperte sich.

Mopple schluckte.

»Und?«, fragte Maple.

»Nichts!«, sagte Mopple und starrte angestrengt auf einige Halme Wintergras, die aus dem Schnee äugten. »Hier ist er nicht!«

»Natürlich nicht!«, sagte Maple. »Wir sollten zuerst die schwarze Ziege finden.«

»Madouc?«

Maple drehte den Kopf. »Woher weißt du, dass sie Madouc heißt?«

»Sie sagt, dass sie Madouc heißt«, sagte Mopple. »Zumindest manchmal.«

Maple dachte weiter.

»Die schwarze Ziege ist so etwas wie eine Spur, glaube ich. Niemand hat je den Garou gesehen, und trotzdem weiß sie so viel über ihn. Woher? Wenn sie nichts gesehen hat, dann hat sie etwas gehört! Aber von wem? Ist es nicht seltsam, woher sie das alles weiß?«

»Von den anderen Ziegen vielleicht?«, schlug Mopple vor.

»Vielleicht«, sagte Maple. »Und vielleicht auch nicht.«

Miss Maple ließ die anderen stehen und trabte los, hin zum Ziegenzaun, direkt auf eine dösende Ziege zu. Eine sehr zerzauste Ziege. Sie mussten mehr wissen, bevor sie sich auf die Suche nach dem Garou machten!

»Entschuldigung«, sagte Maple zu der Ziege am Zaun – nicht zu forsch und nicht zu höflich.

Die Ziege öffnete die Augen.

»Ja bitte?«

Ihr Fell war braun, aber ihre Augen waren grau und fern wie die eines Fisches.

»Ich suche eine Ziege«, sagte Maple. Die Sache lief besser, als sie erwartet hatte.

»Ich würde sagen, du hast eine gefunden.«

»Eine kleine Ziege.«

Die Ziege legte den Kopf schräg.

»Es gibt keine kleinen Ziegen!«

»Eine kleine schwarze Ziege.«

Der Kopf drehte sich weiter und weiter. Es gefiel Maple nicht, wie weit die Ziege den Kopf drehen konnte. Wie ein Vogel!

Plötzlich war der Kopf der Ziege wieder gerade und gefährlich nah. Wie zerzaust sie war!

»Es gibt hier keine schwarzen Ziegen«, zischte sie. »Keine einzige! Schwarze Fliegen. Schwarze Intrigen. Das ja.«

Die Braune stank. Wie ein Frettchen. Wie ein Aasfresser. Wie … wie eine Ziege eben.

Maple wich einen Schritt vom Zaun zurück und spähte Richtung Ziegenweide: Eine Fuchsrote, eine weiß-braun Gescheckte, eine weiß-schwarz Gescheckte, eine Weiße mit einem schwarzen Ohr, zwei Graue und noch zwei Braune auf dem Sofa … aber keine Schwarze.

»Sie war mit uns im Wald«, sagte Maple. »Sie ist dem Garou auf der Spur! Macht ihr euch denn gar keine Sorgen um sie?«

»Garou?«, fragte die Braune. »Kein solches Ding im Wald. Nur Räume und Bäume und Träume. Dazwischen ist nichts. Kein Grund zur Sorge.«

»Jeder kann in den Wald gehen«, sagte Maple. »Also kann jeder im Wald sein.«

»Was es nicht gibt, gibt es auch nicht im Wald«, sagte die Ziege. »Kleine Ziegen, zum Beispiel. Daran ändert auch der Wald nichts. Alle Ziegen sind größer, als sie aussehen.« Die Ziege machte ein Gesicht, als hätte sie gerade etwas sehr Wichtiges gesagt. Dann trottete sie davon, ohne Maple eines weiteren Blickes zu würdigen.

Maple seufzte und begann, nach einer anderen, möglichst vernünftigen Ziege Ausschau zu halten. Da hinten graste die Weiße mit dem schwarzen Ohr – Megära Shub-Niggurath –, die ihnen durch den Zaun geholfen hatte. Miss Maple legte sich neben einem Haselstrauch auf die Lauer und wartete darauf, dass Megära auf ihrem verschlungenen Grasepfaden näher an den Zaun kommen würde.

Die Schatten der Schafe hatten schon wieder zu wachsen begonnen, als Rebecca vom Schloss zurückkam. Sie sah sehr wütend aus. *Sehr* wütend. Die Schafe versuchten, stramm und unauffällig zugleich auf der Weide zu stehen, aber die Schäferin meinte nicht sie.

»Das war mal ein Irrenhaus!«, erklärte sie den Schafen und zeigte mit einem blauen Fäustlingshandschuh auf das Schloss. »Und ich sage euch: das ist noch immer ein Irrenhaus! Die werden sich wundern! Ich kann auch anders!«

»Das hätte ich dir gleich sagen können!«, dröhnte es aus dem Schäferwagen. »Genauso gut hätte ich die Karten fragen können!«

Dann schwieg der Schäferwagen eine Weile, und Rebecca schwieg auch und dachte.

Schließlich zückte sie das Sprechgerät.

Das Sprechgerät begann zu quaken, und Rebecca quakte nach Art der Europäer unbeholfen zurück. Und – kaum zu glauben – während sie quakte, wurde sie noch wütender. Irgendwann hatte sie das Sprechgerät so weit eingeschüchtert, dass es aufhörte zu quaken und endlich zu sprechen begann.

»... haben keine Leute«, knackte es.

»Es interessiert mich nicht, wie viele Leute Sie haben!«, fauchte Rebecca zurück. »Jetzt hören Sie mir mal zu, Monsieur. Jemand war in meinem Schäferwagen.«

Das Sprechgerät knackte schüchtern.

»Unbefugt?«, schnaubte Rebecca. »Das will ich meinen!«

Das Sprechgerät schnatterte.

»Nein«, sagte Rebecca. »Kein Diebstahl. Vandalismus. Verstehen Sie? *Vandalisme!* Natürlich weiß ich nicht, wer – das sollen Sie mir sagen! Natürlich möchte ich es anzeigen. *Tout de suite!*«

»Nein, ich kann nicht nach Mauriac kommen!«, schnaubte Rebecca. »Ich habe kein Auto. Sie müssen hierher... *Quoi? Merde!*«

»…schwarz«, erklärte Maple der Weißen mit dem schwarzen Ohr, »und… nicht so groß.«

Die weiße Ziege mit dem schwarzen Ohr hörte ihr aufmerksam zu. Sie rieb nachdenklich ihre schlanken Hörner am Weidezaun. Ihre Ohren wirbelten wie Schmetterlingsflügel.

»Im Wald sagst du?«

Maple nickte.

Die Ziege schnaubte wissend. »Ein Hirngespinst! Der Wald ist voll von ihnen. Die Spinnen spinnen sie im Mondenschein, wenn sie satt sind.«

»Nein«, sagte Maple. »Es war eine echte Ziege.«

»Natürlich denkst du das«, sagte die Ziege. »Die Spinnen sind klug.«

»Es war eine echte Ziege«, beharrte Miss Maple.

»Hirngespinst!«, wiederholte die Ziege. »Genau wie das ungeschorene Schaf! Du glaubst doch nicht etwa immer noch, dass das echt ist? Niemand kommt ungeschoren davon! Niemand!«

»Sicher ist er echt!«, sagte Miss Maple. »Er steht da…« Dann verstummte sie. Da stand niemand. Der fremde Widder war nicht mit ihnen aus dem Wald zurückgekehrt, und sie hatten es nicht einmal gemerkt!

»Was weißt du von dem Ungeschorenen?«, fragte Miss Maple.

»Oh«, sagte die Ziege. »Er ist damals mit den anderen gestorben, aber er bildet sich ein, er lebt noch. Typischer Fall von Hirngespinst!«

»Welche anderen?«, fragte Maple, doch die Ziege drehte nur den Kopf zur Seite und wackelte wild mit ihrem schwarzen Ohr.

»Siehst du das? Mehr Schwarz wirst du unter uns nicht finden, du Schaf! Es gab einmal eine schwarze Ziege, aber nicht mehr!«

»Und der Garou?«, fragte Maple. »Ist der etwa auch ein Hirngespinst?«

»Der Garou?« Die Augen der Ziege wurden blank. »Vom Garou weiß ich nichts.«

»Aber du hast es selbst gesagt!«, blökte Maple. »Bevor wir in den Wald gegangen sind! ›Wenn ihr den Garou trefft‹, hast du gesagt.«

Die Weiße mit dem schwarzen Ohr sah Maple respektvoll an. »Für ein Schaf bist du ganz schön verrückt«, meckerte sie. »Weiter so! Verrückt…verzückt…verzickt!«

Dann drehte sie sich um und ließ Miss Maple stehen.

Allmählich verlor Maple doch die Geduld.

Eine sehr alte graue Ziege in der Nähe fing an zu kichern. Kicherte so sehr, dass sie am ganzen Körper zitterte. Maple befürchtete, die Alte könnte vor lauter Kichern und Zittern umfallen.

»Genau!«, kicherte die Graue und zitterte noch stärker. Wie hager sie war! Vielleicht zitterte sie ja vor Kälte? Die Alte drehte ihren Kopf in Maples Richtung, und Maple sah, dass sie weiße Augen hatte, weiß und blind wie Schnee. Die blinde Ziege, gegen die Sir Ritchfield angetreten war!

»Schon gut«, sagte Maple beruhigend. Die Alte tat ihr leid.

»Schon gut!«, keuchte die Graue. »Schon gut? Madouc ist nicht gut. Madouc ist keine Ziege! Madouc ist ver…«

In diesem Augenblick rempelte eine Fuchsrote die blinde Alte mit dem Kopf an. Die Alte hörte auf zu zittern und fing an zu husten. Hustete und verstummte. Der Wind pfiff.

Maple trabte los, um ein gutes Stück Weide zwischen sich und die Ziegen zu bringen. Die Sache gefiel ihr nicht. »Verrückt« hatte die Alte sagen wollen. Alle Ziegen waren ver-

rückt. Aber eine Ziege, die die anderen Ziegen für verrückt hielt, war entweder außergewöhnlich vernünftig – oder so verrückt, dass Maple sich das nicht einmal in ihren schwärzesten Träumen vorstellen konnte. Doch was wollte eine vernünftige Ziege mit ihnen im Wald – und was eine vollkommen Verrückte?

8

»*Und als er sie sah, war er so erstaunt, dass er alle seine Taschen zu Boden fallen ließ.*

›Du liebe Zeit!‹, schnaubte der Faun.«

Rebecca klappte das Buch zu und grinste.

»Und?«, fragte sie. »Was meint ihr?«

»Ich weiß wirklich nicht, warum du diesen Kinderkram liest!«, grollte es aus der Tür.

»Es ist romantisch!«, sagte Rebecca und grinste. Dann stand sie auf und verschwand lächelnd im Schäferwagen.

Die Schafe sahen ihr mit ausdruckslosen Mienen nach. Sie wussten nicht so recht, was sie von ihrer neuen Weidelektüre halten sollten. Sie hatten schon in Irland von ihrem alten Schäfer George vorgelesen bekommen, Pamela-Romane und einen halben Krimi und einmal – leider! – ein Buch über Schafskrankheiten, und kannten sich ein wenig mit Literatur aus. Ihnen war klar, dass in Büchern Dinge passierten, die hier auf der Weide eher selten vorkamen: Affären und Bälle und Duelle mit Pistolen. Aber die Dinge passierten meistens Menschen, und sie passierten entweder in Häusern oder draußen.

In diesem Buch war etwas anders.

Die Dinge passierten in einem Schrank. Es gab dort Pelzmäntel – Mäntel mit Fell, eine lächerliche Vorstellung! – und

einen ganzen Winterwald. Wie in aller Welt passte der Wald in den Schrank? Und jetzt war zu allem Überfluss jemand aufgetaucht, der zur Hälfte eine Ziege war. Ein Faun. Der Gedanke beunruhigte sie. Niemand war nur zur Hälfte Ziege! Niemand!

Irgendetwas stimmte mit dem Buch nicht.

Die Schafe äugten mit neuem Misstrauen zu ihrem eigenen Schrank hinüber, dem Schrank unter der alten Eiche. Verbarg er vielleicht auch halbe Ziegen? Oder – noch schlimmer! – ganze?

Sie hatten sich schnell mit ihm abgefunden, obwohl sie noch nie einen Schrank auf ihrer Weide gehabt hatten, schon gar keinen so großen, mit golden schimmernden, leise stinkenden Messinggriffen. Schließlich gab es genug andere Dinge, über die man sich wundern konnte: den tiefen Schnee, Zachs Holzklopfexperimente an der Heuschuppenwand, Mamas Kabinett vertrackter Gerüche und immer wieder die Ziegen.

Den Menschen hingegen ließ der Schrank keine Ruhe. Warum war er hier, und warum gab es ein Sofa und eine Kommode auf der Ziegenweide? Die Schafe wussten immerhin, wozu das Sofa gut gewesen war: es hatte eine interessante Füllung aus Stroh enthalten, die von den Ziegen bis auf die offensichtlich ungenießbare Rückenlehne restlos verspeist worden war.

Der Schrank und die Kommode hingegen? Die Kommode war so etwas wie das Lamm des Schrankes, so viel war klar. Sie hatte die gleichen krummen Beine und die gleiche Farbe und in etwa die gleiche Form. Trotzdem schien den beiden die Trennung nichts auszumachen: die Kommode stand klaglos auf der Ziegenweide und der Schrank unter der Eiche, und egal, wie scharf die Schafe ihn auch beobachteten, er bewegte sich keinen Schritt näher zum Ziegenzaun. Die Schafe wurden aus der Sache nicht schlau, schlackerten mit den Ohren und grasten unbekümmert um Schrank und Geheimnis herum.

Rebecca hingegen interessierte sich unermüdlich dafür, woher der Schrank kam, und Mama dafür, was möglicherweise im Schrank war. Die Schafe interessierte, wenn überhaupt, nur das, was unter dem Schrank war – unentdecktes, niegeweidetes Gras vielleicht?

Auf keine dieser Fragen hatte es bisher eine Antwort gegeben, und vor kurzem hatte Mama versucht, ihn mit einer langen, glitzernden Haarnadel aufzukitzeln. Vergebens.

»Ich seh ihn mir noch mal an!«, erklärte Lane und trabte entschlossen hinüber zum Schrank. Die anderen kamen mit.

Lane umrundete den Schrank einmal und noch einmal, um sicherzugehen. Der Schrank stand da und ließ es geschehen, groß, feucht und überflüssig, mit gekrümmten Füßen und einem Häubchen aus Schnee. Er war groß, aber nicht *so* groß. Ein paar Schafe hätten sicher hineingepasst oder der ein oder andere Zweibeiner vielleicht, aber bestimmt nicht die Eiche, und schon gar nicht ein zweiter oder dritter Baum. Wie viele Bäume brauchte es für einen Wald? Mindestens fünf, vermuteten die Schafe. Damit war es entschieden: das Buch war verrückt!

Maple sah auf einmal aus, als hätte sie etwas verstanden. Die anderen blickten sie neidisch an.

»Aus dem Schrank!«, blökte Maple. »Er hat gesagt: er kommt aus dem Schrank!«

»Wer?«, fragte Mopple. »Was?«

»Der Fremde«, sagte Miss Maple. »Ich weiß nicht, was. Nichts Gutes jedenfalls.«

Wenn man ihn genauer betrachtete, war der Schrank schon ein bisschen unheimlich und sehr fremd, ein Ding aus einer anderen Welt.

117

»Meinst du: der Garou?«, fragte Cloud leise.

»Ich weiß nicht.« Maple legte ein Ohr an das Holz und lauschte.

»Und?«, fragte Mopple nervös.

»Nichts«, sagte Maple. »Aber er klingt hohl.«

»Da rein?«, flüsterte Heide. »Bist du dir sicher?«

Maude nickte. »Da drin«, sagte sie. »Oder nirgends.«

Heide und Zora äugten unbehaglich durch das halbgeöffnete Scheunentor. Bisher war ihre Expedition eigentlich ganz glimpflich verlaufen. Sie waren einfach durch das Hoftor spaziert, in hellem, fahlem Tageslicht, und hatten ihre bleichen Schatten durch ein Gewirr enger Gassen geführt. Eine Katze hatte Heide erschreckt, aber Heide hatte die Katze noch mehr erschreckt. Maude hatte drei kleine Autos aufgespürt, ein Motorrad, einen Rasenmäher und einen riesigen Reifen. Nur von dem besonders großen Auto, das sie alle gebracht hatte, fehlte weiter jede Spur.

»Autos leben nicht in Häusern«, sagte Heide.

»Das schon!«, blökte Maude und hielt ihre großartige Nase beleidigt in die Höhe.

»Hört ihr das?«, fragte Zora auf einmal.

Die Schafe lauschten.

»Nichts«, sagte Heide nach einer Weile.

»Genau«, sagte Zora. »Nichts. Kein Hund bellt. Nirgends. Wir sind hier überall herumspaziert, kreuz und quer, und nirgends bellt ein Hund.«

»Das ist doch gut!«, sagte Maude.

»Das ist gut«, bestätigte Zora. »Aber wenn es hier keine Hunde gibt...«

»...woher kommt dann das Heulen?«, fragte Heide.

Die drei Mitglieder der Schafsexpedition sahen sich an. Auf

einmal kam es ihnen allen sehr wichtig vor, das Auto bald zu finden. Heulen mit Hunden war schlimm genug, aber Heulen ohne Hunde war gar kein gutes Zeichen.

Zora holte tief Luft und verschwand, ihre schönen Hörner voran, im Scheunendunkel.

Etwas raschelte.

»Kommt!«, blökte Zora von drinnen. »Es ist gar nicht so schlimm!«

Heide nieste verlegen.

Maude schüttelte den Kopf.

»Aber du hast selbst gesagt…«, blökte Heide.

»Ich habe gesagt, dass da ein Auto drin ist«, sagte Maude. »Nicht dass wir reingehen sollen. Ich will da nicht rein!«

Heide dachte an Wollensstärke, kniff die Augen zu, tat einen ziemlich lämmerhaften Sprung nach vorne und machte die Augen wieder auf.

Maude stand wieder neben ihr.

»Aber du hast doch gerade gesagt, du willst da nicht rein!«, blökte Heide.

»Jetzt will ich!«, sagte Maude und machte ein verlegenes Gesicht. Zum ersten Mal verstand Heide ein bisschen, was Wollensstärke wirklich war: es ging nicht nur um das eigene Wollen, sondern auch um das Wollen der anderen. Alles berührte sich, wie Schafsrücken im Heuschuppen. Wollen an Wollen. Jeder konnte das sehen, und dennoch war es ein großes Geheimnis.

Heide blickte sich um.

Durch unzählige Ritzen in der Scheunenwand fiel kaltes Winterlicht nach drinnen. Es war nicht einmal besonders dunkel hier – aber gestreift. Der staubige Boden war gestreift und die riesigen Feldmaschinen vor ihnen und die Sägen und Mäher und Haken und Ketten, die von der Scheunendecke he-

rabhingen. Maude neben ihr sah aus wie eine überdimensionale, schlecht gelaunte Tigerkatze. Und Zora? Wo war Zora? Ein Luftzug fuhr durch die Scheune, und die Ketten über Heide klickten leise.

»Zora?«, blökte Heide. Ihre Stimme klang dünn. »Zora?«

Maude witterte. »Da hinten!«, sagte sie und trabte los. Streifen wanderten über ihre Wolle.

Sie fanden Zora in einer Ecke des Heuschuppens, direkt vor dem extragroßen Auto. Sie sah zufrieden aus.

»Jetzt müssen wir es nur noch überreden!«, sagte sie.

»Natürlich!«, blökte Maude erleichtert.

»Übernatürlich!«, blökte Heide.

Die anderen beiden sahen sie verblüfft an.

Der Mann stand auf einmal vor dem Schäferwagen, und keines der Schafe hatte ihn kommen hören. Vielleicht waren sie alle ein bisschen zu sehr mit Grasen beschäftigt gewesen, um den Garou, das Reh und sicherheitshalber auch den Schrank zu vergessen.

Der Mann klopfte, und Rebecca öffnete die Tür.

»*Bonjour*«, sagte sie und trocknete sich ihre Hände an einer Schürze ab.

Tess erinnerte sich an ihre Wach- und Hütepflichten und kläffte halbherzig.

»Guten Tag, Mademoiselle«, sagte der Mann. Er war außergewöhnlich groß und breit, trug einen braunen Mantel, braune Stiefel und elegant gekräuseltes Haar auf der Oberlippe. Ehe sich die Schafe versahen, stand er schon auf der obersten Schäferwagenstufe und drückte Rebecca ein Kärtchen in die Hand.

»Darf ich mich vorstellen«, sagte er. »Malonchot. *Police.*«

Rebeccas Gewittergesicht hellte sich auf. »Sie sind doch gekommen!«, sagte sie. »Flock. Rebecca Flock.«

Der Mann nickte.

»Das ist der Schäferwagen«, sagte Rebecca. »Und das da ist meine Mutter. Hier ist es passiert. Ich schließe nicht ab, also wurde auch nichts aufgebrochen. Ich bin früh weggegangen, vielleicht so gegen acht, in den Wald, um ein Schaf zu suchen. Und meine Mutter... war im Gästehaus des Schlosses duschen.«

»Wann war das?«, fragte Malonchot und zückte einen Notizblock.

»Von neun bis zwölf«, dröhnte es aus dem Schäferwagen.

»Drei Stunden?«, fragte Malonchot.

Die Schafe mochten, dass er nur kurze Dinge sagte. Er war wie ein See. Ein stiller, stiller See.

»Drei Stunden«, sagte Rebecca in einer Stimme, die keinen Widerspruch duldete. »Und als ich zurückgekommen bin, das war auch so gegen zwölf, glaube ich, habe ich es gleich gemerkt. Jemand war im Schäferwagen gewesen und hat meine Kleidung zerstört. Mit einer Schere oder so.«

»Nur Kleidungsstücke?«, fragte Malonchot.

»Nur *rote* Kleidungsstücke«, sagte Rebecca.

Malonchot blickte auf.

»Alle?«, fragte er.

»Alle bis auf einen Schal. Den haben sie nicht gefunden. Der war in der Wäsche. Rot ist meine Lieblingsfarbe«, sagte Rebecca. »Es ist einfach ... gemein!«

Die Schafe verstanden nicht ganz, warum sich Rebecca so aufregte. Sie hatte doch auch eine braune Mütze (eine sehr attraktive sogar, die entfernt an einen Brotlaib erinnerte) und blaue und grüne Pullover und Hosen und den beliebten Wollpullover. Wenn sie ehrlich waren, hatte ihnen das ganze Rot nie so richtig gefallen. Es kitzelte die Augen. Es machte nervös.

121

»Haben Sie Ihr Schaf denn gefunden, Mademoiselle?«

»Ja! In einer Drahtschlinge!« Rebecca runzelte böse die Brauen.

»Und haben Sie sonst noch etwas gefunden?«

»Mehr Schafe!« Rebecca lachte.

Malonchot strich sich mit einem Finger über sein frostiges Oberlippenhaar.

»Können Sie sich noch erinnern, wo Sie das Schaf gefunden haben?«

»Nein«, sagte Rebecca. »Ich hatte einfach Glück.« Sie lachte wieder und sah verschwörerisch zu den Schafen hinüber. »Irgendwo auf einer Lichtung, nah am Weg. Sie können sich gar nicht vorstellen, wie viel Glück ich hatte!«

»Ich glaube, das kann ich doch«, sagte Malonchot. Er holte eine Tafel Nussschokolade aus der Tasche und bot Rebecca davon an. Der große Polizist fing an, den Schafen sympathisch zu werden.

Rebecca schüttelte den Kopf.

»Sie … Sie sind nicht wegen meiner Klamotten hier, nicht wahr?«

»Nein«, sagte Malonchot. »Aber vielleicht schlagen wir – wie sagt man in Ihrer Sprache? – zwei Fliegen mit einer Klappe.«

Die Schäferin war blass geworden.

»Sie meinen, derjenige, der das Reh so zugerichtet hat, war in meinem Schäferwagen?«

Malonchot deutete ins Innere des Schäferwagens. »Darf ich? Sie werden schon einiges über die Situation hier gehört haben, Mademoiselle. Unglaubliche Dinge.«

»Nein«, sagte Rebecca und trat ein wenig zur Seite, damit Malonchot durch die Tür passte. »Nein, eigentlich nicht.«

Die Schäferwagentür klappte hinter den beiden ins Schloss. Die Schafe zogen sich beleidigt hinter den Heuschuppen zurück. Niemand hatte daran gedacht, *ihnen* Schokolade anzubieten. Und während Rebecca nur ihren roten Klamotten nachtrauerte, leisteten sie hier draußen im Schnee wertvolle Detektivarbeit.

»Wenn wir nur die Ziege fragen könnten!« Maple scharrte ungeduldig im Schnee. »Wir müssen darüber nachdenken, was sie uns damals im Wald erzählt hat. Erinnert ihr euch an das, was sie uns erzählt hat?«

Mopple the Whale hob stolz seine rundlichen Hörnchen. Er war das Gedächtnisschaf! Natürlich erinnerte er sich!

»Der Garou ist ein Wolf, der sich in einen Menschen verwandeln kann«, begann er. »Oder ein Mensch, der sich in einen Wolf verwandeln kann. Je nachdem!«

Die Schafe versuchten, es sich vorzustellen. Sie hatten noch nie einen Menschen sich in irgendwas verwandeln gesehen – nicht einmal in einen Pudel. Die Sache kam ihnen etwas weit hergeholt vor, und trotzdem ...

»Um sich zu verwandeln, muss er seine Kleidung ablegen und sich mit einer Salbe bestreichen. Ohne die Salbe geht nichts. Er verwandelt sich, aber seine Augen verwandeln sich nicht. Seine Augen bleiben immer Wolfsaugen.«

Auch das war nicht besonders vielversprechend. Genau genommen sahen die Augen der meisten Wesen ziemlich ähnlich aus. Tess' Augen sahen aus wie Mamas Augen, und George hatte einmal sogar behauptet, dass alle ihre Augen aussahen wie die Augen eines Tintenfisches, der auf dem Meeresgrund lebte. Den Schafen war klar, dass Augen keine große Hilfe sein würden. Der Geruch vielleicht? Es gab hier ein paar Leute, die streng rochen, Yves und der Ziegenhirt und manchmal auch der Gärtner. Aber wie genau roch ein Wolf?

»Er jagt Rehe und Menschen und Ziegen und Schafe«, fuhr Mopple fort. »Er jagt alles.«

Das war zweifellos der unerfreulichste Teil der ganzen Geschichte.

»Er kann kein fließendes Wasser überqueren…« Mopple sah die anderen an. »Ich kann fließendes Wasser überqueren!«, sagte er stolz.

»Gerade eben so«, sagte Maple. »Das hilft uns auch nicht. Wir können nicht am Bach sitzen und darauf warten, dass jemand ihn nicht überquert.«

»Er fürchtet sich vor Silber – und Weihwasser!«

Sie hatten beide noch nie Wasser mit Geweih gesehen – von Unterwasserrehen vielleicht? –, aber Silber kannten sie. Es war hell und kalt und glänzend, schimmerte wie der Himmel an grauen Tagen, knisterte, reflektierte das Licht und roch leise nach Metall. Rebecca packte meistens ihre Butterbrote darin ein.

»Das ist ein Anfang!« Maple sah zufrieden aus. »Wir suchen ein Stückchen Silber, und dann beobachten wir, wer sich davor fürchtet!«

Auch den anderen gefiel die Idee, nach einem brotduftenden Stück Silberpapier zu suchen – vielleicht fanden sie ja sogar eines, in dem noch Brot war? Sie trabten entschlossen zurück Richtung Schäferwagen.

Rebecca war normalerweise sehr reinlich mit ihrem Silberpapier, aber vor kurzem war ihr eines entkommen. Flatternd wie ein blecherner Schmetterling hatte es sich eine Weile zwischen den Rädern des Schäferwagens herumgetrieben und war dann unter Schnee und immer noch mehr Schnee verschwunden. Die Schafe wühlten entschlossen los – eine gute Gelegenheit, beim Ermitteln ein bisschen zu grasen!

Schnee, feuchte Erde, Wintergras, mehr Schnee, nasser, kalter Stein, ein unappetitlich aufgeweichter Zigarettenstummel, den Rebecca übersehen haben musste, ein modriger Ast, mehr

Wintergras, schmutziges Eis, ein vergessener Apfelbutzen. Ein matschiger Keks.

Sie begannen, Gefallen an der Detektivarbeit zu finden.

Mehr Schnee, besseres Gras und – direkt bei den Rädern des Schäferwagens – Metall. Aber das falsche Metall: eine rostige Schraube von der Radnabe. Und dann plötzlich: Butter. Nur ein Hauch, mehr eine Erinnerung an Butter. Aber sie war da. Mopple wühlte weiter, bis es unter seiner Nase knisterte. Ein ordentliches Stück Silber! Mopple zupfte es vorsichtig aus dem Schnee.

Und jetzt?

Das Winterlamm, das sich bisher fern von den anderen unter der alten Eiche herumgetrieben hatte, kam vorbei und guckte neugierig.

»Was macht ihr da?«, fragte es.

»Mmmh«, sagte Mopple, das Papier im Maul.

»Das ist Silber«, erklärte Miss Maple.

»Warum frisst er es nicht?«, fragte das Winterlamm.

»Mmmh«, sagte Mopple.

»Es schmeckt nicht«, sagte Maple. »Aber es hilft gegen den Garou!«

»Vielleicht sollte jeder von uns ein kleines Stück davon fressen«, sagte das Winterlamm tapfer. »Auch wenn es nicht schmeckt!«

»Nein«, sagte Maple. »Wir legen es dorthin, wo es jeder sehen kann, und dann beobachten wir, wer sich davor fürchtet!«

»Niemand wird sich davor fürchten«, sagte das Winterlamm. »Nicht mal die Jungmenschen.«

Aber es kam mit, als die Schafe begannen, nach einem guten Flecken für das Papier zu suchen. Nah am Zaun jedenfalls, wo es von möglichst vielen Menschen gesehen werden konnte. Irgendwo, wo der Wind es nicht gleich wegzupfte!

Mit einiger Mühe gelang es ihnen, das Silber auf die Zweige eines kahlen Haselstrauches nahe an Hoftor und Ziegenzaun zu spießen. Das kleine Stück Papier flackerte und knatterte im Wind, und die ersten Ziegen kamen neugierig näher.

»Gewagt!«, sagte die erste Ziege, eine braun-weiß Gescheckte.

»Avantgarde!«, bestätigte eine zweite, rote Ziege mit Kennermiene.

»Brotlos!«, sagte die dritte.

»Wir bilden uns das alles nur ein«, sagte die Ziege mit nur einem Horn kopfschüttelnd.

Die Schafe antworteten nicht.

Mehr Ziegen strömten näher.

»Das ist langweilig!«, meckerte eine Ziege aus der zweiten Reihe.

»Wir wollen Ritchfield!«, rief Megära Shub-Niggurath vom Sofa herab.

»Wir wollen Ritchfield!«, sangen die anderen Ziegen im Chor. Glücklicherweise war Ritchfield gerade in ein Gespräch mit dem Futtertrog vertieft und bekam von der ganzen Sache nichts mit. Die Ziegen meckerten noch eine Weile nach Ritchfield, dann begannen sie, sich nach Farben aufzustellen, erst Megära, dann zwei Graue, die Gescheckte, die Rote und schließlich die Braunen.

»Vielleicht bilden wir sie uns *alle* nur ein!«, murmelte Miss Maple.

Der Ziegenhirt stapfte über den Hof, ohne ein Zeichen von Furcht vor dem Papier. Die Ziegen nahmen sich etwas zusammen. Sobald er um die Ecke verschwunden war, reihten sie sich wieder am Zaun auf und probierten, wer die längste Zunge machen konnte. Sie konnten alle sehr lange Zungen machen.

Irgendwann hielt es Cloud nicht mehr aus.

»Euer Hirt stinkt!«, sagte sie zu den Ziegen.

Die anderen Schafe staunten. Sie hatten Cloud noch nie einen Streit anfangen sehen, aber seit der Nacht im Wald kam sie ihnen ein bisschen gereizter und – sie wagten es kaum zu denken – dünnfelliger vor.

»Wer sagt das?«, fragte eine braune Ziege.

»Wer? Wer? Wer? Wer? Wer? Wolf!«, sangen die anderen Ziegen.

Cloud überlegte.

»Unsere Schäferin!«, sagte sie dann und plusterte sich. Es stimmte nicht, aber sie wollte die Ziegen beeindrucken.

»Eure Schäferin!«, sagte die Ziege. »Eure Schäferin kann nicht riechen!«

Das stimmte.

»Doch!«, blökte Cloud.

»Und sprechen kann sie auch nicht!«, meckerte die braunweiß Geschheckte.

Cloud sah die Ziege verblüfft an. »Natürlich kann sie sprechen – euer Hirt kann nicht sprechen!«

»Kann er doch!«, sagte die Geschheckte.

»Nein!«, blökte Cloud.

»Doch!«, meckerte die Ziege.

»Nein!«

Maple begann, über andere Orte für das Werwolfssilber nachzudenken.

»Doch!«, meckerte die Ziege.

»Nein!«, blökte Cloud.

»Nein«, sagte die Ziege.

Cloud schwieg verblüfft.

»Du musst jetzt ›doch‹ sagen«, erklärte die Ziege. »Sonst wird es langweilig!«

Cloud sagte gar nichts mehr, aber Miss Maple sah auf einmal wieder frisch und wach aus.

»Ihr versteht, was der Ziegenhirt sagt?«

»Natürlich«, sagte die Ziege.

»Und er sagt *solche* Dinge!«, sagte eine andere Ziege und schüttelte tadelnd den Kopf.

»Und die anderen Menschen versteht ihr auch?«

Die Ziege reckte ihren Ziegenbart nach vorne. »Wir verstehen, was alle sagen. Nur eure Schäferin und die alte Zicke – die verstehen wir nicht!«

Die Schatten der Stämme wurden länger und länger, und auf einmal war der Wald voller Laute. Kleiner Laute. Der Wind rasselte vergessene Blätter. Schnee knirschte. Kleine Tiere raschelten auf der Suche nach einem Unterschlupf. Vögel landeten auf Ästen, mit einem Geräusch, das man mehr spüren als hören konnte, ein trockenes, sprödes Federn in der Luft.

Im Dunkel einer Tanne stand lautlos eine kleine Ziege, so schwarz, dass man von ihr nur die Augen sehen konnte, flackernde, ein wenig gewölbte Ziegenaugen, und wartete.

Tief im Schnee.

Madouc fröstelte. Sie war der Spur des Garou gefolgt, Hänge hinauf und Hänge hinunter, gerade und zickzack, in Schleifen und Kreisen und Schlangenlinien, ohne Sinn und Verstand. Der Garou hatte offensichtlich gute Laune. Wenn sie es nicht besser gewusst hätte, hätte sie ihn für eine übermütige Geiß gehalten. Aber sie wusste es besser. Viel besser. Einmal, am Bach, hätte sie der Garou fast abgeschüttelt. Madouc suchte bachauf, und Madouc suchte bachab, und schließlich fand sie die Spur doch wieder. Der Garou war klug, aber so klug wie sie war er nicht.

Jenseits der Tannen stand eine alte, halbverfallene Holzhütte.

Die Spur des Garou führte dort hinein – aber sie führte nicht wieder heraus. Andere Spuren, ja, aber nicht die Spur des Garou.

Madouc witterte. Nichts. Nur ein bisschen gefrorenes Holz vielleicht.

Ein Fuchs schnürte vorbei.

Madouc sah ihm feindselig nach.

Dann wagte sie sich vorsichtig näher an die Hütte heran. Das Schwarz jenseits der halboffenen Tür lockte sie mit süßen, murmelnden Drohungen. Madouc drehte sich um. Hinter ihr, an der Stelle, die sie gerade verlassen hatte, stand noch eine kleine schwarze Ziege im Tannendunkel. Die Ziege, die ihr immer folgte. Die Ziege, die sonst niemand sah. Madouc war froh, dass sie da war.

»Komm!«, sagte sie, bevor sie ihre spitzen Hörner gegen das Holz der Hüttentür drückte. Plötzlich stand sie im Inneren. Die Luft war hier älter, dumpfer – und noch kälter. Viel zerbrochenes Holz lag am Boden. Und tote Ratten. Nein: nicht tote – schlafende Ratten! Alles war zerbrochen – außer einem Tisch in der Mitte des Raumes. Unter dem Tisch standen Stiefel. Sehr verschiedene Stiefel. Auf dem Tisch lag etwas. Mit einem Satz war Madouc oben – und landete auf etwas Weichem. Sie schnaufte überrascht – ein halboffener Futtersack! Brot und Rüben. Von allen Dingen hätte sie einen Futtersack hier am wenigsten erwartet. Neben dem Futtersack stand ein Glas mit einem Pulver. Bitterer Geruch schwebte um das Glas, wie von Medizin.

Ein Rascheln ließ Madouc aufblicken. Die kleine schwarze Ziege war ihr in die Hütte gefolgt und blickte auf das Futter. Madouc wollte gerade zu fressen beginnen, aber die andere Ziege schüttelte stumm den Kopf. Nicht!

Madouc kickte das Glas vom Tisch, und es zersprang noch

in der Luft mit einem kalten, dünnen Ton, fast einem Schrei. Pulver stäubte herum wie bitterer Schnee, und Madouc hielt so gut es ging die Luft an.

»Das dürfte genügen«, sagte Madouc, als der Staub sich gesetzt hatte. Sie fühlte sich schwindelig.

»Das glaube ich kaum«, sagte die kleine schwarze Ziege von unten.

»Du wirst schon sehen«, erwiderte Madouc. »Das war seine Salbe. Seine Wolfssalbe!«

»Aber es war keine Salbe«, sagte die Ziege.

»Das macht nichts!«, antwortete Madouc und schlackerte stolz mit dem Schwanz.

Plötzlich war auf der Rückseite der Hütte eine Öffnung, wo vorher keine Öffnung gewesen war, und in dieser Öffnung stand … *etwas* – und sah sie an.

2. Teil

Fälle

9

Die Schatten der Schafe waren länger und dünner geworden, sogar Mopples, und die Stimmung war düster. Selbst Miss Maple musste zugeben, dass die Ermittlungen nicht besonders zügig vorangingen. Niemand schien sich vor dem Silberpapier zu fürchten. Nicht die beiden Wintergäste, die gemeinsam zu einem ihrer vielen Spaziergänge aufgebrochen waren, der eine groß, der andere klein, nicht Eric, der im Schlossturm wie gewohnt mit Ziegenkäse hantierte, nicht mal die dicke Fronsac. Auch der Gärtner, ihr heimlicher Wunschkandidat, war ohne ein Anzeichen von Furcht am Zaun entlangspaziert, einen kleinen Tannenbaum im Schlepptau. Der Tannenbaum landete an der Schlossmauer, auf einem Haufen mit anderen Tannenbäumen.

Eine kleine fette Wolke schob sich vor die Sonne, und die Schatten verschwanden.

»Morgen ist Frühling«, sagte Sir Ritchfield gut gelaunt. Die anderen teilten seinen Optimismus nicht.

Die Schäferwagentür knarrte wieder auf, und Malonchot kam heraus. Rebecca trat mit ihm auf die oberste Schäferwagenstufe und reichte ihm seinen braunen Hut. Sie sah blass aus.

»*Au revoir!*«, sagte Rebecca.

Malonchot setzte den Hut auf. »Fürchten Sie sich ein wenig vor Geistern, Mademoiselle, das ist leider alles, was ich Ihnen beim momentanen Stand der Ermittlungen raten kann.«

»*Au revoir*«, wiederholte Rebecca.

Malonchot machte eine Verbeugung, die ein wenig albern aussah – vielleicht nur, weil er so groß war –, drehte sich um und ging zurück Richtung Schloss.

Mama und Rebecca sahen ihm nach.

»Mehr solche Rehe«, murmelte Rebecca. »Und wahrscheinlich nicht nur Rehe, sonst würde die Polizei keinen Inspektor vorbeischicken, nicht? Aber mehr sagt er nicht.«

»Du warst also doch allein im Wald?«, sagte Mama.

»Nein.« Rebecca schüttelte den Kopf. »Ich wollte nur, dass er Zach in Frieden lässt. Die suchen doch sicher einen Irren. So etwas kann doch nur ein Irrer gemacht haben. Und wenn sie erst rausfinden, was Zach so alles ... selbst wenn er ein Alibi hat, liefern sie ihn wahrscheinlich irgendwo ein.«

»Was, wenn es Zach war?«, fragte Mama. »Ihr seid nicht zusammen zurückgekommen, oder?«

Rebecca seufzte. »Wir haben Yves getroffen. Na ja, nicht wirklich getroffen. Eher von weitem gesehen, mit einer Axt über der Schulter. Und auf einmal wollte ihn Zach unbedingt ... beschatten, hat er gesagt. Observieren. So ist Zach, man kann ihm das nicht ausreden. Er hat sich meine Mütze übergezogen – zur Tarnung. Und auf einmal war ich allein im Wald, ohne Mütze. Ich war ein bisschen sauer, ehrlich gesagt.«

»Was, wenn er es war?«, wiederholte Mama.

»Das war nie und nimmer Zach«, sagte Rebecca. »Zach lebt hier schon seit Ewigkeiten.«

Mama schnaubte verächtlich. »Wer auch immer das war, lebt hier wahrscheinlich schon seit Ewigkeiten. Das ist nicht gerade eine Gegend, wo Fremde nicht auffallen. Und weißt du was: wenn ich hier schon seit Ewigkeiten leben würde, wäre ich auch wahnsinnig.«

Mama warf theatralisch die Arme in die Luft, dann blickte

sie auf die kleine glitzernde Uhr an ihrem Handgelenk. »So spät schon? So spät schon? Ich muss mich fertig machen!«

Normalerweise machte Mama nur Rebecca fertig. Die Schafe guckten gespannt, aber Mama verschwand nur rumorend in den Tiefen des Schäferwagens.

»Und soll ich dir noch was sagen?«, rief es von dort. »Das war nie und nimmer ein Polizist!«

»Unsinn«, sagte Rebecca. »Du und deine Theorien!«

Und dann, wortlos, machte sie die Schäferwagentür wieder zu.

Die Verhandlungen waren bisher nicht besonders erfolgreich verlaufen. Sie hatten es mit Schmeicheleien versucht, mit Bitten, mit Drohungen, sogar mit einem kleinen Kick gegen die Stoßstange. Doch das große Auto schwieg verstockt.

»Es mag einfach nicht!«, sagte Maude. »Ich kann riechen, dass es nicht mag!« Maude wollte zurück auf die Weide.

Die Schafe waren nicht naiv. Sie wussten, dass Autos nicht auf die gleiche Art lebendig waren wie Schafe oder Hunde oder Menschen. Aber manchmal bewegten sie sich, und manchmal bewegten sie sich nicht. Irgendetwas musste sie dazu bringen, sich zu bewegen. Aber was?

Heide dachte an Wollensstärke und plusterte sich ein bisschen auf. »Ach was! Wir müssen ihm nur die richtigen Sachen versprechen!«

Die Schafe sahen sich an: waren Futterrüben, Kraftfutter und Übernachtungsmöglichkeiten im Heuschuppen etwa nicht die richtigen Sachen gewesen?

»Und du kannst auf unserer Weide herumfahren, so oft du willst!«, blökte Heide.

Zora und Maude machten bestürzte Gesichter. Nun ging Heide doch etwas zu weit!

135

Glücklicherweise zeigte das Auto auch jetzt kein Interesse.

»Seltsam«, sagte Zora. »Eigentlich sollte es sich über einen Ausflug freuen, nicht? Ihm muss doch langweilig sein, ganz allein in der Scheune.«

»Ihm ist sicher langweilig«, sagte Maude. Maude war auch langweilig.

»Vielleicht mag es Geschichten«, sagte Heide plötzlich.

Sie beschlossen, dem Auto eine Geschichte zu erzählen. Eine Geschichte mit Autos. Schafe mochten Geschichten, in denen Schafe vorkamen – leider gab es die viel zu selten, und meistens waren die Schafe nur im Hintergrund. Sie konnten sich gut vorstellen, dass Autos Geschichten mit Autos mochten. Nur kannten die Schafe keine Geschichten mit Autos. Aber vielleicht konnte man eine der romantischen Pamela-Geschichten, die sich seit Georges Zeiten auf der Weide erzählt wurden, ein wenig anpassen?

»Auf einem entlegenen Landgut...«, begann Heide.

»Scheune!«, blökte Zora.

»In einer entlegenen Scheune lebte eine arme, aber adelige Familie von Autos. Es waren alles schöne Autos, aber das jüngste Auto war das schönste. Es, äh, hatte eine besonders schöne Farbe...«

»Weiß!«, schlug Maude vor.

»...und war wild und freiheitsliebend.«

»...und fuhr gerne eine freundliche Herde von Schafen spazieren!«, blökte Zora. Die Geschichte sollte auch ein wenig pädagogisch sein.

»Genau!«, blökte Maude.

»Genau!«, blökte Heide.

Sie sahen das Auto erwartungsvoll an, aber falls es die Anspielung verstanden hatte, ließ es sich nichts anmerken.

»Das junge Auto lebte glücklich und zufrieden, bis eines Tages ein mysteriöser Fremder in das Dorf kam...«

»Scheune!«, blökte Zora.

Plötzlich stand Mama wieder auf den Stufen des Schäferwagens, mit wehenden, dunklen Kleidern und einer Zigarette in der Hand. Und – kein Zweifel – sie trug ihr zweites Gesicht! Und ihre zweite Hand – oder waren es ihre dritte und vierte? Hände mit leuchtend roten Fingernägeln jedenfalls. Mamas zweites Gesicht glitzerte und glänzte, hatte rote Wangen und einen breiten roten Mund und Augen, die schwarz umrandet waren wie die Augen eines Kerry-Hill-Schafes, das die Schafe einmal bei einem Schafswettbewerb in Irland kennen gelernt hatten. Das Kerry-Hill-Schaf hatte gewonnen.

Der Wind blies Mamas Kleidung zurück, und zum ersten Mal sahen die Schafe, wie hager sie unter ihren vielen weiten Kleidungsstücken sein musste. Hager und zart. Dann blies der Wind in eine andere Richtung, und Mama sah wieder groß und imposant aus. Rebecca im Schäferwagen hustete.

»Das stinkt!«, sagte sie.

»Räucherstäbchen«, sagte Mama unbeeindruckt.

Jetzt rochen es die Schafe auch, sogar hier draußen auf der Weide. Einer von Mamas unergründlichen Gerüchen, zweifellos. Als würde etwas brennen. Etwas aus einem fernen Land.

»Ich halte das nicht aus!«, ächzte Rebecca. »In so einem kleinen Raum!«

»Das bringt uns zum Thema«, sagte Mama und schnipste in einem unbeobachteten Moment ihren Zigarettenstummel auf die Weide. »Meine Kunden brauchen ein bisschen... Privatsphäre.«

»Du willst, dass ich verschwinde!«, sagte Rebecca. »Aus *meinem* Schäferwagen!«

»So dramatisch ist es auch wieder nicht«, sagte Mama. »Geh spazieren! Du gehst doch sonst gerne spazieren!«

»Toll!«, sagte Rebecca. »Hier läuft ein mordender Irrer durch die Gegend, und ich soll spazieren gehen, damit du hier drinnen deinen Hokuspokus aufführen kannst.«

Aber sie hatte schon ihre braune Brotmütze auf und den roten Schal um den Hals und einen grünen Anorak in der Hand. »Ich muss sowieso die Schafe versorgen.«

Mama lächelte mit ihrem großen, roten Mund.

»Dieser Hokuspokus ist die beste Möglichkeit herauszufinden, was hier los ist. Es redet ja sonst niemand mit uns. Es gibt hier ein Geheimnis, und ich werde …«

Sie brach ab und blickte Richtung Schloss. Ein Mann stand am Weidetor. Ein Mann mit breiten Schultern und dunklen Haaren. Ein Mann, dessen Hemdskragen selbst im Winter aufgeknöpft war und dunkles Brusthaar ahnen ließ. Yves.

»*Der* Typ?«, fauchte Rebecca. »In meinem Schäferwagen? Der möchte doch nur herumschnüffeln.«

Mama zuckte mit den Achseln. »Kunde ist Kunde. Das Schicksal macht keine Unterschiede.«

»Das Schicksal vielleicht nicht«, sagte Rebecca. »Aber ich!«

Sie packte den Futtereimer und stapfte wortlos an Yves vorbei, der Rebecca mit vielen Zähnen angrinste. Dann blickte er hinauf zu Mama, die noch immer in der Tür des Schäferwagens stand, rauchend und wehend und dunkel, und sein Lächeln verschwand. Einen Augenblick sah es fast so aus, als hätte er Angst. Dann grinste er wieder, trat ins Dunkel des Schäferwagens, und die Tür knarrte hinter ihm ins Schloss.

»›Komm!‹, sagte er. ›Die Zukunft liegt vor uns!‹ Und gemeinsam ritten …«

»Fuhren!«, blökte Zora.

»…fuhren sie in den Sonnenuntergang.«

Zora, Maude und Heide sahen das Auto erwartungsvoll an. Zugegeben, der Mittelteil war vielleicht ein bisschen konfus geworden, weil sie noch nie ein Auto ein anderes Auto in seinen starken Armen – Armen? – wegtragen gesehen hatten, und weibliche Autos, die sich als männliche Autos verkleideten, konnten sie sich auch nicht vorstellen. Wenn sie ehrlich waren, konnten sie sich nicht einmal als Männer verkleidete Menschenfrauen vorstellen – »Das muss man doch riechen! Das muss man doch riechen!«, hatte Maude geblökt, als George ihnen damals auf den Schäferwagenstufen die Geschichte das erste Mal vorgelesen hatte.

Doch eigentlich war es eine ganz ordentliche Geschichte geworden, mit grünen Wiesen und glänzenden Asphaltstraßen und einem Duell – »Unfall!«, hatte Zora geblökt – und viel Sonne und natürlich Schafen im Hintergrund.

Und tatsächlich: die Augen des Autos leuchteten plötzlich auf.

»Es macht mit!«, blökte Heide erleichtert. Wenn man es recht betrachtete, war es wirklich eine außerordentlich gute Geschichte gewesen.

»Da kommt jemand!«, blökte Maude.

Jetzt hörten es die anderen auch: Schritte in der Scheune. Schritte auf sie zu.

»Ausgerechnet jetzt!«, murmelte Heide.

Die Schafe versteckten sich hinter dem Auto und sahen unter seinem Bauch hindurch zu, wie zwei gelbe Gummistiefel die Gasse zwischen den Maschinen entlangkamen und schließlich vor dem extragroßen Auto stehen blieben.

Und stehen blieben.

Und stehen blieben.

Dann setzten die Stiefel sich wieder in Bewegung – direkt

auf sie zu! Die Schafe sahen sich nach besseren Versteckmöglichkeiten um. Hinter ihnen war die Scheunenwand, links versperrte eine große Säge den Weg, und von rechts kamen die Stiefel seitlich um das große Auto herum.

»Da rein!«, blökte Zora und sprang nach vorne, von einem Strohballen auf eine Werkzeugbank und von dort hinein ins hohle Hinterteil des Autos. Heide und Maude hinterher. Drinnen roch es noch genauso, wie es damals gerochen hatte, nach alter Aufregung und noch älterem Stroh.

Etwas klackte. Dann Stille.

»Wolle!«, blökte Heide.

Sie hatte Recht. In einem Haken in der Autowand hatte sich ein ordentliches Büschel weißer Wolle verfangen.

»Ritchfield!«, sagte Heide und schnüffelte. »Nein: Willow! Oder Maple? Mopple?«

Maude, das Schaf mit dem besten Geruchssinn der Herde, steckte ihre Nase in die Wolle.

»Und?«, fragte Zora. »Wer ist es?« Zora hoffte heimlich, dass es Mopples Wolle war.

»Ich weiß nicht«, sagte Maude nach einer Weile. »Niemand. Niemand, den wir kennen!«

Das extragroße Auto schauderte und setzte sich langsam in Bewegung.

Rebecca hatte neues Stroh in den Heuschuppen geschaufelt und neues Heu in die Raufe. Sie hatte ihnen eine ordentliche Portion Kraftfutter in den Trog gekippt und die Zäune kontrolliert. Die Schafe guckten nervös. Sie wussten, was als Nächstes kommen würde: das Zählen. Rebecca würde herausfinden, dass Maude, Heide und Zora fehlten. Doch gerade als sie den Finger zum Zählen spitz machte, ging die Schäferwagentür wieder auf, und Yves trat heraus. Rebecca wartete ab, bis er von der

Weide verschwunden war, dann entspannte sie ihren Zählfinger und schlenderte betont beiläufig Richtung Schäferwagen.

»Tee?«, fragte Mama.

Rebecca nickte. »Und – hast du was herausgefunden?«

Die Schafe rückten neugierig näher.

Mama zündete sich eine Zigarette an. »Eigentlich … ich habe ihn nicht wirklich verstanden. Und er hat mich wahrscheinlich auch nicht verstanden.«

»Das hätte ich dir gleich sagen können«, sagte Rebecca. »Hat er wenigstens gezahlt?«

»Er, ähm, er hat kein Geld, er wird in … ähm … Naturalien bezahlen«, sagte Mama und blies Rauch in die Luft. »Warte nur ab!«

Und wirklich: ein paar Minuten später war Yves wieder auf der Weide und schleppte einen kleinen, aber scheinbar schweren Kasten zum Schäferwagen. Er stellte den Kasten auf die Schäferwagenstufen und grinste Rebecca an. Rebecca grinste eisig zurück.

Die Schafe witterten: war etwas Fressbares in dem Kasten? Aber sie rochen nur Metall und Plastik und ein bisschen Glas.

»Ein Fernseher!«, sagte Rebecca beeindruckt, als Yves zum zweiten Mal von der Weide verschwunden war. »Hast du ihm denn was Gutes prophezeit?«

»Eigentlich nicht.« Mama machte ein schuldbewusstes Gesicht. »Ehrlich gesagt, seine Karten sahen ziemlich miserabel aus. Ich kann mich nicht erinnern, jemals so miserable Karten gesehen zu haben. Eine große Veränderung – das war noch das Beste, was ich aus den Karten lesen konnte. Aber vielleicht hat er es ja nicht verstanden.«

»Du glaubst nicht wirklich daran, oder?«, fragte Rebecca. »Daran, dass die Karten dir die Zukunft verraten? Ich meine: wie soll das denn gehen?«

141

Mama saugte an ihrer Zigarette. »Wenn ich es gar nicht glauben würde, wäre ich nicht gut darin. Und wenn ich es zu sehr glauben würde, wäre ich auch nicht gut darin. Es ist ein Zwischending.«

Die Schafe waren verwirrt: beim Wahrsagen schien es eben nicht darum zu gehen, was war – und schon gar nicht darum, was wahr war. Eher darum, was sonst noch so alles passieren könnte. Rebecca hatte ihre Landkarte »Wohin?« gefragt, und die Karte hatte mehr oder weniger zuverlässig geantwortet. Mama fragte ihre Karten »Was?«, und die Karten antworteten Dinge. Nicht Dinge, die passiert waren, sondern Dinge, die erst passieren würden. Mamas Karten waren eine Art Landkarte für die Zukunft!

»Das sind die Karten, die du fressen musst!«, raunte Cordelia Mopple zu.

Mopple nickte pflichtbewusst.

Dann stand schon der nächste Mensch erwartungsfroh am Weidezaun, und Rebecca verschwand mit wehendem Schal Richtung Schloss, um in der Schlossbibliothek heimlich hinter dem Rücken der Schafe ein Buch zu lesen. Die Schafe hatten sie längst durchschaut.

Der nächste Mensch war der Gärtner. Ausgerechnet der Gärtner! Der Gärtner war ihr natürlicher Feind. Er bewachte den Apfelgarten und die Brombeerhecken, die Erbsenpflanzen und den Gemüsegarten. Er bewachte alles, was schmeckte. Die Ziegen behaupteten sogar, dass er ein Haus hatte, in dem immer Sommer war, und dort zog er angeblich heimlich Salat.

Die Schafe beobachteten seinen Weg über die Weide mit Unbehagen. Alles an ihm war bleich, und nichts an ihm war hell. Er kam den Schafen wie eine Rübe vor, die in der Erde wuchs – eine ungenießbare, bleiche Rübe, und er blickte zu

142

oft zu Boden. Sie waren froh, als er endlich mit Mamas zweitem Gesicht im Schäferwagen verschwunden war.

Die Schafe versuchten, sich zu entspannen. Othello focht mit Sir Ritchfield ein Spielduell, Lane wetzte sich an einem Pfosten, Cloud wollte, und Mopple fraß. Das Winterlamm probierte Namen aus, Linton und Hannibal und Summerfield – aber keiner der Namen passte.

Irgendwann kam Hortense mit den beiden Kindern durch das Hoftor. Hortense war oft mit den zwei Kindern unterwegs, obwohl es gar nicht ihre eigenen Jungmenschen waren.

Die Kinder spielten im Niemandsland zwischen Hoftor und Weide. Zuerst spielten sie Verstecken, und dann, als das langweilig wurde, weil es zwischen Weidezaun und Hoftor nur zwei Versteckmöglichkeiten gab, einen Busch und einen Brunnen, spielten sie Zach. Sie schlichen herum, untersuchten den Boden und sprachen mit ihrem Handgelenk.

Hortense fröstelte. Blickte nach links, blickte nach rechts, als würde sie auf jemanden warten.

Weder Hortense noch die Kinder fürchteten sich vor dem Silber.

Die Kinder begannen, sich mit Schneebällen zu bewerfen. Es war ein wenig unfair, weil Jean viel besser zielen konnte. Dann fand der kleine Jules einen runden Stein und steckte ihn in die Tasche.

Hortense fröstelte noch mehr, lehnte sich gegen den Zaun und schielte heimlich Richtung Schäferwagen. Ein großer dunkler Schatten erschien im Hoftor und sah ihr ein wenig beim Frösteln zu: Malonchot.

Jules kam auch an den Zaun und wollte Hortenses Hand halten. Aber Hortense machte scheuchende Bewegungen. Auf einmal hatte Jules den Stein wieder aus der Tasche geholt und

schleuderte ihn auf die Schafweide. Er traf Mopple an der Flanke. Mopple blökte erschrocken und flüchtete hinter den Schäferwagen. Auch Jules sah erschrocken aus.

»Warum macht er das?«, blökte Cloud.

»Ich weiß nicht«, sagte Lane.

An Jules' überraschtem Gesicht konnte man sehen, dass er selbst nicht wusste, warum er den Stein geworfen hatte. Die Schafe zogen sich weiter vom Weidezaun zurück, ein wenig betreten. Auf Mopples Flanke saß ein kleiner Schmerz – und niemand auf der ganzen Welt wusste, warum.

Der ältere der beiden Jungmenschen quakte und warf einen Schneeball, aber der jüngere quakte nicht zurück, sondern sah weiter aufmerksam und ein wenig staunend die Schafe an. Er ließ sich auf alle Viere nieder, kroch herum, wühlte im Schnee und rupfte Gras. Manchmal blökte er sogar – dünn und schief und unprofessionell. Jean schien das zu gefallen. Schon war auch er auf allen Vieren und steckte wie sein kleiner Bruder die Nase in den Schnee.

»Ich glaube, sie grasen«, sagte Cordelia anerkennend.

Die Schafe sahen den Jungmenschen wohlwollend zu. Es war immer schön, Menschen bei vernünftigen Tätigkeiten zu beobachten. Schön und selten.

»Warum fressen sie das Gras nicht?«, fragte Mopple. Der wichtigste Punkt beim Grasen schien den Jungmenschen entgangen zu sein.

»Sie lernen erst«, sagte Cordelia. »Hortense sollte ihnen zeigen, wie es richtig geht.«

Aber Hortense stand nur weiter unnütz herum und fröstelte. Als Malonchot sich neben ihr gegen den Weidezaun lehnte, zuckte sie zusammen. Malonchot machte wieder eine seiner albernen kleinen Verbeugungen und begann zu quaken. Hortense quakte zurück.

»Was sie wohl sprechen?«, fragte Ramses.

»Wir brauchen eine Ziege!«, blökte Miss Maple aufgeregt. »Sofort!«

Mopple wollte nicht mehr mit, aber Ritchfield und das Winterlamm begleiteten Maple wieder zum Ziegenzaun.

Die zottige Braune, die Gescheckte und eine junge Grauziege sahen ihnen neugierig entgegen.

Maple holte tief Luft.

»Sie wollen schon wieder!«, sagte die Gescheckte zur Braunen.

Die Braune nickte ernst.

»Könnt ihr verstehen, was die Menschen am Zaun sagen?«, fragte Maple.

»Bestimmt!«, meckerten die drei Ziegen im Chor.

»Und«, fragte das Winterlamm aufsässig, »was sagen sie?«

»Wir können es nicht von hier verstehen«, sagte die braune Ziege. »Sie sind zu weit weg!«

Maple scharrte ungeduldig im Schnee.

»Ich will wissen, was sie sagen!«, seufzte sie schließlich.

Die Ziegen warfen sich viel sagende Blicke zu, schüttelten die Köpfe und machten lange Ziegenbärte.

»Ich mach's!«, sagte auf einmal die junge Grauziege und war schon durch den Zaun geschlüpft.

»Verrückt!«, murmelte da die gescheckte Ziege, und die Braune nickte anerkennend.

Maple, das Winterlamm und die Grauziege trabten zügig über die Weide, auf die zwei Menschen zu. Ritchfield blieb am Ziegenzaun stehen und machte den Ziegen Komplimente. Die Ziegen kicherten.

»Ich heiße Amaltée«, sagte die junge Grauziege im Trab. »Und du?«

Das Winterlamm schwieg.

»Und?«, fragte Maple, als sie sich bis auf eine Steinwurfweite an Malonchot herangewagt hatten.

Amaltée legte den Kopf schief und lauschte.

»Er sagt, sie riecht wie ein Mittagsherbstapfel, heiß und reif, und es macht ihn verrückt.

Sie sagt, sie begehrt sein starkes Horn. Ihr Rücken ist nur für ihn.

Er sagt, er wird alle Duelle für sie gewinnen.

Sie will nicht warten, sie begehrt ihn sofort. Im Schweinestall.«

»Wirklich?«, fragte das Winterlamm fasziniert. Im Winter? Besonders paarungswillig sahen die beiden Menschen eigentlich nicht aus.

»Nein.« Amaltée machte die Unterlippe lang. »Sie haben über das Wetter gesprochen. Dass es noch mehr Schnee geben wird. Das dümmste Huhn weiß, dass es mehr Schnee geben wird. Das ist zu langweilig. Schlimm genug, dass es einmal gesagt wurde.«

Maple schnappte aufgebracht nach Luft. »Wenn du nicht sagst, was sie sagen…«

»Ich sage, was sie hätten sagen sollen. Das ist die Freiheit des Dichters.«

Maple hatte keine Lust zu fragen, was die Freiheit des Dichters war. Sicher wieder irgendein verrücktes Ziegending. Das Winterlamm wusste auch nicht so genau, was die Freiheit des Dichters war – trotzdem war ihm auf einmal schwindelig vor Glück. Die Freiheit des Dichters war *wichtig*. Sie war so etwas wie ein Ort. Der Ort, wo Dinge waren, wie sie sein wollten und sollten. Namen, zum Beispiel. Und die Ziegen wussten, wo er zu finden war!

»Sie sprechen über den Hirten«, sagte Amaltée. »Darüber,

dass er nicht mit der Polizei sprechen wird. Darüber, dass er nicht mehr er selbst ist, nach all dem, was er durchgemacht hat.«

Die Schafe wussten, was der Ziegenhirt durchmachte, Tag für Tag: Ziegen. Kein Wunder, dass es ihm die Sprache verschlagen hatte.

Amaltée legte den Kopf schief. »Aber wenn er nicht mehr er selbst ist – wer ist er dann?«

»Der Große will wissen, wo sie schläft«, fuhr sie fort. »Im Schloss, sagt sie. Wohin ihr Fenster geht, möchte er wissen.« Die Ziege kicherte. »Ein gehendes Fenster habe ich noch nie gesehen!«

Ein verträumter Ausdruck trat in ihre Augen.

»Weiter!«, blökte Miss Maple nervös.

»Ihr Fenster geht auf die Weide«, sagte die Ziege. »Geht bei euch ein Fenster auf die Weide? Bei uns nicht! Sie lügt!«

»Er fragt, ob sie etwas Ungewöhnliches gesehen hat durch ihr weidendes Fenster.

Sie sagt gar nichts. – Er sagt auch nichts. – Sie sagt noch immer nichts.«

»Ja, ja«, sagte Miss Maple. »Das hören wir auch.«

»Ich höre das nicht«, sagte die Ziege.

Endlich sagte Hortense doch etwas. Sehr leise.

»Nicht in letzter Zeit, sagt sie«, fuhr die Ziege fort. »Aber früher.«

Hortense sprach weiter, schnell und leise. »Vor zwei Wintern hat sie hier ...«

Die Ziege verstummte.

»Ja?«, fragte Miss Maple ungeduldig.

»Nichts«, sagte die Ziege. »Gar nichts.«

»Aber sie sprechen doch!«, blökte Maple.

»Ich höre nichts«, murmelte Amaltée und trottete davon,

zurück zum Ziegenzaun. Hortense machte eine weite Handbewegung, über die ganze Schafweide, und schauderte und sprach und sprach, so lange, bis Jules, der seine unerfahrenen Graseversuche längst aufgegeben hatte, wieder zu ihr hinüberrannte und einen Zweig mit einem kleinen, klaren Eiszapfen mitbrachte. Hortense hörte auf zu sprechen, ging in die Hocke und umarmte Jules.

Die dicke Fronsac kam aus dem Hoftor und wartete in einiger Entfernung, bis sich Malonchot von Hortense verabschiedet hatte. Dann gingen die beiden Frauen auf den Schäferwagen zu, ohne ein Wort. Die Schafe vermuteten, dass Hortense so etwas wie die Übersetzerziege der Fronsac war. Daran konnte man sehen, dass der Fronsac die Sache wichtig war.

Als Mama die Tür des Schäferwagens öffnete, um den Gärtner heraus- und Hortense und das Walross hereinzulassen, entkamen nicht nur aromatische Rauchschwaden aus dem Schäferwagen. Die Schafe sahen auch ein Papierding, das kurz durch die Luft flatterte und dann im kalten Schnee kleben blieb.

Die Schafe setzten sich neugierig in Bewegung. Anders als die Landkarte war diese Karte nicht gemustert. Sie war kleiner, härter und glänzender und zeigte ein Bild.

»Ein Mensch, der vom Baum fällt!«, blökte Sir Ritchfield selbstbewusst. Ritchfield hatte noch immer die besten Augen der Herde, daran gab es keinen Zweifel. Im nächsten Moment war die Karte schon zwischen Mopples Zähnen verschwunden. Mopple kaute pflichtbewusst, schluckte und kaute zur Sicherheit noch mal.

Gespannt warteten die Schafe darauf, was nun passieren würde.

10

Hinter ihr kam der Fuchs. Er war groß geworden, so groß, dass er auf sie herabsehen konnte, und seine Augen glühten grün durch den Wald und verschwammen. Mal lief er auf vier Beinen, mal auf zweien und immer hinter ihr her.

Madouc schlug Haken. Der Fuchs lief einfach durch die Stämme hindurch. Er hatte gerade ihr Geisterzicklein gefressen – schon wieder! –, dann ihren Schatten, und jetzt würde er sie fressen.

Madouc wusste, dass etwas an der ganzen Sache nicht stimmte. Sie hatte noch nie Baumstämme gesehen, die sich bogen wie Gras und mit Zweigfingern nach ihr fassten. Vielleicht war sie endgültig verrückt geworden, vielleicht war aber auch das Wolfspulver schuld, das ihr in der Hütte in die Nase gestaubt war.

Andererseits ... andererseits war ganz zweifellos jemand hinter ihr her.

Madouc bremste und strauchelte. Der Boden vor ihr schlug Wellen wie eine durchgedrehte Pfütze. Sie warf einen schnellen Blick zurück und sah Hände und das Blitzen eines Messers und Rot, aber es war kein Fuchsrot. Der Wald war so still.

Dann hörte sie auf einmal etwas. Ein Röhren und Scheppern. Das Röhren war gut. Madouc nahm all ihre Kraft zusammen und schüttelte sich den Nebel aus dem Kopf. Der Boden glättete sich wieder, und Madouc galoppierte los.

Sie erreichte die Straße gerade, als das Auto vorbeifuhr, ein großes Transportauto. Die Ladeklappe hinten hatte sich gerade gelöst, schleifte klappernd am Boden und ließ das Auto langsamer werden.

In diesem Moment hatte Madouc eine Idee. Eine Idee, die sich auf angenehme Art verrückt anfühlte. So schnell sie konnte, galoppierte Madouc hinter dem Auto her.

»Es liegt an der Kälte!«, sagte Sir Ritchfield. »Kälte ist schlecht für den Kopf.«

»Zu wenig Futter«, stöhnte Mopple the Whale. »Zu wenig Futter kann einen verrückt machen.«

»Die Ziegen sind schuld«, sagte Cloud entschieden.

Ein kalter Wind wehte, die Vögel saßen fett und trotzig in den Zweigen, und alle Dinge warfen lange, dürre Schatten. Die Schafe hatten sich unter der alten Eiche versammelt und starrten schockiert hinauf ins Geäst.

»Komm zurück!«, blökten sie. »Schafe klettern nicht auf Bäume!«

»Eben«, dachte das Winterlamm. »Wenn ich auf einen Baum klettere, bin ich kein Schaf mehr!«

Das Winterlamm wollte kein Schaf mehr sein. Schweigend kletterte es weiter, mit vorsichtig gespreizten Hufen den Stamm der alten Eiche hinauf.

Eigentlich war es gar nicht besonders schwierig. Der Stamm der Eiche war zur Seite geneigt, beinahe waagrecht, ein gemütlicher, breiter Pfad Richtung Himmel. Jedes entschlossene Schaf hätte es dort ein Stück hinauf geschafft.

Aber Schafe klettern nicht auf Bäume.

Ziegen schon. Wenn das Winterlamm groß war, wollte es eine Ziege werden.

»Du wirst nie groß«, hatten die anderen Schafe gesagt, und

tatsächlich war das Winterlamm kleiner und kurzbeiniger als alle anderen. Es hatte nur winzige, spitze Hörnchen, und es hatte noch immer keinen Namen.

»Komm zurück!«, blökte es von unten.

Von mittlerweile ziemlich weit unten. Das Winterlamm hörte nicht hin. Die Freiheit des Dichters war ein Ziegenort!

Schmaler und steiler, schiefer und schräger wurde der Stamm der alten Eiche. Unten war die Weide, weiß und flach, dahinter der Wald, ein Geheimnis, dunkel und bewegt wie das Meer. Gab es Fische im Wald? Über ihm, auf einem haarfeinen Zweig saß ein rotes Eichhorn und guckte verblüfft. Das Winterlamm zögerte. Was nun? Es war jetzt vielleicht kein Schaf mehr, aber ein Eichhorn war es auch nicht. Einige Schritte vor ihm spaltete sich der Stamm der Eiche, und an der Gabelung wuchs ein dünner Ast direkt aus dem Stamm. Ein Ast mit kleinen, rötlichen Knospen.

Das Winterlamm stakste los. Ein Schritt. Noch ein Schritt. Das Eichhorn flüchtete sich auf einen höheren Ast. Ein Schritt. Der Stamm schwankte. Zwei, drei. Das Winterlamm machte den Hals lang und biss zu.

»Es frisst etwas!«, blökte es von unten.

Das Winterlamm kaute genüsslich den kommenden Sommer, der in den Knospen schlief, süß und bitter zugleich, kaute und kaute.

Es hatte den Winter besiegt.

»Heathcliff«, dachte das Winterlamm. »Ich heiße Heathcliff!«

Es stimmte ein triumphierendes, möglichst meckerndes Blöken an, weit über die Weide, bis zum Schloss, sogar bis in den Wald hinein.

Dann war es auf einmal still, ganz still, und starrte mit weiten Augen zum Wald.

Starrte und starrte.

Ein Windstoß schüttelte die Zweige der alten Eiche. Schnee und ein paar tote Blätter wehten auf die Schafe herab, und das Winterlamm fiel, nicht wie ein Blatt, eher wie ein Stein, brach durch dürres Gezweig und landete mit einem überraschend saftigen Geräusch auf dem gefrorenen Boden.

Die Schafe schwiegen entsetzt. Das rote Eichhorn hoch oben in den Zweigen keckerte.

Das Winterlamm lag unbeweglich da und sah seltsam aus. Nicht wie ein Schaf, eher wie ein Haufen zottige, fasrige Wolle.

Dann bewegte es sich, vorsichtig, erst die Hinterbeine, dann die Vorderbeine, bis es schließlich wieder stand, zitternd, klein und krumm wie eh und je.

Die anderen Schafe beruhigten sich. Schafe klettern nicht auf Bäume, und wenn doch, dann fielen sie eben wieder herunter. Sie hatten es ja gleich gesagt.

Nur Miss Maple trabte neugierig näher an das Winterlamm heran.

»Du hast etwas gesehen, nicht wahr? Du hast etwas im Wald gesehen!«

»Einen Menschen«, sagte Heathcliff. »Einen Menschen oben in den Bäumen!«

»Da ist Madouc!«, blökte Heide plötzlich.

Die Schafe starrten aus dem Auto hinaus auf die Straße, die sich in schwindelerregendem Tempo unter ihnen ausrollte. Kein Zweifel: dort, klein, schwarz und entschlossen, galoppierte Madouc. Galoppierte wie der Wind.

Sie hatten sich gerade ein wenig an das Autofahren gewöhnt. Solange man nicht nach vorne dachte und nicht zurückdachte, und schon gar nicht an die Herde dachte, die irgendwo weit weg ahnungslos graste, war es gar nicht so schlimm. Mit etwas Fantasie konnte man sich vorstellen, in einer besonders dunklen und zugigen Ecke des Heuschuppens zu stehen. Dann krachte die flache Schweifklappe des Autos nach unten, und das Schleifen und Scheppern verjagte alle Heuschuppenillusionen im Nu. Dafür war das Auto nun langsamer geworden.

Und jetzt raste auf einmal Madouc hinter ihnen her.

»Ich glaube, sie will mit!«, sagte Heide.

Die Schafe sahen zu, wie sich Madouc Stück für Stück näher an das Auto herankämpfte, Schaum vor dem Mund und ein irres Glitzern in den Augen. Bald war sie so nah, dass Maude sie sogar gegen den Wind riechen konnte.

Es war spannend.

»Spring!«, blökten die Schafe. »Spring, Madouc!«

Madouc sprang, und weil das Auto in diesem Moment noch ein wenig langsamer wurde, stand sie auf einmal neben den Schafen auf der Ladefläche und sah selbst ein wenig überrascht aus.

Etwas knackte im Wald.

Zora sah Madouc an, die mit zitternden Beinen neben ihnen im Stroh stand.

»War das der Garou?«, fragte sie.

Aber Madouc antwortete nicht. Sie sah zu, wie ihr schwarzes Geisterzicklein hinter ihnen durch den Schnee galoppierte – der Fuchs musste es irgendwann wieder ausgespuckt haben – und sich schließlich mit einem irrsinnigen Sprung ebenfalls ins Hinterteil des Autos rettete.

»Das war der Fuchs!«, sagte sie dann und schauderte.

Als der Nachmittag schon angefangen hatte, grau und stumpf zu werden, kam Rebecca vom Schloss zurück und warf einen bösen Blick auf das geheimnisvoll leuchtende Schäferwagenfenster.

153

»Die kann mich mal!«, sagte sie.

Die Schäferin stapfte den Hang hinauf zum Waldrand und zückte das Sprechgerät. Dort, direkt am Weidezaun, wo eine schöne Buche ihre Finger nach der Weide ausstreckte, gab es eine Stelle, wo das Sprechgerät am besten sprechen konnte.

Die Schafe folgten ihr neugierig, aber Rebecca quakte wieder einmal auf Europäisch.

»Bon Schur!«, quakte sie und »Veterinär!«.

Es gefiel den Schafen gar nicht. Eine Schur mitten im Winter? Und das Wort »Veterinär« mochten sie auch nicht besonders, obwohl sie nicht so genau wussten, warum.

Rebecca quakte und quakte.

»Futter!«, blökte Mopple probehalber.

Bald blökten alle Schafe nach Futter.

Rebecca blickte kurz von ihrem Sprechgerät auf.

»Der Tierarzt ist krank«, erklärte sie den Schafen. »Das hat mir gerade noch gefehlt!«

Die Schafe versuchten, nicht allzu erleichtert auszusehen. Mopple machte ein Apfelgartengesicht. Cordelia keilte übermütig ein bisschen aus.

Rebecca lauschte wieder in ihr Sprechgerät.

»Ich versuche, einen anderen zu finden«, flüsterte sie den Schafen zu. »Wir müssen hier weg! Schnell. Und wir brauchen den Tierarzt, um einen neuen Platz für euch zu finden.«

Die gute Stimmung verschwand.

»Kein neuer Tierarzt!«, blökte Ramses.

»Kein neuer Tierarzt!«, blökte der Rest der Herde mit Inbrunst. Immer wieder.

Rebecca hatte inzwischen angefangen, richtig mit dem Sprechgerät zu sprechen, und nannte es Franca. Das Sprechgerät hieß manchmal Franca und manchmal Mark oder Madame oder Monsieur. Manchmal Mr. Spike. Rebecca unterhielt sich für den Geschmack der Schafe viel zu oft mit dem Sprechgerät.

Es ging schon wieder um die roten Klamotten, um Mama, Karten und Humbug. Die Schafe hörten nicht richtig hin.

»Kein Tierarzt!«, blökten sie im Chor.

Manchmal verstand sie Rebecca, wenn sie nur alle laut genug blökten.

Cloud hörte als Erste wieder mit dem Blöken auf: irgendwas lag in der Luft. Sie witterte: die Weide roch wie die Weide, Erde unter Gras unter Schnee, Weite und Wind.

Die Ziegen rochen wie die Ziegen – leider.

»Ach was!«, sagte Rebecca zum Sprechgerät. »Die wollen mich loswerden. Die können mich hier nicht ausstehen. Du hättest sie sehen sollen, als ich damals die Schafe ausgeladen habe. Als hätte ich einen Wagen voll Gespenster mitgebracht. Warum? Das wüsste ich auch gerne!«

Das Schloss roch wie das Schloss, Stein und Rauch, geheime Fressvorräte, Moder in der Tiefe. Der Wald roch wie der Wald.

»Aber der Stall stand doch leer! Seit Jahren – ein einwandfreier Schafstall.«

Der Wald roch wie der Wald? Nicht ganz.

Der Wald roch wie der Wald mit etwas darin. Wie der Wald und ein Lavendelstrauch. Der Lavendelstrauch wanderte zwischen den Stämmen hindurch, auf sie zu.

»Natürlich haben die hier früher Schafe gehalten.«

Cloud war ein zu vernünftiges und wollensstarkes Schaf, um sich vor einem Lavendelstrauch zu fürchten, aber irgendetwas stimmte hier nicht. Es war nicht die richtige Zeit für Lavendel, für wandernden Lavendel schon gar nicht. Jetzt verstummten auch die anderen Schafe. Lavendel und Gewürze, Minze, Haut und Haar. Lederstiefel. Und … Fell.

Einer von Rebeccas Wollhandschuhen fiel in den Schnee.

Rebecca war so mit dem Sprechgerät beschäftigt, dass sie es nicht einmal bemerkte.

»… als wäre das hier eine Art Schafsparadies. Ich hätte wissen sollen, dass etwas nicht stimmt. Ich meine, sie hat mich regelrecht umworben und war so nett und zuvorkommend, die Schlange. Und jetzt spricht sie kaum noch mit mir, und die anderen beschweren sich. Die Schafe stinken. Die Schafe blöken zu laut. Die Schafe müssen weg. Unsinn! Es gibt hier Ziegen – *die* stinken, aber das stört natürlich niemanden …«

Knirschen von Schnee. Ein knackender Ast. Rebecca lehnte am Zaun, den Rücken zum Wald, und lauschte in ihr Sprechgerät.

»Der Schlossbesitzer? Dem geht das alles hier so was von am … na, du weißt schon, wo es ihm vorbeigeht.«

Zwischen den Bäumen war eine dunkle Gestalt aufgetaucht. Ein pelziges Wesen bewegte sich langsam auf Rebeccas Rücken zu. Langsam, mit der Spur eines Hinkens. Die Schafe starrten gebannt. Niemand dachte daran, wegzulaufen.

»Es ist mir vollkommen egal, ob er gut aussieht. Mantel und Krawatte. Ohne Krawatte würde ich den wahrscheinlich gar nicht erkennen.«

Eine schwarz behandschuhte Hand legte sich auf den Stamm der schönen Buche. Ein haariger Arm streckte sich langsam nach Rebeccas Nacken aus.

»Hab ich schon. Nicht da. Der ist so gut wie nie da.«

Der Arm schien länger zu werden, länger und dünner wie ein wachsender Ast. Alle Schafe hielten den Atem an. Die Hand erreichte Rebeccas Schulter und tippte.

Rebecca quietschte und ließ das Sprechgerät fallen.

»Pardon, Mademoiselle«, sagte der Häher.

Dann stieg er über den Zaun – nicht besonders anmutig, aber auch nicht unbeholfen.

Die Schafe starrten ihn fassungslos an: der Häher trug einen der sagenhaften Pelzmäntel aus dem Buch. Es war das seltsamste Ding, das die Schafe je gesehen hatten, geformt wie ein Mantel, mit Kragen und Knöpfen und Ärmeln, aber pelzig wie ein Tier.

Rebecca starrte den Häher an, dann bückte sie sich nach dem Sprechgerät. Aber der Häher war schneller. Er hob das Sprechgerät aus dem Schnee. Und den Handschuh. Das Sprechgerät knackte aufgeregt. »…Ekka«, knackte es. »Ekka… ale…oke?« Der Handschuh schwieg.

»Pardon«, sagte der Häher noch einmal. »Eigentlich wollte ich Sie nur bitten, meine Leute nicht mehr so zu erschrecken.«

Rebecca atmete tief ein. »Ihre Leute erschrecken mich«, sagte sie ruhig. »Und Sie auch.«

Sie nahm ihm das wild blökende Sprechgerät aus der Hand. »Alles in Ordnung, Franca«, sagte sie. »Jetzt nicht.« Das Sprechgerät verstummte gehorsam.

»Das tut mir leid«, sagte der Häher. »Aber bitte verstehen Sie: wir beide, Sie und ich, sind aufgeklärte Menschen, Menschen des 20. Jahrhunderts. Meine Leute hingegen…« Er hielt einen Moment inne und spielte mit einem kleinen, glänzenden Ding zwischen seinen Fingern.

»Dies hier ist ein sehr alter Ort. Ein einsamer Ort. Ein Ort mit Geschichte. Nichts, was Sie sagen, wird daran etwas ändern. Bitte sehen Sie den Leuten ihren Aberglauben nach. Sie können wie Kinder sein, aber sie meinen es nicht böse.«

»Aberglaube?«, sagte Rebecca. »Ich würde das Vandalismus nennen!«

Der Häher trat schnell auf sie zu, und einen Augenblick lang sah es so aus, als wolle er sich auf die Schäferin stürzen. Doch dann ergriff er nur ihre Hand und legte etwas Silbernes hinein.

»Oh«, sagte Rebecca.

»Meine Karte. Sollten Sie wieder ein Problem haben, sprechen Sie nicht mit dem Personal. Rufen Sie mich an. Jederzeit. Und ich meine jederzeit. Sie sind mein Gast, und Sie sollen sich wohl fühlen.«

Rebecca lachte kurz auf. »So eine Karte habe ich noch nie gesehen. Einen Moment habe ich gedacht, Sie geben mir ein Amulett oder so was. Gegen die bösen Geister.« Sie starrte auf die Karte. »*Chirurgie esthétique?*«

»Es ist eine Karte, und zugleich ist es ein Spiegel«, sagte der Häher. »So etwas gefällt meinen Kunden. *Au revoir.*«

»Glauben Sie, es wird mehr von diesen Problemen geben?«

»*Au revoir*, Mademoiselle.«

»Rebecca«, sagte Rebecca.

»Maurice.«

Der Häher verbeugte sich, dann wandte er sich ab und ging quer über die Weide auf das Schloss zu. Er ging mitten zwischen ihnen hindurch, ohne ein einziges Schaf zu erschrecken. Vorsichtig. Sacht. Mit der Spur eines Hinkens, das machte, dass die Schafe sich vor ihm sicher fühlten.

Wie ein Schlangenbeschwörer, dachte Othello. Othello kannte die Welt, den Zoo und den Zirkus. Der Schlangenbeschwörer im Zirkus hatte nicht nur übergewichtige, tiefgekühlte Riesenschlangen beschworen, sondern auch Krokodile. Er war zwischen ihren geöffneten Kiefern hindurchspaziert, und keines hatte je nach ihm geschnappt. Keines war auf die Idee gekommen, nach ihm zu schnappen, so vorsichtig bewegte sich der Schlangenbeschwörer. Diese Vorsicht war die Vorsicht des Jägers. Sie war das Gegenteil von Furcht.

In diesem Moment öffnete sich die Tür des Schäferwagens, und Tess schoss heraus. Zuerst schnüffelte sie nur eine Runde um den Schäferwagen herum und kratzte sich wild am Ohr. Dann entdeckte sie den Häher, mitten auf der Weide, und rannte mit einem pflichtbewussten, wenn auch nicht besonders enthusiastischen Knurren auf ihn zu.

Der Häher erstarrte und hob langsam die felligen Ärmel. Auf einmal roch er nicht mehr nur nach Lavendel, sondern nach Angst.

Tess, von ihrem Erfolg berauscht, sprang triumphierend kläffend um ihn herum, bis Rebecca sie zurückpfiff.

Der Häher senkte die Arme wieder, aber sonst rührte er sich noch immer nicht.

»Sie haben Angst vor Hunden«, sagte Rebecca, die angelaufen gekommen war.

Der Häher lachte nervös.

»Mein Vater hat Hunde gehalten. Ungeheuer! Wenn Sie die gekannt hätten, hätten Sie jetzt auch Angst!«

»Deswegen gibt es hier keine Hunde«, sagte Rebecca.

»Können Sie ihn wegnehmen?«, fragte der Häher.

»Sie«, sagte Rebecca. »Es ist ein Mädchen.«

Dann packte sie Tess am Halsband und führte sie zurück zum Schäferwagen.

Der Häher eilte von der Weide und sah nicht mehr wie ein Schlangenbeschwörer, sondern eher wie ein verängstigter Nager aus.

»Es gibt sie also«, murmelte Cordelia. »Fellmäntel!«

Die Schafe gruselten sich. Vielleicht war an der Geschichte mit dem Schrank doch etwas dran.

Es wurde schnell dunkel. Wolken hingen vor dem Mond, und die Schafe konnten ihre Schatten nicht mehr sehen.

Rebecca ging in den Schäferwagen, und die Fronsac kam heraus und walzte mit gesenktem Blick und schleifenden Schritten zurück Richtung Schloss.

Aber was war mit Hortense?

Das Schäferwagenfenster wurde aufgeklappt, und Miss Maple

trabte neugierig näher. Ein unsäglicher Geruch drang aus dem Fenster. Räucherstäbchen und Veilchenparfum und die Traurigkeit der Fronsac.

»Tee?«, fragte Rebecca drinnen im Schäferwagen.

Etwas klapperte, und Flüssigkeit gluckste.

»*Merci*«, sagte Hortense und schwieg. Wahrscheinlich trank sie.

»Und jetzt?«, fragte Rebecca nach einer Weile.

»Sie will uns etwas erzählen!«, dröhnte Mama.

»Weil es Ihnen sonst keiner erzählen wird«, sagte Hortense.

»Okay«, sagte Rebecca.

Hortense holte tief Luft, so tief, dass man es selbst draußen vor dem Schäferwagen hören konnte.

»Becca, das Reh, das du gefunden hast … Es gibt oft solche Rehe. Seit Jahren. Immer im Winter. Immer im Schnee.«

»Ist dir kalt?«, fragte Rebecca.

Hortense gab keinen Ton von sich, trotzdem kippte Rebecca das Schäferwagenfenster wieder zu.

Miss Maple seufzte, dann presste sie ihre Stirn entschlossen gegen die Holzwand des Schäferwagens. So konnte man auch bei geschlossenem Fenster verstehen, was drinnen gesprochen wurde. Die Wand war kalt. Kalt wie Eis.

»… immer nur Rehe und manchmal ein Hase und einmal ein Wildschwein. Das Wildschwein hat allen Angst gemacht – so ein großes und starkes Tier und trotzdem … Aber die Leute haben sich daran gewöhnt. Und dann … es gab hier schon einmal Schafe, weißt du«, sagte Hortense. »Vor drei Jahren noch gab es hier Schafe. Hübsche Schafe.«

»Und dann?«, flüsterte Rebecca.

»Und dann gab es auf einmal keine Schafe mehr. Die ganze Herde in einer Nacht. Alle wie die Rehe! Hier auf der Weide! *Mon Dieu*, Becca, als ich aufgewacht bin und morgens aus dem

Fenster gesehen habe! *Mon Dieu*! Und niemand hat etwas gehört und gesehen. *Personne*! Ich habe das heute dem Inspektor erzählt, und ich habe mir gedacht, wie wichtig das für dich ist und dass ich es dir auch erzählen muss. Muss. Egal, was die Plin...«

Hortense schwieg, und Rebecca schwieg auch.

Maple, die kalte Stirn gegen die Schäferwagenwand gepresst, zitterte. Schafe! Rot und tot wie die Rehe!

»Und nicht nur Schafe, nicht wahr?«, sagte Rebecca nach einer Weile.

»Was?«, quietschte Hortense.

»Menschen auch, nicht wahr?«, sagte Rebecca. »Zach hat so etwas angedeutet.«

Hortense lachte vorsichtig. »Wie kannst du glauben, was Zach sagt? Zach spinnt.«

»Vielleicht, aber ich glaube nicht, dass er so einfach Sachen erfindet. Ich glaube, dass er auf seine Art ziemlich klug ist. Weißt du, dass er sein ganzes Englisch aus Filmen gelernt hat?«

»Agentenfilmen«, sagte Hortense geringschätzig.

»Es gab Menschen, nicht wahr?«, sagte Mama mit tiefer Stimme. Ihrer zweiten Stimme, vermutete Miss Maple.

»Drei«, sagte Hortense leise.

Maple presste ihre Stirn fester gegen das Holz.

»Zuerst ein Junge im Wald. *Un petit garçon*. Dann kam natürlich die Polizei. Sie haben nichts gefunden. *Rien*! Sie haben ihn nur wütend gemacht. Und dann Mutter und Tochter. Die waren nicht im Wald. Die hat er *geholt*!«

»Wer?«, hauchte Rebecca. »Leute von hier?«

Hortense schwieg.

»Nein«, sagte sie dann, etwas zu spät, etwas zu hoch. »Nicht von hier... von... aus einem Nachbardorf.«

»Und dann?«, fragte Rebecca.

161

»Die Polizei hat wieder nichts gefunden. Und dann ... ist nichts mehr passiert. Zwei Jahre lang nichts. Nicht mal ein Reh. Und jetzt ... jetzt hast du wieder ein Reh gefunden, und die Leute warten. *Voilà*!«

»Zwei Jahre lang nichts?«, murmelte Rebecca. »Seltsam.«

»Nicht so seltsam«, sagte Hortense. »Zwei Jahre ohne Schnee. Es passiert immer im Schnee.«

»Aber jetzt hat es geschneit. Und es gibt wieder Schafe. Und ein totes Reh ... kein Wunder, dass die Polizei so schnell da war. Mehr Tee?«

Flüssigkeit gluckste.

Hortense seufzte. »Sie werden nichts finden, Becca! Sie finden nie etwas.«

»Warum hat sie mich nur eingeladen?«, flüsterte Rebecca. »Ich wüsste zu gerne, warum sie mich eingeladen hat.«

»Die Plin?« Hortense lachte leise. »Das ist ein kalter Mensch, die interessiert nur Geld.«

»Aber ein Vermögen verdient sie mit mir und meinen Schafen nicht gerade.«

»Sie ist die Verwalterin. Der Patron hat Schulden. Jeder weiß das. Sie lässt sogar Eric Miete zahlen, für ein paar leere Räume im Turm, wo er seinen Käse lagert. Die nimmt, was sie kriegt, und Eric lässt sich das gefallen wie ein Hund.«

Hortense seufzte tief. Rebecca schlürfte geräuschvoll Tee. Dann Schweigen. Ein langes Schweigen.

Maple nahm die Stirn von der Schäferwagenwand und lauschte. Ihr war, als hätte sie hier draußen ein Geräusch gehört. Auf der anderen Seite des Schäferwagens. Sie witterte, aber die Luft war kalt und leer. Maple schauderte und drückte ihre Stirn wieder gegen die Wand. Die Stimmen drinnen waren lauter geworden.

»Aber so simpel ist es nicht!«, sagte Hortense aufgebracht.

»Die Rehe wurden nicht geschossen, weißt du. Wie kann ein Mensch ein Reh fangen, einfach so?«

»Nicht einfach so«, sagte Rebecca. »Aber vielleicht mit einer Drahtschlinge?«

»Keine Drahtschlinge!«, sagte Hortense mit Überzeugung. »Becca, ich weiß auch nicht viel. Ich bin ja nur das Kindermädchen, und wer spricht von solchen Sachen vor Kindern. Aber ich weiß, dass es alles nicht so einfach ist.«

Maple nahm wieder den Kopf von der Holzwand. Diesmal war sie sich sicher: ein Geräusch – ein Geräusch auf der anderen Seite des Wagens. Wie ein Scharren im Schnee. Miss Maple sah sich nach den anderen Schafen um: nichts. Die Weide war dunkel – und leer. Wahrscheinlich waren sie alle längst im Heuschuppen. Auf einmal wollte Maple nichts lieber, als auch im Heuschuppen sein – am besten neben Cloud – und die toten Schafe im Schnee vergessen. Trotzdem schlich sie sich vorsichtig an die Ecke des Schäferwagens heran. Witterte. Aber der Wind wollte ihr nichts verraten.

Maple holte tief Luft, dann streckte sie ihren Hals und spähte um die Ecke. Dort stand Othello, den Kopf ebenfalls gegen die Wand gepresst. Einer seiner Vorderhufe scharrte im Schnee. Wieder und wieder. Maple war sich sicher, dass Othello nichts von diesem Vorderhuf wusste.

Vorne, am anderen Ende des Wagens, klickte leise eine Tür, und Hortenses Schritte entfernten sich.

»Ein Werwolf!«, rief Mama drinnen im Schäferwagen. »Ich hätte es mir denken können! Vielleicht können wir ihn fotografieren!«

»Ich dachte, Werwölfe kann man nicht fotografieren«, sagte Rebecca gereizt.

»Sei nicht albern!«, dröhnte Mama. »Das sind Vampire.«

Die Schäferwagentür schlug wieder zu.

Othello trat von der Wand zurück und drehte Maple den Kopf zu. Die beiden sahen sich an und wussten, dass sie ihrer Herde nichts von den toten Schafen im Schnee erzählen würden. Besser nicht. Noch nicht. Dann trotteten sie schweigend zurück zum Heuschuppen, wo Wärme und die anderen Schafe auf sie warteten.

Alle Schafe bis auf eins. Ritchfield stand noch draußen in der Dunkelheit und spähte Richtung Schloss. Er hatte die besten Augen der Herde. Schon immer gehabt. Und seit die Welt um ihn herum leiser geworden war, sah er die Dinge noch lieber an. Kleine, bunte bewegte Bilder voller Leben – und manchmal, aus den Augenwinkeln, Melmoth. Er war zu ihm unterwegs, da war sich Ritchfield sicher. Im Augenblick interessierten ihn die Fenster des Schlosses. Tagsüber waren sie stumpf und dunkel, aber nachts glommen sie auf wie Augen und begannen zu erzählen. Menschengeschichten zwar – aber Ritchfield interessierte sich für alles, was sich bewegte.

Für den größeren der beiden Menschenjungen zum Beispiel, der starr und gebannt vor einem flackernden Kasten saß, oder den kleinen Menschenjungen, der, in ein weißes Laken gehüllt, durch den Raum geisterte und sich offenbar amüsierte. Die Plin schlich wie gewohnt von Fenster zu Fenster. Der Häher sprach in ein Sprechgerät.

Zwei Stockwerke tiefer leuchtete auf einmal ein Fenster auf, und Hortense stand da, überrascht, mitten im Raum. Das Walross walzte auf sie zu, und die beiden sprachen mit viel Arme-Schütteln und Aufeinander-Zeigen und Sich-an-den-Kopf-Fassen, bis Hortense ihren Mantel um sich wickelte und flüchtete.

Ritchfield seufzte behaglich. Er mochte die kleinen Menschen hinter den kleinen Fenstern. Und dort oben, im dritten

Stock des Schlosses, in einem Fenster, das nur ganz schwach beleuchtet war, stand noch jemand, kaum mehr als ein Schatten. Sah er wirklich auf Ritchfield herab? Trotz seiner guten Augen war sich Ritchfield nicht ganz sicher. Er hatte für heute genug gesehen und trabte zurück zum Heuschuppen, vorbei an der alten Eiche, wo sich Yves wie beinahe jeden Abend im Schatten des Stammes positioniert hatte, um sich wie Ritchfield an den erleuchteten Fenstern zu erfreuen.

Vor allem an Rebeccas.

11

Er ist nicht wirklich ein Problem«, sagte Lane. »Nicht im Winter.«

Die anderen nickten.

Im Sommer wäre es eine vollkommen andere Angelegenheit gewesen. Der Gestank! Die Fliegen! Neugierige Fuchsaugen in der Dunkelheit. Aber im Winter...

Die Schafe standen in einer ungewöhnlich rosigen Morgendämmerung unter der alten Eiche und bestaunten Yves, der auf dem Bauch lag, die Beine weit gespreizt, und vor Kälte schon fast nicht mehr roch. Mit etwas Glück würde er bald unter einer Schneedecke verschwunden sein.

»Außer, sie finden ihn«, sagte Ramses. »Wenn sie ihn finden, kommen wieder Menschen mit Mützen und Schäferhunde. Und sie werden herausfinden wollen, warum er tot ist.«

Die Schafe wussten, warum Yves tot war. In der Mitte seines Rückens gab es einen roten Fleck, der noch roch, und zu diesem Fleck gehörte der Knall, der die Schafe heute mitten in der Nacht erschreckt hatte. Der Knall des Schießeisens! Aber es würde eine Weile dauern, bis die Menschen diese einfachen Zusammenhänge verstanden hatten. Und dann...

»Sie werden Rebecca mitnehmen!«, blökte Cloud plötzlich. Das wussten sie von vielen kriminalistischen Vorlesestunden vor dem Schäferwagen. Rebecca hatte ihr Schießeisen gestern im Wald spazieren getragen, sie fand den breitschultrigen Yves

»schleimig« und hatte ihn in Verdacht, im Herbst ein Stück rote Unterwäsche von ihrer Wäscheleine gestohlen zu haben. Jetzt, wo rote Sachen knapp waren, hatte sie wahrscheinlich einfach abgedrückt. Vorsichtshalber. Die Schafe verstanden Rebecca. Aber die Menschen mit Mützen würden sie nicht verstehen.

»Sie dürfen ihn nicht finden!«, blökte Cordelia. »Er muss hier weg!«

Othello senkte die Hörner und versuchte, Yves ein Stück weit zu rollen, aber Yves war widerspenstig und schon ein wenig steif und wehrte sich mit der kalten Starrsinnigkeit der Toten. Die Schafe sahen sich ratlos an. Der Tote war wirklich nicht zu übersehen, ein großer Haufen Dunkelheit auf dem morgenrosigen Weiß des Schnees.

»Wenn er wenigstens *unter* dem Schnee wäre«, sagte Lane. »Unter dem Schnee wäre es nicht so schlimm.«

»Wir könnten ein Loch scharren und ihn hineinschubsen«, sagte Ramses. »Vielleicht.«

Die Schafe kratzten ein wenig im Schnee, aber der Schnee war zu hart gefroren, und Yves war ganz einfach zu groß.

»Oder wir warten, bis neuer Schnee von oben kommt!« Miss Maple guckte verschmitzt in die Runde. Keine schlechte Idee! Neuer Schnee von oben kam ihnen wie eine besonders elegante Lösung des Problems vor.

»Und wann kommt neuer Schnee von oben?«, fragte Mopple nervös. Rebecca musste hierbleiben!

»Bald«, sagte Cloud und witterte in die kalte Luft. »Viel Schnee! Ich kann ihn schon riechen.«

Jetzt, wo sie es sagte, rochen die anderen es auch.

»Bald ist nicht bald genug«, blökte Lane.

Sie hatte Recht. Schon leuchteten im Schloss die ersten Lichter, und jeden Moment konnte jemand aus dem Fenster

sehen und anfangen, sich über den seltsamen dunklen Knubbel unter der alten Eiche zu wundern.

Das Hoftor knarrte auf, und der Ziegenhirt trat heraus, einen großen Sack über der Schulter. Vermutlich ein Futtersack! Unter anderen Umständen hätten sich die Schafe sehr für diesen Sack interessiert, aber heute hofften sie nur, der Ziegenhirt würde damit so schnell und kurzsichtig wie möglich wieder hinter der Hofmauer verschwinden.

Der Ziegenhirt verschwand nicht. Er schlurfte rechts am Zaun entlang Richtung Ziegenweide, den Blick auf den Boden gerichtet. Eine Krähe landete in den höchsten Zweigen der alten Eiche. Schnee stäubte herab. Noch immer ging der Ziegenhirt zielstrebig am Zaun entlang. Die ersten Ziegen hatten ihn entdeckt und hopsten über die Weide auf ihn zu.

Die Krähe krächzte ein triumphierendes Krähenkrächzen. Der Ziegenhirt blickte zu den Schafen hinüber. Seine Augen waren so blau, dass sie es sogar aus der Entfernung sehen konnten.

Die Schafe standen ertappt um Yves herum und ließen die Ohren hängen.

Die Krähe krächzte lauter.

Der Ziegenhirt wandte sich ab und schlurfte weiter am Zaun entlang, seinen Sack über der Schulter. Er kippte den Inhalt des Sacks über den Ziegenzaun – Rüben und Karotten! –, dann musterte er seine fressenden Ziegen. Gründlich. Jede einzelne. Er schien nicht ganz zufrieden mit dem, was er da sah, und seine Augen wanderten weiter über die Weide. Hin und her, auf und ab.

»Er sucht Madouc«, sagte Miss Maple.

Aber der Ziegenhirt fand sie nicht. Endlich ging er wieder zurück zum Tor. Das Tor knarrte zu.

Die Schafe sahen sich an.

»Er muss sehr kurzsichtig sein«, sagte Mopple. »Kurzsichtiger als ich! Oder er interessiert sich nicht für Yves.«

»Nein«, sagte Miss Maple. »Er kann nur nicht durch uns hindurchsehen. Solange wir vor Yves stehen, kann man ihn vom Schloss aus nicht sehen!«

Die Schafe beschlossen, so lange um Yves herumzustehen, bis der versprochene Schnee ihn ganz zugedeckt hatte.

Eine zweite Krähe landete in den Zweigen der alten Eiche. Dann eine dritte.

Sie versuchten, das Beste aus der Situation zu machen, und grasten ein bisschen. Aber der schattige Fleck unter dem Baum war kalt und zugig und gab kulinarisch nicht viel her. Es war hell geworden, und fette graue Wolken schubsten sich über den Himmel.

Wind kam auf.

Rebeccas Fenster erwachte. Die Schafe sahen düster hinüber zum Schäferwagen, wo Rebecca und Mama jetzt im Warmen saßen und Brot und Honig frühstückten, während sie hier draußen ihren Schießeifer büßen mussten. Die ersten Schneeflocken wehten über die Weide. Yves hatte aufgehört zu riechen.

Inzwischen hing die Krone der alten Eiche voller Krähen. Sie schnäbelten und zeterten und machten die Schafe nervös. Nur Ritchfield mochte die Krähen. Auf Yves begann sich ein leichter Flaum zu bilden – noch lange nicht genug, aber viel versprechend. Die Schafe standen entschlossen herum und warteten.

Einige Krähen tropften von der Baumkrone auf die Weide. Sie machten die Hälse lang, staksten neugierig zwischen Schafsbeinen herum und beäugten den Toten mit geschulten schwarzen Krähenaugen.

»So geht das nicht!«, schnaubte Othello. »Sobald sie an-

fangen, auf ihm herumzuhüpfen, hilft uns der ganze Schnee nichts!«

Othello begann, im Zickzack zwischen den Schafen hindurchzugaloppieren, auf Krähenjagd. Das war nicht einfach, denn die Krähen waren klug. Sie tauchten unter Schafsbäuchen hindurch, flatterten auf Schafsrücken und schienen sich nicht übel zu amüsieren, als Othello um ein Haar Ramses umrannte. Ramses begann, hysterisch zu blöken. Lane, Cloud, Mopple und Cordelia blökten zur Gesellschaft mit.

»Hört auf!«, knurrte Othello. »Wenn ihr selbst so einen Krach…«

Weiter kam er nicht.

Auf einmal war die Luft um sie herum weiß. Weiß und schneidend. Das Schloss und der Schäferwagen verschwanden. Alles verschwand.

Ritchfield stand mitten im Nichts und wunderte sich. Gerade eben hatte er noch… Aber jetzt! Wo war alles? Und warum war es so weiß? Ritchfield mochte Weiß. Weiß wie ein Schmetterling, weiß wie Milch, weiß wie ein Lamm, weiß wie eine Herde… Wo war seine Herde? Irgendwo! Ritchfield spähte mit seinen guten Augen entschlossen durch das Weiß. Und dann sah er – das Grau! Endlich! Weit weg zuerst, und im ersten Augenblick dachte er, er hätte es sich nur eingebildet, aber dann wurde es größer und anmutiger, größer und klarer und immer grauer. Gehörnt. Ritchfield wurde warm und ruhig. Er konnte Dinge hören, die er schon lange nicht mehr gehört hatte: das Pfeifen des Windes, das Knistern der Flocken. Hufe im Schnee.

Melmoth blieb in einiger Entfernung stehen und blickte zu Ritchfield herüber. Ritchfield stand nur da, jung und glücklich, und fühlte sich ganz. Er wollte lostraben, auf seinen Zwilling zu, wie früher. Noch nicht! Melmoth hob die Hörner und sah ihn ernst an. Auch Ritchfield hob die Hörner ein bisschen höher und …

»Da ist Ritchfield!«, blökte jemand.

Der alte Leitwidder blinzelte Schnee aus den Augen, und als er damit fertig war, war Melmoth verschwunden. Ritchfield war nicht allzu besorgt darüber. Melmoth würde zurückkommen. Melmoth würde *immer* zurückkommen.

Auf einmal schien wieder die Sonne.

Yves war nun gründlich versteckt, das musste man ihnen lassen. Die Schafe hatten Mühe, sich selbst gegenseitig im Schnee wiederzufinden. Nach und nach versammelten sie sich mehr oder weniger vollzählig auf der windabgewandten Seite des Heuschuppens, wo der Schnee nicht ganz so tief war, und sahen sich um. Alles war verschwunden, alles: der Zaun, der Futtertrog, sogar die Ziegen – immerhin! Der Schäferwagen: ein weißer, flaumiger Pilz. Der Bach: eine eisig plätschernde Schlangenspur durch das Nichts. Die ganze Sache war maßlos übertrieben.

Sie waren ein wenig wütend auf Miss Maple, die ihnen mit ihrem Vorschlag den ganzen Schnee eingebrockt hatte. Und sie waren wütend auf Yves – warum hatte er nicht einfach die Finger von Rebeccas Unterwäsche lassen können? Auf Rebecca waren sie auch wütend.

Die Stimmung war schlecht.

Eis glitzerte in der Sonne. Die Schafe sahen missmutig zu, wie die Ziegen nach und nach wieder aus dem Schnee auftauchten, hüpften und sprangen, mit glänzenden Augen und glänzendem Fell, so als wäre überhaupt nichts passiert. Warum auch nicht? Sie hatten keine schießwütige Schäferin, die man vor der Polizei beschützen musste.

171

Und dann, plötzlich, bewegte sich noch etwas im Schnee, etwas auf ihrer Seite der Weide, beunruhigend nah. Der Schnee wölbte sich und brach, und ein Kopf tauchte auf, der Kopf des ungeschorenen Widders. Jetzt, wo man wegen des vielen Schnees kaum sehen konnte, dass er ungeschoren war, sah er eigentlich wie ein ganz gewöhnliches Schaf aus. Zum ersten Mal fiel ihnen auf, wie braun die Augen des Fremden waren – und wie wach.

»Tourbe!«, blökte er gut gelaunt. »Aube! Gris! Marcassin!«

Der Ungeschorene watete an den Schafen vorbei, durch den Schnee Richtung Weidezaun, ohne ein einziges Mal in ihre Richtung zu blicken. Trotzdem hatten die Schafe das Gefühl, dass er sich freute, wieder da zu sein. Und sie – sehr, sehr vorsichtig – freuten sich auch.

Zora, Maude, Heide und Madouc hatten die Nacht an einer Bushaltestelle verbracht. Ein Häuschen hatte sie vor dem Wind und dem vielen Schnee geschützt, aber Bus war bisher noch keiner vorbeigekommen. Jetzt war es wieder hell – außerordentlich hell sogar, wegen des neuen Schnees.

Madouc streckte in regelmäßigen Abständen ihren Kopf aus dem Häuschen und witterte.

»Da lang!«, meckerte sie zuversichtlich und guckte entweder wegauf oder wegab oder geradeaus und einmal sogar nach oben. Die anderen blieben skeptisch. Nicht einmal Maude konnte unter all dem Schnee riechen, woher sie gekommen waren.

Die Schafe blinzelten nervös nach draußen. Sie wollten zurück. Sie *mussten* zurück. Aber wo war zurück? Wegwollen half nicht viel, solange man nirgends hinwollen konnte.

Während sie unentschlossen hinaus ins Weiß starrten, war auf der Straße eine alte Frau aufgetaucht, mit einem wollenen Tuch um den Kopf und einer Plastiktüte in der Hand. Sie ging sehr langsam und vorsichtig, und weil sie so langsam ging, bemerkten die Schafe sie erst, als sie schon ganz nah war. Es blieb ihnen nichts anderes übrig, als in die Schatten des Bushäuschens zurückzuweichen und zu hoffen, dass die Frau vorüberziehen würde wie eine hypnotisierte Schnecke.

Doch in der Aufregung schlug Heides Hinterhuf gegen die Blechwand des Häuschens, und Metall schepperte. Die Frau drehte den Kopf in ihre Richtung. Ihre Augen waren glasumrandet und groß wie Eulenaugen. Die Frau quakte sie an, dann schlurfte sie weiter, unendlich langsam.

»Sie sagt, wir sollen besser zu Fuß gehen«, sagte Madouc. »Bei dem Wetter kommt kein Bus. Und sonst eigentlich auch nicht.«

Leichter gesagt als getan. Trotzdem: sie mussten zurück, so schnell wie möglich! Die anderen mussten wissen, was sie gestern in dem Haus im Wald gehört hatten, bevor es zu spät war.

Nachdem Madouc mit einem kühnen Sprung bei ihnen im Auto gelandet war, waren sie noch eine Weile gerollt, immer langsamer. Dann war das Auto mit einem Seufzen stehen geblieben.

Die Schafe äugten unbehaglich nach draußen. Sie standen mitten im Wald. Das extragroße Auto war nicht nur übereifrig, es war obendrein auch noch dumm! Eine Tür klackte, und Schritte kamen näher. Die Schafe drängten sich in der dunkelsten Ecke zusammen, doch der Mensch mit den Gummistiefeln kippte nur die lose Schwanzklappe wieder nach oben. Was für ein Mensch? Die Schafe konnten nicht mehr als einen grünen Anorak mit Kapuze erkennen. Dann ging es weiter, und sie hofften, dass das Auto Verstand genug haben würde, irgendwie zum Schloss zurückzufinden.

Doch als das Auto zum zweiten Mal zum Stehen kam, waren draußen noch immer Bäume. Bäume und ein Haus.

Schritte entfernten sich, und Madouc, die sich auf der kurzen Fahrt vollkommen erholt hatte und schon begann, den Schafen mit unmotivierten Hopsern auf die Nerven zu gehen, öffnete mit der Schnauze einen Riegel an der Schweifklappe des Autos. Die Klappe klappte, und Madouc sprang nach draußen.

»Kommt mit!«, meckerte sie. »Der Mensch ist weg!«

Niemand hatte Lust, weiter in dem begriffsstutzigen Auto zu bleiben, doch sobald sie alle im Freien waren, stürzte knurrend ein großer schwarzer Hund auf sie zu, und ihnen blieb nichts anderes übrig, als sich Hals über Kopf in die dunkle Türöffnung des Hauses zu flüchten. Der Hund bellte draußen noch ein bisschen, aber er folgte ihnen nicht. Drinnen war alles ziemlich dunkel und unübersichtlich und voller Tische und Stühle. Es gab Flaschen an der Wand und viele Krüge, die von der Decke hingen.

Die Person mit den gelben Gummistiefeln war schon am anderen Ende des Raums und schlug ihre Kapuze zurück. Streng gekämmtes Haar kam zum Vorschein, aus dem sich einige rebellisch gekräuselte Strähnen gelöst hatten: die Plin. Sie zog mit einer ungeduldigen Geste einen Stuhl hervor und setzte sich an einen Tisch. An dem Tisch saßen schon die beiden Wintergäste, der eine groß und dick, der andere klein. Die beiden Wintergäste waren die einzigen anderen Menschen im Raum, und beide tranken Bier.

Die Plin quakte aufgeregt los.

»Was sie wohl sprechen?«, sagte Madouc. »Wollt ihr nicht auch wissen, was sie sprechen?« Und schon war sie aus der Nische neben der Tür hervorgehuscht, mitten durch den Raum auf die Menschen zu, und versteckte sich unter einem der Nachbartische.

Madouc genoss es, wieder in einem Haus zu sein. Die

Weide und der Wald und der Ziegenstall waren schön und gut, aber sie war in einem Haus aufgewachsen und fühlte sich im Halbdunkel zwischen nutzlosen Möbeln am wohlsten. Die kleine Ziege beroch zufrieden die Tischplatte über sich: ein vertrauter Geruch von Bier. Neben ihr unterhielten sich die Menschen.

»... habe den Lastwagen genommen«, sagte die Plin. »Mit dem ist sonst immer Yves unterwegs. Der fällt hier nicht auf.«

Der kleinere der beiden Wintergäste seufzte. Seine Füße scharrten ungeduldig über den Holzboden.

»Riskant ist es trotzdem. Was ist denn so schrecklich wichtig, Madame?«

»Mademoiselle!«, fauchte die Plin. »Wichtig? Das will ich meinen. Ich sehe heute Morgen Maurices Kalender an – keine Angst, er weiß nicht, dass ich noch den Schlüssel habe –, und morgen ist ein X eingetragen. Und wir alle wissen, was X bedeutet! Ich dachte, wir hätten ganz klar vereinbart, dass die Sache erst in zwei Wochen stattfindet, wenn ich im Urlaub bin.«

»Der Boss ist ein vielbeschäftigter Mann«, sagte der Kleine. »Und ein unberechenbarer.«

»Das ist mir egal, ich will, dass er wartet, bis ich weg bin!«

»Machen Sie doch einfach früher Urlaub«, sagte der Kleine ungeduldig. Seine Stimme klang gar nicht klein, eher wie das Grollen eines schlechtgelaunten Kettenhundes.

»Ich kann jetzt nicht meinen Urlaub verschieben, wie verdächtig sieht das denn aus? Ich ändere nie meine Pläne. Maurice würde Verdacht schöpfen.«

»Das, Madame, ist Ihr Problem!«

»Mademoiselle!«

»In Ihrem Alter!«, murmelte der Kleine.

»Es ist gegen die Abmachung«, sagte die Plin bitter. »Ich habe mich an die Abmachungen gehalten, Quartier für Sie

beide – und die Schafe, es war ganz schön schwierig, hier wieder Schafe hineinzubekommen nach der Sache. Ich habe mir den Mund fusselig geredet, und jetzt...«

»Und Sie haben Ihr Geld bekommen, nicht wahr?«

»Darum geht es nicht«, sagte die Plin.

Der Große hatte bisher noch kein Wort gesagt, aber sein linker Fuß tappte unermüdlich auf Holz. Tap. Tap. Tap. Jetzt hörte der Fuß plötzlich mit dem Tappen auf.

»Es geht immer um Geld«, sagte der Große mit flacher Stimme. »Seien Sie nicht kompliziert, Madame!«

»Kompliziert? So ist das also!« Mademoiselle Plin glättete sich mit der Hand die Haare.

»Ist es nicht zu früh?«, fragte sie dann. »Braucht es nicht mehr Vorbereitung?«

»Wir haben ein Reh«, sagte der Kleine. »Das haben sie auch gleich gefunden, und vielleicht kriegen wir ja morgen früh noch eins unter, und dann kommen noch die Schafe dran, und wenn ich das richtig sehe, machen sich die Leute ohnehin schon in die Hosen. Die Polizei war da und tappt im Dunkeln. Die kleine Schäferin hat alles mitbekommen. Alle glauben, der Irre ist wieder unterwegs. Was wollen wir mehr?«

»Drei«, sagte die Plin scharf. »Drei Rehe.«

»Eins«, sagte der kleine Mann. »Hätte nicht gedacht, dass es so schwer ist, die Biester zu fangen und zu präparieren, dabei haben wir Schlingen überall. Na ja, das mit den Schafen wird einfacher.«

»Der Ziegenhirt hat noch andere Rehe im Wald gefunden«, sagte die Plin störrisch.

»Nun«, sagte der Kleine mit gespielter Gleichgültigkeit. »Unsere sind das nicht.« Er warf dem Großen heimlich einen bösen Blick zu. Der Große sah nicht hin.

»Was uns allerdings ein bisschen Sorgen macht, ist die alte

Schachtel«, sagte der Kleine. »Ein Mensch von außen, gut, aber mit zweien wird es ein wenig…«

Er verstummte. Ein weiterer Mensch hatte den Raum betreten, ein Mann mit schmalen Augen und Schürze. Er kam nicht durch die Eingangstür, sondern seitlich aus dem Inneren des Hauses, und er trug ein Tablett.

Mademoiselle Plin lachte ein unerfreuliches Lachen. »Keine Sorge, der ist stocktaub! Da!«

Im nächsten Moment hatte sie das Bier des Großen vom Tisch gewischt, und Glas zersprang klirrend auf dem harten Holzboden. Die Schafe in ihrer Nische zuckten zusammen, aber der Schmaläugige blickte nicht einmal von seinem Tablett auf. Der große Spaziergänger guckte wütend auf sein Glas und sagte »Bravo!«.

Madouc probierte etwas von dem Bier am Boden.

»Die alte Schreckschraube ist vollkommen harmlos«, sagte die Plin betont laut. »Ich habe mir heute von ihr die Karten legen lassen. Total durchgedreht, die glaubt alles, was man ihr erzählt, solange es nur ein bisschen mystisch ist. Das wird die Erste sein, die ›Werwolf‹ schreit.«

»Ich will ein neues Bier!«, sagte der Große.

In diesem Augenblick streckte Madouc ihren Hals auf der Jagd nach einer kleinen Bierpfütze etwas zu weit vor und berührte Mademoiselle Plin am Knie. Die Plin kreischte und schlug den kleinen Wintergast mit der flachen Hand auf die Wange. Im nächsten Moment hatte der Große ein Messer in der Hand. Madouc rannte quer durch den Raum zur Tür hinaus, die Schafe hinterher.

Zu viert waren sie vor dem schwarzen Hund bis zur Bushaltestelle geflüchtet. Madouc sang Ziegenlieder und roch seltsam. Doch später, tief in der Nacht, erzählte sie den Schafen, was sie unter dem Tisch gehört hatte. Und jetzt mussten sie

zurück, um ihre Herde vor den Plänen der beiden Spaziergänger zu warnen.

»Ich glaube, es ist da!«, sagte Zora plötzlich, trat entschlossen aus dem Bushäuschen heraus und begann, sich durch den hohen Schnee die Straße hinaufzukämpfen. Heide, Maude und Madouc trabten hinterher.

Rebecca kam aus dem Schäferwagen, oder besser gesagt: zuerst kam sie nicht aus dem Schäferwagen, weil zu viel Schnee vor der Tür lag. Dann klappte die Tür mit einem Ruck auf, und Rebecca, die sich von innen dagegen gestemmt hatte, purzelte die Stufen hinunter und landete im Schnee.

Die Schafe machten sich auf schlechte Stimmung gefasst, aber Rebecca lachte, klopfte sich den Schnee vom Mantel und rückte die braune Brotmütze zurecht. Sie bahnte sich einen Weg zur Futterkammer, fand den Trog wieder, schaufelte ihn frei und kippte eine wirklich großzügige Portion Kraftfutter hinein. Sie summte und hüpfte und warf probehalber einen Schneeball nach Mopple. Mopple war ein einfaches Ziel, aber trotzdem traf sie nicht. Für jemanden, der gerade Yves auf dem Gewissen hatte, hatte sie hervorragende Laune.

»Bei Tag sieht alles anders aus, nicht wahr?«, sagte sie zu den Schafen. »Ihr habt es auch nicht leicht, bei diesem Wetter. Macht euch keine Sorgen, ich passe gut auf euch auf.«

Von wegen! *Sie* passten auf Rebecca auf, mit Schnee und Silber und allem Drum und Dran.

»Wollt ihr Heu?«, fragte Rebecca.

Die Schafe blökten. Natürlich wollten sie Heu.

»Mama und ich sind heute Abend zum Essen eingeladen«, erklärte Rebecca den Schafen, während sie ihnen Heu in die Raufe schaufelte. »Im Schloss. Von Maurice.« Sie grinste die Schafe an. »Nobel, was?«

Heathcliff dachte nach. Darüber, ob sich der Weg zum Futtertrog lohnte oder ob er sowieso weggedrängt werden würde, so lange, bis das letzte Körnchen aus dem Trog verschwunden war. Seit dem Sturz von der Eiche dachte Heathcliff sehr genau über Wege nach.

Alles tat weh, vor allem die Rippen, der Rücken und alles dazwischen. Zwischen den Ohren tat es weh, im Vorderbein und im linken Hinterhuf. Jeder Schritt tat weh und natürlich jede Berührung. Bei dem Gedanken, sich einfach wie früher zwischen den anderen Schafen hindurchzudrängen, unter ihnen weg, Richtung Heu, wurde ihm schwarz vor den Augen.

Nicht jetzt. Er brauchte kein Heu. Er war mit weniger Milch ausgekommen als jedes andere Lamm, er konnte von matschigem Wintergras leben, so lange er wollte.

Heathcliff keilte trotzig nach hinten aus und wartete mit unbekümmertem Gesicht, bis die Schmerzen wieder abgeklungen waren. Die anderen durften nichts merken.

Niemand durfte etwas merken. Er war ein Schaf wie alle anderen, nicht schwächer, nicht langsamer. Niemand, der zurückbleiben würde, wenn die Herde vor einem Raubtier floh. Keine leichte Beute.

Auf dem Rückweg von der Heuraufe entdeckte Rebecca das Silber – und erschrak.

Die Schafe erschraken auch. Rebecca – der Garou?

»Na, so was«, sagte Rebecca. »Und dabei pass ich so auf.«

Sie stapfte hinüber zum Haselstrauch und zupfte das Papier vom Zweig. Zuerst waren die Schafe nur erleichtert. Die Schäferin schien sich doch nicht vor dem Silberpapier zu fürchten! Aber dann! Rebecca trug ihr Silber mit spitzen Fingern hinüber zu dem Abfalleimer, der am Weidezaun angebracht war – draußen, auf der weideabgewandten Seite. Der Deckel

des Abfalleimers klappte zu, und die Schäferin klopfte sich zufrieden ihre Hände am Mantel ab.

»Nicht auszudenken, wenn ihr das gefressen hättet«, sagte sie zu den Schafen.

Die Schafe sahen Rebecca frustriert an. Natürlich hätten sie das Werwolfsilber nicht gefressen – für wie dumm hielt sie Rebecca eigentlich? Aber wie sollte es ihnen jetzt, in den Tiefen des Abfalleimers, den Garou verraten?

Sie guckten vorwurfsvoll zum Schäferwagen, wo die Schäferin – noch immer blendend gelaunt – in andere Schuhe schlüpfte, den roten Schal über die Schulter warf und dann Richtung Weidetor stapfte.

»Denkt ihr, ich habe die Sache mit den Klamotten vergessen?«, fragte sie. »Habe ich nicht!«

Die Schafe konnten es kaum glauben. Während sie hier Yves versteckten und den Garou jagten, hatte ihre Schäferin nichts als Klamotten im Kopf!

»Wir müssen das Silber wieder aus dem Eimer holen!«, blökte Mopple. Er mochte das Silber. Er hatte es gefunden und war ein bisschen stolz darauf. Außerdem hatte er schon länger einmal einen Blick in den Abfalleimer werfen wollen. Wenn er sich recht erinnerte, hatte Hortense erst vor kurzem einen halben Apfel hineingeworfen, der dem kleinen Jules in den Schnee gefallen war.

Sobald Rebecca durch das Hoftor verschwunden war, trabte die Herde zum Weidezaun. Die Sache war verzwickt. Der Abfalleimer war zwar verlockend nah, aber außen am Zaun angebracht, und es gab einen schweren Deckel aus Metall. Die Schafe versuchten, sich wie die Ziegen über den Zaun zu lehnen – ohne viel Erfolg.

»So geht es nicht«, sagte Othello. »Einer von uns muss nach draußen.« Er überlegte einen Augenblick.

»Ich mach's«, sagte er dann.

Othello versuchte erst, über den Zaun zu springen, aber im tiefen Schnee war es unmöglich, vernünftig Anlauf zu nehmen.

»Ich gehe über die Ziegenweide«, sagte er schließlich.

»Und wenn die Ziegen das nicht wollen?«, blökte Heide.

»Mir ist egal, was die Ziegen wollen!«, sagte Othello und war schon unterwegs zum Ziegenzaun.

Glücklicherweise waren die Ziegen gerade wieder in eines ihrer seltsamen Rituale vertieft und viel zu beschäftigt, um überhaupt irgendetwas zu wollen. Sie standen um die Kommode herum, in einer Art Kreis, und beachteten Othello, der durch die lose Latte im Zaun geschlüpft war, kein bisschen. Ab und zu meckerte eine von ihnen. Die Sache schien wichtig zu sein. Dann wichen auf einmal die meisten Ziegen von der Kommode zurück – bis auf zwei. Diese zwei richteten sich auf die Hinterbeine auf und knallten mit ihren Hörnern zusammen.

Othello wand sich wieder durch den losen Draht und stand am Waldrand. Nun musste er die Ziegenweide von außen umrunden.

Die Schafe sahen beunruhigt zu, wie ihr Leitwidder zu einem kleinen schwarzen Punkt am anderen Ende der Ziegenweide wurde. Doch dann begann Othello wieder zu wachsen, und endlich stand er erneut in Lebensgröße bei seiner Herde – nur auf der falschen Seite des Zauns. Oder der richtigen. Je nachdem.

Othello drückte mühelos den Deckel nach oben, richtete sich auf die Hinterbeine auf und wühlte, die Vorderbeine gegen den Zaun gelehnt, im Abfalleimer. Bald tauchte er wieder auf, das Silberpapier zwischen den Zähnen. Er reichte es Maple durch den Zaun.

»Und?«, fragte Mopple the Whale. »Ist da noch was da drinnen? Ich meine, etwas Interessantes!«

»Nein«, sagte Othello. »Nichts Interessantes.«

Dann war er auch schon wieder auf dem Rückweg, entlang am Ziegenzaun.

Die Schafe trugen das Papier im Triumphzug zurück zum Haselstrauch und spießten es wieder auf den gleichen Zweig – eine Warnung an alle Werwölfe dieser Welt.

Als sie gerade damit fertig waren, knarrte das Tor wieder auf, und Paul der Ziegenhirt trat heraus, sehr dick angezogen und mit einem Strick in der Hand. Die Ziegen reckten erwartungsvoll die Hälse, aber diesmal kümmerte sich der Hirt nicht um sie, sondern ging schnurstracks Richtung Wald. Die Schafe hatten Angst, dass er Othello auf der Ziegenweide ertappen würde – aber Othello war nirgends mehr zu sehen.

12

Othello zögerte.

Eigentlich war er nur ein paar Schritte in den Wald getrabt, um nicht vom Ziegenhirten entdeckt zu werden, aber jetzt hörte er eine Stimme. Wütend, gedämpft und nervös. Und zu der Stimme gehörte eine Spur, die nicht weit von Othello durch den Schnee führte und in einer Senke verschwand. Die Spur lockte Othello. Er wollte ihr folgen – und er wollte es nicht. Er wollte bei seiner Herde bleiben und sie vor dem Garou beschützen. Immer. Aber diese Spur war wichtig. Jemand hatte wie Othello die Weide von außen umrundet, im Schutz des Waldes. Othello schnaubte. Niemand hatte seine Weide zu umschleichen. Niemand!

Der schwarze Widder blickte noch einmal zurück zu seiner Herde. Sie war sicher. Noch. Ein Gefühl, mehr noch, so etwas wie eine Erinnerung. Etwas, das die kleine Ziege über den Mond gesagt hatte ... Othello schnaubte und verschwand zwischen den Stämmen, hinter der Spur her. Keine Wolfsspur, so viel war klar. Eine plumpe, simple Menschenspur.

Anders als die anderen Schafe hatte Othello einmal einen Wolf gesehen – vielleicht. Im Zoo, vor langer Zeit. Sicher war er sich nicht. Othello war sehr jung gewesen – mit vier spitzen Hörnchen, die gerade erst zu wachsen begonnen hatten –, schwärzer und neugieriger als ein Rabe. Deshalb war er nicht wie der Rest der Herde ans andere Ende des Geheges

geflohen, als die Witterung den Weg heraufwehte. Der Witterung folgte ein summendes Gefährt mit zwei Menschen vorne und einem Käfig hinten. Und in dem Käfig stand ein Wesen, bei dessen Anblick sich alles an Othello sträubte. Alles. Jedes Haar in seinem Fell. Das Wesen war groß, groß und schön, ein bisschen wie ein Hund, aber auch sehr anders als ein Hund. Langbeinig und lebendig und grau wie ein Geist. Es hatte Othello angesehen, mit grauen, brennenden Geisteraugen, und Othello hatte verstanden, dass auch seine Haare sich sträubten, vor Hitze und Entzücken; dass sie sich kannten, seit langer Zeit…

Othello blieb abrupt stehen.

Am Boden der Senke, halb verdeckt von kahlen Brombeerhecken, kniete ein Mann. Einer der Männer, die immer spazieren gingen. Der Dickere und Größere von beiden. Diesmal ging er nicht spazieren, sondern quakte wütend und europäisch. Vor ihm lag ein totes Reh, seltsam verdreht, den Kopf in einer Drahtschlinge, und schwieg. Der Mann hatte sehr weiße Hände (oder vielleicht waren es Handschuhe?), und eine dieser Hände hielt ein Messer, die andere ein Gefäß. Der Mann stach das Reh in den Hals. Er hatte das schon ein paar Mal getan. Nichts passierte. Er quakte ärgerlich. Ab und zu blickte der Dicke schnell über die Schulter. Othello verstand, warum er so nervös war: Direkt dort oben führte ein Weg an der Senke vorbei, und jeder, der diesen Weg kam, würde sie sehen. Den Dicken und das Reh, das nicht bluten wollte. Es war ein dummer Ort. Jedes respektable Raubtier hätte seine Beute von hier weggezerrt, zumindest bis ins nächste Gebüsch.

Schließlich ließ der Dicke von dem Reh ab. Er häufte Schnee darauf, dann ging er schnell davon, tiefer in den Wald hinein, eine plumpe Menschenspur hinter sich herziehend.

Othello blieb im Schatten eines umgefallenen Baumstamms

zurück und wunderte sich. So hatte er sich den Garou nicht vorgestellt.

Ein Krachen ließ den schwarzen Widder zusammenzucken. Er wollte fliehen und wusste nicht, wohin und wovor. Dann sah er den Ast, der unter der Last des Schnees geborsten und zu Boden gestürzt war. Ein Ast so dick wie Othellos Kopf.

Der Leitwidder lauschte dem Knarren der Bäume, dem Jammern von eiskaltem Holz und dem schweren Schweigen des Schnees. Er verstand, dass überall solche Äste unter Schnee ächzten. Und einige davon würden brechen.

Der Wald im Winter war ein gefährlicher Ort.

Zora, Maude, Heide und Madouc blieben an einem Kreuzweg stehen. Bisher waren sie der Straße gefolgt, und weil sie an einem eckigen Schild mit einem gemalten Reh vorbeigekommen waren, waren sie sich einigermaßen sicher, auf dem richtigen Weg zu sein. Das Schild war ihnen schon auf dem Hinweg vom Auto aus aufgefallen. Aber nun gab es auf einmal drei Wege und viele spitze Schilder, die in alle möglichen Richtungen zeigten. Schilder mit Zeichen. Weiße und gelbe, blaue und braune.

Maude witterte wichtigtuerisch hin und her, aber da war nichts, nur Schnee und Wald, Wald und Schnee. Zora spähte durch die Baumkronen nach der Sonne, Heide war dafür, einfach zu raten. Nur Madouc legte den Kopf schräg und blickte weiter zu den Schildern hinauf.

»So viele Schilder«, sagte sie. »Ich bin mir sicher, es hat einen Grund, dass sie hier sind.«

»Was für einen Grund?«, blökte Heide. »Es gibt auch keinen Grund dafür, dass die Bäume hier sind!«

»Doch«, sagte Madouc. »Die Bäume sind hier, weil wir im Wald sind!«

Das stimmte. Die Schafe sahen sich die bunten Metalldinger noch einmal genauer an. Die meisten von ihnen waren spitz auf der einen Seite und flach und eckig auf der anderen. Auf allen waren Zeichen, die Zeichen, aus denen Geschichten sind, aber nur auf einem war auch ein Bild.

»Das da!«, meckerte Madouc. »Das ist der Turm!«

Sie hatte Recht. Der Turm auf dem Bild war viel kürzer und dicker als der Turm des Schlosses, aber beide hatten die gleiche gezackte Spitze.

»Na und?«, sagte Maude und witterte das Schild an. »Es riecht nicht wie der Turm!«

»Das ist die Nase«, sagte Heide und blickte auf den spitzen Teil des Schildes. »Die Schraube da ist das Auge, und der Turm bedeutet, dass es zum Turm guckt!«

Es war eine kühne Theorie, aber es war ihre einzige Theorie. Die Schafe bogen nach rechts und folgten der Nase des braunen Schildes, tiefer in den Wald hinein.

Heide war kalt, und sie traute sich nicht einmal, klagend zu blöken. Kälte war unter Schafen kein populäres Thema. Wenn man nur genug wollte, war Kälte kein Problem, hieß es. So weit die Theorie. Die Praxis sah anders aus.

Maude war deprimiert, weil sie trotz ihres guten Geruchssinns nichts als Wald und Schnee riechen konnte, so weit die Nase reichte. Wie konnte sie wissen, dass sie noch immer gut riechen konnte, wenn sie nichts roch?

Madouc lief zick-zack.

Zora dachte.

»Und?«, fragte sie Madouc schließlich.

Madouc hörte auf zu zack-zicken.

»Und was?«

»Hast du den Garou nun gesehen?«, fragte Zora.

»Meistens nicht«, sagte die kleine Ziege. »Teile von ihm.«

»Teile?«, schnaufte Maude. »Was für Teile?«

»Hände«, sagte Madouc.

»Haben Wölfe Hände?«, fragte Heide.

»Dieser schon«, sagte Madouc. »Zwei. Die braucht er, um sich mit Werwolfsalbe zu bestreichen. Nur ist die Salbe ein Pulver.« Sie kickte dramatisch nach hinten aus, und pulvriger Schnee staubte.

»Woher weißt du das alles?«, fragte Zora. »Das mit der Salbe, meine ich, und mit den Kugeln und dem Silber und dem Mond und all die anderen Sachen über den Garou?«

»Der Hirt hat es mir erzählt«, sagte Madouc. »Der Hirt spricht von nichts anderem.«

»Der Hirt spricht mit dir?«, fragte Zora.

»Der Hirt spricht *nur* mit mir«, sagte Madouc stolz. »Mit den anderen spricht er schon lange nicht mehr.«

»Warum nicht?«, fragte Heide.

»Weil die anderen doof sind«, sagte Madouc. »Doof und verrückt ist nicht das Gleiche, wisst ihr? Der Hirt versteht das.«

Madouc schwieg einen Moment.

»Früher waren alle verrückt«, sagte sie dann. »Das ganze Schloss. Und jetzt sind nur noch ein paar verrückt. Heimlich verrückt, sozusagen.«

»Wer sagt das?«, fragte Zora.

»Der Hirt«, sagte Madouc. »Wir haben bis vor kurzem alle zusammengewohnt.«

»Wer – alle?«, fragte Heide.

»Na – ich und er«, sagte Madouc.

»Wirklich?«, fragte Heide. »Auf der Weide?«

Sie versuchten, sich den Hirten grasend und rupfend und springend vorzustellen, und konnten es nicht.

»Nicht auf der Weide«, sagte Madouc. »In einem Haus aus Stein und Holz und Feuer.«

»Warum denn das?«, blökte Heide.

Aber Madouc wollte nicht sagen, warum.

Die Schafe hätten sich viel länger über das Verschwinden Othellos gewundert, wenn nicht Eric auf ihrer Weide aufgetaucht wäre, Eric, der im Herbst vor Hortenses Fenster ein Musikinstrument malträtiert hatte. Die Schafe beobachteten ihn skeptisch. Jemand, der sich Tag für Tag mit Ziegenkäse beschäftigte, konnte nicht ganz richtig im Kopf sein.

Im Gegensatz zu den anderen Menschen bemerkte Eric das Silberpapier. Er blieb stehen und sah kurz zu, wie es mit der Sonne und dem Wind spielte, funkelte und knisterte. Die Schafe hielten den Atem an, aber es sah nicht so aus, als ob Eric sich besonders fürchtete. Er lächelte. Dann fuhr er sich mit der Hand durch das helle Haar, ging weiter zum Schäferwagen und klopfte höflich. Die Tür ging auf, und Mama stand auf den Stufen, in wallende blaue Gewänder gehüllt, mit einem glitzernden Band um die Stirn. Heute trug sie schon ihr drittes Gesicht, mit rosenfarbenen Lippen und viel Blau um die Augen, so als hätte sie sich mit jemandem geprügelt. Der alte George hatte sich einmal geprügelt, zum Spaß, und seine Augen hatten anschließend ungefähr so ausgesehen.

Mamas Auftritt wäre um einiges beeindruckender ausgefallen, wenn in diesem Moment nicht Tess aus dem Schäferwagen gesprungen wäre und um Eric herum einen kleinen Hundetanz aufgeführt hätte. Tess mochte Eric. Und Eric mochte Tess. Er ging in die Hocke und kraulte Tess hinter den Ohren, unter dem Kinn, am Bauch und an den Flanken. Tess rollte im Schnee und gab gurgelnde Laute des Entzückens von sich, während Mama mit ihren dramatisch gespreizten Armen ein wenig überflüssig aussah.

Endlich erinnerte sich Eric doch an Mama, klopfte sich

Schnee von der Hose und überreichte ein Päckchen. Die Schafe witterten gespannt, aber unter dem Papier war wieder einmal nur Ziegenkäse. Für Ziegenkäse konnte sich nicht einmal Mopple begeistern. Mama lächelte und deutete mit roten Fingernägeln ins Innere des Schäferwagens, Eric lächelte auch, und die beiden verschwanden. Tess hinterher.

Die Schafe weideten und versuchten, nicht an Yves zu denken, der unappetitlich auf dem Gras und unter dem Schnee lag. Nur Mopple graste nicht. Er stand neben dem ungeschorenen Fremden am Zaun und blickte bekümmert zum Schloss hinüber.

»Es kann nicht so schwer sein, ein so großes Auto zu finden!«, sagte er. »Sie müssten längst wieder da sein!«

»Tourbe!«, bestätigte der Fremde. »Gris. Tache. Marcassin!«

Beide seufzten. Heute verstand Mopple das fremde Schaf gut.

Hortense kam aus dem Schloss, mit federnden Schritten und besonders viel Veilchenparfum, und schlüpfte zu Mama und Eric in den Schäferwagen. Einige Zeit später kam sie wieder heraus, Eric am Arm. Die beiden gingen schweigend über die Weide, blond und golden, und verschwanden schweigend zwischen den Wirtschaftsgebäuden des Schlosses.

Rebecca kam gegen Mittag zurück. Ihr roter Schal flatterte stolz im Wind.

»So«, sagte sie zu den Schafen. »Jetzt gibt es Mittagessen, und dann werden wir ja...«

Die Schäferin verstummte und starrte auf den Haselstrauch.

»Na, so was«, sagte sie. »Habe ich nicht vorhin ...Ich hätte schwören können...«

Rebecca stapfte zum Haselstrauch, pflückte das Silberpapier aus den Zweigen und trug es wieder hinüber zum Abfalleimer.

»Komisch«, sagte sie.

Die Schafe fanden die Sache gar nicht komisch.

Rebecca versenkte das Werwolfsilber zum zweiten Mal im Abfalleimer, dann ging sie zurück zum Schäferwagen und klopfte.

Mama streckte ihr drittes Gesicht aus der Tür.

»Sind sie weg?«, fragte Rebecca.

Mama nickte und zog eine Schachtel Zigaretten hervor. »Willst du eine?«

Mamas Zigaretten waren länger und dünner als die von Rebecca, und normalerweise verzog Rebecca bei ihrem Anblick das Gesicht. Aber nicht heute.

Die beiden Frauen hockten sich auf die Stufen, mit ihren komischen rauchenden Stängeln im Mund, und auf einmal sahen sie sich ähnlich.

»Der Tierarzt ist nirgends aufzutreiben«, sagte Rebecca. »Gestern hat mir seine Sprechstundenhilfe noch gesagt, dass er krank ist, und heute rührt sich gar niemand mehr. Ich brauche ihn ja gar nicht persönlich, die Impfungen können warten, ich will nur wissen, wo ich mit den Schafen ein neues Quartier finden kann.«

»Gestern?«, fragte Mama.

»Gestern!«, sagte Rebecca.

»Komisch. Ich dachte, ich hätte ihn gestern Vormittag mit der Plin sprechen sehen, bevor … na ja, vor der Seance.«

»Komisch«, sagte Rebecca ohne besonderes Interesse.

Die beiden Frauen bliesen Rauch in die Luft.

»Und?«, fragte Rebecca schließlich. »Hast du was Wichtiges erfahren bei deinem Hexenzauber?«

»Vielleicht!« Mama saugte genüsslich an ihrem Stängel.

Rebecca sah neugierig aus, aber sie sagte nichts.

»Ich weiß, woher der Schrank kommt!«, platzte Mama heraus.

190

»Na ja«, sagte Rebecca. »Nicht gerade unser dringlichstes Problem.«

Mama schwieg und betrachtete kritisch ihre roten Fingernägel.

»Woher?«, fragte Rebecca endlich.

»Woher?«, blökten die Schafe. Die Sache interessierte sie auch. Wenn sie wussten, woher der Schrank kam, konnten sie ihn vielleicht überreden, auf seinen kleinen Füßchen dorthin zurückzutrippeln, mit seinem unheimlichen Innenleben aus Wäldern und Pelzmänteln und Halbziegen, und so obendrein neue Weidefläche gewinnen.

»Aus dem Schloss!«, sagte Mama.

»Jeder weiß, dass er aus dem Schloss kommt«, sagte Rebecca. »Wo gibt es denn sonst solche Schränke aus Eichenholz mit Schnitzereien und Beschlägen und Löwenfüßen.«

»Wenn du schon alles weißt, musst du ja nicht fragen«, sagte Mama und klopfte Asche in den Schnee. »Aber es ist keine schlechte Geschichte.«

Die Schafe rückten näher, sogar der fremde Widder, der vermutlich kein Wort verstehen konnte.

»Erzähl schon!«, sagte Rebecca.

»Wusstest du, dass das hier früher eine Nervenheilanstalt war?«, fragte Mama.

»Ja«, sagte Rebecca.

Es war kein guter Anfang. Mama saugte ein bisschen säuerlich an ihrer Zigarette und schwieg.

»Warum hast du mir das nicht erzählt?«, fragte sie schließlich.

»Ich wollte deine Fantasie nicht noch zusätzlich beflügeln. Und, na ja, es ist vorbei, stimmt's? Jetzt ist es eben nur noch ein Schloss.«

»Nun, die Geschichte stammt aus der Zeit, als es noch eine

191

Anstalt war«, sagte Mama. »Das ist übrigens noch gar nicht so lange her. Fünf Jahre oder so. Der Vater von diesem Schnösel war ein Nervenarzt...«

»Er ist kein Schnösel!«, sagte Rebecca.

»Wenn das kein Schnösel ist! Ich habe noch nie einen Mann im Pelz... na ja, egal. Jedenfalls war es die Art von Anstalt, bei der sich die Verwandten nicht ganz so schlecht fühlen müssen, wenn sie ihre alten Eltern einliefern, mit Schloss und Park und jeder Patient ein Zimmer für sich. Nobel. Nur war in den Zimmern nichts! Gar nichts, kein Tisch, kein Stuhl, nichts, nur Metallbetten. Und irgendwann hat sich jemand beschwert, dass er schon gar nicht mehr wisse, wie Möbel überhaupt aussehen, und dass er ein Recht auf einen Schreibtisch habe. Und dann hat der Arzt angeordnet, Möbel auf die Weide hier zu bringen, den Schrank und das Sofa und die Kommode, die feinsten Möbel, damit all seine Patienten sie sehen konnten, wenn sie aus ihren Fenstern im dritten Stock guckten. Er sagte, es sei therapeutisch. Therapeutisch! Kannst du dir vorstellen, wie sich die Leute gefühlt haben müssen, als sie die Ziegen auf dem Sofa gesehen haben? Wenn du mich fragst, das war ein Sadist.«

»Das ist eine gute Geschichte«, sagte Rebecca anerkennend, drückte ihre Zigarette im Schnee aus und steckte sie säuberlich in die Tasche. »Von wem hast du die denn?«

»Eric. Oder besser gesagt: Hortense, aber die hat sie von Eric. Hortense war damals noch gar nicht hier, aber Eric hat geholfen, die Möbel auf die Weide zu tragen. Die müssen damals so einen richtig bösen Ziegenbock gehabt haben.« Auch Mama hatte ihre Zigarette ausgedrückt und wusste nicht so recht, wo sie jetzt mit dem Stummel hinsollte.

»Irgendwas stimmt nicht mit diesem Eric!«

Rebecca seufzte. »Was stimmt denn jetzt schon wieder nicht?«

»Na ja, ich habe ihm die Karten gelegt, und er hat sich überhaupt nicht dafür interessiert. Keine Regung. Nichts. Als wäre das gar nicht sein Leben.«

»Er glaubt eben nicht daran! Hortense hat ihn zu dir geschleift, weil sie in ihn verschossen ist, das ist alles.«

»In wen sollte sie hier auch sonst verschossen sein, das arme Kind.« Mama hatte mit ihrem Fuß ein Loch in den Schnee gebohrt, und in einem unbeobachteten Moment ließ sie den Zigarettenstummel hineinplumpsen.

»Die Fronsac hat mich gefragt, ob ich Kontakt mit den Toten aufnehmen kann«, sagte sie unvermittelt.

»Und?«, fragte Rebecca. »Kannst du?«

»Sei nicht albern«, sagte Mama und scharrte heimlich ihr Schneeloch wieder zu.

Rebecca schwieg. Mama schielte wieder nach der Schachtel mit Zigaretten.

»Der Fernseher funktioniert nicht«, jammerte sie dann.

Rebecca lachte leise auf. »Das hätte ich dir gleich sagen können.«

»Oh, ich glaube nicht, dass er kaputt ist«, sagte Mama würdevoll und rückte ihr Stirnband zurecht. »Das trauen sich die Leute dann doch nicht. Aber die Antenne müsste aufs Dach, und wenn ich Yves' Kauderwelsch gestern richtig verstanden habe, wollte er das heute früh machen. Aber aufgetaucht ist er nicht. Du hast Recht. Das ist ein schmieriger Mensch. Ich hatte gleich ein schlechtes Gefühl.«

»Du und dein Gefühl«, sagte Rebecca und erhob sich von den Stufen. Sie sah hinüber zur Ziegenweide, wo drei Ziegen auf dem Sofa standen und ein kleines Meckerspektakel veranstalteten.

»Komisch, dass die Möbel noch immer hier stehen, nicht wahr? Ich hätte die Dinger längst weggeräumt!«

Mama nickte. »Das habe ich auch gesagt, und Hortense hat

es übersetzt, und Eric hat mich ganz entgeistert angestarrt, als … als hätte er noch immer Angst vor dem alten Herrn.«

»Vielleicht kommt der ja noch ein, zwei Mal im Jahr vorbei und meckert«, sagte Rebecca.

»Der meckert nicht mehr«, sagte Mama. »Der ist tot. Aber wie er gestorben ist, erzählt mir hier auch keiner.«

Mama blickte ungehalten hinüber zum Schloss.

»Du kannst ja Kontakt mit ihm aufnehmen!«, schlug Rebecca vor. »Ich rufe inzwischen Yves an. Die Fronsac hat mir, glaube ich, mal seine Nummer gegeben, für Reparaturen und so. Ich frage ihn, ob er uns doch noch die Antenne aufs Dach setzt. Ich hätte mal wieder Lust auf einen Film. Das wär was! Ein Werwolfsfilm, damit du weißt, was du fotografieren musst. Was meinst du?«

Sie piekte ihr Sprechgerät mit einem spitzen Zeigefinger, und das Sprechgerät quiekte empört.

»Du solltest das ein bisschen ernster nehmen. Und jetzt essen wir etwas, ja?«, sagte Mama und erhob sich ebenfalls, überraschend anmutig. »Ich koche!«

Rebecca machte kein besonders begeistertes Gesicht, aber sie nickte und folgte Mama in die Tiefen des Schäferwagens. Sobald sie die Tür hinter sich geschlossen hatten, klingelte am Fuße der alten Eiche unter viel Schnee ein Sprechgerät.

Die Schafe beobachteten, wie außergewöhnlich schwarzer Rauch aus dem Schäferwagen wallte, zuerst nur aus dem kleinen, bemützten Schornstein, dann auch aus dem Fenster und schließlich zur Tür hinaus. Rebecca und Mama flüchteten hustend auf die Schäferwagenstufen. Tess rieb ihre Schnauze im Schnee.

»Nudeln mit Soße!«, schimpfte Rebecca. »Nudeln mit Soße! Was kann denn da schon schiefgehen?«

»Ich bin deinen Kocher nicht gewohnt«, sagte Mama.

»Schon über drei Wochen hier und noch immer nicht meinen Kocher gewohnt...«, murmelte Rebecca. »Rauch nicht schon wieder! Wie kannst du jetzt rauchen? Ich hatte aufgehört, weißt du, und dann kommst du vorbei! Hast du wenigstens was über meine Klamotten herausgefunden mit deinen Wahrsagekünsten?«

»Noch nicht. Aber wahrscheinlich war das auch dieser Yves! Ich habe das im Gefühl. Dem traue ich alles zu!«

Rebecca lachte. »Nein, das war ausnahmsweise einmal nicht Yves. Der Typ ist vollkommen farbenblind – der würde meine roten Sachen gar nicht erkennen. Habe ich gemerkt, als wir im Herbst Äpfel gepflückt haben. Ich habe ihm immer gesagt: nicht die Grünen, und er... es war zum Wahnsinnigwerden!«

»Ich könnte heute Nachmittag die Karten...«, sagte Mama etwas kleinlaut.

»Ach was, Karten! Wir versuchen es anders. Einen roten Schal habe ich noch!« Rebecca grinste grimmig. »Und du kannst auch etwas tun! Ich will, dass du heute Nachmittag von der Weide verschwindest. Geh duschen! Und nimm Tess mit!«

Und wirklich: diesen Nachmittag ging Mama überraschend folgsam duschen, Tess an der Leine.

Rebecca sah den beiden nach. Kurz darauf hängte sie ihren letzten roten Schal an einen Haken außen in der Schäferwagenwand.

»Zum Lüften«, sagte sie und blinzelte den Schafen zu. Die Schafe standen herum und versuchten, entspannt und vollzählig auszusehen. Bisher waren sie wie durch ein Wunder um das Zählen herumgekommen!

Der rote Schal züngelte im Wind wie eine Flamme.

Rebecca setzte wieder die braune Brotmütze auf, wickelte

sich diesmal einen blauen Schal um und sperrte mit viel Aufhebens den Schäferwagen ab. Dann war sie wieder unterwegs und verschwand durch das Hoftor. Die Schafe sahen ihr nach.

Wenige Minuten später tauchte Rebecca auch schon wieder auf, durch eine kleine Pforte seitlich in der Hofmauer. Von weitem hätten die Schafe sie fast nicht erkannt, so ohne einen einzigen Flecken Rot an ihr. Rebecca kroch vorsichtig an der Mauer entlang, dann, im Schutze der Obstbäume, zum Waldrand – und verschwand im Wald. Aber die Schafe konnten sie weiter wittern. Rebeccas Witterung schlich im Schutze des Waldes wieder näher an die Weide heran und ließ sich schließlich in der Nähe der schönen Buche nieder.

Die Schafe sahen sich an, zuckten mit den Ohren und begannen wieder zu grasen.

Monsieur Fronsac ging über den halben Hof, schlug sich mit der flachen Hand gegen die Stirn und kehrte wieder um. Eine Tür in der Mauer öffnete sich, und der Gärtner kam heraus, ein Bündel Reisig in den Händen. Madame Fronsac ging über den Hof und sah flüchtig zu den Schafen hinüber. Ein Fuchs schnürte am Weidezaun entlang. Es war noch zu früh für Lämmer, trotzdem ließen die Schafe ihn nicht aus den Augen. Madame Fronsac ging ein zweites Mal über den Hof. Dann ein drittes Mal. Sie blickte schnell nach links und nach rechts und nach oben zum Schloss.

Sie wischte sich ihre großen, kälteroten Hände an der Schürze ab, hastete zum Weidetor und durch das Tor Richtung Schäferwagen. Die Schafe fingen an, sich zu wundern. Mehr verstohlene Blicke in alle Richtungen, dann hatte das Walross den Schal geschnappt und verschwand damit hinter dem Schäferwagen, wo man sie vom Schloss aus nicht sehen konnte. Aber Rebecca, die irgendwo bei der schönen Buche hockte, konnte das Walross vermutlich ganz hervorragend sehen.

Dann passierten mehrere Dinge gleichzeitig.

Hortense trat auf den Hof, den kleinen Jules an der Hand, das Walross zückte ein Kartoffelmesser, und Rebecca brach aus dem Wald hervor wie ein zierliches, aber entschlossenes Wildschwein.

Diesmal lag es nicht am Hunger. Mopple hatte vorhin am Futtertrog eine ordentliche Portion Kraftfutter abbekommen. Vielleicht war es doch die Kälte? Oder der Schnee? So viel Weiß überall konnte ein Schaf ganz schön durcheinanderbringen.

Mopple graste einfach weiter, den Kopf tief im Schnee, und versuchte, den Ginsterbusch zu ignorieren.

»Psst!«, zischelte der Ginsterbusch. »Hierher! Hierher, Mopple the Whale!«

Mopple sah nicht hin. Ein winterkahler, europäischer Ginsterbusch, der seinen Namen kannte? Die Sache gefiel ihm nicht. Erst eingebildete Ziegen und jetzt sprechende Ginsterbüsche. Was würde als Nächstes kommen? Er sah sich schon in wilde Diskussionen mit einem Büschel Dicklippkraut verstrickt. Mopple seufzte. Es wurde Zeit, dass der Winter vorbeiging.

Der Ginsterbusch begann, mit Schnee nach ihm zu kicken, und Mopple wurde langsam wütend.

»Hör auf!«, sagte er zu dem Busch.

»Nur, wenn du mitkommst, höre ich auf«, flüsterte der Ginsterbusch.

Jetzt war Mopple sicher, dass er sich die ganze Sache nur einbildete.

»Wenn du gehst, komme ich mit!«, sagte er kühn zum Ginsterbusch.

»Hervorragend!«, sagte der Ginsterbusch. Drei junge Ziegen

streckten ihre spitzen Köpfe zwischen den Zweigen hervor, eine Graue, eine Rote und eine Braun-Gescheckte.

»Ich bin Amaltée«, sagte die Graue.

»Ich bin Circe«, sagte die Rote.

»Und ich bin Kalliope«, sagte die Braun-Gescheckte.

Mopple setzte sich vor Überraschung aufs Hinterteil.

»Wollt ihr wirklich etwas gegen den Garou unternehmen?«, fragte Kalliope. »Ein bisschen Glitzer wird da nämlich nicht reichen!«

Mopple nickte tapfer.

»Dann komm mit!«, flüsterte Circe.

Die drei Ziegen drehten sich um und trabten mit schwingenden Schwänzen zurück zu der Latte im Ziegenzaun. Mopple zögerte einen Moment lang, dann dachte er an Zora und die anderen Expeditionsmitglieder, die jetzt vielleicht in Schwierigkeiten waren. Mopple *wollte* etwas gegen den Garou unternehmen. Am Schäferwagen schien es eine Aufregung zu geben, und in einem unbeobachteten Moment zwängte sich Mopple durch die Latte und trabte entschlossen hinter den drei Ziegen her.

Das Walross heulte und zitterte und schluchzte, Rebecca fauchte »*Pourquoi? Pourquoi?*«, Hortense rief »Becca! Becca!«, und die Schafe staunten.

Rebecca hatte das Walross gestellt. In flagranti. Auf frischer Tat ertappt. So viel stand fest.

Der gerettete Schal und das Messer lagen jetzt im Schnee, und alle regten sich auf.

»Ich möchte wissen, warum!«, zischte Rebecca, zu aufgebracht für ihr mühevolles Europäisch. »Ich habe ihr nie etwas getan – nie! Wenn sie mir nicht sagt, warum, rufe ich die Polizei!«

»Becca!«, sagte Hortense vorwurfsvoll, aber dann sprach sie doch mit dem Walross.

Das Walross zitterte so sehr, dass es zuerst gar nichts sagen konnte – nicht einmal auf Europäisch.

Schließlich quakte es doch los, schluchzend und schniefend, und alles, was die Schafe verstanden, war das Wort »Garou«.

»Sie wollte dir helfen«, sagte Hortense.

»Ha!«, sagte Rebecca. »Findet sie, dass Rot mir nicht steht, oder was?«

»Rot ist die falsche Farbe«, sagte Hortense und sah zu Boden. »Niemand trägt hier Rot.«

Hortense atmete tief ein. Sie warf einen Blick hinüber zu Jules, der am Weidezaun stand und mit großen Augen zum Schäferwagen blickte, dann trat sie ganz nah an Rebecca heran.

»*Ecoute*, Becca«, sagte sie leise. »Rot ist die falsche Farbe, weil es den Garou anzieht. Das kannst du glauben oder nicht glauben, aber es ist so. Der kleine Junge im Wald hatte eine rote Jacke an, und die Frau hatte einen roten Rock an und das Mädchen eine rote Mütze. Und weil sie wusste, dass du ihr nicht glauben würdest, hat sie es getan – weil sie dich nicht im Schnee finden wollte. Und *le petit*, das war ihr Junge. Ihr Enkel, der zu Besuch war. Und sie hatte ihm die Jacke geschenkt. *Voila*!«

Rebecca ließ die Arme hängen, starrte Hortense und das Walross an und sagte kein Wort. Das Walross tupfte sich mit dem Schürzenzipfel die Tränen aus den Augen. Jetzt, wo sie einmal mit dem Quaken angefangen hatte, gab es kein Halten mehr.

Sie ergriff eine von Rebeccas hängenden Händen und quakte und quakte.

»Was sagt sie jetzt?«, murmelte Rebecca.

»Becca!«, seufzte Hortense.

»Ich will es wissen«, sagte Rebecca mit einer seltsam flachen Stimme.

»Sie sagt, dass du heute Abend nicht mit dem *patron* essen sollst«, sagte Hortense. »*Voila*! Und jetzt Schluss mit diesem ganzen Unsinn. Ich muss mich um Jules kümmern.«

Sie ließ die Schäferin und das Walross stehen und ging zu dem kleinen Jungmenschen hinüber. Jules hielt ihr ein graues Stofftier mit einem Rüssel entgegen.

Das Walross quakte noch eine ganze Weile eindringlich auf Rebecca ein und streichelte ihr die Hand. Dann umarmte sie die Schäferin, die sich steif wie ein Stockfisch machte, und eilte zurück Richtung Schloss.

Rebecca hob den roten Schal aus dem Schnee und sah ihn lange und kritisch an.

»Unsinn«, murmelte sie dann. »Unsinn!«

Die Schafe glaubten nicht, dass es Unsinn war. Sie hatten das Reh im Schnee gesehen. Kein Zweifel: der Garou mochte Rot.

Hin und her, hin und her, her und hin. Mopple konnte die Augen nicht von den lebhaft schwingenden Schwänzen der Ziegen nehmen. Als würden sie sich auf etwas freuen. Auf was man sich hier, im Niemandsland zwischen Wald und Hofmauer, freuen konnte, war Mopple ein Rätsel. Sie hatten sich schweigend von der Weide gestohlen und trotteten jetzt schweigend an der Mauer entlang, die Ziegen im Pulk voran, Mopple hinterher. Das Schweigen gefiel Mopple nicht. Alles war ohnehin viel zu still, der Schnee und die Mauersteine, der Pfad, der Ginster und die braunen Brombeerhecken und sogar Mopples Magen. Mopple mochte Magengeräusche – vor allem zufriedene Verdaugeräusche. Aber sein Magen schwieg.

Mopple schielte nach unten, auf der Suche nach möglichen Gräsern am Wegesrand. Als er wieder aufblickte, waren die

Ziegen verschwunden. Mopple blökte erschrocken, und ein grauer Ziegenkopf tauchte wieder um eine Ecke in der Mauer auf.

»Blöke nicht«, sagte Amaltée. »Komm!«

Mopple dachte an Zoras schwarzen, klugen Kopf und bog entschlossen um die Ecke. Die Ziegen waren vor einer wettergebleichten Holztür stehen geblieben. Circe presste ihre kleinen, spitzen Hörnchen gegen das Holz, und die Tür knarrte ein Stück auf.

Mopple schlüpfte schicksalsergeben mit hindurch.

Wände, nichts als Wände. Ein Wirrwarr aus Mauern und Gassen und Plätzen und Öffnungen. Und überall roch es verdächtig nach Menschen und Maschinen und sogar nach Schweinen.

Mopple merkte, dass er zitterte wie ein Milchlamm.

»Keine Sorge«, raunte Circe ihm zu. »Wir haben einen Plan! Jede Ziege hat einen Plan. Wir haben drei Pläne. Plan B und Plan F, und wenn alles andere schiefgeht, Plan Z.«

Mopple war kurz davor, wieder Schluckauf zu bekommen. Amaltée lauschte, Circe spähte, und Kalliope witterte. Alle drei Ziegen dachten.

»Was suchen wir hier eigentlich?«, blökte Mopple nervös.

»Bernie«, sagten die drei Ziegen im Chor. »Wir suchen Bernie!«

13

Deshalb wusste sie, dass niemand im Schäferwagen war«, sagte Rebecca. »Weil du ihr Tess vorbeigebracht hast!«

»Und dann hat sie die alte Tess doch allein gelassen!«, sagte Mama.

Rebecca rauchte. Mama blätterte durch ihre Karten, wieder und wieder. Tess saß dabei und wedelte jedes Mal, wenn sie ihren Namen hörte.

»Ich verstehe das nicht«, sagte Mama schließlich. »Der Gehängte fehlt.«

»Irgendwie bin ich froh«, sagte Rebecca. »Ich meine, es ist eine traurige Geschichte, aber immerhin war es nicht Zerstörungswut oder so. Sie hat es getan, weil sie mich mag!«

»Der Gehängte fehlt«, sagte Mama störrisch. »Wie soll ich ohne den Gehängten…«

Rebecca zuckte mit den Achseln. »Ohne die Gerechtigkeit geht es doch auch!«

»Das ist etwas anderes«, sagte Mama scharf. »Etwas ganz anderes! Der Gehängte steht für Opfer und Erkenntnis. Wie soll man ohne Opfer und Erkenntnis vernünftig Karten lesen können?«

Die Schafe standen im Windschatten des Schäferwagens und versuchten, Rebecca zu ignorieren. Seit die Schäferin ihr Silber zum zweiten Mal im Abfalleimer versenkt hatte, waren sie gar nicht mehr gut auf sie zu sprechen.

»Es war sicher die falsche Karte«, sagte Cordelia fröstelnd. »Jetzt liegt Yves unter der Eiche, na und? Zu was soll das gut sein?«

»Mopple soll eine andere Karte fressen!«, blökte Cloud.

»Wo ist Mopple?«, fragte Ramses.

Die Schafe sahen sich um. Mopple war nirgends!

Sie rückten enger zusammen. Es war nicht zu übersehen, dass sie weniger wurden. Zuerst Zora, Heide und Maude, das Warnschaf. Dann Othello. Jetzt Mopple. Sie kamen sich dünn vor – wie geschoren. Alle ihre Pläne gegen den Garou hatten bisher nicht zu mehr Sicherheit, sondern immer nur zu weniger Schafen geführt. Diesmal wollte sich niemand mehr von der Weide wagen, um das Papier zu holen.

»Marcassin!« Der Ungeschorene war näher an sie herangetrabt, nicht so nah, dass er sie berührte, aber so nah, dass sie ihn riechen konnten. Niemand störte sich daran. Ein Schaf mehr war ein Schaf mehr, und es fühlte sich warm und gut an.

»Was zieh ich heute Abend bloß an?«, sagte Mama und starrte auf ihre Karten.

Rebecca holte tief Luft.

»Ich habe einen Vorschlag«, sagte sie dann. »Ich sorge dafür, dass die Antenne aufs Dach kommt, und du bleibst heute Abend zu Hause.«

»Ich bin dir peinlich«, sagte Mama.

»Ich möchte die Schafe nicht alleine lassen«, sagte Rebecca und blickte zu Boden. »Nicht, nachdem all diese Sachen passiert sind. Aber ich würde gerne gehen. Ich war noch nie richtig im Schloss, nur unten in der Küche und in der Bibliothek.«

»Ich frag die Karten«, sagte Mama.

Rebecca schnippte wütend ihre Zigarette in den Schnee. Die Schafe vergaßen einen Moment, sie zu ignorieren, und staunten.

203

»Immer werden die blöden Karten befragt! Immer! Was zum Teufel glaubst du denn, ist in diesen Karten, was nicht auch hier draußen in der Welt ist?«

»Nichts«, sagte Mama. »Aber manchmal helfen sie uns zu sehen.«

Miss Maple guckte neugierig.

Rebecca schwieg.

»Ich bleib hier«, sagte Mama.

Rebecca schwieg.

»Übrigens, Hortense war da«, sagte die Schäferin schließlich. »Mit dem kleinen Jungen, du weißt schon, dem ganz kleinen.«

»Jules«, sagte Mama. »So klein ist er nicht.«

»Er will die Karten gelegt bekommen«, sagte Rebecca. »Machst du das? Und erzähl ihm bloß keinen Blödsinn!«

Mopple the Whale hatte gründlich genug von Ziegen, echten wie eingebildeten. Er war von einer dicken gelben Tigerkatze angefaucht worden und von einem stinkenden Schwein angegrunzt, er wäre fast in einem Misthaufen versackt und beinahe zwischen zwei dicken Tonnen stecken geblieben. Mopple hatte sogar das extragroße Auto gesehen, schlafend, in einer Ecke. Nur von Zora, Heide und Maude fehlte weiterhin jede Spur.

»Ich will zurück!«, blökte Mopple, aber auf einmal schienen die drei Ziegen tauber als Sir Ritchfield zu sein. Endlich blieben sie doch stehen, im Schutze eines Holzstapels.

»Er ist nicht hier!«, seufzte Kalliope.

»Hier ist er nicht«, bestätigte Amaltée.

»Ihr wisst, was das bedeutet«, sagte Circe.

Die anderen beiden nickten. »Wir müssen *herum*!«

Die Art, wie sie »herum« sagten, gefiel Mopple nicht.

»Warum?«, fragte er. »Wo herum?«

»Darum!«, sagten die drei Ziegen und blickten nach oben. Nach sehr weit oben. Mopple legte ebenfalls den Kopf in den Nacken.

»Ums Schloss?«, fragte er leise.

Circe nickte. Vorsichtig glitt sie aus dem Schatten des Holzstapels hervor, auf das Schloss zu. Dann Amaltée. Dann Kalliope. Dann – sehr widerwillig – Mopple.

Sie folgten dem Graben, der das Schloss umrundete, vorbei an starren, kahlen Bäumchen und einem Schwan aus Stein. Unten im Graben roch es nach Wasser. Mopple riskierte einen Blick und erschrak: Da unten trabten auch drei Ziegen und ein Widder. Ein ziemlich rundlicher Widder. Wo er bei dem ganzen Schnee so viel Futter fand, hätte Mopple schon interessiert. Die Ziegen sahen schlanker aus, und verwegener. Der dicke Widder guckte eingeschüchtert zu Mopple hinauf. Er tat ihm leid. Mit drei Ziegen im Graben – kein Vergnügen! Wenigstens war Mopple hier oben im Freien, konnte Wind riechen und in alle Richtungen sehen. Ermutigt trabte der dicke Widder weiter.

Dann waren sie plötzlich aus dem Schatten des Schlosses herausgetreten und standen auf einer Art steinernem Plateau. Und dahinter…

»Was ist das?«, krächzte Mopple.

»Das«, sagten die Ziegen im Chor. »Das ist das Labyrinth!«

»Etwas nach links«, sagte Rebecca.

»Etwas nach rechts«, sagte Mama.

Zach stand auf dem Dach des Schäferwagens und balancierte ein Geweih aus Metall hin und her. Die Schafe standen da und sahen zu.

Alle bis auf Miss Maple. Miss Maple hatte als Lamm Ahornsirup von Georges Brot gestohlen, und jetzt war sie dabei, eine

205

von Mamas Karten von den Stufen des Schäferwagens zu stehlen. Die Karten mochten nicht funktionieren wie die Landkarte, aber sie halfen zu sehen, hatte Mama gesagt – und Miss Maple wollte sehen: die Wahrheit und notfalls sogar den Garou. Auf der ersten Karte, die ihr unter die Nase kam, war etwas, das ein bisschen wie das Schloss aussah. Menschen flogen durch die Luft. Nicht besonders appetitlich, aber Maple hatte keine Zeit, wählerisch zu sein, und biss zu, kaute, kaute noch einmal und schluckte. Hart und trocken. Und ein bisschen bitter. Sie verstand nicht, was Mopple an Karten fand.

Sie trat ein paar Schritte vom Schäferwagen weg und blickte umher. Sah sie schon besser? Sie sah Zach, Mama und Rebecca, ihre Herde und den Ungeschorenen, die Ziegen jenseits des Zauns, den Wald und das Schloss. Nichts Neues. Mamas Karten funktionierten genauso wenig, wie das Stielaugengerät funktioniert hatte. Auf einmal hatte Maple das seltsame Gefühl, dass sie gar nicht sehen musste. Dass sie schon gesehen hatte – nur nicht verstanden. Die Spur des Garou war in ihrem Kopf, irgendwo, zum Rupfen nah.

Maple schloss die Augen und spähte wieder. Diesmal sah sie kein Schloss und keine Weide. Nur das Meer. Dann einen Fluss. Nein, es war nicht wirklich ein Fluss. Ein Moment auf der Landstraße, mit dunklem Gewitterhimmel und Sonne davor, der nasse Asphalt schimmernd wie ein Fluss. Sie waren nicht mehr auf der Landstraße, weil die Frau mit den strengen Haaren sie eingeladen hatte. Warum hatte die Frau sie eingeladen? Eine Spinne, die sich damit abmühte, ein verirrtes Birkenblatt wieder aus ihrem Netz zu lösen. Die Weide im schrägen, gelblichen Licht, Momente, bevor die Sonne hinter dem Schloss verschwand. Selbst wenn die Sonne sich hinter dem Schloss versteckt hatte, konnte man sie erahnen an den leuchtend hellen Rändern. Auch den Garou musste man in seinem

Menschenversteck erahnen können. Doch wo waren die Ränder eines Menschen? Maple wusste es nicht und blickte weiter. Das Reh im Wald. Der Blick der kleinen Ziege, bevor sie der Spur des Garou folgte. Warum war die kleine Ziege so wild darauf, den Garou zu finden? Die anderen Ziegen schien er nicht zu stören. Zach im Wald. Hortense mit den Jungmenschen auf der Weide. Der Ziegenhirt hier und der Ziegenhirt im Wald. Yves unter der alten Eiche. Zu was war das gut? Es musste zu etwas gut sein! Auf einmal war sich Miss Maple sehr sicher, dass nicht Rebecca Yves auf dem Gewissen hatte. Sonst hätte sie vorhin nicht so ausdauernd versucht, ihn zu finden. Also war es irgendjemand anderes gewesen – und dieser Jemand musste dafür einen Grund gehabt haben. Vielleicht war Yves unter der alten Eiche ja doch zu etwas gut! Aber zu was?

Maple machte die Augen wieder auf.

»Genau da!«, sagten Mama und Rebecca im Chor. Das kleine Metallgehörn auf dem Schäferwagen sah albern aus.

»Da entlang!«, sagte Circe.

»Da entlang!«, sagte Amaltée.

»Da entlang!«, meckerte Kalliope.

Die drei Ziegen blickten in drei verschiedene Richtungen, und Mopple the Whale blickte zwischen ihnen hin und her.

»Gibt es keinen anderen Weg?«, stöhnte Mopple. Sie waren in einen Irrgarten immergrüner Hecken eingetaucht, und hinter jeder Hecke wartete eine Ecke, wartete eine Ecke, wartete eine Ecke, und dann noch eine Hecke. Nichts als Ecken und Hecken. Unnatürlich.

»Doch«, sagte Amaltée. »Aber dieser hier ist interessanter! Da entlang!«

»Warum sind wir hier? Was soll das? Was wollt ihr überhaupt?« Mopple hatte gründlich genug von Hecken und Ecken.

Auf einmal sahen ihn alle drei Ziegen vorwurfsvoll an.

»Wir sind Ziegen«, sagte Circe geziert. »Wir *wollen* nicht!«

»Aber wir werden auch nicht so einfach herumstehen, wenn der Garou herumschleicht«, sagte Amaltée.

»Egal was die Alten sagen.«

»Die Alten sagen viel!«

Die drei Ziegen verdrehten die Augen.

»Was sagen die Alten?«, wollte Mopple wissen.

»Dass der Garou noch nie eine Ziege geholt hat. Dass der Garou Ziegen in Ruhe lässt.«

»Und was machen wir hier?«, fragte Mopple noch einmal.

»*Ihr* wollt«, erklärte Amaltée.

»Ihr wollt etwas gegen den Garou unternehmen«, sagte Kalliope.

»*Wir* wissen, wo sich der Garou versteckt«, sagte Circe.

»Vielleicht«, sagte Kalliope.

»Zumindest wissen wir, wer vielleicht weiß, wo sich der Garou versteckt!«, korrigierte Amaltée.

»Da entlang!«, sagte Circe.

»Da entlang!«, meckerte Kalliope.

»Ich will zurück«, japste Mopple.

»Das ist das Labyrinth«, sagte Circe leise. »Hier gibt es kein Zurück. Zurück ist auch voran! Da entlang!«

»Ich glaube, wir wissen etwas, was wir nicht wissen«, erklärte Miss Maple.

Die anderen Schafe sahen sie besorgt an. Es war verdienstvoll von Maple gewesen, eine von Mamas Karten zu fressen, aber anscheinend war sie ihr nicht besonders gut bekommen.

Sie hatten sich zum gemeinsamen Ermitteln hinter den Heuschuppen zurückgezogen, und Maple redete wirres Zeug.

»Ich glaube, wir wissen etwas über den Garou«, begann

Maple noch einmal. »Etwas, was uns nicht die kleine Ziege erzählt hat. Etwas, das wir gesehen haben – oder etwas, das wir fast gesehen haben. Was wissen wir über den Garou?«

Die Schafe strengten sich an. Silber und Kugeln und glühende Augen und Wolfssalben – alles Ziegenverrücktheiten. Alle bis auf das Reh. Das Reh war sehr echt gewesen, sehr rot und sehr tot.

»Er muss sehr dick sein!«, platzte Ramses plötzlich heraus. »Rehe sind groß und schwer, und wenn er viele Rehe gefressen hat …«

Sie sahen sich an. Sehr dick! Dann kam eigentlich nur die Fronsac als Versteck in Frage!

Maple guckte einen Moment lang träumerisch hinunter zum Schäferwagen, wo Rebecca und Zach und Mama Hände schüttelten.

»Nein!«, sagte sie dann nachdenklich. »Nein, das muss er nicht!«

»Warum?«, blökte das Winterlamm.

»Weil er die Rehe nicht frisst!«, sagte Miss Maple. »Und das ist … interessant.«

Auf einmal musste Miss Maple an die Kinder denken, die vor dem Hoftor Schaf gespielt hatten. Schafe rupften Gras, und Schafe fraßen Gras. Die Kinder hatten das Gras gerupft, aber nicht gefressen. Weil sie nicht wirklich Schafe waren. Weil sie nur Schafe gespielt hatten.

»Wölfe fressen Rehe«, sagte sie. »Und Menschen. Und« – sie seufzte, aber es musste gedacht werden – »Schafe. Aber der Garou hat das Reh nicht gefressen – er hat es nur … verstreut. Wie die Kinder das Gras. Die Kinder wussten nicht, was sie mit dem Gras anfangen sollten, weil sie keine Schafe sind. Und der Garou frisst die Rehe nicht, weil er kein echter Wolf ist. Er ist ein gespielter Wolf. Ein Wolf, den sich jemand vorstellt!«

Die Schafe kauten. Mit eingebildeten Ziegen hatten sie nun schon ein bisschen Erfahrung. Eingebildete Wölfe hingegen …

»Aber was frisst er dann?«, fragte Cordelia.

Lane schauderte. »Vielleicht frisst er seinen Menschen. Von innen!«

Circe wollte nach links, Amaltée und Kalliope wollten nach rechts, und natürlich hätte keine von ihnen zugegeben, überhaupt zu wollen. Mopple wollte auch, weg nämlich, aber für ihn interessierte sich niemand.

»Megära würde auch nach rechts gehen!«, meckerte Kalliope, um Circe zu überzeugen. »Und Xantippe und Arachne und Io!«

»Und Madouc!«, blökte Mopple. Hauptsache, es ging weiter!

Auf einmal sahen ihn alle drei Ziegen scharf an.

»Oh«, meckerte Kalliope. »Du darfst nichts auf das geben, was Madouc tut.«

»Madouc ist keine Ziege!«, sagte Amaltée. »Nicht wirklich.«

»Warum nicht?«, fragte Mopple.

»Sie hat etwas getan«, sagte Amaltée.

»Schrecklich. Schrecklich«, murmelten Circe und Kalliope.

»Was denn?«, fragte Mopple. »Was ist sie dann?«

Die drei Ziegen steckten die Köpfe zusammen und flüsterten.

»Ein Mensch ist sie auch nicht«, murmelte Kalliope.

Circe drehte den Kopf und sah Mopple über ihren roten Rücken hinweg an. »Wir wissen nicht, was Madouc ist.«

»Der Hirt hat sie mit einer Flasche aufgezogen«, sagte Kalliope.

»Verzogen.«

»Leichtsinnig. Leichtsinnig«, murmelten Circe und Amaltée.

»Und sie hat allerhand Menschendummheit mit der Milch aufgesogen.«

»Leider. Leider«, murmelten Circe und Amaltée.

Die Ziegen kicherten.

»Da entlang!«, meckerte Circe und bog links um die Ecke. Die anderen folgten.

Auf einmal lag das verflixte Labyrinth hinter ihnen.

»Endlich!«, dachte Mopple.

Dann dachte er: »Der Garou!«

Im nächsten Moment wusste er, dass er sich getäuscht haben musste, denn der Garou war einer, und die Tiere waren zwei. Sie saßen links und rechts von einer Pforte auf Podesten und brüllten lautlos in den Nachmittag.

Mopple und die Ziegen wichen ein bisschen zurück. Raubtiere, so viel war klar, mit langen, gebogenen Klauen und zu vielen scharfen Zähnen im Maul, geduckt, steinern, sprungbereit.

»Da entlang!«, meckerte Circe auf einmal entschlossen und machte einen Schritt auf die Pforte zu.

»Und ihr seid euch sicher, dass sie nichts tun?«, fragte Mopple.

»Sicher nicht«, sagte Amaltée.

»Was ist schon sicher?«, sagte Circe.

»Der einhörnige Bock trifft die Mitte!«, sagte Kalliope.

Die anderen beiden Ziegen sahen sie an, als hätte sie gerade etwas sehr Weises gesagt.

»Stein ist ein Ding, bleibt ein Ding, immer ein Ding«, murmelte Circe, aber Mopple sah, wie sich ihr Fell unter den Blicken der steinernen Raubtieraugen sträubte.

Die rote Ziege keilte kurz nach hinten aus, dann galoppierte sie durch die Pforte. Dann die Graue. Dann die Gescheckte. Die beiden Raubtiere konnten sich nun voll und ganz auf Mopple konzentrieren.

Mopple kniff die Augen zu, dachte an Zoras schöne Hörner und galoppierte los.

Jenseits der steinernen Raubtiere war es überraschend hübsch. Eine einladende offene Fläche, die im Sommer sicher einen guten Weidegrund abgab, gesäumt von Büschen und jungen Birken, und auf der anderen Seite ein kleines, weißes Haus mit einigen Nebengebäuden. Das Einzige, was das friedliche Bild störte, waren zwei ferne braune Flecke auf dem Weiß des Schnees: die beiden Männer, die immer spazieren gingen, liefen über die Wiese auf das Schloss zu.

Mopple und die Ziegen versteckten sich in einem Ginsterbusch und warteten.

Die Männer unterhielten sich, nicht besonders freundlich. Es war seltsam, dass zwei Menschen, die sich so wenig mochten, so viel Zeit miteinander verbrachten. Vielleicht hatten sie Angst, allein in den Wald zu gehen. Oder vielleicht mochten sie sich doch, denn auf einmal lachten die beiden. Lachten und lachten und lachten, bis sich der Dicke vor Aufregung in ein buntes Tuch schnäuzen musste.

»Was haben sie gesagt?«, fragte Mopple, als die beiden Spaziergänger prustend vorbeigezogen waren.

Amaltée legte den Kopf schief. »›Diesmal muss es ja nicht wie ein Unfall aussehen‹, hat der Kleine gesagt. Ist das lustig?«

»Ich weiß nicht«, sagte Mopple. »Und jetzt?«

»Hier wohnt Eric und macht Ziegenkäse«, erklärte Kalliope stolz.

»Früher hat er auch Schafskäse gemacht«, fügte Circe tröstend hinzu. »Und wenn wir Glück haben, wohnt hier auch Bernie.«

»Wer ist Bernie?«

Die drei Ziegen schauderten. »Bernie ist verrückt!«

Mopple und die Ziegen trabten flott auf das weiße Haus zu und verpassten so den schwarzen Widder, der den beiden Männern in einigem Abstand folgte.

»Woher weiß Madouc so viel vom Garou, wenn sie ihn noch nie gesehen hat? Wenn ihn noch niemand gesehen hat?«

Maple stand noch immer hinter dem Heuschuppen und dachte. Den anderen Schafen war die Sache zu kompliziert geworden, und sie hatten sich grasend zerstreut. Nur das schweigsamste Schaf der Herde stand noch neben ihr und hörte nachdenklich zu.

»Und woher weiß Mama von dem Werwolf? Und die Fronsac?«

Das schweigsamste Schaf der Herde wusste keine Antwort.

»Nicht von Madouc jedenfalls«, sagte Maple. »Also muss es anders herum sein: Madouc hat die Geschichte von einem Menschen. Eine Menschengeschichte! Der Garou ist ein erfundener Wolf! Deswegen kann er in einem Menschen wohnen. Er wohnt im Kopf!«

Das schweigsamste Schaf der Herde sah sie fragend an.

Maple nickte. »Die Frage ist: Wer hat die Menschengeschichte erzählt? Und wie ist der Wolf aus der Geschichte herausgekommen?«

Auf einmal witterte sie eine Bedeutungsspur. Klar und breit wie ein Weg. Das schweigsamste Schaf der Herde war ein überraschend inspirierender Gesprächspartner.

»Weißt du, was das bedeutet?«, blökte sie aufgeregt. »Das bedeutet, dass der Mensch sich nicht wirklich verwandelt. Er denkt nur, dass er sich in einen Wolf verwandelt. Und das bedeutet, dass jemand, der den Garou gesehen hat, den Menschen wiedererkennen kann! Aber niemand hat den Garou gesehen ...«

Das schweigsamste Schaf der Herde schnaubte. Maple spürte so etwas wie einen sanften Widerspruch.

»Du hast Recht«, sagte sie. »Einer schon!«

Sie blickte hinüber zu den Ginsterbüschen, wo der Ungeschorene stand und sich sonnte.

»Und dann haben wir geerbt. Und dann sind wir nach Europa gefahren. Nur dass mit Europa etwas nicht gestimmt hat. Dann habe ich die Landkarte gefressen, und jetzt sind wir hier!« Mopple the Whale guckte stolz zu den Ziegen hinüber. Er hatte beschlossen, ein wenig Konversation zu treiben, um sich von den vielen offenen Türen abzulenken – und von der Frage, was hinter ihnen so alles lauern konnte. Um das hübsche weiße Haus herum gab es eine Menge weniger hübscher Schuppen und Hütten und Ställe, und die Ziegen trabten nun zwischen ihnen herum und witterten prüfend in jede Tür.

»Aber jetzt wollen wir wieder weg. Mit dem Auto. Wegen dem Wolf! Zora ist das Auto suchen gegangen, und dann …«

Die drei Ziegen sahen ihn ein wenig mitleidig an.

»Wer glaubt denn heute noch an Wölfe?« Die Ziegen machten aufgeklärte Gesichter.

»Wölfe sind eine Erfindung der Hirten«, erklärte Amaltée.

»Damit sie uns besser unterdrücken können«, meckerte Circe.

»Ziegen sind nämlich gar nicht leicht zu unterdrücken.«

Die drei Ziegen reckten rebellisch die Hälse.

»Kassandra wiederum behauptet, dass Hirten eine Erfindung der Wölfe sind«, wandte Kalliope ein.

»Was weiß schon Kassandra!«, meckerten Circe und Amaltée.

Die drei Ziegen trabten weiter, in einen geflüsterten Disput um Hirten und Wölfe vertieft. Mopple hinterher.

Sie kamen an einer halbgeöffneten Stahltür vorbei. Drinnen war es hell und roch seltsam, nach Milch und Säure und ein bisschen nach Ziegen.

»Guck mal!«, sagte Circe. »Das ist interessant!«

Mopple wollte nicht gucken, aber natürlich guckte er doch. Drinnen stand Eric und hantierte mit Ziegenkäse, tunkte ihn in Flüssigkeit und hob ihn dann wieder heraus. Die Ziegenkäse glänzten in einem kalten, weißen Licht wie Monde.

»Ziegenkäse«, sagte Amaltée mit einer Mischung aus Spott und Stolz.

Mopple hatte keine Augen für den Ziegenkäse.

»Der Hund!«, hauchte er.

Und was für ein Hund! Mopple hatte noch nie so einen Hund gesehen. So groß. So grau. So langbeinig und zottig. Der Hund döste zufrieden, gar nicht so weit von der Tür, und seine Füße hetzten im Traum Kreaturen durch den Schnee – weiße, rundliche Widder, vermutete Mopple.

»Er kann uns nicht wittern«, flüsterte Amaltée. »Dazu stinkt es dort drin viel zu sehr nach Käse.«

»Früher gab es viele von ihnen«, tuschelte Circe. »Ein ganzes Rudel. Damit die Patienten nicht wegliefen!«

»Oh«, sagte Mopple wieder. »Oh.«

14

Schneller!«, blökte Zora.

»Ich kann nicht mehr!«, stöhnte Heide.

Maude sagte gar nichts, aber sie blieb kaum noch zum Wittern stehen. Daran konnte man sehen, wie müde sie war.

Und Madouc war – wie durch ein Wunder – schon seit einiger Zeit nicht mehr gehopst.

Sie waren der Nase des Turmschildes gefolgt, immer die Straße entlang, bis Madouc behauptet hatte, in der Ferne zwischen den Bäumen etwas zu sehen – vielleicht das Schloss, aber bestimmt ein Gebäude, und Maude hatte behauptet, Ziegen zu riechen. Zora und Heide hatten nichts gesehen und gerochen, trotzdem hatten sie alle gemeinsam beschlossen, die Sache zu erkunden.

Doch dann war das Gebäude auf einmal wieder verschwunden gewesen, Maude hatte nichts mehr gerochen, und ein heftiger Schneeschauer hatte all ihre Spuren verwischt. Seither ging es kreuz und quer durch den Wald, und mittlerweile waren sie sogar zu müde, um sich zu fürchten.

»Spuren!«, meckerte Madouc plötzlich aufgeregt.

Tatsächlich! Dort vorne war jemand durch den Wald gegangen. Mehrere klare Spuren zogen sich vor ihnen durch den Schnee, einen Hang hinauf.

Maude beroch die Spuren sorgfältig. Endlich gab es wieder etwas zu wittern!

»Eine Ziege!«, sagte sie. »Und drei Schafe! Schafe ...« Sie sog tief die Luft ein. »Schafe unserer Herde!«

Heide blökte triumphierend. Wenn noch mehr Herdenmitglieder im Wald unterwegs waren, konnte man sich bald zu einer großen Herde zusammenschließen, und dann würde alles halb so schlimm sein!

»Wer?«, blökte Heide aufgeregt. Sie hoffte sehr, dass Othello bei den Schafen war – oder notfalls Sir Ritchfield.

Maude schnüffelte noch einmal.

»Zora!«, sagte sie. »Heide! Und ... und ein fremdes Schaf!«

»Das sind wir!«, seufzte Zora. »Das fremde Schaf bist du!«

»Bin ich nicht!«, blökte Maude empört.

Sie zogen weiter, voran Zora, dann Heide und Madouc und Maude in einigem Abstand, beleidigt, weil Zora sie ein fremdes Schaf genannt hatte.

Auf einmal spürte Zora einen Tritt. Sie sah sich um: nichts, nur Heide hinter ihr, zu müde zum Traben und sicher zu müde, um zu kicken. Da, wieder! Ein Tritt in ihren Bauch. Im nächsten Moment wusste Zora, woher der Tritt kam: er kam von innen! Ein guter, kräftiger Tritt. Der Erste. Zora war stolz auf ihr Lamm.

Sie blieb stehen und dachte. Ihr Lamm wollte ihr etwas sagen. Zora blickte sich um. Der Schnee war schon wieder dabei, sich mit einem nächtlichen Blau vollzusaugen, der Wald stand schwarz, und in den Schatten sammelte sich Kälte. Ihr Lamm hatte Recht. Sie mussten etwas fressen, bevor die Dunkelheit kam. Sie brauchten Rast und einen windgeschützten Ort für die Nacht.

»›Und wenn schon‹, sagte der Alte.

›Aber wenn etwas real ist, dann ist es doch immer da!‹

›Bist du dir sicher?‹, fragte der alte Mann und putzte sich geräuschvoll die Nase.«

Rebecca sah nachdenklich von dem komischen Buch auf. Auch die Schafe waren nachdenklich. Der Garou war nicht immer da. Manchmal verschwand er in seinem Menschen. War er trotzdem echt? Rebecca putzte sich geräuschvoll die Nase. Die Schäferwagentür ging ein Stück weit auf und schubste Rebeccas Rücken.

»Aua!«, sagte Rebecca.

»Er funktioniert! Er funktioniert!«, jubelte Mama durch den Spalt. »Und gar kein so schlechtes Bild! So übel ist dieser Yves wohl doch nicht!«

»Na ja«, sagte Rebecca, dann: »Ich frage mich, wo der ist. Komisch, ich habe ihn seit gestern nicht mehr gesehen.«

»Ach«, sagte Mama. »Der hat seine Damen, eine hier, eine dort in den Dörfern, habe ich gehört. Irgendwo wird er schon sein.«

Rebecca lachte. »Eines muss man dir lassen – du hörst wirklich das Gras wachsen! Mir erzählt niemand so was. Und dabei verstehst du sie kaum! Wie kriegst du das alles nur aus den Leuten heraus?«

Die Schafe machten neidische Gesichter. Das Gras wachsen hören! Es musste ein sehr schönes Geräusch sein, frisch und grün und jung und raschelnd! Schöner noch als Geschichten, wenn auch nicht ganz so schön wie Blöken! Lane, Cloud und Cordelia zogen sich sofort in eine stille Ecke der Weide zurück, um dem Gras beim Wachsen zuzuhören. Aber so sehr sie auch lauschten: das Gras wuchs nicht. Dafür dröhnte aus dem Schäferwagen Musik – und quakende Stimmen.

»Gar kein schlechter Sound, was?«, sagte Mama. »Da mach ich mir heute so einen richtig gemütlichen Abend!«

»Du verstehst das doch gar nicht«, sagte Rebecca.

»Die Filme nicht«, sagte Mama. »Aber die Werbung! Die Werbung versteht jeder! Wünsche, Träume, Bilder – das ist die beste Fortbildung für mich, sage ich dir! Außerdem ist ein DVD-Player dabei. Wenn der auch funktioniert, gucken wir bald einen Werwolfsfilm, ja? Den alten, der ist gut. Kennst du den, mit dem netten jungen Mann, und dann wachsen ihm überall Haare! Gruselig!«

Die Schafe sahen sich an: sie konnten an Haaren nichts Gruseliges finden. Im Gegenteil: mit ein paar Haaren mehr konnten nette junge Männer eigentlich nur gewinnen! Das Gruselige an Menschen war eben, dass sie so wenige Haare hatten.

Rebecca stöhnte. »Meine Güte, Mama, hör endlich auf mit dem Werwolfsquatsch!«

»Du wirst schon sehen!«, sagte Mama und streckte ihren Kopf aus der Tür. »Du wirst schon ... o je, der Schnösel!«

Rebecca blickte auf. Am Weidezaun stand der Häher und winkte ihr zu, dann öffnete er das Tor und kam über die Weide auf sie zu. Rebecca winkte zurück.

Mama zog die Schäferwagentür hinter sich zu.

»Sag ihm, ich bin nicht da!«, zischelte es durch die geschlossene Tür.

»Er hat dich schon gesehen«, seufzte Rebecca.

»Das ist mir egal!«

Einen Augenblick lang sah die Schäferin wütend aus, dann, als der Häher näher kam, streifte sie ein Lächeln über ihr Gesicht.

Die Schafe zogen sich ein wenig vom Schäferwagen zurück. Das Vorlesen konnten sie jetzt wohl vergessen!

Der Häher blieb ein paar Schritte vor dem Schäferwagen stehen und machte eine elegante, kleine Verbeugung.

»Entschuldigen Sie die Störung, Mademoiselle ...«

»Rebecca«, sagte Rebecca.

»Rebecca«, sagte der Häher. »Ich wollte nur fragen, ob Sie

heute Abend schon eine halbe Stunde früher ... Die Köchin hat morgen ihren freien Tag.«

»Natürlich«, sagte Rebecca. »Nur – leider – meine Mutter kann nicht.«

Sie lächelte.

»Oh«, sagte der Häher und sah alles andere als erfreut aus. »Wie schade! Na dann ...«

»Sind Sie wirklich Schönheitschirurg?«, fragte Rebecca, als er sich gerade zum Gehen wenden wollte. »Heißt das, Sie machen reichen Damen die Nasen größer oder kleiner? Und die ... Oberweite?«

Der Häher lächelte wieder. »Nasen sind unser tägliches Brot, fürchte ich.« Die Schafe sahen sich vielsagend an. »Interessanter ist aber, Gesichter vollkommen neu zu modellieren. Gesichter, die bei Unfällen verloren gingen – oder Gesichter, die von Geburt an entstellt sind. Das ist es, worauf ich mich spezialisiert habe. Glauben Sie mir – von den Brüsten reicher Damen halte ich mich fern. *Au revoir*, Mademoiselle!«

»Rebecca!«, sagte Rebecca. »*Au revoir*!« Sie lächelte den Häher an, und dann, sobald er ihr den Rücken zugedreht hatte, sprang sie auf und verschwand mit dem Buch im Schäferwagen.

»Schlecht!«, blökte Willow, das zweitschweigsamste Schaf der Herde in einem ungewöhnlichen Anfall von Gesprächigkeit, und die Schafe hatten das Gefühl, dass sie nicht nur das plötzliche Ende des Vorlesens meinte.

»Es ist nicht wirklich ihre Schuld«, sagte Cloud. »Sie ist ein bisschen wie ein Lamm. Neugierig. Jeder Schmetterling lenkt sie ab, und sie vergisst die wichtigen Sachen. Wie Geschichten.«

Cloud war ein erfahrenes Mutterschaf. In diesen Dingen kannte sie sich aus.

»Schmetterlinge?«, blökte Sir Ritchfield begeistert. Ritchfield war auch ein bisschen wie ein Lamm. Er mochte Schmetterlinge. Die Schafe senkten die Köpfe. Es war nicht sicher, ob Sir Ritchfield noch einmal Schmetterlinge sehen würde.

»Riechst du ihn?«, flüsterte Amaltée ehrfürchtig.

Die drei Ziegen hatten sich hinter eine Regentonne zurückgezogen und witterten.

»Ja!«, Mopple ächzte. Ein penetranter Ziegengestank zog auf einmal um das hübsche Haus und seine kleine Herde aus Ställen, Hüttchen und Schuppen. Ein Geruch, anders als der aller anderen Ziegen, die Mopple bisher gewittert hatte: älter. Voller. Reifer.

»Er ist wirklich hier«, sagte Circe leise. Zum ersten Mal sah sie besorgt aus – und kleinlaut.

Mopple witterte wieder.

»Es kommt von da hinten«, sagte er. Dort stand, etwas entfernt von den anderen Gebäuden, eine kleine, windschiefe Holzhütte – und stank. Die Hütte sah sinister aus.

»Ich warte hier!«, sagte Mopple und rückte tiefer in die Schatten hinter der Regentonne.

»Kommt nicht in Frage!«, sagte Amaltée.

»Glaubst du, wir haben dich zum Vergnügen mitgenommen?«, fragte Circe.

»Nein!«, meckerte Amaltée.

»Nicht, dass es kein Vergnügen gewesen wäre«, tröstete Kalliope. »Aber du bist hier, um dir etwas zu merken.«

»Und den anderen Wollenden zu erzählen«, sagte Circe.

»Dir werden sie glauben!«, meckerte Amaltée. »Du bist ihr Gedächtnisschaf!«

Mopple seufzte, dachte an Zoras trittsichere Hufe und trabte schicksalsergeben hinter den Ziegen her.

Dann standen sie vor einer halboffenen Tür, der Gestank war fast unerträglich, und die Ziegen zauderten.

»Und jetzt?«, blökte Mopple.

»Leise!«, zischelten die Ziegen. »Sonst hört er uns!«

»Wie wollt ihr ihn denn etwas fragen, ohne dass er uns hört?«, flüsterte Mopple zurück.

»Ich weiß noch nicht«, flüsterte Amaltée. »Ich weiß auch nicht, warum die Tür offen ist. Die Tür sollte zu sein.«

»Das ist gut«, sagte Mopple. »Wir können einfach hineingehen und ihn fragen.«

»Und er kann einfach heraus«, sagte Circe.

Mopple überlegte einen Augenblick. Es wurde langsam dämmrig, und im Dunkeln wollte er dem Wolfhund von vorhin ganz bestimmt nicht begegnen.

»Ich guck nach!«, sagte er. Mopple hielt die Luft an und streckte seinen Kopf durch die Türöffnung. Es dauerte einen Moment, bis seine Augen sich an das Dämmerdunkel gewöhnt hatten. Mopple zog den Kopf wieder zurück.

»Ich weiß, warum die Tür offen ist«, sagte er dann. »Schaut!«

Drei Ziegen streckten drei Köpfe durch die Tür und guckten, oben Circe, die lang und schlaksig war, in der Mitte Kalliope und unten Amaltée, die Kleinste von ihnen. Gelbes Stroh am Boden und eine wundervolle, reiche Witterung, so dick, dass man sie beinahe sehen konnte, wie Rauch oder Nebel oder einen Schleier aus Geheimnissen und Spinnweben. Und hinter diesem Schleier stand, schlafend, den Ziegenbart bis zum Boden, ein Bock. Wie alt er war! Wie alt er sein musste! Viele Leben alt! Und die Hörner...

Die Ziegen zogen ihre Köpfe wieder zurück.

»Er passt nicht durch die Tür!«, hauchte Kalliope. »Seine Hörner passen nicht durch die Tür! Weckt ihn bloß nicht auf!«

»Ihr könnt ihn nicht im Schlaf fragen!«, Mopple wurde langsam ungeduldig. Es war Heuschuppenzeit, und er wollte in den Heuschuppen!

»Der Dicke hat Recht, ihr Zicken«, sagte auf einmal eine Stimme, so leise und sanft, dass Mopple und die Ziegen einen Moment brauchten, um zu verstehen, woher sie kam. Sie äugten wieder um die Ecke. Bernie war aufgewacht und sah sie mit funkelnden, jungen Augen an.

»Warum kommt ihr nicht herein?«, sagte er. »Wir könnten alle ein bisschen Heu fressen – frisches Heu –, und die Damen können mir Fragen stellen. Ich mag Fragen! Und Zicken von so verwirrender Schönheit mag ich noch mehr!«

Die drei Ziegen kicherten verlegen.

Mopple ließ sich das Ganze nicht zweimal sagen. Schon hatte er seinen Huf über der Schwelle und war unterwegs Richtung Heu.

Sofort hörten die Ziegen mit dem Kichern auf.

»Geh nicht!«, meckerte Amaltée panisch. »Bernie greift alles an, was durch diese Tür kommt. Alles! Sogar den Wind! Sogar die Sonne!«

Mopples Huf gefror in der Luft.

»Da hat die Dame leider auch Recht, Dicker«, sagte Bernie freundlich. »Ein Jammer, denn das ist wirklich gutes Heu.«

Mopple wich einen Schritt von der geöffneten Tür zurück.

»Verrückt«, hauchte Circe ehrfürchtig. »Vollkommen.«

»Nun lauft nicht gleich weg wegen so einer Kleinigkeit«, sagte Bernie im Halbdunkel des Stalls. »Ich nehme an, die Damen können ihre Fragen auch von dort draußen stellen. Es ist nur schade ums Heu!« Er war die freundlichste Ziege, die Mopple je kennen gelernt hatte.

Circe tänzelte nervös auf der Stelle.

»Nun fragt schon!« Mopple wollte nach Hause.

»Es ist eine Frage von vor vielen, vielen Jahren«, flüsterte Amaltée.

»Mindestens fünfen«, sagte Kalliope.

Die drei jungen Ziegen schauderten angesichts der gewaltigen Zeiträume.

»Du warst noch auf der Weide«, sagte Circe. »Ganz allein auf einer Weide, weil du schon damals alles angegriffen hast.«

»Sagt Kassandra!«, sagte Amaltée.

»Ah, die Weide!«, seufzte Bernie. »Und die Zicken! Schöngehörnte, kräuterfellige, federäugige Zicken! Glaubst du, der Zaun hätte mich von den Damen ferngehalten, von ihren duftigen Rücken! Pah!« Bernies Vorderhufe woben geheimnisvolle Muster ins Stroh.

Die Augen der Ziegen leuchteten bewundernd.

»Kassandra sagt auch, dass damals im Winter eine Ziege gebar.«

»Draußen.«

»Im Schnee.«

»Aber die Geburt ging schief, und das Zicklein war tot, und die Mutterzicke blutete und blutete.«

»Ein weißes Zicklein«, sagte Amaltée.

»Eine weiße Mutterziege«, sagte Kalliope.

»Und dann kam der Garou vorbei, der junge Garou, noch unerfahren in der Jagd, und hetzte die Mutterzicke durch den Schnee«, sagte Circe.

»Er konnte nicht anders«, sagte Kalliope.

»Und alles war rot«, sagte Amaltée und schauderte.

»Und dann kamst du!«

»Über den Zaun, als wäre er nicht da!«

»Und hast den Garou verjagt!«

»Erzählt Kassandra.«

»Kassandra war da.«

»Kassandra erinnert sich.«

»Aber Kassandra war damals schon blind und hat den Garou nicht gesehen«, sagte Amaltée.

»Aber du, Schönhörniger, du hast den Garou gesehen, vor vielen, vielen Wintern«, schmeichelte Circe.

»Wer, Weitgeweideter?«, flüsterten die drei Ziegen im Chor. »Wer war der Garou?«

»Ah«, flüsterte Bernie. »Meine Damen, meine Damen! Nicht so stürmisch! Die Jugend ist ein seltsamer Floh.«

Bernie blickte auf und blickte zur Tür hinaus, durch Mopple und die Ziegen hindurch, in weite Ferne.

»Ich erinnere mich…«, sagte er träumerisch. »Ich erinnere mich an so viel. An die Form der Wolken an diesem Tag, schöne, lange Formen wie Schilf im Wind, und an die vielen Lichter. Damals hatte das Schloss mehr Augen als heute. Ich erinnere mich, dass Calypso heiß war, mitten im Winter, was für eine Freude, und ich dachte nur an sie. Aber an das Gesicht des Garou erinnere ich mich nicht.«

Die Ohren der Ziegen sanken.

»Oh!«, hauchten sie.

»Er sah aus wie ein Mensch«, sagte Bernie. »Genau wie ein Mensch. Das hat mich gewundert, damals. Menschen sind nicht gut, aber Menschen sind anders. Zweibeiner! Wer kann sie schon unterscheiden, mit all ihren falschen Fellen?«

Bernie verstummte, und in die dämmrige Stille hinein schnitt das helle, scharfe Heulen eines Hundes. Der Wolfhund! Der Wolfhund hatte ihre Spur gefunden! Die Ziegen wirbelten herum und rannten in drei Richtungen davon, Plan B, Plan F und Plan Z. Mopple hatte keinen Plan, und er wusste nicht, welcher der dreien er folgen sollte. Er hatte das Gefühl, dass der Wolfhund nicht in Bernies Stall kommen würde – andererseits…

Der Moment des Zögerns war zu viel. Schon war zwischen den Ställen eine geifernde dunkle Masse aufgetaucht und schoss auf Mopple zu. Wenn er rannte, hatte er keine Chance. Mopple holte tief Luft, alle Luft, die in seinen runden Körper passte, und tauchte in das harzige Dunkel von Bernies Stall.

Othello blieb stehen. Der Wind fauchte, zu scharf und kalt, um ordentlich wittern zu können, und zu laut und heulend. Trotzdem hatte Othello das sichere Gefühl, dass jenseits der Ecke jemand stand.

Othello wartete einen Moment, um sich zu sammeln. Es war ein langer, wirrer Tag gewesen. Zuerst hatte er den Spaziergänger auf seinen Spaziergängen verfolgt. Der Spaziergänger spazierte nicht, er hastete in weiten Sprüngen durch den Schnee, kreuz und quer, bis zum Bach. Dann stieg er ins Wasser, mit seinen hohen, dunklen Stiefeln, und watete eine ganze Weile bachab. Zuerst kam das Othello wie eine besonders dumme Art der Fortbewegung vor, aber dann verstand er: der Spaziergänger wollte seine Witterung auslöschen – und seine Spuren im Schnee. Gar nicht so dumm, wie er aussah. Und während Othello vom Ufer aus dem watenden Mann im Bach folgte, hatte er immer mehr das Gefühl, dass er gar nicht so dumm war, wie er aussah. Bei weitem nicht. Der Dicke bewegte sich sparsam und genau, mit einer Eleganz, die Othello überraschte. Und spätestens, als er wieder aus dem Wasser stieg, war sich Othello sicher, dass er auch nicht wirklich dick war. Der Mann kletterte nicht etwa ans Ufer, sondern auf eine Baumwurzel und von dort aus eine Eiche hinauf, zog oben, auf einem dicken Ast hockend, seine dunklen Stiefel aus, wickelte sie in eine Tüte und versenkte sie in einem Loch im Stamm. Aus dem Loch im Stamm holte er andere Stiefel, die sehr ähnlich aussahen, Othello aber kleiner vorkamen.

Dann kletterte der Mann von der Eiche auf eine Buche auf eine andere Eiche und ließ sich endlich, fast geräuschlos, wieder in den Schnee fallen, an einer Stelle, wo schon Spuren waren, größere und kleinere, auf und ab. Tief im Wald krachte wieder ein Ast, und Othello verstand, wie mutig der Mann sein musste, um bei diesem Wetter auf Bäumen herumzuklettern.

Dann spazierte der Mann in täuschender Harmlosigkeit vor sich hin, bis er auf den kleineren Spaziergänger traf. Der Kleine fragte etwas. Der nicht wirklich Dicke quakte verlegen.

Der Kleine regte sich zischend auf.

Der Große zischte zurück.

Sie quakten eine Weile aufeinander ein, dann spazierten sie weiter, Seite an Seite, und sahen aus wie immer.

Othello war ihnen gefolgt. Das war gar nicht so einfach, denn für Menschen schienen die beiden außergewöhnlich wach und angespannt. Einmal hätten sie Othello im Schatten der Stämme fast entdeckt. Er verstand nicht wirklich, was hier passierte, aber er verstand, dass die beiden Männer gefährlich waren. Und nicht nur für Rehe.

Maple würde es verstehen – Othello musste es nur sehen.

Er folgte den Spaziergängern, die nicht wirklich Spaziergänger waren, auf breiten Spazierpfaden durch den Wald, am Rande eines kleinen Sees entlang, vorbei an einem hübschen, weißen Haus, über eine Wiese und durch eine Pforte aus Stein, bei der zwei Tiere saßen. Die Männer lachten.

Othello beäugte die Tiere vorsichtig. »Das sind Löwen«, dachte er, aber natürlich waren es nicht wirklich Löwen. Echte Löwen hatten eine Witterung wie Donner und Fell, das vor Hitze brannte. Diese hier waren von Schnee bedeckt. Othello schlüpfte durch die Pforte.

Sobald die beiden das Schloss umrundet hatten, wickelten

227

sie sich noch tiefer in ihren Mantel aus Harmlosigkeiten, jede Bewegung eine Lüge.

Othello hatte im Zoo neben einem alten Schakal gewohnt, der sich hinkend stellte, so lange, bis die Zoospatzen unbekümmert in seinem Gehege herumhüpften und in den Fleischmahlzeiten des Schakals herumpickten. Und wenn sie zu nah kamen, schlug er zu. Die kleinen Vögel vergaßen das, jedes Mal. Auch die Männer hier verstellten sich. Es war klar, dass auch sie etwas jagten. Und nicht nur Rehe.

Der schwarze Widder folgte den beiden, bis sie in einem der größeren Hofgebäude verschwanden. Drinnen brannte ein kleines Feuer, und Essen duftete. Madame Fronsac öffnete den Männern die Tür und begrüßte sie freundlich durcheinanderquakend. Othello hatte genug gesehen. Er wusste ungefähr, wo die Weide war, und er wollte zurück und auf seine Herde aufpassen. Er musste auf sie aufpassen.

Aber jetzt stand jemand hinter einer Mauerecke und lauerte ihm auf. Othello war den ganzen Tag hinter den beiden Männern hergehuscht, und er hatte keine Lust mehr auf Versteckspiele. Der schwarze Widder senkte seine vier scharfen Hörner und galoppierte im weiten Bogen um die Ecke.

»Othello!«, krächzte Mopple.

»Mopple!«, blökte Othello und stoppte – gerade noch rechtzeitig.

Mopple wurden vor Erleichterung die Knie weich. Auch er hatte jemanden jenseits der Ecke gespürt und mit geschlossenen Augen auf etwas Harmloses gehofft. Die fette Tigerkatze vielleicht, oder höchstens die Fronsac. Aber Othello war noch viel besser. Er war nicht harmlos. Er war der Leitwidder, und er würde Mopple beschützen. Mopple konnte ein bisschen Beistand gut gebrauchen.

»Was tust du hier?«, fragte Othello.

»Die Ziegen... der Bock... ich weiß nicht mehr...« Mopple war mit den Nerven am Ende.

Bernie hatte sich zuerst gar nicht bewegt, und der Schäferhund war geifernd in der Tür gestanden, mit glimmenden Augen und gesträubtem Fell. Mopple hatte nur gezittert.

»Er wird nicht hereinkommen«, sagte Bernie schließlich mit einem Hauch von Bedauern.

Draußen war ein Pfiff zu hören, und der Wolfhund winselte. Dann drängte nur noch Dunkelheit durch die Türöffnung.

Der alte Ziegenbock drehte seinen Kopf hin und her und streckte den Hals.

»Ich... ich dachte, ich probiere doch ein bisschen Heu«, sagte Mopple mit dünner Stimme.

Bernie trat ein paar Schritte zurück und nahm Anlauf.

»Warum?«, krächzte Mopple.

»Ich weiß nicht«, sagte Bernie mit seiner sanften Stimme. »Es ist, wie es ist.«

Er senkte seine riesigen, weitgeschwungenen Hörner, und langsam, langsam, langsam, so dass Mopple jedes einzelne Haar in seinem Ziegenbart erkennen konnte, schnellte er auf Mopple zu. Mopple war zurückgewichen, so weit er konnte. Ein harter Aufprall, Horn auf Holz. Der Schuppen wackelte. Mopple taumelte. Er wartete auf den Schmerz, aber der Schmerz kam nicht.

»Nun mach die Augen schon wieder auf!«, sagte Bernies freundliche Stimme.

Mopple blinzelte, dann kniff er die Augen schnell wieder zu. Kaum eine Nasenlänge vor ihm schwebte Bernies uraltes Ziegengesicht in der Dunkelheit. Mopple wartete mit geschlossenen Augen darauf, dass etwas Schreckliches passieren würde,

aber nichts passierte. Mopple machte die Augen wieder auf. Es dauerte eine Weile, bis er verstand, warum nichts passierte: Bernie war mit seinen gewaltigen Hörnern stecken geblieben und klemmte nun zwischen Stallwand und Futterraufe.

»Oh!«, sagte Mopple, seltsam betroffen.

»Diese Dinge passieren«, sagte Bernie unbekümmert. »Kein Grund zur Sorge! Es gibt uns Gelegenheit, ein wenig zu plaudern.«

Bernie blickte Mopple erwartungsvoll an.

Mopple fiel nichts ein.

»Du bist ein Schaf, nicht wahr?«, fragte Bernie.

Mopple nickte.

»Und da sind noch andere Schafe? Und ihr wollt, stimmt's?«

Wieder nickte Mopple.

»Es gibt etwas, das ihr über den Garou wissen solltet«, sagte Bernie und ruckte an seinen Hörnern, dass die Hütte wackelte. »Der Alte hatte eine Schwäche für gefährliche Tiere. Er hatte seine Hunde, und er hatte mich, und dann … es ist nicht unwahrscheinlich, dass er auch den Garou aufgezogen hat. Ihr müsst euch fragen, wo der Alte den Garou versteckt hätte! In jemandem, der nicht weggehen wird, würde ich sagen. In jemandem, der hierbleibt.«

»Wer ist der Alte?«, fragte Mopple. Er stellte sich einen gehörnten Menschen mit einem gewaltigen Ziegenbart vor.

Bernie ruckte den Kopf hin und her. Die Futterraufe zitterte.

»Der Alte ist nicht«, sagte Bernie. »Der Alte war. Aber er hat Fallen hinterlassen. Fallen in den Köpfen. Schlingfallen und Schlagfallen. Verrückter als all seine Verrückten! Er hat mich mit Zucker gefüttert, so verrückt war er. Am besten, du gehst jetzt, bevor ich mich losreiße!«

Das ließ sich Mopple nicht zweimal sagen. Er drückte sich

unbeholfen an Bernie vorbei und schlüpfte aus der Tür. Dann stand er erst einmal nur da und atmete. Wie süß die Luft war! Wie klar der Himmel! Und wie schön das Leben!

Von da an war alles Flucht: weg von den hübschen Häuschen, weg von Wolfhundwitterung und Ziegengestank, weg von der Dunkelheit des Waldes und den Stimmen der Menschen, weiter und weiter, durch harschen Schnee, der in seine Fesseln biss. Irgendwie hatte Mopple zum Schloss zurückgefunden, um das Schloss herum, bis zu der Ecke, hinter der jemand lauerte.

»Wir gehen jetzt zurück«, sagte Othello. »Sofort.«

Aber bevor sie in Richtung Hoftor aufbrechen konnten, hörten sie Schritte – und Stimmen.

Mopple und Othello postierten sich wieder hinter der Ecke, diesmal beide auf der gleichen Seite.

»… und wie schade, dass Ihre Mama nicht kommen kann«, sagte der Häher.

»Oh«, sagte Rebecca, »sie geht sehr früh schlafen. Da kann man nichts machen. Sie schläft wie ein Stein.«

»Ich werde ihr einen guten Wein herüberschicken«, sagte der Schlossbesitzer.

»Oh nein!«, sagte Rebecca schnell. »Ich … ich glaube nicht, dass das eine gute Idee ist. Wein ist …«

»… ein Problem?«, fragte der Schlossbesitzer.

»Nicht gut für ihre Gesundheit«, sagte Rebecca bestimmt.

»Machen Sie sich denn gar keine Sorgen?«, fragte sie dann.

»Um Ihre Mama?«, fragte der Schlossbesitzer mit schmunzelnder Stimme.

»Um die Sache mit dem Reh!«, sagte Rebecca. »Unnatürlich!«

»Ach, wissen Sie, wir haben sowieso zu viele Rehe«, sagte der Häher. »Und unnatürlich ist es streng genommen auch nicht.«

»Nicht?«, fragte Rebecca. »Warum?«

»Nun, die ersten Lebewesen waren Einzeller. Einzeller altern nicht – sie teilen sich, wieder und wieder. Einzeller sind unsterblich.« Der Häher legte eine dramatische Pause ein. Die Sache machte ihm ganz offensichtlich Spaß. »Aber natürlich sterben auch Einzeller – wenn sie von anderen Einzellern gefressen werden. Die Evolution frisst ihre Kinder. Der erste Tod war ein gewaltsamer Tod – der gewaltsame Tod ist der natürlichste Tod überhaupt.«

Rebecca sagte nichts, aber Othello und Mopple, die ihre Schäferin gut kannten, konnten hören, wie sie »toll!« dachte.

»Aber natürlich arbeite ich mit der Polizei zusammen, damit diese Geschichte schnell aufgeklärt wird«, versicherte der Häher. Etwas in der Art, wie er »Polizei« sagte, machte Othello neugierig. Vorsichtig äugte er um die Ecke.

Rebecca und der Häher waren im Licht einer Laterne stehen geblieben. Rebecca lächelte. Ihre Lippen waren sehr rot. Der Häher hatte Othello den Rücken zugedreht. Er stand zu nah an Rebecca. Viel zu nah für Othellos Geschmack.

»Er lügt!«, sagte Mopple.

Othello nickte. Der Häher wollte der Polizei nicht helfen. Kein bisschen. Der Häher wurde beim Gedanken an die Polizei nervös.

Othello schlüpfte aus dem Schatten der Mauer hervor, hinter Rebecca und dem Häher her.

»Warte!«, blökte Mopple. »Ich dachte, wir wollen zurück?«

Othello drehte sich um. »Sie ist unsere Schäferin«, sagte er. »Und er lügt.«

Mopple überlegte nur einen Augenblick. Noch einmal allein zwischen den dunklen Hofgebäuden hindurch? Nein! Lieber bei Othello! Egal wo. Mopple versuchte, nicht so genau über das »wo« nachzudenken, und trabte hinter dem Leitwidder her.

»Ist das ein Wolf, der den Mond anheult?«, fragte Rebecca am Schlosstor. »Ihr Familienwappen?«

Der Häher lachte leise. »Meine Familie hat kein Wappen. Mein Vater hat dieses Schloss gekauft. Für seine Klinik. Leider, denke ich manchmal. Andererseits ist es ein imposantes Gebäude. Nein, wenn überhaupt, ist das Erics Wappen!«

»Erics?«, sagte Rebecca.

Der Häher nickte. »Sein Vater hat meinem Vater das Schloss verkauft und nur die Hermitage behalten.«

»Das wusste ich nicht«, sagte Rebecca. »Und was steht da unten?«

»›*La lune n'est pas trop loin*‹. Der Mond ist nicht unerreichbar. Mein Vater...«

Der Häher schwieg.

»Ihr Vater?«, fragte Rebecca.

»Ach«, sagte der Häher. »Ich dachte nur gerade, dass mein Vater es immer anders übersetzt hat: ›Der Wahnsinn ist nicht weit‹. Und wie Recht er hatte! Ich hoffe, Sie mögen Fisch?«

»Mhmmm, Fisch«, sagte die Schäferin. »Sehr!«

Auch Rebecca log.

15

Nasen sind sein Brot!«, sagte Ramses und schauderte.

»Und er hat sie zum Essen eingeladen«, sagte Cloud.

Die Schafe blickten finster zum Schloss hinüber, wo Rebecca und der Häher zwischen den Nebengebäuden verschwunden waren.

Der Plan des Hähers war mehr als durchsichtig, und wenn Rebecca ein bisschen mehr an Geschichten und ein bisschen weniger an ihre roten Lippen gedacht hätte, würde sie ihn gewiss durchschaut haben. So hingegen… Die Schafe guckten betreten. Eine Schäferin ohne Nase würde nicht das Gleiche sein.

Sie waren kurz davor, sich in den Heuschuppen zurückzuziehen, als Monsieur Fronsac auf die Weide kam, eilig, eine Flasche in der Hand. Er klopfe an die Schäferwagentür, quakte, reichte die Flasche durch den Spalt und eilte dann wieder zurück Richtung Schloss. Tess schlüpfte aus der Tür und rollte sich im Schnee.

Kurze Zeit später näherte sich der Weide ein Schnurren. Ein glattes, metallenes Schnurren, wie von einer riesigen, mechanischen Katze.

»Ein Auto«, sagte Lane.

Die Schafe spähten zur Straße, wo sich Autos normalerweise aufzuhalten pflegten, aber da war nichts. Nur Dunkelheit.

Und dann kam doch ein Auto. Ein dunkles Auto kroch vorsichtig mit geschlossenen Augen auf den Hof, schauderte und schwieg. Zwei dunkle Männer entstiegen ihm und eine Frau mit einer weißen Haube. Die Haube leuchtete blau in der Dunkelheit. Der kleinere der Männer (auch er war nicht besonders klein) hatte etwas Schneidendes in jeder Bewegung, und auch wenn er stillstand. Das Auto fürchtete sich vor ihm. Die beiden anderen fürchteten sich vielleicht auch ein bisschen.

Die Menschen gingen zu der Pforte, die direkt in den Turm führte, und das Auto rollte erleichtert weiter, mit dunklen Augen auf dunkler Straße, weg vom Schloss.

Alles verlief außergewöhnlich leise und sacht und dauerte nur ein paar Augenblicke, trotzdem ließ es bei den Schafen eine seltsame Unruhe zurück. Sie waren sicher, dass sie eben ein Anschleichen beobachtet hatten. Aber von wem? Und an was?

Sie waren gerade dabei, es sich endlich im Heuschuppen gemütlich zu machen, als Ritchfields aufgebrachtes Blöken sie wieder zurück auf die Weide rief.

Ritchfield stand im Schnee und regte sich auf.

»Rebecca!«, blökte er. »Rebecca hinter den Fenstern! Kein Schäfer darf die Herde verlassen!«

»Außer, er kommt zurück«, sagte Cloud beschwichtigend. »Oder sie.«

Die Schafe dachten. Der alte Leitwidder mochte manchmal ein bisschen durcheinander sein, aber er hatte noch immer die besten Augen der Herde. Und Rebecca war wichtig.

»Kannst du wirklich Rebecca sehen?«, fragte Lane.

Ritchfield sah sie fragend an.

»REBECCA?«, brüllte Lane.

Ritchfield nickte aufgeregt.

235

»Sie ...«

Ritchfield bekam einen Niesanfall.

»Sie steht ...«

Ritchfield röchelte und hustete.

»Sie geht ...«

Der alte Widder keuchte und nieste. Dann hob er die Hörner und spähte mit stolzem Leitwidderblick zu den erleuchteten Fenstern hinüber. Die Schafe sahen ihn bewundernd an.

»Und?«, fragte Miss Maple.

»Und was?«, schnaubte Ritchfield ungeduldig.

»Was macht sie?«

Ritchfield überlegte einen Augenblick. »Nichts«, sagte er dann.

»Nichts?«, blökten die Schafe. Es kam ihnen ein bisschen wenig vor.

»Sie steht da und macht nichts«, sagte Ritchfield entschieden. »Und der Häher macht auch nichts«, fügte er hinzu. »Er trägt ein rotes Band um den Hals. Aber keine Glocke.« Es sollte nicht der Eindruck entstehen, er könne nicht genug erkennen.

Ein weiterer prüfender Blick zum Schloss. »Und jetzt ...«

Ritchfield blökte erschrocken. »Er hat sie gerade in die Hand gebissen.«

Die Schafe sahen sich an. Das bestätigte ihre schlimmsten Befürchtungen!

»Sie sollte weglaufen!«, blökte Ramses. »Läuft sie weg?«

»Nein«, sagte Sir Ritchfield. »Aber sie ist rot im Gesicht. Sie gehen weiter, in das nächste Fenster, und ...«

Wieder blökte Sir Ritchfield überrascht.

»Da ist Othello! In einem anderen Fenster!«

Seine Herde sah ihn skeptisch an.

»Und da ist Mopple!«

»Mopple?«, fragte Cordelia. »Im Schloss?«

»Er frisst Blumen«, sagte Ritchfield.

Die Schafe sahen sich viel sagend an. Es gab keine Blumen im Winter. Jetzt war es heraus! Ritchfield phantasierte!

»Und Früchte«, sagte Sir Ritchfield. »Auf einem Tisch.«

»Und Sommergras, stimmt's?«, blökte Heide.

»Nein«, sagte Ritchfield. »Kein Sommergras. Aber ein Stück Stoff. Und Othello steht neben einem Wildschwein.« Ritchfield seufzte. Er war gerade dabei, die letzten Reste seiner Leitwidderglaubwürdigkeit einzubüßen, aber ... wie die Luft roch! Wie ein Tag seiner Jugend, ein klarer, kalter, guter Tag ....

»Was ist mit Rebecca?«, fragte Miss Maple.

»George ist im Schäferwagen!«, antwortete Sir Ritchfield gedankenverloren.

Von außen sah das Schloss größer aus als der Heuschuppen. Viel größer. Aber drinnen war es kleiner. Raum an Raum an Raum, und jeder von ihnen klein und lauernd. Es machte keinen Sinn. Warum so ein großes Ding, wenn man dann darin so wenig Platz hatte zwischen all den Winkeln und Wänden und Dingen?

Früher hatten die Schafe die Schlossinsassen manchmal ein wenig beneidet, um das gute Gefühl von Himmel-über-sich, das sich trotz des Daches in einem so hohen Gebäude einstellen musste. Jetzt wunderte sich Othello, warum die Schlossbewohner sie nicht vertrieben und selbst in den Heuschuppen zogen, wo man durch ein Fenster den Himmel sehen konnte und Schneeflocken atmen. Nicht, dass er sich so einfach treiben lassen würde. Und schon gar nicht hierher. Hier atmete man nur Staub und alte Luft, zu viel Wärme und ein bisschen Asche. Kein Wasser. Kein Gras. Warum an einem Ort bleiben, wo man kein Gras riechen konnte? Wände. Winkel. Öff-

nungen. Othello überlegte, was für Wesen die Menschen sein mussten, wenn sie sich hier wohl fühlten. Keine Weidetiere jedenfalls. Winkeltiere. Wesen der Löcher, Spalten und Ritzen. Mopple dachte weniger. Er versuchte, das Beste aus der Schlossgeschichte zu machen, und probierte alles, was halbwegs essbar aussah. Wer fraß, hatte keine Angst. Jedenfalls nicht so viel.

Sie waren Rebecca und dem Häher tief in den Bauch des Schlosses gefolgt, über rutschige Fliesen, hallende Steinböden und tiefe, samtige Teppiche, und die Dinge wurden immer seltsamer. Sommerwärme und Blumen und Früchte im Winter, kleine gefangene Feuer, die böse zischten, und jetzt eine Wand voller Menschengesichter. Die Gesichter hatten die Augen geschlossen und waren nicht echt.

»Kunst?«, fragte Rebecca zögerlich.

»Eher das Gegenteil«, sagte der Häher. »Natur. Freiheit. Das Ende der Zivilisation.«

»Also doch Kunst!«, sagte Rebecca.

»Keine von Menschen gemachte jedenfalls. Nicht wirklich. Das sind alles Totenmasken.«

Rebecca am anderen Ende des Raums trat nervös einen Schritt zurück.

»Totenmasken?«

»Wir sagen ›Masken‹, aber eigentlich sehen wir hier den Moment, wo alle Masken abgelegt wurden. Sehen Sie, wie schön die Gesichter sind, wenn erst die vielen Gedanken aus ihnen verschwunden sind? Als ob das Menschsein eine Krankheit war, und jetzt sind sie wieder gesund und ganz. Vollkommene Entspannung. Wenn ich mir überlege, wie ich ein Gesicht modellieren soll, komme ich oft hierher.«

»Sie sind schön«, sagte Rebecca leise. »Machen Sie das oft? Ganze Gesichter, meine ich?«

»Dann und wann«, sagte der Häher. »Es ist immer etwas sehr Besonderes. Ein neues Gesicht ist ein neues Leben. Hier entlang!«

Rebecca und der Häher gingen langsam weiter, aber Mopple und Othello blieben noch einen Moment lang vor der Wand mit den Gesichtern stehen.

»Er macht Gesichter«, sagte Othello. Es war fast mehr, als sich ein Schaf vorstellen konnte. »Ob er auch Mamas zweites Gesicht gemacht hat?«

Mopple hatte eine Bodenvase mit Blumen entdeckt und kaute ratlos.

Es war dunkel. Zu dunkel. Auf einmal war sich Maple sicher, dass sie nicht mehr im Heuschuppen war. Wind wehte. Es roch nach Tannen und mehr Schnee.

Maple blökte leise und unbehaglich.

Dunkel.

Schweigen.

Sie war allein.

Und dann konnte Maple auf einmal doch etwas sehen. Etwas sehr Helles kam aus dem Wald, durch den Weidezaun, als wäre sie gar nicht da, direkt auf Maple zu. Ein Leuchten. Ein Schaf. Es sah aus wie der ungeschorene Fremde, nur ohne Moos. Strahlend weiß und mondlichtbleich.

Maple wusste, dass es das Mondschaf war.

Sie hörte auf zu kauen – bisher hatte sie gekaut – und richtete sich auf. Dem Mondschaf begegnete man nicht alle Tage.

»Hallo!«, sagte das Mondschaf. Es war sehr groß.

Maple war erleichtert, dass das Mondschaf mit ihr sprach. Der fremde Widder hatte nicht mit ihr gesprochen, als sie ihn heute nach dem Garou gefragt hatte.

Seit das leuchtende Mondschaf neben ihr stand, konnte

Maple wieder etwas sehen. Sie stand mitten auf der Weide, zwischen Schloss und Wald. Im Schloss brannten alle Lichter, und aus jedem Fenster blickte ein Mensch auf sie herab. Augen auf ihrem Fell, zu viele Augen. Maple sah schnell weg. Wo sonst der Schäferwagen stand, lag ein großer Stein auf der Weide, und der Heuschuppen war ganz verschwunden. Dafür war Yves wieder aus dem Schnee aufgetaucht und lag breit und unübersehbar unter der alten Eiche.

»Ein Opfer«, sagte das Mondschaf. »Für Erkenntnis. Man sollte ihn nicht übersehen!«

Der Schrank neben der alten Eiche erwachte und klappte seine Türen auf und zu wie ein Insekt seine Kiefer.

Überall auf der Weide verstreut lagen Schafe, schlafende Schafe, jedes für sich, Ritchfield, Maude und Cloud, aber auch Lämmer und Schafe, die Miss Maple nicht kannte.

Maple wollte das Mondschaf fragen, was mit dem Heuschuppen passiert war, aber stattdessen fragte sie: »Was ist das?«

Erst im nächsten Moment verstand sie, was sie damit meinte. Die Geräusche. Das Knacken und Knirschen und Schleifen.

»Oh«, sagte das Mondschaf. »Das ist er.«

»Wer?«, fragte Miss Maple.

»Der Garouuuu!«, quietschte Mopple. Die letzte Blume fiel ihm halbzerkaut aus dem Maul.

»Das ist ein Nilpferd«, seufzte Othello.

»Und da hinten? Mit dem riesigen Maul?«

»Ein Krokodil.«

»Krokoko …? Ist es gefährlich?«

»Sehr«, sagte Othello. »Es sitzt unter der Wasseroberfläche, dort, wo es so heiß ist, dass es keine Wolkenschafe gibt, und wenn du zur Tränke kommst, packt es deinen Kopf und zieht dich unter Wasser, bis du ertrinkst.«

240

»Wirklich?«, fragte Mopple, trat vorsichtig ein paar Schritte zurück und rempelte einen Wasserbüffel an. Der Wasserbüffel beschwerte sich nicht.

»Wirklich«, sagte Othello. »Zumindest haben das die Kamerunschafe im Zoo erzählt. Aber dieses hier ist nicht echt. Nichts ist hier echt. Und Wasser gibt es auch keins.«

»Das Gras hier ist rot«, sagte Mopple. »Und sehr kurz. Und es schmeckt nicht.«

»Das ist ein Teppich«, sagte Othello.

»Und es gibt keinen Himmel«, sagte Mopple und blickte nach oben.

Das stimmte.

Maple sah nach oben, in den Himmel. Er kam ihr sehr leer vor ohne das Mondschaf.

»Was machst du hier?«, fragte sie.

»Ich scheine«, sagte das Mondschaf. »Ich scheine zu sein.«

Maple verstand. Das Mondschaf schien, damit sie etwas sehen konnte. Etwas Bestimmtes. Das Wesen, das gerade aus dem Schrank getreten war, vielleicht. Das Wesen des Knackens, Knirschens und Schleifens. Maple konnte sehen, dass es zu viele Gesichter hatte – und zu viele Beine.

»Ist das …?«, fragte Maple.

Das Mondschaf nickte. »Eigentlich ist er hinter mir her. Aber er wird mich nie fangen. Ich bin zu hell und zu schnell.«

Mit diesen Worten galoppierte es davon, aber sein Licht blieb.

Maple war nicht hell und schnell.

Sie blickte hinüber zum Schrank, wo der Garou mit vielen Gesichtern schnüffelte.

»Hey!«, flüsterte Mopple. Rebecca und der Häher hatten sich in einem der vielen Räume niedergelassen, saßen auf plüschigen Dingen und tranken übel vergorene Flüssigkeit.

»Wie tragisch«, sagte Rebecca.

»Zach war der einzige Patient, der es nicht geschafft hat, von hier loszukommen, als die Klinik aufgelöst wurde«, sagte der Häher. »Seltsam. Aber er ist ein hervorragender Buchhalter.«

»Ich glaube, er ist sehr klug«, sagte Rebecca. »Irgendwie.«

»Sehr«, sagte der Häher. »Wenn er nur nicht die ganze Zeit in einem James-Bond-Film leben würde.«

»Hey!«, flüsterte Mopple wieder.

»Was?«, fragte Othello.

»Wasser!«, sagte Mopple, witterte und zog los.

Der Raum mit dem Wasser war noch kleiner als die meisten anderen und unangenehm dunkel, mit einem Boden glatt wie Eis und warm wie ein lebendiges Ding. Sie suchten zuerst am Boden und fanden das Wasser nicht. Schließlich entdeckte Mopple es doch, in einer tiefen weißen Schale, die aus der Wand wuchs.

Wasser! Die beiden Widder fühlten sich gleich besser.

Mopple hatte gerade seine Schnauze in die Schüssel gestreckt, um etwas von dem Wasser zu probieren, als es auf einmal viel heller war. Etwas bewegte sich in der Tür.

Mit mehr Glück als Verstand schafften es die Schafe rechtzeitig hinter einen komischen Plastikvorhang und sahen zu, wie der Häher in den Raum trat, sich an seiner Hose zu schaffen machte, etwas Rosiges hervorholte und ... die Schafe trauten ihren Augen nicht. Wasser rauschte. Der Häher schnüffelte in die Luft und verzog das Gesicht. Dann griff er nach einer bunten Dose und sprühte Nebel in die Luft. Nebel, der roch, als hätte jemand eine Geruchswiese aus Plastik gebaut.

Mopple und Othello rümpften die Nasen.

Mit seinen vielen Beinen kam der Garou nicht besonders schnell vorwärts, aber einigermaßen schnell dann doch. Maple konnte weglaufen, aber die schlafenden Schafe um sie herum konnten es nicht. Sie musste sie aufwecken!

Maple blökte laut und alarmierend. Kein Schaf rührte sich.

Maple blökte noch lauter. Diesmal hob der Garou seine vielen Köpfe und lächelte sie mit vielen Zähnen an.

Plötzlich verschwand das Licht, als würde es jemand aufsaugen. Maple verstand, dass sie bald wieder im Dunkeln stehen würde und dass sie sofort etwas unternehmen musste. Sie galoppierte hinüber zu Cloud, die ihr am nächsten lag, und stupste sie mit der Nase und blökte und blökte.

Aber Cloud wollte nicht aufwachen.

Seit der Sache mit dem Wasser waren Othello und Mopple ausgesprochen schlecht auf den Häher zu sprechen. Er hätte überall hinpissen können, in jede der vielen überflüssigen Ecken des Schlosses, aber er pisste in die einzige Quelle, die sie bisher hier entdeckt hatten. Es war … krank vielleicht.

Der Häher sprach viel über Dinge. Über hölzerne Dinge mit Füßen, die nicht liefen, Steindinge, die auf den hölzernen Dingen standen, Stoffdinge an den Wänden und glitzernde Dinge, die von der Decke hingen. Alles schien fürchterlich alt zu sein, und Rebecca sagte »oh« und »ach«, und einmal gähnte sie verstohlen. Aber nicht verstohlen genug. Othello und Mopple, die hinter einem der schrecklich alten Holzdinge hervorlugten, sahen, wie der Häher einen Moment innehielt, wie um zu wittern.

Dann stieß er eine Tür auf, der er gerade noch den Rücken zugedreht hatte.

Der Raum hinter der Tür war wieder einmal kleiner, als den Schafen lieb war. Die Wände schienen mit glänzenden, hellen

Stoffen bespannt, und in der Mitte stand wieder eines der alten Dinge mit Füßen.

»Wir kommen nun in den privatesten Teil des Schlosses«, sagte der Häher. »Hier auf diesem Kanapee hat meine Mutter meinen Vater und das Zimmermädchen in einer prekären Situation vorgefunden. Dort hinten auf dem Teppich, indische Seide, spätes 18. Jahrhundert, hat sie danach versucht, sich die Pulsadern zu öffnen. Mit einer Nagelschere, *la pauvre*. Meine Mutter war ein sehr unpraktischer Mensch. Natürlich wurde sie gerettet. Sogar der Teppich ist unversehrt. Das Zimmermädchen hingegen ...«

Er drehte sich plötzlich zu Rebecca um, die ein bisschen blass in der Tür stand und zuhörte.

»Interessiert Sie das?«

Rebecca lächelte vorsichtig. »Na ja. Ja und nein. Das ist natürlich sehr privat. Aber ...«

»Ja oder nein?«, fragte der Häher.

»Ja!«, sagte Rebecca, und die beiden lächelten.

Auf einmal hatte Othello das Gefühl, dass der Häher über all diese alten und vergangenen Dinge sprach, damit die Schäferin etwas anderes übersah. Etwas, das *passierte*.

»Was passiert?«, raunte Othello Mopple zu. »Was passiert?«

Mopple sah ihn zuerst überrascht an. Dann ließ er von dem doch etwas trockenen Vorhangstoff hinter sich ab und lauschte. Othello lauschte auch. Das Schloss schwieg, aber irgendwo klapperte Geschirr. Irgendwo sang eine Kinderstimme. Irgendwo stiegen Schritte eine Treppe hinauf. Stoppten. Stiegen weiter. Schritte hinter Mauern. Dann knallte eine Tür.

Die Tür knallte so laut, dass auch Rebecca sie hören konnte. Man konnte sehen, dass sie gar nicht wusste, dass sie etwas gehört hatte, aber ihr Gesicht drehte sich in die Richtung des Knalls.

»Was ist da hinten?«, fragte sie.

»Der Turm«, sagte der Häher.

»Kann man sich den auch ansehen?«, fragte Rebecca.

»Nein«, sagte der Häher ungewöhnlich kurz.

Rebecca runzelte die Stirn.

»Es gibt auch gar nichts Interessantes zu sehen«, sagte der Häher. »Nichts als Käse.«

»Käse?«

»Der Käse ist allerdings hervorragend. Erics Käse. Haben Sie den schon probiert? Das Klima ist gut für die Reifung. Wie eine Höhle.« Der Häher lachte leise. »Das hätte sich der alte Baron sicher nicht träumen lassen, dass sein Sohn einmal Käse herstellt. Aber nach den ganzen Problemen, die er hatte, kann er froh sein, dass er überhaupt wieder auf die Füße gefunden hat.«

»Probleme?«, fragte Rebecca.

»Drogen«, sagte der Häher. Er öffnete eine neue Tür und führte Rebecca weiter, weg vom Turmzimmer.

»Wo geht es dort hin?«, fragte Rebecca und zeigte auf eine Tür.

»Oh«, sagte der Häher. »Das ist die Dienstbotentreppe in den dritten Stock. Im dritten Stock waren früher die Patienten, und über diese Treppen konnte mein Vater sie heimlich beobachten.«

»Ungewöhnliche Methode«, sagte Rebecca.

Der Häher lachte bitter. »Das kann man wohl sagen! Mein Vater war besessen davon, die Natur des Wahnsinns zu erforschen. Wahrscheinlich hat er mehr gelernt, als ihm lieb war.«

Rebecca guckte neugierig auf die Dienstbotentür.

»Heute ist der dritte Stock verschlossen«, sagte der Häher bestimmt. »Dies hier ist übrigens der älteste Teil des Schlosses, frühes 16. Jahrhundert, bitte beachten Sie das wunderbare Eichenparkett.«

»Was für ein seltsamer Spiegel«, sagte Rebecca.

»Ja«, sagte der Häher langsam. »Das ist wirklich ein seltsamer Spiegel. Mein Vater hat ihn von einer seiner Reisen aus dem Osten mitgebracht, und zwanzig Jahre später hat er sich davor erschossen. Mit einer Silberkugel. Sie können sich den Klatsch sicher vorstellen. Einige sagten, für eine Goldkugel hätte es nicht mehr gereicht. Andere sagten … etwas anderes.«

Maple stand wieder im Dunkeln, aber sie konnte Clouds duftende Wolligkeit noch unter den Nüstern spüren. Cloud, die sie vor dem Garou retten musste. Cloud, die nicht aufwachen wollte.

In ihrer Verzweiflung kickte Miss Maple Cloud kräftig in den Bauch.

Cloud blökte panisch.

Durcheinander und Knüffe.

Plötzlich blökten überall Schafe.

Maple war so erleichtert, dass ihre Herde wieder wach war.

»Sie hat mich in den Bauch gekickt!«, blökte Cloud aufgebracht. »Im Schlaf! Warum hat sie mich in den Bauch gekickt?«

»Warum hast du sie in den Bauch gekickt?«, fragte Ritchfield streng. »Kein Schaf …«

»Ich musste sie warnen!«, blökte Maple glücklich. »Ich muss euch alle warnen. Ich glaube, wir sollten uns von dem Mondschaf fernhalten, aber Yves hat doch etwas zu bedeuten, und der Garou …«

Dann verstummte sie. Sie verstand, dass ihr das Mondschaf drüben begegnet war, auf der Weide des Schlafs, und sie verstand auch, warum: ihre Herde durfte nicht schlafen, wenn der Garou kam. Sie musste ihnen endlich die Geschichte erzählen, die sie letzte Nacht am Schäferwagen belauscht hatte. Die

Geschichte von der anderen Schafherde. Der toten Herde im Schnee. Jetzt! Sofort!

Es würde nicht einfach sein.

Und Cloud in den Bauch zu kicken war ein denkbar schlechter Start gewesen.

Mopple sah Othello an. »Was ist ein Spiegel?«

»Ich weiß nicht«, sagte Othello.

Othello wollte es wissen. Er glitt aus dem sicheren Schatten des alten Holzdings über schweigsame Teppiche bis zur Tür und spähte in den Raum. Drinnen standen der Häher und zwei Rebeccas. Othello vergaß vor Überraschung, sich zu verstecken, und stand nur einfach staunend mitten in der Tür. Zwei Schäferinnen! War das gut oder schlecht? Othello sah doppelte Mengen Heu und Kraftfutter, aber auch doppelte Wachsamkeit und doppelten Ärger über angefressene T-Shirts. Würden zwei Rebeccas zwei Tierärzte rufen? Würden sie gleichzeitig aus verschiedenen Büchern vorlesen?

»Mit einer Silberkugel?«, hauchten die beiden Rebeccas mit einer Stimme.

»Ich hoffe, ich habe Sie nicht schockiert«, sagte der Häher.

Die beiden Rebeccas zuckten mit den Achseln. »Meinen Vater haben sie auf einer Schafweide gefunden. Mit einem Spaten in der Brust. Sie können es einem wirklich schwer machen.«

Der Häher nickte ernst. Dann lächelte er auf einmal. Ein echtes Lächeln. Das erste echte Ding, das Othello je an dem Häher gesehen hatte.

Eine der Rebeccas sah ihn an und lächelte zurück.

»Diner?«, fragte der Häher. Etwas in seiner Stimme war geschmolzen.

Die Rebeccas nickten.

Der Häher ging voran, zu einer Tür auf der anderen Seite

des Raumes. Die Rebeccas nutzten den unbeobachteten Augenblick, um sich kritisch zu mustern. Sie zupften an ihren Haaren herum, strichen sich über die Augenbrauen und machten die roten Lippen spitz.

Dann hob eine der beiden Rebeccas den Blick und sah Othello. Othello tauchte unter ein hängendes Stoffding.

»Was ist?«, fragte der Häher.

»Ein … ein Schaf! Ich glaube … nein … ich *habe* gerade ein Schaf gesehen! Eines von meinen Schafen! Hier in der Tür.«

»Du liest zu viele Kindergeschichten, Rebecca«, sagte der Häher.

»Ich … es war so klar! Ich bin mir so sicher! Ich geh zurück! Ich muss sie zählen! Meine Güte, ich habe sie seit gestern früh nicht mehr gezählt!«

Schnelle Schritte näherten sich Othellos Vorhang.

»Unmöglich«, sagte der Häher. »Rebecca, wie sollte denn hier ein Schaf herkommen? Dies ist ein alter Ort. Ein Ort mit Geschichte – kein Wunder, dass du Dinge siehst. Feinfühlige Menschen sehen hier Dinge.«

Die Schritte verstummten.

»Aber Schafe?«, fragte Rebecca zweifelnd. »Es war so echt! Ich habe so etwas noch nie erlebt.«

Die Schritte waren wieder zu hören, aber diesmal wurden sie leiser.

»Was für eine Geschichte?«, fragte Rebecca.

Der Häher seufzte. »Eine lange Geschichte.«

Aber er erzählte sie nicht.

Othello spähte vorsichtig wieder aus seinem Versteck hervor und sah Mopple, der sich ebenfalls hinter dem dicken Holzding hervorgewagt hatte und nun rund, weiß und gut sichtbar mitten im Raum stand und versuchte, etwas von einem Stoffding abzubeißen. Es lag auf einem Holzding, und darauf stand ein Steinding. Das Stoffding war zäh, und Mopple zerrte. Je mehr Mopple zerrte, desto näher wanderte das Steinding an den Rand des Holzdings.

Othello galoppierte los, über lautlose Teppiche.

Mopple sah Othello kommen und versuchte, mit einem letzten energischen Ruck doch noch ein Stück von dem Stoffding abzubeißen. Das Steinding sprang vom Holzding und zerschellte mit viel Lärm auf dem Steinboden – dem einzigen Stück Steinboden weit und breit. Das Stoffding sprang hinterher und wickelte sich rachsüchtig um Mopple the Whale.

Mopple wand sich und schnaubte und kickte, bis er den Stoff wieder abgeschüttelt hatte. In der Tür zum Nebenraum tauchte der Kopf des Hähers auf. Sein Gesichtsausdruck wandelte sich von blankem Unglauben zu so etwas wie Ärger – er war ganz offensichtlich nicht erfreut darüber, zwei Schafe und ein kaputtes Steinding zu sehen.

Mopple und Othello blickten ertappt zurück.

»Was ist?«, fragte Rebecca.

»Nichts«, sagte der Häher. »Nur der Wind …«

Mehr hörten Othello und Mopple nicht. Sie rannten, über Stein und Holz und Samt und Seide, vorbei an vielen alten Dingen – wie der Wind.

Als die erste Empörung verraucht war, schmiegte sich die Herde dicht um Maple herum.

»Du hast alles geträumt«, blökte Cloud. »Kein Wunder, dass du Angst hattest!«

Die anderen summten beruhigend.

Maple schwieg. Hatte sie wirklich alles geträumt? Das Mondschaf – sicher. Das Mondschaf kam nie vom Himmel herab. Aber der Garou? Und die tote Schafherde, von der Hortense erzählt hatte? Maple hätte diese Schafherde so gerne geträumt.

Aber das Mondschaf hatte ausgesehen wie der ungeschorene Fremde. Und der Ungeschorene war echt. Jeder konnte ihn sehen. Der Ungeschorene unterhielt sich mit Schafen. Aube und Tourbe und Pâquerette. Schafen, die nicht mehr da waren. Wo waren diese Schafe?

»Was ist mit dem fremden Widder?«, fragte Miss Maple. »Was ist mit seinen Schafen? Wo sind sie?«

»Er spinnt!«, blökte Ramses. »Er ist zu lange allein gewesen, und jetzt spinnt er!«

Die anderen blökten zustimmend.

»Und warum?«, fragte Miss Maple. »Warum ist ein Schaf allein? Was muss passieren, damit ein Schaf alleine ist?«

Etwas Schreckliches, so viel war klar.

»Ihr müsst mir glauben!«, blökte Maple aufgebracht. »Ihr müsst mir glauben, ob ihr wollt oder nicht!«

»Natürlich wollen wir!«, sagte Cloud ernst.

Dann begannen die Schafe, sich zu fürchten, erst alle zusammen, dann jedes für sich.

Mopple und Othello standen wieder zwischen dem Krokodil und dem Wildschwein.

Und nur wenige Schritte entfernt bewegte sich die Fronsac und machte sich mit einem Federwedel an dem Nilpferd zu schaffen. Die beiden Widder atmeten flach und versuchten, wie die anderen Tiere hier auszusehen. Unbeweglich. Glasäugig. Dingsartig.

Während die Fronsac wedelte und Staub um das Nilpferd tanzte, wand sich ein schreckliches Gefühl in Othellos Hörner. Das Gefühl, dass die Tiere doch echt waren – nur tot. Das Einzige, was an ihnen falsch war, waren ihre Augen. Und dass sie hier waren. Warum? Warum wollte jemand tote Tiere in seinem Schloss? Was machten sie hier? Othello stellte sich den

Häher vor, wie er durch die Reihen schritt und Gipsgesichter verteilte. Natur! Freiheit! Von wegen! Der Häher war nicht begeistert davon gewesen, dass zwei Schafe durch sein Schloss trabten und Stoffdinge probierten, so viel war klar. Trotzdem hatte er Rebecca nichts verraten. Warum nicht? Weil er nicht wollte, dass sie nach draußen ging und sie zählte. Rebecca sollte hierbleiben. Warum? Was passierte dort draußen, was Rebecca nicht sehen durfte?

Die Fronsac schien mit dem Nilpferd zufrieden zu sein. Sie öffnete eine Glastür – ein Wunder aus echter, schneeiger Luft umwehte die beiden Widder – und wedelte ihren Staub nach draußen.

Draußen war … draußen eben! Die Welt! Die richtige Welt mit lebenden Tieren. Sie wollten nach draußen!

In diesem Moment hörten sie wieder das Heulen, klar und einsam und kalt wie die Sterne. Die Fronsac ließ ihren Wedel fallen, faltete ihre Hände vor der Brust und murmelte etwas. Dann hob sie seufzend ihren Wedel wieder auf und begann, das Krokodil zu kitzeln. Das Krokodil mit seinen starren Glasaugen hielt still. Mit einer ungewöhnlichen Portion Kühnheit raste Mopple an der Fronsac vorbei, durch die Tür nach draußen. Die Fronsac bemerkte ihn nicht einmal, aber sie bemerkte den Luftzug, fröstelte, und vor Othellos Augen zog sie die Glastür wieder zu. Othello hätte fast vor Frustration der Antilope hinter ihm ins Gesicht gekeilt, aber in diesem Moment sah er etwas Unerwartetes. Zwei Füße. Menschenfüße. Hinter einem Vorhang. Zuerst dachte Othello, dass zu dieser seltsamen Herde eben auch ein toter Mensch gehörte, aber dann sah er, wie weiter oben eine Hand hinter dem Vorhang auftauchte und ihn etwas beiseiteschob. Ein Gesicht mit Sonnenbrille sah der Fronsac dabei zu, wie sie versuchte, auf Knien auch den Bauch des Krokodils zu kitzeln. Othello staunte.

Nach dem Krokodil war Othello dran, und anders als die anderen Tiere hatte er etwas dagegen.

Othello nieste.

Die Fronsac erstarrte.

Sah nach links.

Und nach rechts.

Othello wich vorsichtig ein Stück zur Seite.

Das Walross drehte sich wieder zu ihm um und war überrascht, dass ihr Federbüschel ins Leere wedelte. Dann rückte sie wieder näher.

Othello blökte empört.

Der Federwedel fiel zu Boden, und sein Stiel klapperte auf dem spiegelglatten Holz. Die Frau kreischte. Dann fasste sie sich und ging mit ausgebreiteten Armen auf Othello zu.

Othello zögerte einen Moment. Die Fronsac war ängstlich, und niemand traute ihr viel zu, aber sie war ein großer, kräftiger Mensch, breit und schwer und vermutlich auch stark. Der Boden war glatt. Die Dinge waren gegen ihn.

Othello rannte.

Die Fronsac watschelte hinterher.

Tief im Schnee war der Heuschuppen dunkel und duftig und besonders gemütlich. Es war so still, als wäre die Welt draußen verschwunden, das Schloss, die Ziegen und der Wald, und in dieser Nacht war das ein schöner Gedanke.

Sie hatten Fluchtpläne geschmiedet und verworfen, den Garou in Silberpapier gewickelt, waren zusammen in den Wald gezogen, um ungeschoren zu werden, und hatten sich alle gemeinsam in der Futterkammer versteckt. Alles hatte einen Haken. Manche Pläne, wie der mit dem großen Blätterrechen, hatten fast nur Haken.

Jetzt standen sie im Dunkeln und wussten nicht weiter.

Und dann war da wieder das Heulen. Die Schafe trabten zum Heuschuppeneingang und sahen unbehaglich in die Nacht hinaus.

»Glaubt ihr, das ist *er*?«, fragte Ramses.

»Ich weiß nicht«, sagte Maple. »Aber wir haben es gehört, bevor Rebecca das Reh am Waldrand gefunden hat. Und bevor wir das Reh im Wald gefunden haben, war es wieder da, in der Morgendämmerung. Erinnert ihr euch?«

Die anderen Schafe hatten das schreckliche Heulen glücklicherweise längst vergessen und schüttelten die Köpfe.

Und dann hörten sie noch ein anderes Geräusch, nicht so unheimlich, aber noch seltsamer, sehr fremd und sehr vertraut zugleich. Tess, die alte Schäferhündin, saß mitten auf der Weide, die Schnauze zu den Sternen emporgereckt, und auch sie heulte mit ihrer guten, vertrauten Schäferhundstimme. Tess und der Garou heulten zusammen! Tess, die sie ihr ganzes Leben gekannt hatten!

Und dann heulte Tess auf einmal nicht mehr, sondern winselte nur, und schließlich rollte sie sich unter den Schäferwagenstufen zusammen und roch kälter und kälter und immer weniger nach Tess. Die Schafe wussten, dass der Tod auf ihre Weide gekommen war, und zogen sich vorsichtig von der Heuschuppentür zurück.

Der Garou aber heulte noch immer, und er klang trauriger als zuvor.

Zora stand im Wald, ein wenig abseits von Maude, Heide und Madouc, und hörte dem Garou beim Heulen zu. Sie vermisste das Meer. Zora wollte ihrem Lamm das Meer zeigen. Es war wichtig für ein Schaf, das Meer zu sehen.

Es war ihre zweite Nacht fern von der Herde, und diesmal verbrachten sie sie unter den schützenden Zweigen einer

großen Tanne. Selbst Madouc, die gestern in dem Bushäuschen geschlafen hatte wie ein Stein – ein schnarchender Stein –, war heute unruhig. Ihre Hufe scharrten Muster in die überzuckerten Tannennadeln unter ihren Füßen, und manchmal murmelte sie »Nein, nicht mich! Nimm sie! Nimm sie!«. Zora, Maude und Heide waren hellwach und starrten mit weiten Augen in die Dunkelheit.

Und dann hatte Zora einen verrückten Plan. Sie wusste sofort, dass er verrückt war – sie hatte einfach schon viel zu viel Zeit mit dieser Ziege verbracht! Aber es war ein Plan.

»Wir gehen los!«, blökte sie. »Sofort! Wir gehen dahin, wo das Heulen herkommt!«

»Weg!«, korrigierte Heide. »Von dem Heulen weg, meinst du!«

»Nein«, sagte Zora. »Versteht ihr nicht? Wir haben das Heulen von der Weide aus gehört! Das bedeutet, dass das Heulen nicht zu weit von der Weide weg ist! Wenn wir dem Heulen folgen, führt es uns vielleicht nach Hause!«

»Was ist, wenn er jetzt einfach woanders heult?«, fragte Heide.

»Es ist möglich«, gab Zora zu. »Aber ich glaube es nicht.«

Madouc mochte den Plan – natürlich! Es bestätigte Zoras schlimmste Befürchtungen.

Die anderen waren zu müde, um ernsthaft zu protestieren.

Sie verließen den Schutz der alten Tanne und gingen wieder los, Zora voran, die anderen hinterher.

Und als das Heulen verstummte, gingen sie weiter.

Othello galoppierte durch Räume und Räume und Räume, vorbei an Feuern und Fenstern, um Säulen herum und im Zick-Zack zwischen alten Dingen hindurch. Einmal sprang er über ein kleines steinernes Pferd.

Zuerst machte sich Othello keine allzu großen Sorgen – die Fronsac war alt und schwerfällig. Doch sie kannte das Schloss und folgte Othello mit überraschender Hartnäckigkeit und Flinkheit. Othellos Atem wurde schneller. Zu glatte Böden. Zu viele Winkel. Othello schlitterte in einen offenen Schrank, verheddert sich und kam wieder frei, ein Stück Stoff am Horn. Rannte einen langen Gang mit vielen Türen entlang. Die Fronsac hinterher.

Die Türen waren zu, alle. Othello galoppierte um eine Ecke. Noch mehr geschlossene Türen und dann, auf einmal, eine offene Tür. Ohne nachzudenken, sprang Othello hindurch, und die Tür schloss sich hinter ihm. Othello fuhr herum. Da stand Zach mit seiner Sonnenbrille und lächelte ihn an. Draußen walzte die Fronsac vorbei. Zach öffnete zwei andere Türen, eine für sich, eine für Othello, nickte dem Widder zu und verschwand.

Othello trabte weiter, auf der Suche nach dem Himmel.

Er fand den Himmel nicht, aber er fand... ein Schaf. In einem der vielen Räume, in die Othello auf der Suche nach dem Himmel hineinwitterte, im Halbdunkel eines Türrahmens, stand stumm und drohend ein schwarzer Widder. Ein Rivale, der sein Revier verteidigte. Othellos Herz pochte. Von allen seltsamen Schlossdingen schien dieses einsame Schaf, das im Dunkeln jenseits der Tür lebte, das seltsamste und schrecklichste zu sein. Wie war es hierher gekommen? Was fraß es, und was trank es? Wo war seine Herde? Wer hatte es hier eingesperrt? Und warum stand es dort reglos im Türrahmen wie ein Fremder?

Othello schnaubte. Sein Gegenüber blieb stumm. Othello kam vorsichtig näher, und auch das fremde Schaf trat aus dem Schatten des Türrahmens heraus ins Licht, lautlos wie ein Geist.

Othello blieb vor Verblüffung stehen. Er kannte den Widder, kannte ihn seit langer Zeit. Es war das Schaf der windstillen Tage, das Schaf vom Grunde der Pfützen, Teiche und

Wassertröge. Othello blökte fragend, verhalten. Das Schaf vom Grunde blieb stumm. Kein Wunder. Es war das schweigsamste Schaf, das er je kennen gelernt hatte, schweigsamer noch als das schweigsamste Schaf der Herde. Othello hatte immer gedacht, dieses Schaf würde zu ihm gehören wie sein Schatten. Er hatte nie damit gerechnet, ihm einmal von Angesicht zu Angesicht, von Horn zu Horn zu begegnen, und schon gar nicht hier, in der steinernen Welt der Menschen.

Der schwarze Widder bewegte den Kopf hin und her und sah, dass das Schaf vom Grunde in einer ovalen Form gefangen war. Es musste so etwas wie eine Pfütze sein. Eine klare, glatte Pfütze, die im Zimmer herumgekrochen war und nun wie eine Spinne an der Wand saß. Ein höchst unnatürliches Verhalten. Othello guckte genauer: auch in der harten Pfütze gab es ein Feuer. Es brannte so hell wie das andere Feuer hier im Raum, aber es war kalt. Kalt und stumm. Am Grunde der Pfützen gab es Licht, aber keine Wärme. Das war etwas, was man über das Schaf vom Grunde wissen musste.

Ein Windhauch fuhr durch samtene Vorhänge. Der schwere Stoff schleifte über den Steinboden wie Katzenpfoten, sanft und beiläufig, aber mit einer Ahnung verborgener Krallen. Das Geräusch beunruhigte Othello. Er blickte zu den Fenstern hinüber. Die Vorhänge blähten sich spöttisch und schweigsam, ihre Krallen waren wieder verschwunden. Als Othello aufsah, war das Schaf vom Grunde nicht mehr allein. Ein kleiner weißer Geist war hinter ihm aufgetaucht.

Othello drehte sich um und hoffte, dass das Schaf vom Grunde das Gleiche tun würde. Er wollte seine Augen nicht im Nacken haben, wenn er sich dem Geist zuwandte.

Der Geist war wirklich sehr klein, etwa so hoch wie Othello, roch jung und lebendig, hatte sich ein weißes Stofflaken über den Kopf gestülpt und hielt ein graues Stofftier im Arm.

»Das ist ein Elefant«, dachte Othello, aber natürlich war es nicht wirklich ein Elefant.

Der kleine Geist raffte sein weißes Laken vom Boden, tappte barfüßig näher und begann zu sprechen.

Othello verstand nicht viel von dem, was der kleine Geist quakte. Aber ein bisschen verstand er dann doch. Dass der Stoffelefant Earl Grey hieß. Und dass der kleine Geist ihn sehr mochte. Es war wirklich schwer zu verstehen, Geist und Mensch und Stoff und Schaf, aber Othello verstand.

Der kleine Geist winkte Othello, dann begann er, ihm Türen zu öffnen. Die Tür zum Nebenzimmer, die Tür zu einem langen Gang, in dem es viel frischer roch und von dem viele Türen abgingen. An einer dieser Türen klebte die Plin. Sie hatte ihr Ohr gegen das Holz gepresst, und ihr Gesicht war ganz still, still wie die Gesichter, die der Häher machte. Aber ihre Hände krallten sich in den Stoff ihres Rockes, die Knöchel weiß. Zum ersten Mal sah Othello, dass auch die Plin rote Fingernägel hatte, genau wie Mama.

»Ich bin der Schlossbesitzer«, sagte eine Stimme hinter der Tür. »Sie sind die schöne Schäferin. Wie könnte ich mich da nicht in Sie verlieben? Meine Leute erwarten das.«

»Wenn Sie immer das tun, was Ihre Leute erwarten, werden Sie bald bei Vollmond mordend durch die Wälder ziehen. *Das* erwarten Ihre Leute«, sagte Rebecca.

Der kleine Geist wich einen Schritt zurück, damit die Plin ihn nicht entdeckte, öffnete eine andere Tür und dann noch eine, eine wichtige. Die Tür zum Himmel.

Bevor Othello hindurchschlüpfte, witterte er noch einmal ins Schloss. Es roch nach Dingen, Fisch und Kerzenschein.

Othello trat nach draußen, in die klare Kälte der Nacht, und ließ es zu, dass ihm kleine Geisterfinger scheu durch die Wolle strichen. Es fühlte sich seltsam an.

16

Lane nieste. Ritchfield scharrte. Cordelia schnupperte, Ramses kaute nervös. Cloud durchstöberte das Stroh. Das Winterlamm stand im Schatten unter der Heuraufe, etwas abseits von den anderen, sehr wach und sehr still. Das schweigsamste Schaf der Herde warf einen langen Schatten. Zu viel Mondlicht floss durch das leere Fenster über ihren Köpfen und zeichnete ein bleiches Viereck um Miss Maple.

Kein Schaf schlief mehr. Draußen war es zu still. Viel zu still. Diese Stille konnte sogar Sir Ritchfield hören. Die Stille war durch Ritzen und Fugen gekrochen und hatte sie aufgeweckt, eines nach dem anderen. Der Schuppen kam ihnen auf einmal sehr dünnwandig vor.

Dann, als hätten sie darauf gewartet, kroch ein Geräusch um den Heuschuppen: ein Knirschen und Schleifen und Atmen. Ein Geräusch wie in Maples Traum.

»Glaubt ihr, das ist…«, hauchte Cordelia.

Lane, Cloud und Ramses nickten.

»Erst haben sie Rebecca weggelockt, und jetzt…«, flüsterte Lane.

Das Knirschen näherte sich langsam der Heuschuppentür.

»Wir rennen ihn um!«, flüsterte Ramses. »Sofort! An der Tür! Alle zusammen!«

Es war gar keine so schlechte Idee. Vor allem war es die einzige Idee.

Die Schafe ballten sich stumm und entschlossen hinter der Tür zusammen, alle, auch Willow und das schweigsamste Schaf. Sogar das Winterlamm.

Ehe sich Ramses versah, stand er in der Mitte einer zum Angriff entschlossenen Herde.

»Wirklich?«, flüsterte er. »Glaubt ihr? Was, wenn …? Wann?«

»Jetzt!«, blökte Cloud und schüttelte verwegen ihre Wolle.

Sir Ritchfield verstand nicht viel von der ganzen Aufregung, aber er verstand genug vom Herdendasein, um sich mit den anderen zusammenzuballen und mit den anderen loszuspringen. Wenn alle etwas taten, war es gut! Eine Berührung an seiner Flanke verriet ihm, dass Melmoth neben ihm war, stark und schön und grau, die Hörner zum Angriff gesenkt. Auch Ritchfield senkte die Hörner. Etwas in ihm sang.

Cloud vor ihm bremste, und Ritchfield wurde vom Schaf hinter sich auf ihren wolligen Rücken geschoben. Es war ihm etwas peinlich. Alle Schafe blökten, so laut, dass er sie gut hören konnte. Hinter ihm blökten sie »Angriff!« und »Alle zusammen!« und »Heu!« und was ihnen sonst noch Ermutigendes einfiel, aber vor ihm blökten sie »Oh!« und »Ach!« und »Ach so!«.

Dann waren sie alle still und sagten gar nichts mehr. Das fremde Schaf stand in der Tür des Heuschuppens. Im Mondlicht sah es noch größer aus, noch ungeschorener und steinartiger – und sehr weise.

»Aube!«, blökte es freundlich, dann trabte es an ihnen vorbei und begann, in einer gemütlichen Ecke des Heuschuppens zu dösen. Normalerweise wäre ihnen der strenge Geruch des Fremden auf die Nerven gegangen, aber heute kam er ihnen beruhigend vor. Es war ein bisschen so, als ob das Mondschaf sie beschützen würde. Die Schafe zogen sich erleichtert von der Tür zurück und entspannten sich – bis erneut ein Knirschen und Knacken um den Heuschuppen zog.

»Angriff!«, blökte Ramses wieder. Die anderen ballten sich in bewährter Manier am Heuschuppeneingang zusammen. Der fremde Widder hatte die Augen wieder geöffnet und sah ihnen mit sanftem Amüsement zu.

»Wolle!«, blökte Cloud. Die anderen blökten »Heu!« und »Herde!«, »Futter!« und »Gras!« und »Lamm!« und andere gute Dinge.

Heathcliff blökte »George!«.

Ritchfield blökte »Sommer!«.

Miss Maple in der ersten Reihe blökte »Stopp!«.

»Ihr seid noch wach?«, fragte Othello in der Tür des Heuschuppens, schwarz und mondlichtschwer, Eis im Fell und ein Glitzern in den Augen.

Später, als der Mond schon etwas voller geworden war, standen die Schafe noch immer hellwach im Stroh und staunten stumm über das, was Othello ihnen erzählt hatte. Zersplitternde Äste und Spaziergänger, die keine waren, zwei Rebeccas, Tiere mit Augen aus Glas, das Schaf vom Grunde, ein barfüßiger Geist und der Häher, der ins Wasser gepisst hatte.

»Er ist verrückt«, murmelte Cordelia und schauderte.

»Er ist der Garou!«, blökte Lane. »Er muss es sein!«

»Der Garou! Der Garou!«, blökten die Schafe. Lane hatte Recht! Ins Wasser pissen – das war genauso wie Rehe reißen und sie nicht zu fressen. Falsch und krank.

»Er hat viele Gesichter«, sagte Othello. »Er macht Gesichter!«

Er sah wieder den Häher vor der Wand aus Gesichtern, die er schön fand. Aber der Häher hatte nicht Recht: ein neues Gesicht war eben nicht ein neues Leben. Ein neues Gesicht war nur ein neues Versteck.

»Der Garou! Der Garou!«, blökten die Schafe weiter, halb

aus Grusel, halb aus Erleichterung, dass sie endlich wussten, wie der Garou aussah. Und dass er ein bisschen hinkte.

»Er ist nicht der Garou!«, sagte Miss Maple. »Er kann nicht der Garou sein!«

»Der Garou!«, blökten die Schafe stur weiter. Immer, wenn sie etwas verstanden hatten, kam Maple und brachte die Sachen wieder durcheinander.

»Er kann nicht der Garou sein!«, wiederholte Maple hartnäckig.

»Warum denn nicht?«, blökte Ramses gereizt.

»Wegen dem Silber! Er hat Rebecca eine Karte aus Silber gegeben, erinnert ihr euch? Wenn er der Garou ist, warum hat er ihr dann ein Silber gegeben? Wenn er der Garou wäre, hätte er Angst vor dem Silber.«

»Vielleicht stimmt das mit dem Silber gar nicht«, sagte Lane. »Vielleicht spinnt die kleine Ziege ja!«

»Die kleine Ziege spinnt!«, blökten Ramses, Cloud und Cordelia im Chor.

»Aber Mopple hat sich daran erinnert!«, sagte Maple.

Das Blöken verstummte. Ziegen hin oder her – wenn sich Mopple an etwas erinnerte, dann stimmte es. Und irgendwie machte die Tatsache, dass Mopple nicht zurückgekehrt war, seine Erinnerungen noch wichtiger.

»Wenn der Häher nicht der Garou ist, dann ist er etwas anderes!«, sagte Othello. »Er hat Angst vor der Polizei. Er wollte keine Schafe im Schloss.«

Einige Schafe blökten empört.

»Und trotzdem hat er uns nicht verjagt. Er wollte nicht, dass Rebecca uns sieht und zurück zur Weide bringt. Er wollte, dass Rebecca irgendetwas *nicht* sieht. Etwas Wichtiges. Etwas, das passiert ist. Ist etwas passiert?«

Die Schafe überlegten.

261

»Das Auto!«, blökte Cordelia. »Das Auto ist passiert!«

»Und Tess…«, murmelte Lane leise.

Sie erzählten Othello von dem heimlichen Auto und dem unheimlichen Mann im Turm. Dem Mann, den niemand hatte kommen sehen. Nur sie.

»Gibt es wirklich Blumen im Schloss?«, fragte Cordelia.

Othello nickte. »Blumen und Feuer. Und viel zu viele alte Dinge, die überall herumstehen. Es ist kein Ort für ein Schaf.«

»Vielleicht sollten wir das Schaf vom Grunde befreien?«, fragte Ramses, noch immer ein bisschen kühn von seinem kurzen Ausflug ins Leitwidderleben.

»Das Schaf vom Grunde kann man nicht befreien«, sagte Othello. »Man kann es nur treffen. Ich glaube, es lebt unter Wasser.«

»Wie ein Krokodil?«, fragte Heathcliff, der gut aufgepasst hatte.

Othello nickte. »Ein bisschen.«

»Und es ist ein schwarzer Widder, wie du?«, fragte Lane.

Othello nickte.

Cloud räusperte sich. Es war nicht einfach, einem so erfahrenen Leitwidder zu widersprechen. Othello kannte die Welt und den Zoo und sogar Krokodile. Und trotzdem…

»Ich glaube, das Schaf vom Grunde ist weiß«, sagte sie vorsichtig, »und sehr wollig.« Cloud hatte noch nie zuvor darüber nachgedacht, aber soweit sie sich erinnern konnte, hatte sie immer nur ein sehr wolliges Schaf im Wasser gesehen. Ein schwarzer vierhörniger Widder wie Othello wäre ihr aufgefallen.

»Nein«, sagte Othello. »Sicher nicht.«

»Ich… ich glaube, das Schaf vom Grunde ist klein und zottig wie ich!«, blökte das Winterlamm. »Ich heiße Heathcliff!«, fügte es hinzu. »Und ich glaube, das Schaf vom Grunde heißt auch Heathcliff!«

Die Schafe verdrehten die Augen. Das Schaf vom Grunde – so eine kleine, struppige Gestalt? Lächerlich!

»Das Schaf vom Grunde ist weiß und hübsch!«, blökte Cordelia.

Plötzlich wussten alle Schafe etwas über das Schaf vom Grunde und blökten wild durcheinander.

Othello schwieg überrascht. Melmoth der Graue hatte ihm vor langer Zeit das Schaf vom Grunde gezeigt, das die meisten Schafe gar nicht beachteten, und Othello war immer ein wenig stolz darauf gewesen, dass es ein schwarzer Vierhornwidder war, genau wie er. Aber auf einmal schien die Sache nicht mehr so klar zu sein.

Draußen auf der Weide platschte etwas. Es klang nicht wie der Garou, eher wie eine faule Aprikose, die vom Baum fiel. Die Schafe äugten mutig nach draußen. Die Weide sah unnatürlich hell aus im Mondlicht, und vor dem Schäferwagen im Schnee saß Mama auf ihrem Hinterteil.

»Hoppla!«, sagte sie.

Sie versuchte aufzustehen, schaffte es nicht und kicherte.

»Na, dann wollen wir mal sehen«, sagte sie und zog etwas aus der Tasche. Was, das konnten die Schafe aus der Entfernung zuerst nicht so genau erkennen.

»Der Magier!«, sagte Mama. »Dieser Schnösel! Ich kann diesen Schnösel nicht ausstehen! Eines Tages ersetze ich ihn auch durch den Teufel! 75 Prozent, das soll mir mal einer nachmachen, und an allem ist der Teufel schuld!«

Anscheinend war Mama wieder mit ihren Karten beschäftigt. Die Schafe verstanden, was passierte: Humbug. Humbug draußen vor dem Schäferwagen! Endlich konnten sie zusehen!

»Der Teufel ist schuld!«, flüsterte Cordelia. »Ich glaube, wir müssen den Teufel fressen!«

Die anderen nickten.

»Drei«, sagte Lane. »Drei Teufel! Sie können nicht alle an allem schuld sein.«

»Aber jeder an ein bisschen was!«, sagte Cloud.

»Der Narr!«, sagte Mama unten am Schäferwagen und legte eine zweite Karte in den Schnee. »Läuft so einfach über die Klippen! Was denkt er, was er ist – ein Vogel? Glaubst du, ich hätte mir das nicht auch überlegt, ab und zu, George? Ein Schluck aus der richtigen Flasche, und sie können ihren Mist alleine machen, ha! Aber ich hatte immer genügend Liebe, die mich ans Leben gebunden hat. Liebe bindet einen ans Leben, ob man will oder nicht … und ich wollte nicht immer … bilde dir bloß nicht ein, dass ich immer gewollt hätte … und dass du sie nicht gehabt hast, das ist … du hättest sie haben sollen … du hättest es verdient gehabt!«

Mama schluchzte.

Sie tastete in ihrer Kleidung nach einem Taschentuch, fand eins und schnäuzte.

Dann blickte sie auf. Vor ihr stand Rebecca, schweigend, mit verschränkten Armen.

»Ganz der Vater«, sagte Mama und lächelte wieder.

»Ich glaub's nicht«, sagte Rebecca. »Ich hatte ihm doch … Komm aus dem Schnee! Wie lange sitzt du hier denn schon? Heiliger Strohsack!«

Der heilige Strohsack war ein ganz besonderer Strohsack, der von Rebecca nur bei wichtigen Gelegenheiten angerufen wurde. Die Schafe hatten ihn noch nie gesehen, aber sie konnten ihn sich sehr gut vorstellen: prall und groß und golden und duftig.

Rebecca zog Mama aus dem Schnee. Es war gar nicht so einfach. Mama schwankte nach links und nach rechts und schien die ganze Sache nicht sonderlich ernst zu nehmen.

Endlich gelang es Rebecca doch, die leise singende Mama irgendwie die Stufen hinaufzubefördern.

»Ich mach Tee!«, sagte Rebecca. »Wo ist Tess?«

»Im Himmel!«, krakeelte Mama aus dem Schäferwagen.

»Unsinn!«, sagte Rebecca, kam wieder die Stufen herunter und stieß den hohen, lockenden Vogelpfiff aus, den Tess besonders mochte. Aber Tess kam nicht.

»Tess?«, rief Rebecca. »Tess Tess Tess!«

Sie leuchtete mit einem Licht über die Weide, Richtung Hof, Richtung Schrank und Richtung Heuschuppen, und dann, endlich, leuchtete sie auch unter den Schäferwagen.

»Da bist du!«, sagte Rebecca. »Tess, Mädchen!«

Dann sagte sie eine ganze Weile lang gar nichts mehr.

Rebecca zog Tess unter dem Schäferwagen hervor, legte sie in ihren Schoß und streichelte ihr das Fell, schwarz und weiß, schwarz und blau im Mondlicht. Sie streichelte Tess eine lange Zeit.

Dann stand sie auf und ging mit der Schäferhündin im Arm die Stufen hinauf.

»Ich brauch die Nummer!«, sagte sie. »Wo ist die Nummer!«
Es klang wie ein Schrei.

»Die Nummer gegen Kummer?«, fragte Mama.

»Nein«, sagte Rebecca mit erstickter Stimme. »Leider nicht! Die Nummer von diesem Inspektor! Ich ruf ihn an! Ich ruf ihn sofort an! Sie war kerngesund heute Morgen. Kerngesund! Jemand hat sie vergiftet! Ich weiß einfach, dass sie jemand vergiftet hat!«

Die Tür des Schäferwagens schlug zu.

Die Schafe standen im Eingang des Heuschuppens. Sie hatten noch nicht wirklich angefangen, Tess zu vermissen. Nachts gab es keine Tess. Tess gab es nur am Tage, mit Klappohren und heller Hundestimme und sehr viel Freude im Körper, vor

allem in ihrer Schwanzspitze. Das Wunderbarste an Tess war, dass George immer ein bisschen bei ihr war. Wenn Tess sie hütete, konnten die Schafe ihn sehen, eine schemenhafte Gestalt am Rande der Weide, mit Schäferhut und Stock und einem Lächeln, das sie spüren konnten.

Morgen früh würden sie Tess ganz schrecklich vermissen.

»Ob sie wirklich vergiftet wurde?«, fragte Cordelia.

»Und von wem?«, fragte Lane.

»Dem Garou!«, blökte Ramses schrill.

»Unsinn«, sagte Cloud. »Wölfe beißen. Sie vergiften nicht.«

»Vielleicht doch!«, sagte Maple plötzlich. »Vielleicht hat der Garou Angst vor Hunden! Vielleicht hat er Tess vergiftet, damit niemand mehr auf uns aufpasst!«

Es war ein beunruhigender Gedanke. Nicht alle Schafe trauten sich, ihn zu Ende zu denken, aber manche dann doch.

»Wir wissen, wer Angst vor Hunden hat!«, sagte Lane langsam.

»Der Häher! Der Häher!«, blökten Cordelia und Cloud im Chor.

»Ja«, sagte Maple. »Aber der Häher hat keine Angst vor Silber.«

Maple dachte an das Silber in den behandschuhten Händen des Hähers, und dann musste sie auf einmal an Rebeccas streichelnde Hände denken.

Hände.

Hände waren das Problem.

Die Menschen glaubten, dass sie mehr dachten als andere Wesen. Das war ein Irrtum. Auch Schafe dachten ohne Unterlass, tiefe, wollige Schafsgedanken. Aber Menschen hatten Hände, um nach ihren Gedanken zu greifen, sie festzuhalten, zu formen, sie aus der wolkigen Gedankenwelt hinüberzuzerren auf die Weide des Lebens, sie aufzuschreiben und weiterzureichen, von Kopf zu Kopf und Hand zu Hand. Der Garou war ein Gedanke, den jemand geformt hatte. Aber warum? Und wozu?

»*Was ist, wenn es gar keinen Garou gibt?*«

Viele Schafsaugen hefteten sich auf Maple, die wieder in ihrem Lichtfleck stand und selbst ein bisschen wie das Mondschaf aussah.

»Keinen Garou?«

Maple trat auf ihre Herde zu, aus dem Licht in den Schatten.

»Erinnert ihr euch an das, was Othello von dem Spaziergänger erzählt hat? Von dem Reh, das er bluten lassen wollte? Und an so einem dummen Ort, wo es bestimmt jemand findet! Vielleicht wollte er, dass es gefunden wird. Vielleicht wollte er, dass die Leute glauben, es gäbe einen Garou! Ich habe zuerst gedacht, dass der Garou ein Mensch ist, der Wolf spielt. Aber jetzt glaube ich, dass ein Mensch Garou spielt.«

»Warum sollte jemand Garou spielen wollen?«, fragte Lane. »Das ist ein doofes Spiel!«

»Vielleicht macht es Spaß«, sagte Heathcliff.

»Spaß!« Die anderen sahen Heathcliff böse an.

Heathcliff guckte ein bisschen verlegen. »Leitwidder spielen macht Spaß. Ziege spielen macht Spaß. Vielleicht macht Garou spielen ja auch Spaß.«

Er dachte einen Moment lang nach.

»Wenn man der Wolf ist, muss man vor dem Wolf keine Angst mehr haben, oder?«, sagte er leise.

Maple begann, konzentriert auf und ab zu traben, so wie es wahrscheinlich nur das klügste Schaf Europas und vielleicht der Welt konnte.

»Die Männer wollen, dass es so aussieht, als gäbe es einen Garou. Warum? Weil man den Garou nicht fangen kann – und

die Polizei schon gar nicht! Sie erfinden eine Geschichte, und dann lassen sie es so aussehen, als wäre sie wirklich. Die Männer wollen dem Garou etwas unterschieben! Aber was – oder wen?«

»Yves?«, fragte Cloud.

»Vielleicht«, sagte Miss Maple.

Mopple wusste nicht mehr, wie er in den Wald hineingeraten war. Auf einmal war er wieder draußen vor dem Schloss gestanden, und ein Steintier hatte ihn erschreckt, flackernd und lebendig im Mondlicht. Und jetzt? Bäume, viel zu viele. Bäume und ein fernes Heulen. Und zwischen den Bäumen lag etwas Dunkles im Schnee und atmete.

Es dauerte einen Moment, bis Mopple verstand, dass das Reh nur schlief, schlank und heil und mondbeschienen. Trotzdem stimmte etwas nicht. Kein Schaf würde so schlafen, lang gestreckt und hilflos am Boden, und ein wildes Waldtier wie ein Reh ganz gewiss nicht.

Etwas raschelte zwischen den Bäumen, und Mopple fuhr herum.

»Zora?«, fragte er.

Mopple wurde warm in der Brust. Da stand tatsächlich Zora, mit ihren schönen Hörnern und ihrem schwarzen Gesicht und großen weiten Augen. Vielleicht war sie in den Wald gekommen, um ihn zu suchen!

Mopple wollte gerade glücklich aus seinem Gebüsch hervortraben, als Zora entsetzt herumfuhr, strauchelte, sich wieder aufrappelte und in wilder Flucht davonstürzte.

Im gleichen Moment brach schräg hinter Mopple etwas Großes aus dem Dickicht und jagte mit weiten Sprüngen hinter Zora her.

Zora rannte.

Hatte sie wirklich gerade Mopple gesehen? Mopple, der dick und rund und freundlich war und so kurzsichtig, dass er nachts die Sterne nicht sehen konnte? Mopple the Whale im Wald?

Dann dachte Zora nicht mehr zurück, nur voran, in Windeseile.

Zuerst tat es gar nicht weh. Nur ein plötzliches Wegsacken ihres Hufes beim Herumwirbeln und ein seltsamer Winkel, doch schon nach ein paar Sprüngen merkte Zora, dass mit ihrem Bein etwas nicht stimmte. Bei jedem Schritt gab es unter ihrem Gewicht ein wenig nach, und ein kleiner Schmerz stach tief in ihren Huf. Alles war auf einmal sehr laut, dann sehr leise. Die Bäume rückten dichter um sie zusammen, wisperten und verschwammen vor ihren Augen. Zora hörte Galopp, direkt auf sie zu, und es dauerte eine Weile, bis sie verstand, dass es ihr eigenes Herz war, das da galoppierte.

Zora blieb an einer Wurzel hängen, strauchelte und stürzte. Sie rappelte sich mühsam hoch und wollte weiterhinken, sinnlos durchs Dickicht, immer weiter, nur weg von den bodenlosen Schatten unter den Bäumen, den samtigen, kaum hörbaren Schritten und dem langen, lauernden Schweigen dazwischen. Sie würde sich wieder verheddern, sie würde wieder fallen, und sie würde – hoffentlich – wieder aufstehen.

Dann, auf einmal, hörte Zora unter ihrem hämmernden Herzen einen anderen Herzschlag, leise wie ein Gedanke, aber bestimmt. Ruhig. Regelmäßig. Unbeirrt wie ein Schaf, das mit sicheren Schritten am Abgrund entlangläuft, dem Leben entgegen.

Warte, sagte der Herzschlag. Atme. Wittere. Wir sind zwei.

Zora atmete. Ein Ast knackte, nicht weit von ihr. Zora wartete. Nahm einen weiteren, tiefen Atemzug. Sie waren zwei.

Deswegen mussten sie entkommen. Sie, Zora, musste für sie beide entkommen. Die Panik floss aus ihren Hufen und versickerte im kalten Waldboden. Auch der Schmerz verschwand. Der Wolf war hinter ihr her, der Garou, und Zora würde mehr als nur vier panische Beine brauchen, um ihm zu entkommen. Sie würde ihre Nase brauchen, ihre Augen und Ohren, ihren Kopf, ihr Herz und wenn nötig eben auch ihre Hörner. Denn sie waren zwei.

Zora lauschte. Das Knacken hatte aufgehört. Irgendwo in der Nähe stand der Garou, und auch er lauschte – auf ein Schaf, das halb verrückt vor Angst durchs Dickicht brach. Zora wich einige vorsichtige Schritte zurück, tiefer in die Schatten. Sie witterte. Warum witterte der Garou nicht? Er musste sich doch nur einfach an ihre unmissverständlich panische Geruchsspur halten.

Zora senkte furchtlos ihre eleganten Hörner und wartete.

Erst als die ersten Strahlen fahlen Morgenlichts auf die Schafe herabtroffen, merkten sie, dass sie doch geschlafen haben mussten, tief und fest, dicht aneinandergeschmiegt, der Ungeschorene mitten unter ihnen.

»Die Sonne!«, sagte der Ungeschorene jetzt und trabte zu einem frühen goldenen Sonnenfleck im Stroh. Es war das erste Mal, dass er etwas Vernünftiges sagte. Die Schafe verstanden ihn gut. Die Sonne hatte wieder einmal die Nacht vertrieben und wärmte die Welt wie ein Mutterschaf. Es passierte jeden Tag, und dennoch war es ein großes Wunder. Vor allem im Winter.

Wie so oft ballten sie sich dicht vor dem Heuschuppen zusammen, um dem Sonnenschaf bei seinen ersten vorsichtigen Schritten über den Himmel zuzusehen.

Rebecca war schon wach – oder, ihrer Blässe nach zu urteilen, war sie noch wach –, stand an die Tür des Schäferwagens gelehnt und rauchte.

Morgennebel hing über dem kleinen Bach, und die Weide sah schön aus. Gleich nachdem Rebecca mit ihrer Zigarette fertig war, ging sie zur Futterkammer und teilte ordentlich Kraftfutter aus. Die Schafe konnten ihr Glück kaum fassen.

»Ich passe auf euch auf«, sagte Rebecca leise. »Diesmal passe ich auf!«

Sie wollte gerade wieder ihren Zeigefinger ausfahren, um die Schafe zu zählen, als sich neben ihr jemand räusperte. Rebecca und die Schafe zuckten zusammen. Sie waren so mit Füttern und Gefüttert-Werden beschäftigt gewesen, dass sie den Menschen, der im Morgennebel neben Rebecca aufgetaucht war, gar nicht bemerkt hatten.

»Guten Morgen, Mademoiselle«, sagte Malonchot. »Ich bin gleich gekommen. Die Sache tut mir sehr leid.«

»Wollen Sie sie sehen?«, fragte Rebecca.

»Ich würde sie gerne mitnehmen«, sagte Malonchot. »Ich fahre sie beim Tierarzt vorbei, und dann kann der mir hoffentlich sagen, woran sie gestorben ist. Ich fürchte, ich kann unsere Forensik nicht für einen toten Hund begeistern. Der Fall ist zu alt und – wie die Kollegen meinen – zu kalt. Sie wollen nicht schon wieder für ein Tier ausrücken.«

Rebecca seufzte. »Na gut«, sagte sie dann.

»Was ich noch gerne wissen würde, ist: war sie die ganze Zeit bei Ihnen? Wer hätte Gelegenheit gehabt, ihr etwas zu geben?«, fragte Malonchot.

Rebecca nickte. »Das habe ich mich auch schon gefragt. Die Sache ist die: Mama hat sie gestern zu Madame Fronsac gebracht, als sie duschen gegangen ist. Wir duschen im Gästehaus des Schlosses, wo im Sommer die Touristen untergebracht sind. Und Madame Fronsac ist dort meistens in der Küche, und

271

vor der Küche gibt es einen Vorraum, und dort kommt Tess hin, und da ist sie immer ganz zufrieden. War – war sie zufrieden. Aber jeder kann in diesen Vorraum, jeder. Und ich weiß, dass die Madame nicht die ganze Zeit bei ihr war. Und alles wegen der blöden Sache mit den Klamotten. Es tut mir so leid.«

Rebeccas Augen glitzerten nass.

»Und sie hätte von Fremden Futter genommen?«

»Oh ja«, seufzte Rebecca.

»Ich sehe, was ich tun kann«, sagte Malonchot.

Er zückte eine Tafel Nussschokolade und bot sie Rebecca an. Diesmal brach sich die Schäferin ein ordentliches Stück ab.

»Ich bin auch hierhergekommen, weil ich eine Idee hatte«, sagte er. »Genau genommen zwei. So was kommt vor.«

Rebecca nickte und kaute.

Der große Inspektor drehte sein Gesicht der Sonne zu und blinzelte.

»Ich habe eine Freundin«, begann er. »Eine kluge Frau.«

Rebecca hörte auf zu kauen.

»Sie ist Kunstkritikerin, mit einer Galerie in Mauriac. Wenn Sie einmal nach Mauriac kommen, sollten Sie sich die mal ansehen, Mademoiselle, wirklich sehr schön.«

Rebecca kaute weiter.

»Gestern hat sie mich überraschend besucht. Nicht wirklich überraschend, aber überraschend genug, und ich hatte gerade die Bilder von hier auf dem Tisch liegen. Tatortfotos. Von jetzt und von früher. Und sie kam herein, und das Erste, was sie sagte, war ›magnifique‹. Magnifique! Ich war natürlich überrascht, aber dann habe ich verstanden, dass sie gar keine Tatorte gesehen hat, nur Bilder. Und sie fand die Bilder sehr schön. Alle bis auf eines. Das Reh, das Sie gefunden haben, Mademoiselle, fand sie ›null‹. Und sie war sich sicher, dass es eine Fälschung ist. Nicht vom selben Künstler.«

Rebecca schluckte den letzten Bissen Schokolade hinunter und nickte.

»Seitdem habe ich verschiedene Überlegungen angestellt. Einmal glaube ich, dass Ihr Reh tatsächlich nicht vom selben ›Künstler‹ ist. Eine Kopie. Es gab auch einige andere Sachen, über die ich mich gewundert hatte: der Fundort – so exponiert am Waldrand. Sehr untypisch. Und dieses Reh wurde mit einer Drahtschlinge gefangen. Die Originale nicht, das kann ich mit ziemlicher Sicherheit sagen. Soweit wir wissen, wurden die Originale alle zu Tode gehetzt.«

»Gehetzt?«, fragte Rebecca. »Die Rehe? Mein Gott!«

»Und dann hat meine Freundin gefragt ›Wo stellt er aus?‹, und ich habe gesagt ›nirgends‹, und im selben Moment habe ich gewusst, dass das stimmt. Das Original stellt nicht aus. Die Tatorte sind geschützt. Abgeschieden. Orte, wie sie ein Tier aussuchen würde. Bis auf die Schafherde. Ich nehme an, Sie haben von der Schafherde gehört?«

Rebecca nickte.

»Aber«, Malonchot zückte wieder die Schokoladentafel, »ich habe das Gefühl, dass der Kopist ausstellt.«

»Brrrr«, sagte Rebecca.

»Ich möchte Ihnen keine Angst machen«, sagte Malonchot. »Ich erzähle Ihnen das, Mademoiselle, weil ich glaube, dass Sie und Ihre Tiere sehr attraktive Opfer sind – sowohl für das Original als auch für den Kopisten, und nun, nach der Sache mit dem Hund … Ich finde, Sie müssen wissen, dass es so etwas wie einen Fälscher gibt. Eine Gefahr von zwei Seiten.«

Rebecca nickte bleich. »Okay.«

Lane schüttelte den Kopf. »Manchmal hört man ihnen zu und versteht kein Wort. Kein einziges!«

»Hmm«, sagte Miss Maple. »Ich glaube, er hat auch herausgefunden, dass jemand Garou spielt. Und nicht nur das: er sagt,

dass es zwei Garous gibt, einen echten und einen falschen. Und ich glaube, er hat Recht.«

Malonchot lächelte und küsste Rebecca die Hand.

»Ich würde Sie gerne für einen Plan gewinnen, Mademoiselle!«

Ein Sprechgerät schrillte über die Weide. Der Inspektor und die Schäferin sahen sich erwartungsvoll an.

»Ist das Ihres?«, fragte Malonchot.

3. Teil

Fallen

17

Es ist alles deine Schuld!«, blökte Heide.

»Ist es nicht!«, murmelte Maude. »Die Ziege ist schuld!«

»Aber ich habe gar nichts gemacht!«, meckerte Madouc.

»Ziegen sind immer schuld«, sagte Maude unerbittlich.

Seit sie Zora im nächtlichen Wald verloren hatten, weil Maude zu lange zum Wittern stehen geblieben war, waren die verbleibenden Mitglieder der Schafsexpedition nicht besonders gut aufeinander zu sprechen. Sie trabten noch ein bisschen in die Richtung, aus der das Heulen gekommen war, dann zur Abwechslung und weil niemand dem unheimlichen Heuler wirklich begegnen wollte, in eine andere. Sie hatten alle gemeinsam unter einer Buche übernachtet, zähes Waldgras gefressen und sich am Morgen ein bisschen auf einer Lichtung gesonnt. Seit Zora nicht mehr bei ihnen war, ging es mit der Disziplin stetig bergab.

»Im Gegenteil!«, meckerte Madouc. »Ziegen sind nie schuld. Wir haben einen Sündenbock, der ist immer an allem schuld, aber keiner kennt ihn.«

»Unsinn!«, sagte Maude.

»Pssst!«, zischte Heide.

Die beiden Schafe und die Ziege zogen sich in den Schatten eines efeuüberwucherten Baumstamms zurück und spähten den Hang hinunter, wo sich zwei dunkle Punkte ihren Weg durch viel Weiß bahnten.

Die Spaziergänger! Die Schafsfeinde!

»Wir sollten verschwinden!«, flüsterte Heide.

»Wir sollten ihnen folgen!«, sagte Madouc.

»Warum denn das?« Die beiden Schafe sahen die kleine Ziege entgeistert an.

»Na, sie wohnen beim Schloss, stimmt's? Und irgendwann werden sie wieder zurückwollen.«

»Um zu duschen«, Heide nickte. »Mama sagt, sie duschen die ganze Zeit!«

Duschen war ein seltsamer Prozess, bei dem natürliche Gerüche durch künstliche ersetzt wurden. Sie hatten noch nie gesehen, wie es genau funktionierte, aber eines war sicher: Duschen konnte man nicht im Wald.

»Genau!«, sagte Madouc. »Wir folgen ihnen, und sie bringen uns heim!«

Es war gar kein so verrückter Plan. Besser als der mit dem Heulen. Außer…

»Was ist, wenn sie uns entdecken?«, fragte Maude.

Die kleine Ziege legte ihren Kopf schief und ließ die Zunge schlaff aus dem Maul hängen.

»Das!«, sagte sie dann.

Heide schluckte.

Sehr vorsichtig folgten die drei den beiden Wintergästen.

Schnee fiel. Nichts rührte sich im Wald.

Die beiden Männer gingen eine Zeit lang schweigend, dann musste der Größere und Dickere von beiden stehen bleiben, um sich zu schnäuzen.

»Hoffentlich ist er bald fertig«, sagte er. Madouc spitzte die Ohren. »Ich kann dir gar nicht sagen, wie sehr mir das hier alles auf die Nerven geht! Ich meine, hier gibt es nichts! Nicht mal ein Eiscafé! Nur dieses komische Wirtshaus im Wald.«

Der Kleine lachte spöttisch. »Dir fehlen die Frauen, das ist alles. Aber keine Sorge. Heute kommt der Boss unter das Messer, und morgen kann er schon wieder weg von hier, wenn alles gut geht, und dann schlagen wir zu. Je früher, desto besser. Am Wochenende gibt es eine Treibjagd, höre ich. Da kommen Leute von überall. I-de-al! Nun erzähl mir nicht, dass du dich nicht für eine Treibjagd interessierst. All die toten Tiere. Na, was sagst du?«

»Er wird anders aussehen, nicht wahr?«

»Das ist der Sinn der Übung«, sagte der Kleine. »Hübscher. Nicht wie auf den Fahndungsfotos. Ohne ein Loch in der Fresse.«

»Aber ... wenn er anders aussieht ... ich meine, woher wissen wir dann noch, dass es der Boss ist?«

»Oh, das werden wir wissen, glaub mir! Der Boss ist der, der zahlt!«

Der Kleine ging ein bisschen schneller. »Komm schon!«

»Und glaubst du, die Zicke wird Schwierigkeiten machen?«

Der Kleine schüttelte den Kopf. »Die macht keine Schwierigkeiten! Die will den Doktor doch noch viel dringender loswerden als wir! Weiber!«

»Weiber!«, grollte der Dicke. Es klang ein wenig sehnsüchtig.

Yves' Sprechgerät hatte längst wieder mit dem Klingeln aufgehört, aber Malonchot grub noch immer. Vorsichtig legte er zuerst ein Bein frei, dann einen Arm, dann den Kopf.

Er erinnerte die Schafe ein bisschen an die beiden Jungmenschen, wenn sie Schneewesen bauten. Die gleiche Versunkenheit. Das gleiche Leuchten in den Augen.

Die Schafe hatten sich nervös auf die andere Seite der Weide zurückgezogen. Sie wussten, dass Rebecca Yves nun doch nicht auf dem Gewissen hatte – aber würde das auch Malonchot verstehen?

»Erkennen Sie ihn?«, fragte Malonchot Rebecca, die ein paar Schritte entfernt stand, bleich wie Schnee.

»Yves. Der war hier so eine Art Mädchen für alles. Knecht, hätte man wahrscheinlich früher gesagt. Nur Yves trägt diese fürchterlichen Hemden.«

Malonchot nickte. »Ich habe ihn vorgestern befragt. Besonders klug war er nicht. Ich meine: kennen Sie ihn näher? Gibt es einen Grund, warum er hier auf der Weide ist? Musste er etwas reparieren, oder so?«

»Er... er sollte uns eine Antenne auf das Dach setzen, aber er ist nie aufgetaucht.«

»Wann war das?«

»Gestern früh. Glauben Sie, das war der...?«

Malonchot schüttelte den Kopf. »Sehen Sie, wie sauber? Ich meine nicht ihn, ich meine die Wunde. Ein einziger Schuss, mehr nicht. Kaum Blut. Nein, das würde mich sehr überraschen. Aber wissen Sie, was mich nicht überraschen würde?«

Rebecca sah nicht wirklich so aus, als ob sie es wissen wollte.

Malonchot seufzte. »Wollen wir mal sehen. Am besten, ich drehe ihn um.«

»Sollten wir nicht lieber die Polizei...?«, sagte Rebecca.

Malonchot warf ihr einen tadelnden Blick zu.

»Mademoiselle, ich *bin* die Polizei! Und bitte verlangen Sie nicht von mir, dass ich warte, bis meine Kollegen von der Spurensicherung diesen schönen Tatort verwüstet haben. Wissen Sie, wie lange es dauert, bis die Kollegen da sind? Stunden, bei dem ganzen Schnee! Die Straßen sind zu! Und was werden sie mir dann sagen? Dass diese Haare hier von Ihren Schafen sind? Pah! Das weiß ich auch so!«

Malonchot streifte sich dünne Handschuhe über und drehte den Toten mit einer merkwürdig delikaten Handbewegung um.

»Oh«, sagte Rebecca, seltsam betroffen.

»Hmm«, sagte Malonchot. Er stellte sich unter die alte Eiche, dahin, wo Yves vor seinem Fall gestanden haben musste, und sah nach allen Seiten: nach rechts – der Stamm der Eiche. Nach links – die Ziegenweide. Nach hinten – der Wald, und sogar nach oben in die Eiche, wo vor zwei Tagen triumphierend das Winterlamm geblökt hatte und wo nun die erste Krähe saß wie eine schwarze, fremde Frucht. Schließlich blickte er nach vorne, direkt zu Rebeccas Schäferwagenfenster hinüber.

»Er … er hat mich beobachtet, nicht wahr?« Rebecca hatte auf einmal Tränen in den Augen. »Ein Spanner!«

Malonchot berührte sie vorsichtig an der Schulter. Eine so vorsichtige Bewegung hätten die Schafe dem großen und breiten Malonchot gar nicht zugetraut.

»Machen Sie sich nichts daraus, Mademoiselle«, sagte Malonchot. »Wenigstens wissen wir jetzt, warum er hier war. Wollen Sie vielleicht kurz reingehen?«

Rebecca schüttelte den Kopf. »Bloß nicht. Da drinnen schläft meine Mutter ihren Rausch aus.«

»So.« Malonchot knöpfte Yves' steifes Hemd auf und gab einen zufriedenen Laut von sich.

»Aha! Sehen Sie, hier ist die Kugel wieder ausgetreten. Das heißt, er wurde aus nächster Nähe erschossen. Und das bedeutet, dass die Kugel nicht weit ist. Manchmal bleiben sie sogar in der Kleidung …«

Malonchot tastete Yves' Hemd ab.

»Aha!«, sagte er dann wieder und zog einen kleinen, glänzenden Kasten aus Yves' Brusttasche.

»Im Zigarettenetui stecken geblieben! Sowas habe ich noch nie … Wie im Film! Außer natürlich, dass die Kugel von der falschen Seite kam! Das ist wirklich außergewöhnlich!«

Malonchot strahlte Rebecca rotwangig an und sah auf einmal ausgesprochen glücklich aus.

»Wollen wir sehen«, murmelte er dann. »Wollen wir mal...«

Er hielt sich etwas Kleines vors Gesicht und kniff ein Auge zusammen.

»Im Geschäft kann man solche Munition jedenfalls nicht kaufen, so viel ist klar. Diese Kugel hat jemand selbst gegossen, und das Material...« – er wog das kleine Ding in der Hand – »es würde mich sehr überraschen, wenn das kein Silber ist!«

Die Schafe horchten auf. Yves war an Silber gestorben! Und das bedeutete...

Rebecca presste eine Hand auf ihren Mund.

»Glauben Sie, er war...?«, flüsterte sie.

»Das ist nun wieder eine ganz andere Frage«, murmelte Malonchot. »Eine ganz andere.«

»Der Garou!«, blökte Ramses.

Die Schafe blickten erwartungsvoll auf Miss Maple.

»Vielleicht...«, murmelte sie.

»Vielleicht...«, murmelte auch Malonchot.

»Vielleicht?«, fragte Rebecca.

»Vielleicht passt jemand auf Sie auf, Mademoiselle.«

»Na wunderbar!«, sagte Rebecca.

»Apropos aufpassen«, sagte Malonchot. »Deswegen bin ich eigentlich hier. *Er* kann kurz warten, nehme ich an.«

Malonchot kickte wieder ein wenig Schnee über den Toten. Rebecca sah ihn schockiert an.

»Unkonventionell?«, fragte Malonchot. »*Oui*, Mademoiselle. Aber so bleibt er wenigstens frisch. Ich möchte ein paar Leuten ein paar Fragen stellen, noch bevor bekannt wird, dass er tot ist. Und apropos unkonventionell... bitte warten Sie einen Moment, nicht hier, vielleicht – unten am Zaun, ja? Ich hole schnell mein Auto, das ist auf der anderen Seite geparkt. Ich möchte Ihnen etwas zeigen, einverstanden?«

»Einverstanden«, nickte Rebecca.

Malonchots Auto war ungewöhnlich hochbeinig und breit-stirnig. Mühelos schnurrte es durch den Schnee, vorbei an einigen schlafenden Artgenossen, direkt zum Weidetor.

Malonchot stieg aus und winkte Rebecca herbei. Dann starrte Rebecca durch die Glasscheibe am Hinterteil des Autos, und Malonchot sah sie erwartungsvoll an.

»Ich weiß, es ist vielleicht ein bisschen schwierig, so kurz nachdem Sie ...«, sagte Malonchot. »Aber ich habe mir Folgendes gedacht: Nehmen wir einmal an, wir hätten es mit einem echten Wolf zu tun – und irgendetwas Echtes wird an ihm schon dran sein –, warum verhalten wir uns nicht so? Früher waren Wölfe ein Problem. Und für Probleme gibt es Lösungen. Und das hier – nun, das ist die beste Lösung, die ich kenne.«

»Wo ist vorne, und wo ist hinten?«, fragte Rebecca.

Der Inspektor lächelte. »Eine gute Frage! Eine wahrhaft kriminalistische Frage. Und wie so oft eine Frage, die sich nur beantworten lässt, wenn man die Dinge in Bewegung sieht.«

Malonchot öffnete die Kofferraumtür und steckte sich etwas in den Mund. Ein hoher magerer Ton erklang, ein Ton, der den Schafen bis in die Haarspitzen fuhr. Etwas Weißes und Wolliges wirbelte aus dem Kofferraum wie ein kleiner Schneesturm.

»Ich glaube, das ist ein Schaf!«, blökte Sir Ritchfield aufgeregt.

Die anderen blickten skeptisch hinunter zum Weidetor. Das Wesen *war* wollig. Trotzdem – irgendetwas stimmte nicht. Irgendetwas stimmte ganz und gar nicht. Die Bewegungen. Es war viel zu leise für ein Schaf. Zu leise und zu schnell.

»Er sieht aus wie ein ...«, sagte Rebecca.

»*Exactement*«, sagte Malonchot. »Und das ist ein Vorteil. Oh, ein vierbeiniger Wolf wird ihn schnell wittern, kein Zweifel. Aber was, wenn wir es mit einem zweibeinigen Wolf zu tun haben? Dann können wir ihn vielleicht überraschen!«

Langsam witterten auch die Schafe in der Entfernung etwas.

»Kein Schaf!«, sagte Cloud mit Bestimmtheit. »Ein …«

Cloud prüfte ungläubig die Luft, wieder und wieder.

Auch die anderen Schafe konnten es nun riechen. Aber glauben konnten sie es noch nicht so ganz.

»Ein Schäferhund?«, fragte Rebecca.

»Ein Komodor«, sagte Malonchot. »Eine alte, ungarische Hirtenhundrasse. Kein Hütehund im eigentlichen Sinne. Ein Herdenschutzhund. Oh, er kann sie auch hüten. Aber vor allem wird er sie bewachen. Tag und Nacht.«

»Ich verstehe nicht so viel von Hunden«, sagte Rebecca. »Ich bin neu im Geschäft.«

Malonchot reichte Rebecca lächelnd die Hundepfeife. »Aber er versteht eine ganze Menge von Schafen. Ich habe ihn von einem befreundeten Pyrenäenschäfer, der die Schäferei vor ein paar Monaten aufgegeben hat. Seitdem schmollt der Hund, und ich konnte ihn überreden, ihn uns auszuborgen. Ich glaube, er wird sehr glücklich sein, wieder eine Herde zu haben. Sein Name ist Vidocq.«

»Vidocq?«, sagte Rebecca.

»Ich habe ihn gerade so getauft«, erklärte Malonchot. »Er mag den Namen. Sein Schäfer nennt ihn einfach nur ›Hund‹.«

»Und er wird ihnen ganz sicher nichts tun?«, fragte Rebecca.

»Er ist ein ausgebildeter Hirtenhund«, sagte Malonchot. »Er würde sich lieber selbst in den Schwanz beißen, als irgendeinem Schaf ein Haar zu krümmen.«

Vidocq war ein paar Mal auf dem Hof hin und her gelaufen, zick und zack, mit fließenden, flinken Bewegungen. Es sah so aus, als wolle er in alle Richtungen zugleich. Dann sah er die Schafe, wurde ruhig, setzte sich und guckte.

Die Schafe guckten skeptisch zurück.

Rebecca blies in die Hundepfeife. Die Schafe ächzten, sonst passierte nichts.

»Er ist eigensinnig«, gab Malonchot zu.

»Ich bin auch eigensinnig«, sagte Rebecca und blies wieder in die Pfeife. »Und sie...«, sie nickte zu den Schafen herüber, »Sie können sich gar nicht vorstellen, wie eigensinnig die sind!«

Endlich riss Vidocq seinen Blick von den Schafen los und trottete widerwillig zu Rebecca hinüber. Rebecca ging in die Hocke und streckte eine Hand aus. Vidocq beschnupperte sie. Rebecca lachte leise, dann verschwand ihre Hand in Vidocqs dicken, weißen Zotteln. Auf einmal liefen ihr Tränen über die Wangen.

Vidocq wedelte zögerlich mit dem Schwanz.

»Er mag Sie«, sagte Malonchot.

»Er frisst sicher eine ganze Menge«, sagte Rebecca.

»Auch für dieses Problem gibt es eine Lösung«, sagte der Inspektor. »Ich habe die ganze Rückbank voller Hundefutter.«

Die ganze Rückbank! Die Schafe guckten neidisch.

»Was versprechen Sie sich davon?«, fragte Rebecca. »Ich meine, als Polizist?«

»Irritation«, sagte Malonchot. »Ich möchte die Dinge in Bewegung sehen, verstehen, wo vorne und wo hinten ist, sozusagen. Wenn wirklich jemand Ihren Hund vergiftet hat, bedeutet das vielleicht, dass Hunde für den Täter ein Problem darstellen. Nun denn – schaffen wir ihm ein paar Probleme!«

»Was ist, wenn sie ihn auch vergiften?«, fragte Rebecca.

»Oh«, sagte Malonchot. »Der frisst nichts von Fremden. Er wird Ihr Futter nehmen, sobald er versteht, dass Sie zu den Schafen gehören. Das war's!«

Vidocq blaffte wie zur Bestätigung. Kein aufgeregtes Hundebellen, nur ein paar tiefe, fordernde Laute. Es klang verständiger als das Quaken der Europäer.

»Ich möchte, dass Sie genau beobachten, was sich durch Vidocq verändert«, sagte Malonchot. »Wer sich für ihn interessiert. Wer Angst vor ihm hat. Wer ihn mag. Wer ihn nicht mag. Wen er nicht mag. Üblicherweise sieht die Polizei nur zu.« Malonchot schnaufte bitter. »Ich versuche, einzugreifen, Variablen zu verändern, für die Täter neue Situationen zu schaffen. In neuen Situationen machen wir leichter Fehler. Alle! Sogar ein *loup garou*, wenn Sie so wollen. Man könnte es invasive Kriminalistik nennen. Umstritten? Das will ich meinen!«

Vidocq blaffte wieder.

»Ich glaube, er will sie kennen lernen«, sagte Malonchot und öffnete das Weidetor.

Vidocq schoss auf die Schafe zu, eine glückliche Kugel Schnee.

»Ich hoffe, er treibt sie nicht zum Wahnsinn!«, hörten die Schafe Rebecca noch sagen, bevor sie Vidocq kennen lernten.

Es dauerte eine Weile, bis die Schafe verstanden, dass sie rannten, alle zusammen, den Hang hinauf, am Waldrand entlang, auf das Schloss zu, zurück zu Rebecca, vorbei am Ziegenzaun, wo einige sehr interessierte Ziegen standen, und wieder auf den Wald zu. Schnee stob und Ohren flatterten. Vidocq war überall und nirgends.

Hang, Waldrand, Schloss, Rebecca, Ziegenzaun, Hang.

Waldrand, Schloss, Rebecca, Ziegenzaun.

Am Ziegenzaun standen mittlerweile eine ganze Menge Ziegen.

»Das ist Vidocq!«, blökte Heathcliff ihnen im Galopp zu. »Er treibt uns zum Wahnsinn!«

Die Ziegen machten neidische Gesichter.

Heide, Maude und Madouc standen am Waldrand und blickten den beiden Männern frustriert nach.

»Es hat nicht geklappt«, seufzte Heide.

»Die Ziege ist schuld«, murmelte Maude.

Die beiden Männer gingen zweifellos auf ein Schloss zu – aber es war das falsche Schloss! Der Turm war auf der falschen Seite, die Fenster stimmten nicht, und Weide gab es erst recht keine.

Maude prüfte die Luft. »Es riecht wie das richtige Schloss«, sagte sie.

Auf einmal begann Madouc zu kichern. »Das Schloss ist richtig!«, meckerte sie. »Wir sind falsch! Wir müssen nur um das Schloss herum, und alles stimmt, Weide und Herde und Hirt! Wir sind da! Heureka! Heureka!«

»Heu! Heu! Heu!« Auch Heide und Maude stimmten ein kleines Triumphgeblök an. Sie folgten Madouc über eine kahle weiße Fläche, dann an der Schlossmauer entlang und zwischen den Nebengebäuden des Schlosses hindurch, wie in alten Zeiten. Eine Tigerkatze erschreckte Heide. Heide erschreckte die Tigerkatze noch mehr.

Plötzlich begann Maude nervös zu wittern.

»Da hinten!«, blökte sie dann. »Ein Huhn!«

»Wir sind zurück!«, blökte Heide begeistert. »Wisst ihr noch, als wir los sind? Wisst ihr noch? Es ist sehr lange …«

Eigentlich war es mehr ein halbes Huhn, aus dem der Schnee schon alles Blut gesaugt hatte. Und noch ein Huhn. Und noch eins. Ein lebendiges schwarzes Huhn raste panisch an den Schafen vorbei und verschwand zwischen den Gebäuden.

»Was …«, sagte Heide und verstummte.

Madouc schien sie nicht zu hören. Sie starrte gebannt auf die halboffene Tür des Hühnerhofs. Drinnen lagen noch mehr tote Hühner. Viel mehr. Dazwischen, weiße Federn im roten Pelz, saß der Fuchs und lächelte, wie nur ein Fuchs lächeln kann.

Madouc sah nur den Fuchs und hörte nur den Fuchs und roch nur den Fuchs. Die Welt verschwand.

Es hatte schon einmal einen Fuchs gegeben. Einen roten Tod im Schnee. Der Fuchs war das Erste gewesen, was sie in dieser Welt gesehen hatten: ein fließender Schatten mit Augen aus Licht. Irgendwo meckerte eine Ziege – eine Ziege, die Madouc nie kennenlernen würde. Sie kannten auch sich nicht, aber sie kannten den Fuchs. Der Fuchs war größer und schneller und klüger als sie. Er war das Ende, und Madouc war neugierig. Sie war aufgestanden, zum ersten Mal, um ihn zu sehen, seine Kreise zu sehen, und ihr erster taumelnder Schritt in diesem Leben war auf ihn zu.

Madouc schüttelte sich, wie sie sich damals geschüttelt hatte, vor Kälte und Wut. Wenn der Tod seine Kreise zog, musste man aufstehen. Man musste den Kreis sehen, mit klaren, gelben Ziegenaugen, und dann, wenn man ihn verstand, musste man ihn verlassen. Egal, wie. Egal, um welchen Preis.

Damals wie heute.

Der Fuchs war nicht mehr gefährlich für sie.

Der Wolf schon …

Sehr schweigsam zog die kleine Schafsexpedition weiter, vorbei am Gästehaus, zum Hoftor.

»Er wollte sie nicht einmal fressen«, murmelte Heide. »Er *konnte* sie gar nicht alle fressen. Warum?«

»Er ist der Fuchs. Er kann nicht anders.« Madouc schien kaum zuzuhören. »Gleich sind wir da!«

Die Schafe standen zwischen Heuschuppen und Futterkammer, noch ein wenig atemlos vom vielen Gehütet-Werden, und versuchten, die jüngsten Ereignisse wiederzukäuen, Malonchot, Yves, die Silberkugel und den neuen Hütehund. Vidocq saß mit rosig hängender Zunge am Schäferwagen und ließ sich von Rebecca das Fell kraulen. Obwohl man unter seinen vielen Zotteln kaum die Nasenspitze erkennen konnte, konnte man sehen, dass er glücklich war.

»Der Garou muss durch eine Silberkugel sterben«, sagte Lane plötzlich.

»Und Yves *ist* durch eine Silberkugel gestorben«, blökte Ramses. »Sonnenklar! Wenn er nicht der Garou wäre, wäre er nicht gestorben. So ein kleines Ding! Silber ist eigentlich ganz harmlos, wisst ihr? Mopple hat es im Maul getragen.«

Auf einmal waren so gut wie alle Schafe der Meinung, dass Yves der Garou war, sogar das schweigsamste Schaf der Herde, das für alle deutlich sichtbar mit dem Kopf nickte. Ein gutes Ergebnis! Die Schafe freuten sich, den Garou so einfach losgeworden zu sein. Yves, der noch immer tot unter der alten Eiche lag, neuerdings auf dem Rücken, war der bestmögliche Garou überhaupt!

»Ich weiß nicht«, murmelte Miss Maple in den allgemeinen Enthusiasmus hinein. »Irgendetwas stimmt nicht!«

Die anderen Schafe guckten Maple böse an. Immer, wenn sie den Fall gelöst hatten, kam Maple und sagte, dass irgendetwas nicht stimmte! Maple war überhaupt kein Detektivschaf – eher das Gegenteil: ein Schaf, das immer nur herausfand, was nicht war!

»Da ist Heide!«, blöke Heathcliff plötzlich. »Heide und Maude und die Ziege! Unten am Hoftor.«

»Kein Schaf darf die Herde verlassen!«, blökte Ritchfield streng. Trotzdem kam er mit, als die Schafe zum Weidezaun trabten, um die Heimkehrer zu begrüßen.

»Wo ist Zora?«, fragte Cordelia.

»Wir … wir haben sie verloren«, blökte Heide, zu erleichtert, um sich wirklich Sorgen zu machen.

»Der Sündenbock ist schuld!«, erklärte Maude.

Madouc sagte gar nichts, sondern hopste nur in Bocksprüngen über die Weide und meckerte wieder »Heureka!«.

Die Schafe ließen sich von ihrer Begeisterung anstecken. Bald blökten alle zusammen nach Heu. Es begann wieder zu schneien.

Sein Herz pochte. Pochte wie ... Er wusste es nicht. Schnell jedenfalls. Zu schnell. Nicht normal. Der Schnee fiel langsam, sacht und flockig. Es gefiel ihm, wie der Schnee fiel. Das Pochen in seiner Brust sollte sich ein Beispiel daran nehmen. Poch, poch, poch, leicht wie der Wind.

Der Schnee lag kalt um seine Füße, glatt und spurlos wie ... egal, wie, es kam ihm seltsam vor. Der Schnee sollte nicht so glatt um ihn liegen. Es war verkehrt. Der Schnee sollte ihm verraten, wo er hergekommen war. War er überhaupt irgendwo hergekommen? Er konnte sich nicht erinnern. Etwas in ihm fühlte sich leer an. Er senkte den Kopf und schnaubte in den Schnee. Der Schnee war vom Himmel gefallen. War er auch vom Himmel gefallen? Der Gedanke machte ihn ... traurig vielleicht.

Er wollte zurück. Er wollte unbedingt zurück.

Etwas kam auf ihn zu. Nicht von oben. Von der Seite. Ein Knirschen.

Knirsch, knirsch, knirsch.

Pochpochpochpochpoch. Sein Herz war wieder losgaloppiert, schneller als alle Schneeflocken. Dann sah er das Wesen. Groß, dunkel und zweibeinig schritt es durch den Schnee und ließ Spuren zurück. Das Wesen war nicht vom Himmel gefallen. Nicht weit entfernt blieb es stehen und drehte den Kopf hin und her. Es gefiel ihm nicht, wie das Wesen den Kopf drehte. Es sollte weg. Vor allem seine Augen. Seine Augen waren kälter als der Schnee. Doch der Schnee war sein Verbündeter, er tanzte und wirbelte um das dunkle Wesen, fuhr ihm ins Gesicht, so dass die Augen nicht lange in seine Richtung sehen konnten. Der Wind fauchte, und dann, endlich, trieb er das Wesen davon.

Knirsch. Knirsch. Knirsch.

Pochpochpoch. Poch. Poch.

Der Schnee fiel weiter, und irgendwann hörte er auf zu fallen, einfach so.

Der Boden war scheckig vor Schatten geworden, und auch das war nicht gut. Er machte einen vorsichtigen Schritt, heraus aus den Schatten. Seine Beine fühlten sich steif und fremd an, als hätte er sie noch nie benutzt. Im Himmel braucht man keine Beine. Hier schon. Vorsichtig bewegte er sich an den Bäumen vorbei, immer auf das Licht zu. Bald gab es keine Bäume mehr, dafür aber einen Zaun. Dahinter stand jemand.

Ein anderes Wesen. Weiß und flockig wie Schnee. Dieses Wesen gefiel ihm schon besser.

»Hallo, Mopple«, sagte das Wesen.

»Hallo«, sagte Mopple the Whale.

18

Mopple the Whale war aus dem Wald zurückgekommen.

Und Mopple the Whale war nicht aus dem Wald zurückgekommen.

Mopple sah aus wie Mopple. Er war freundlich wie Mopple und gierig wie Mopple. Er roch wie Mopple und bewegte sich wie Mopple.

Aber Mopple the Whale war das Schaf mit dem besten Gedächtnis der Herde.

Ihr Gedächtnisschaf.

Was er sich einmal gemerkt hatte, vergaß er nie.

Das Schaf, das aus dem Wald zurückgekommen war, hatte alles vergessen.

Alles.

Irland. Europa. Die Weide und das Schloss. Sir Ritchfield. Miss Maple. Heide. Sogar seinen Namen.

Während die Sonne entschlossen auf das Schloss zustrebte und die Männer mit Mützen endlich kamen, um Yves wegzuräumen, standen die Schafe viel um den dicken Widder herum, wie um ihn zu wärmen. Vielleicht würden ja ein paar ihrer Erinnerungen auf Mopple überspringen – wie Flöhe. Mopple machte eigentlich einen ganz zufriedenen Eindruck. Er graste freundlich, kaute und schluckte, blinzelte ab und zu in die Sonne und ließ sich von Ritchfield in lange, einseitige Gespräche verwickeln. Dann und wann schien er innezuhalten und zu lauschen, wie auf der Suche nach einem Geräusch – dem Geräusch eines fallenden Apfels, vermuteten die Schafe.

Sie sahen mit Erleichterung zu, wie Yves die Füße voran durch das Weidetor verschwand, säuberlich in Plastikfolie gewickelt wie ein Ziegenkäse.

Jetzt stand entspanntem Grasen endlich nichts mehr im Weg!

Hortense kam vorbei, um Rebecca zu umarmen und in Veilchenwolken zu hüllen.

»Oh, Becca«, sagte sie. »*C'est terrible*! Du musst so erschrocken sein! Und dein armer Hund! Und die armen Rehe! Das ist alles so furchtbar!«

»Sie war alt«, sagte Rebecca leise. »Was für Rehe?«

»Paul hat sie heute Morgen gefunden«, sagte Hortense. »Der Hirt. Zwei gleich. In einer Nacht. Wir hatten noch nie zwei in einer Nacht.«

»Vielleicht sind sie nicht beide von heute Nacht?«, fragte Rebecca.

»*Si*«, sagte Hortense. »Sie waren beide *auf* dem Schnee!«

»Oh«, murmelte Rebecca. Sie sah blass aus.

»Ich … ich finde, du solltest dich ein bisschen entspannen«, sagte Hortense und legte ihre schmale weiße Hand auf Rebeccas Arm. »Wir gehen in die Küche und trinken eine heiße Schokolade, ja?«

Rebecca sah aus, als ob sie eine heiße Schokolade gut gebrauchen konnte. Trotzdem schüttelte sie den Kopf.

»Ich möchte hier nicht so gerne weg«, sagte sie. »Die Schafe …«

»Aber sicher kann doch deine *maman* ein bisschen aufpassen.«

Rebecca überlegte einen Augenblick. »Ich weck sie«, sagte sie dann.

293

Sie kraulte Vidocq kurz hinter den Ohren – oder dort, wo sie die Ohren vermutete –, dann stieg sie die Schäferwagenstufen hinauf.

Vidocq und Hortense musterten sich skeptisch, Schnee fiel, und Maple dachte.

Schnee.

Schnee fiel von oben und trennte Dinge. Das Gras vom Licht. Die Kälte von der Wärme. Die Lebenden von den Toten.

»Wir brauchen wieder ein Silber!«, blökte Maple plötzlich.

»Aber Yves …«, sagte Ramses.

»Zu was brauchen wir denn jetzt noch ein Silber?«, fragte Heide. »Glaubst du, es gibt mehr Wölfe?«

Mehrwölfe? Die Schafe guckten erschrocken. Ein Werwolf war schlimm genug. Keines von ihnen wollte je einem Mehrwolf begegnen.

Maple legte den Kopf schief, als wolle sie den Schnee hören oder vielleicht sogar das Gras unter dem Schnee. Aber der Schnee gab keinen Mucks von sich.

»Yves war nicht der Garou«, sagte sie langsam.

»Aber das Silber hat ihn erwischt!«, blökte Cordelia.

»Yves war unter dem Schnee«, sagte Miss Maple. »Und die Rehe, von denen Hortense erzählt hat, waren auf dem Schnee.«

Die Schafe stellten es sich vor: Yves, steif und geruchlos, der versuchte, durch den Schnee hindurch seine haarigen Hände nach den Rehen auszustrecken. Unmöglich. Der Schnee war wie ein Zaun in der Zeit.

»Vielleicht – vielleicht war das der andere?«, sagte Lane zögerlich. »Der Spaziergänger? Der, der den Garou nur spielt?« Sie wollten alle so gerne, dass Yves der Garou war!

Maple schüttelte den Kopf. »Ich glaube nicht. Erinnert ihr euch, was Othello erzählt hat? Der Spaziergänger spielt den

Garou nicht besonders gut. Und zwei Rehe in einer Nacht – das ist nicht einfach! Ich glaube nicht, dass der Spaziergänger das geschafft hätte. Außerdem war Yves farbenblind, erinnert ihr euch? Rebecca hat es gesagt.«

»Was ist farbenblind?«, fragte Heathcliff.

»Wenn man alles sieht, nur keine Farben, wahrscheinlich. Und ich glaube, Farben sind sehr wichtig für den Garou. Sehen ist sehr wichtig.«

Maple konnte es sich gut vorstellen. Das Weiß und das Rot. Das Weiß und das Rot und das Schwarz. Blumen im Schnee. Deswegen war das Silber für ihn gefährlich. Weil es glitzerte und glänzte. Der Garou wollte sehen. Er jagte mit den Augen. Er jagte für seine Augen – nicht für seinen Magen. Sie dachte an Hortenses Fenster, das auf die Weide ging. Sie war sich sicher, dass der Garou auch ein solches Fenster hatte. Ein Fenster, an dem er stehen konnte und sehen. Sehen war die halbe Jagd.

»Der Garou wohnt im Schloss«, sagte sie.

Die Schafe sahen erschrocken zum Schloss hinüber, das schon wieder seine Schattenfinger nach der Weide ausstreckte. Der Garou! So nah!

»Ich glaube, es ist wichtig, herauszufinden, wer Yves erschossen hat«, fuhr Maple fort. »Ich denke, Yves ist mit dem Garou verwechselt worden. Das bedeutet, dass jemand den Garou jagt. Wir müssen herausfinden, wer. Vielleicht können wir ihm helfen, das nächste Mal den Richtigen zu treffen.«

Rebecca kam wieder aus dem Schäferwagen. Vidocq musste ihr versprechen, gut auf die Schafe aufzupassen, dann hakte sie sich bei Hortense ein, und gemeinsam verschwanden die beiden Frauen durch das Hoftor.

Vidocq sah ihnen nach, dann stand er auf, streckte sich und trottete den Hang hinauf bis zum Weidezaun. Von dort guckte er lange und ein bisschen sehnsüchtig in den Wald.

Endlich war die Luft rein – so rein sie eben sein konnte, wenn man Ziegen als Nachbarn hatte.

Die Schafe wollten sich gerade auf die Suche nach einem neuen Silber machen, als plötzlich drei Ziegen am Weidezaun standen. Eine von ihnen räusperte sich. Es klang wie ein Meckern. Vielleicht war es ein Meckern?

Die Schafe sahen nicht hin.

Die zweite Ziege hüstelte.

»Wir …«, sagte die erste Ziege.

»… wollen …«, sagte die zweite Ziege. Die beiden anderen sahen sie böse an.

»… würden …«, korrigierte die zweite Ziege hastig, »… gerne getrieben werden.«

»In den Wahnsinn«, ergänzte die erste Ziege.

Die Schafe sahen die drei verständnislos an.

»Von eurem Hund«, erklärte die Dritte.

Alle drei Ziegen schlugen die Augen nieder.

»Wenn es nicht zu viele Umstände macht«, murmelte die Zweite.

»Auch wenn es viele Umstände macht«, meckerte die Dritte.

»Wir haben keine Zeit«, sagte Heide spitz. »Wir brauchen ein Silber. Und wir müssen herausfinden, wer Yves ermordet hat.«

»Yves?«, fragte die erste Ziege. »Wen interessiert schon Yves? Ist es wichtig?«

Die Schafe machten wichtige Gesichter.

»Aber das ist doch überhaupt kein Problem«, sagte die dritte Ziege. »Wir können das für euch herausfinden! Das geht ganz schnell! Und dann … der Wahnsinn, ja?«

»Vielleicht«, sagte Lane mit ernster Miene. »Wenn er Zeit hat. Wir werden ein gutes Wort für euch einlegen!«

Die Ziegendelegation trabte meckernd zurück auf ihre

Weide, und bald standen alle Ziegen wieder im Kreis um die Kommode. Sie machten geheimnisvolle Gesichter und wiegten bedeutungsvoll die Köpfe hin und her. Dann gab es ein Duell, die Schwarzohrige gegen eine braune Ziege. Die Schwarzohrige gewann.

Die Schafe staunten.

Nach einer Weile schlüpfte die junge graue Amaltée durch die Latte auf die Schafweide.

»Madame Fronsac!«, verkündete sie.

Die Schafe sahen sie respektvoll an.

»Wie habt ihr das bloß so schnell herausgefunden?«, fragte Cordelia.

»Wir haben abgestimmt. Drei waren für den Patron, zwei für den Hirten, weil er gestern zu wenig Rüben gefüttert hat, eine für Yves selbst, ich war für den Gärtner, weil er immer so aus dem Mund riecht, und Circe war für Monsieur Fronsac, weil der sonst nie etwas macht. Und Megära war für die Fronsac. Die Sache ist völlig eindeutig.«

»Ihr könnt das doch nicht einfach so entscheiden…« Maude sah Amaltée misstrauisch an. Irgendetwas stimmte hier nicht.

»Warum nicht?«, sagte Amaltée. »Einer muss es tun.«

»Smart«, sagte Maude.

»Aber so geht es nicht«, blökte Cordelia. »Da draußen ist die Welt… und… sie ist groß… und man kann nicht einfach so darüber abstimmen.«

»Natürlich kann man«, sagte Amaltée ungerührt. »Was wäre die Welt ohne Ziegen?«

»Und nur Megära war für die Fronsac?«, fragte Maple. »Und trotzdem…«

»Megära hatte die meisten Stimmen«, erklärte Amaltée. »Jeder hat so viele Stimmen, wie er möchte. So ist es gerecht. Wer die größte Zahl weiß, der ist der Klügste. Der soll entscheiden.«

»Und was war die größte Zahl?«, fragte Heide neugierig.

»Grün«, sagte Amaltée.

»Grün ist keine Zahl«, sagte Heide.

»Grün ist eine so große Zahl, dass noch nie zuvor jemand etwas von ihr gehört hat!«

»Dann ist vielleicht Blau eine noch größere Zahl«, sagte Heide mit funkelnden Augen.

»Das hat Penelope auch gesagt«, gab Amaltée zu.

»Und?«

»Dann haben sie es unter dem Baum ausgetragen, mit den Hörnern. So ist es bei uns immer. Wir nennen es ›Demokratie‹. Einfach, nicht? Und wenn er einmal ein bisschen Zeit hat ...«

Amaltée sah sehnsüchtig zu Vidocq hinüber, der sich oben am Waldrand zufrieden im Schnee wälzte.

»Wir sprechen mit ihm«, versprach Lane mit ernster Miene.

»Vielleicht ist es gar nicht so dumm«, sagte Miss Maple, als die Ziege wieder weg war.

»Das Abstimmen?«, fragte Cloud skeptisch.

»Der Wahnsinn?«, fragte Cordelia.

»Nein«, sagte Maple. »Madame Fronsac.«

»Besonders klug ist sie nicht«, sagte Heide.

»Aber sie hat einen Grund, den Garou zu jagen«, sagte Maple. »Erinnert ihr euch an den Jungen, von dem Hortense erzählt hat? Den Jungen, den der Garou erwischt hat? Das war ihr Jungmensch. Sie hat allen Grund, hinter dem Garou her zu sein. Und wenn sie dachte, dass Yves der Garou war ...«

Das schweigsamste Schaf der Herde schnaubte skeptisch in den Schnee.

»Ich weiß«, gab Maple zu. »Sie ist dick und ängstlich. Ich kann mir auch nicht vorstellen, dass sie nachts mit einem Gewehr herumschleicht. Und trifft.«

Maple stellte sich Yves neben der alten Eiche vor und die

Dunkelheit hinter ihm. Sie konnte die Fronsac nicht in dieser Dunkelheit sehen. Sie konnte in dieser Dunkelheit gar nichts sehen. Doch dann …

»Es gab noch mehr Menschen, nicht wahr?«, sagte sie. »Eine Frau und ein Mädchen. Zu wem gehörten die Frau und das Mädchen?«

Zora hinkte die Straße entlang. Sie war froh, dass es wieder eine Straße gab. Wenn es nur die richtige Straße war. Sie fühlte sich kalt und elend und zu nervös, um zu fressen. Aber sie war dem Garou entkommen, tief im Wald, ganz allein. Jetzt, wo es vorbei war, wünschte sich Zora, sie hätte ihn ein bisschen besser gesehen. Aber da war nichts in ihrer Erinnerung, nur ein fließender Schatten. Ein Zweibeiner? Zora war sich nicht einmal sicher, ob es ein Zweibeiner gewesen war.

Die Straße führte einen Hügel hinauf, und als Zora den höchsten Punkt erreicht hatte, sah sie etwas zwischen den Bäumen, groß und grau und sehr hoch. Der Turm! Der Turm des Schlosses! Zora hatte es geschafft!

Im nächsten Moment hörte sie etwas. Ein Auto kam hinter ihr den Hang herauf auf das Schloss zu.

Zora flüchtete hinkend in ein Dickicht junger Tannen und wartete darauf, dass das Auto vorbeifahren würde. Aber das Auto fuhr nicht vorbei. Es blieb an der Straße stehen, und ein Mensch stieg aus. Irgendetwas an seiner Witterung ließ Zora schaudern. Sie äugte aus ihrem Tannendickicht und erkannte den Tierarzt, der sich ein paar Schritte von seinem Auto entfernt hatte und nun nervös um einen rohen Holztisch herumlief, der einfach so im Wald stand. Der Holztisch war Zora bisher nicht aufgefallen.

Ausgerechnet der Tierarzt! Zora wich tiefer ins Tannendunkel.

Der Tierarzt ging auf und ab, rauchte, murmelte und schien insgesamt in schlechter Verfassung zu sein. Schließlich blieb er stehen, holte ein Sprechgerät aus seiner Jacke und tippte darauf herum.

Während der Tierarzt in sein Sprechgerät quakte, schlich Zora aus ihrem Versteck, in weitem Bogen um Arzt und Auto herum, nach Hause.

Als Rebecca vom Schloss zurückkam, saß Mama auf den Stufen des Schäferwagens, sah zerknittert aus und rauchte.

»Hallo«, sagte Rebecca und blieb vor dem Schäferwagen stehen.

»Hallo«, sagte Mama etwas zerknirscht. »Ist was passiert?«

Rebecca holte tief Luft. »Das kann man wohl sagen! Gib mir auch eine!«

Sie ließ sich eine von Mamas dünnen langen Zigaretten reichen und begann zu erzählen. Von Tess und Yves und Malonchot und den Rehen und immer wieder von Tess.

Mama war von Yves' Tod nicht besonders beeindruckt – »Er hatte schlechte Karten«, sagte sie –, aber sie schniefte und schluchzte um Tess.

»Das ist alles meine Schuld!«, heulte sie. »Ich und meine blöde Sauferei.«

Rebecca widersprach nicht.

Mama, die wahrscheinlich auf Widerspruch gehofft hatte, hörte auf zu schniefen und sah Rebecca schräg an.

»Es ist noch was, stimmt's?«

»Was soll denn noch sein?«, fragte Rebecca.

»Irgendwas«, sagte Mama. »Irgendwas ist!«

»Warum ist das Leben nicht mal einfach?«, sagte Rebecca. »Nur so. Zur Abwechslung. Es war ein netter Abend gestern, weißt du. Zuerst ... zuerst war er vielleicht wirklich et-

300

was schnöselig, aber dann war es richtig nett. Romantisch sogar. Und auf einmal wurde er unruhig und kurz und seltsam, und ich habe gemerkt, dass er mich loswerden wollte. Es … es passte gar nicht zur Stimmung. Es passte einfach nicht. Und dann lässt er dir doch eine Flasche bringen, und ich finde Tess, und heute erzählt mir Hortense das mit den Rehen! Und erinnerst du dich, was für eine Angst er vor Tess hatte? Und nach all dem, was er mir erzählt hat, hatte er eine ziemlich verkorkste Kindheit. Ich weiß, es geht nicht immer nur um die Kindheit, aber trotzdem. Ich denke …«

Rebecca wollte nicht sagen, was sie dachte.

»Du solltest das dem Polizisten erzählen«, sagte Mama.

»Malonchot?« Rebecca lachte bitter. »Sicher, er ist nett und freundlich, und er hat uns Vidocq vorbeigebracht, aber eigentlich benutzt er uns als Köder für seinen Garou. Du hättest den heute sehen sollen mit Yves. Er war blendender Stimmung, weil er eine neue Spur hatte. Der wird genauso gut gelaunt sein, wenn er uns aus dem Schnee zieht. Nein, wir müssen hier weg!«

»Keine Sorge, Kind«, sagte Mama. »Wo Dunkel ist, da ist auch Licht.«

Da lag sie natürlich vollkommen falsch. Wo Dunkel war, war eben kein Licht!

»Der Tierarzt hat mich gerade angerufen«, sagte Rebecca. »Er will sich mit mir treffen. Mit mir allein. Im Wald. Na ja, nicht wirklich im Wald, aber an diesem Rastplatz oben an der Straße. Er will nicht auf den Hof kommen. Hat gesagt, es ist wichtig. Klingt komisch, nicht? Aber ich glaube, ich gehe trotzdem. Er soll einen anderen Stall für uns finden! Ich habe lange genug gewartet.«

»Ich komme mit«, sagte Mama.

»Nein«, sagte Rebecca. »Du bleibst hier und passt auf die Schafe auf. Ich habe ihm gesagt, dass du wissen wirst, wo ich

hingehe. Ich meine, er wäre doch wirklich dumm, wenn … Sie würden ihn doch gleich haben.«

»Bist du sicher, dass es wirklich der Tierarzt war?«, fragte Mama.

Rebecca nickte. »Er wartet. Ich gehe. Jetzt gleich.«

»Wollen wir nicht lieber erst die Karten …«

»Nein. Wenn ich in einer halben Stunde nicht wieder da bin, rufst du die Polizei!«

Die Schafe, Vidocq und Mama sahen Rebecca nach, wie sie, die braune Brotmütze auf dem Kopf, im Wald verschwand. Dann ging Mama zurück in den Schäferwagen, Vidocq zum Waldrand, und die Schafe konnten sich wieder auf die Suche nach einem Silber machen. Das Silber im Abfalleimer war nun gründlich verloren, irgendwo am Grunde, nachdem Rebecca gestern noch zwei Konservendosen und eine zerknüllte alte Zeitung in den Eimer gestopft hatte. Aber vielleicht gab es ja noch weitere Brotpapierreste rund um den Schäferwagen?

Die Schafe wühlten und grasten los, bis Ramses etwas im Schnee vor dem Schäferwagen entdeckte. Aber es war kein Silber. Es war eine von Mamas Karten.

Eine Gruppe von Schafen starrte neugierig auf die Karte im Schnee.

»Ob das der Teufel ist?«, fragte Cordelia.

»Ich glaube nicht«, sagte Cloud.

Der freundliche Herr mit Hörnern und Schafshufen konnte unmöglich der Teufel sein! Die Schafe waren überrascht, wie attraktiv selbst Menschen mit Hörnern aussehen konnten. Sie bedauerten ein bisschen, dass Rebecca keine Hörner hatte, dann ließen sie die Karte in Frieden und suchten weiter nach einem Silber.

Der Gärtner kam wieder über den Hof, einen weiteren

kleinen Tannenbaum im Schlepptau. Auch dieser Tannenbaum landete auf einem Haufen mit anderen Tannenbäumen.

»Ich weiß, wo wir ein Silber herbekommen!«, sagte Lane.

Vor einiger Zeit hatten die Menschen angefangen, sich sehr für Tannenbäume zu interessieren. Sie hatten kleine Tannen in ihre Häuser getragen, sogar Rebecca – eine sehr kleine Tanne – in ihren Schäferwagen. Doch schon ein paar Tage später hatten sie genug von den Bäumen gehabt und begannen, sie an der Schlossmauer zu einem trockenen, spröden Haufen aufzutürmen, in dem der Wind kicherte und Mäuse huschten – und manchmal blitzte dort auch Metall wie Sonne am Grunde eines Teiches.

Kein Schaf wollte mehr alleine die Weide verlassen, aber schließlich erklärten sich Lane, Maple und Cloud bereit, gemeinsam die Tannenbäume nach glitzerndem Silber abzusuchen. Sie waren gerade bei der Lücke im Ziegenzaun angekommen, als auf einmal Vidocq vor ihnen saß wie ein kleiner weißer Berg und ein tiefes »Wuff!« von sich gab.

Mehr nicht. Nur ein einziges Wuff.

Die Schafe waren beeindruckt.

»Wölfe sind eine Erfindung der Schäferhunde«, sagte Mopple plötzlich. »Damit wir uns besser hüten lassen.«

Die anderen sahen sich an: Mopple hatte sich an etwas erinnert – aber es war Blödsinn!

»Wir müssen ihn ablenken!«, blökte Heide. »Sonst lässt er sie nicht gehen!«

Und so kam es, dass bald ein Trupp auffällig ungehüteter Schafe vor Vidocq auf und ab galoppierte. Vidocq sah sich die Sache eine Weile an, dann gab er ein weiteres »Wuff!« von sich und rannte hinter den Schafen her, während sich Lane, Maple und Cloud von der Weide stahlen, um wieder ein Silber zu erbeuten.

Sie kamen mit einem kleinen, glitzernden Stern zurück und wollten ihn gerade wieder auf den Haselstrauch spießen, als Maple den Kopf schüttelte.

»Wenn Rebecca es findet, wird sie es wieder wegwerfen. Das Silber muss an einen Ort, an den Rebecca nicht hinkommt.«

»Aber wir?«, fragte Heide.

»Aber wir!«, bestätigte Miss Maple.

Es war gar nicht so einfach. Menschen mit ihren Händen und ihren zwei lächerlich langen Beinen kamen praktisch überall hin.

»Das ist kein Schaf!«, murmelte Sir Ritchfield und sah kopfschüttelnd hinter Vidocq her, der noch immer begeistert seinen Hütehundpflichten nachging.

»Ich weiß, wo!«, blökte Miss Maple plötzlich.

Wenig später saß in Ritchfields imposantem Gehörn ein kleiner Stern und beschützte sie alle vor dem Garou.

»Zora!«, sagte Mopple plötzlich.

Die Schafe sahen ihn an, und dann blickten sie zum Waldrand, wo Zora schweigend durch den Zaun blickte. Sie waren so erleichtert über Zoras Rückkehr, dass sie die beiden Spaziergänger, die plötzlich am unteren Rand der Weide auftauchten, gar nicht bemerkten. Aber Madouc, die wieder einmal genug von der Ziegenweide hatte und den Schafstrog nach Kraftfutterresten absuchte, bemerkte sie.

»Sachen passieren!«, sagte der kleine Spaziergänger kopfschüttelnd und lehnte sich an den Weidezaun. Madouc spitzte die Ohren. Sie mochte es, wenn Sachen passierten.

Die beiden blickten hinauf zur alten Eiche, an deren Fuß der Schnee ganz schmutzig und zertrampelt aussah.

»Wer das wohl war?«, sagte der Kleine. »Interessant, nicht? Normalerweise wissen wir, wer es war.«

Die beiden kicherten.

»Mit einer Silberkugel, sagt die fette Henne.«

Der Dicke schnaufte. »Woher will die das denn wissen?«

Der Kleine zuckte mit den Schultern.

»Kein schlechter Job jedenfalls. Einfach und sauber. Das sind die besten.« Der kleine Mann seufzte. »Und wenn es wirklich eine Silberkugel war – brillant! Einfach, aber genial. Was meinst du? Da hätten wir uns das ganze Gemetzel sparen können.«

»Die fette Henne erzählt viel«, murmelte der Dicke.

Der Kleine hörte nicht hin. »Dir scheint das ja Spaß zu machen. Noch zwei Rehe! *Merde.* Ich sage dir, du übertreibst! Jedes Mal ist ein Risiko, wie oft soll ich dir das noch sagen. Das erste bei der Schafsweide und noch eins, das hätte für unsere Zwecke vollkommen gereicht. Sei ausnahmsweise mal ein bisschen professionell! Verdammt, wir werden nicht für die Viecher bezahlt.«

Der Dicke brach kleine Holzsplitter vom Weidezaun ab und warf sie auf den Boden. »Aber ich sag dir doch, ich war's nicht. Ich hab's dir schon hundertmal gesagt.«

»Ach, erzähl mir nichts. Wer soll's denn sonst gewesen sein? Der Garou? Haha! Ich weiß doch, was dir Spaß macht. Und ich habe auch keine Probleme damit, solange die Arbeit nicht leidet.«

»Aber ich war es nicht!« Der Dicke hatte sich an einem Holzsplitter gestochen und sah ungerührt zu, wie ein paar Blutstropfen in den Schnee kullerten. »Und weißt du was: wenn ich es nicht war – dann war es jemand anderes. Und ich weiß, wie schwer das ist. Und es gefällt mir gar nicht! Und ich denke mir: was, wenn es ihn gibt? Ich bin schließlich die ganze Zeit im Wald unterwegs.«

Der Kleine reichte dem Dicken ein Taschentuch für sei-

nen Finger. »Ach was, Garou – ein wilder Hund oder ein Irrer. Und ich sag dir was: wenn hier wirklich noch immer dieser Verrückte von früher herumläuft, ist es das Beste, was uns
überhaupt passieren kann.«

Die Männer schwiegen.

Oben am Hang hatten die Schafe Zora umrundet und ge-
nossen es, wieder eine ganze Herde zu sein.

»Schau dir die an!«, sagte der Dicke. »Hast du dir überhaupt
schon mal Schafe angeguckt? Die fressen den ganzen Tag. Nichts
als Fressen! Was glaubst du, was die machen, wenn wir ein paar
von ihnen abknallen?«

Plötzlich hatte der Dicke ein Stück Metall in der Hand. Madouc witterte: alte Hitze und Schweiß und noch etwas, nur ein
Hauch: Angst.

Der Kleine seufzte. »Der ganze Sinn der Sache ist doch, dafür zu sorgen, dass die Leute ordentlich an ihren blöden Garou glauben. Dann können wir den Doktor da einfach mit
unterschieben, und keiner wird das mit dem Boss in Verbin-
dung bringen. Und voilà: die Leute glauben an den Garou.
Verdammt, *du* glaubst an den Garou! Die Schafe sind mit dem
Doktor dran wie geplant, und fertig. Und weißt du was: ich
besorg uns ein paar Silberkugeln. Das wäre doch eine schöne
Alternative. Einfach. Präzise. Elegant. Und ohne Schafsgemet-
zel. Ich sprech mit dem Boss.«

»Ich meine nicht: beruflich. Ich meine: einfach so!«

Der dicke Spaziergänger blieb störrisch am Zaun stehen
und zeigte mit seinem Metallding auf die Weide. Wie still es
war! Mittag war die stillste Zeit des Tages. Vidocq hatte von
den Schafen abgelassen und schlief unter dem Schäferwagen.
Das Hoftor gähnte. Das Schloss schwieg.

»Ach was!«, sagte der Kleine angewidert, aber nicht besonders energisch.

»Nur eins oder zwei«, quengelte der Dicke. »Mit meinem feinen Schalldämpfer merkt das kein Mensch. Überleg dir bloß mal, wie die sich wundern werden!«

Das Metallding guckte mit seiner spitzen Nase von Schaf zu Schaf. Die Sache gefiel Madouc nicht. Eins oder zwei was? Und wer würde sich wundern? Der Hirt hatte auch so ein Metallding, groß und schwer und alt. Es wurde geputzt und gepflegt und gestreichelt, aber meistens schlief es. Das Metallding wartete auf etwas, auf reife Zeit, und es wartete schweigend.

Das Metallding des Dicken wollte nicht mehr warten. Es zeigte auf die Schafe. Mal auf das eine, mal auf das andere.

»Paff!«, sagte der Dicke. »Paff! Paff und paff!«

»Lass den Quatsch!«, sagte der Kleine. »Ich hab Hunger. Mal sehen, was die fette Henne heute kocht. Kochen kann sie, das muss man schon sagen.«

»Paff!«, sagte der Dicke.

»Wenn das einer sieht. Wahrscheinlich triffst du sowieso nicht!«, sagte der kleine Spaziergänger.

»Paff!«, sagte der Dicke.

»Es ist schon eine Weile her, nicht wahr? Zu viel Messerarbeit! Ich sag's dir ja immer!«

Das Metallding drehte sich und zeigte auf einmal auf Madouc.

»Was ist mit dem da vorne?«, fragte der Dicke. »Da sehen wir wenigstens ordentlich was.«

»Pah! Wenn du das erschießt, spreche ich drei Tage kein Wort mehr mit dir. Siehst du den Schwarzen da hinten, ganz oben am Hang? Das wäre eine Herausforderung!«

Das Metallding sah unsicher in Othellos Richtung. Dann musste es niesen.

»…und dann sind wir auf das Heulen zu«, erklärte Zora, »und dann waren die anderen weg, und ich habe Mopple gesehen und den Garou, und dann bin ich entkommen.«

Zora streckte ihre schönen schwarzen Hörner stolz in die Luft.

»Warum seid ihr denn auf das Heulen zu?«, fragte Cordelia und schauderte.

»Weil wir zurückmussten!«, sagte Zora. »Wir mussten unbedingt schnell zurück, um euch zu warnen!«

»Vor was denn?«, blökte Ramses nervös.

»Na, vor den…« Zora hielt inne und warf Maude und Heide einen vernichtenden Blick zu.

»Ihr habt es ihnen nicht erzählt?«

»Die Ziege ist schuld!«, blökte Maude.

Heide schlackerte verlegen mit den Ohren. »Wir… wir wollten! Wir haben nur…«

»Wir sind dran!«, blökte Zora. »Wie die Rehe! Die Plin hat Rebecca hierhergelockt, damit die beiden Wintergäste…« Sie brach ab. »Da unten sind sie! Da unten am Zaun!«

Auf einmal galoppierten alle Schafe wild durcheinander. Aber nur einen Moment lang. Dann verschwanden sie! Drei hinter der alten Eiche, fünf hinterm Schäferwagen, ein ganzer Trupp hinter dem Heuschuppen und zwei Schafe hinter der Futterkammer. Das letzte Schaf, das noch im Zickzack über die Weide galoppierte, war Mopple the Whale, aber auch er fand schließlich nach aufgeregtem Zublöken der anderen ein Plätzchen hinter dem Heuschuppen. Madouc staunte.

»Hast du das gesehen?«, fragte der Dicke.

Der Kleine schwieg. Das Metallding richtete sich langsam auf Madouc. Madouc kaute nervös.

»Ach Unsinn!«, sagte der Dicke dann und ließ zu, dass das

Metallding zurück in die Wärme seines Mantels kroch. »Weißt du, was ich jetzt brauche? Ein heißes Bad!«

»Du und deine ewige Baderei«, sagte der Kleine.

Die beiden Männer steckten die Hände in die Manteltaschen und stapften in Richtung Schloss. Schweigend.

19

Kurze Zeit nachdem die Schafsfeinde mit ihrem Schießeisen vom Weidezaun abgezogen waren, tauchte Mama wieder auf den Stufen des Schäferwagens auf, rauchte eine Zigarette nach der anderen und blickte nervös zum Wald. Zweimal holte sie ein Sprechgerät aus der Tasche. Und zweimal steckte sie es wieder weg.

Auch Vidocq blickte unter dem Schäferwagen hervor.

Und dann wedelte er sacht mit dem Schwanz.

Rebecca war am Waldrand aufgetaucht, mit roten Wangen, so rot, dass das Fehlen der roten Mütze diesmal gar nicht weiter auffiel, und steuerte schnurstracks auf den Schäferwagen zu.

Mama schnippte vor Erleichterung ihre fünfte Zigarette in den Schnee.

»Und?«, fragte sie, als Rebecca beim Schäferwagen angekommen war.

»Er will uns helfen«, sagte Rebecca. »Malonchot hat ihm heute Tess zur Obduktion vorbeigebracht – und jemand hat ihr tatsächlich Gift gegeben, stell dir vor! Ich hab's gewusst!«

»Schweine!«, sagte Mama.

»Anscheinend hat ihm jemand nahegelegt, sich nicht einzumischen. Er wollte nicht sagen, wer, aber die Landwirtschaft hier mit den Ziegen und Schweinen und Kühen ist wahrscheinlich eine seiner Haupteinnahmequellen, wenn du mich fragst, und dann kann man es sich eigentlich denken.«

Mama zückte eine neue Zigarette und bot auch Rebecca eine an. Rebecca schüttelte den Kopf.

»Aber er hilft uns trotzdem, hat er gesagt. Er hat das letzte Mal die Schafe wegbringen müssen, und er hat gesagt, so was will er nicht noch mal sehen. Er kennt einen Hof mit einem freien Stall, einen Pferdegnadenhof, und wenn alles klappt, können wir übermorgen hin. Wir müssen nur den Transport organisieren. Und natürlich sollen wir die Sache nicht an die große Glocke hängen. Ich bin wirklich froh! Weißt du was: gib mir doch eine!«

Auch die Schafe waren erleichtert. Anscheinend hatte Mopple damals doch die richtige Karte gefressen! Der dicke Widder wurde umringt und freundlich beknabbert, und obwohl er sich nicht an seine Heldentat erinnerte, machte er ein zufriedenes Gesicht.

Nur...

»Übermorgen ist weiter weg als morgen«, sagte Cloud. »Bis übermorgen kann viel passieren.«

Zuerst einmal passierten aber die richtigen Sachen. Rebecca streckte wieder ihren Zeigefinger aus, um sie zu zählen. Sie zählte zwei Mal. Zum ersten Mal zählte sie auch den Fremden mit, der gar nicht weit entfernt von den anderen graste und sich kauend mit Aube und Pâquerette unterhielt. Aube und Pâquerette zählte sie nicht.

»Alle da!«, sagte Rebecca und stellte den Futtereimer ab. »Gott sei Dank. Ich hatte ein blödes Gefühl, aber sie sind alle da. Wenigstens das!«

Rebecca schmierte Zoras Hinkefuß mit einer stinkenden Salbe ein, und alle Schafe grasten zufrieden. Alle bis auf eines.

Heathcliff stand etwas abseits von den anderen und sah finster hinüber zum Futtertrog. Sein Kopf fühlte sich zwar etwas besser an, und seine Rippen schmerzten nicht mehr bei

jedem Atemzug, aber Hals und Hufe stachen wie Brennnesseln von innen, kleine, scharfe, spitze Schmerze bei jeder falschen Bewegung. Die meisten Bewegungen waren falsche Bewegungen. Das Einzige, was sich gut anfühlte, war sein Name. »Heathcliff«! »Heathcliff« fühlte sich hervorragend an, wie etwas Warmes, Glühendes, Sattes im Inneren. Er überlegte, wie gut sich erst die Ziegen fühlen mussten. Voller Namen, rund und gesund.

Heathcliff trabte hinüber zum Ziegenzaun und starrte sehnsüchtig durch die Latten.

Auf einmal stand die kleine schwarze Ziege neben ihm, auf der Schafseite, und auch sie lehnte ihren Kopf gegen den Zaun.

Heathcliff seufzte.

»Ich wäre gerne eine Ziege«, sagte er.

»Ich auch«, sagte Madouc.

»Aber du *bist* eine Ziege!«, sagte Heathcliff.

Madouc schüttelte den Kopf. »Der Hirt ist meine Mutter, deswegen ist es nicht so einfach. Man saugt es mit der Muttermilch auf, oder aber eben nicht. Wenn nicht, ist es kompliziert.«

Heathcliff überlegte, was er so alles mit der Muttermilch aufgesogen hatte. Alles Mögliche, so viel stand fest. Er war von Mutterschaf zu Mutterschaf gestolpert und hatte Milch gestohlen, wo es eben ging. Und dann war George gekommen und hatte ihn mit einer Flasche gefüttert. Was war in der Flasche gewesen? Menschenmilch? Schafsmilch? Auf einmal hatte Heathcliff das Gefühl, dass in dieser Flasche Ziegenmilch gewesen sein könnte.

Heathcliff atmete vorsichtig aus. Er fühlte sich wieder wie oben in der Eiche, schwindelig und unsicher und trotzdem gut. Er hatte sich seinen Namen aus den Ästen einer Eiche geholt. Man musste die Dinge selbst zwischen die Hörner nehmen – selbst wenn die Hörner, wie in Heathcliffs Fall, noch kurz und stumpf waren.

»Ich habe Ziegenmilch aufgesaugt«, sagte er dann.

»Wirklich?«, Madouc sah ihn neidisch an.

»Vielleicht können wir beide Ziegen werden«, sagte Heathcliff vorsichtig.

»Warum nicht«, sagte Madouc. »Ich glaube, wir haben Talent!«

Nach der Zählaktion war Rebecca nochmals zum Schloss aufgebrochen, und kurze Zeit später kam sie schlecht gelaunt zurück.

»Nicht zu erreichen!«, sagte sie zu Mama. »Kein Telefon, nichts! Wie vom Erdboden verschluckt! Vielleicht ... vielleicht hat er ja einen Patienten!«

»Hier?«, fragte Mama. »Ich dachte, seine Praxis ist in Paris.«

»Ist sie auch«, sagte Rebecca. »Nur ... gestern im Schloss habe ich einen Mann gesehen. Ich war auf dem Weg zum Klo und guckte aus dem Fenster, und schräg unter mir, auf einem kleinen Balkon zum Innenhof, steht ein Mann und raucht. Und so ein Gesicht ... ich habe noch nie so ein Gesicht gesehen. Die eine Seite war ... fast weg, würde ich sagen. Nichts als ein Loch. Und alles rot und frisch. Mir ist ganz kalt geworden. Und trotzdem stand er mit einer Seelenruhe da und rauchte. Ich ... irgendwie war ich froh, dass er mich von dort unten nicht sehen konnte.«

»Na siehst du«, sagte Mama. »Der Schnösel arbeitet.«

»Trotzdem«, sagte Rebecca. »Er hätte sich melden können. Er hätte etwas sagen können, nicht?«

»Was willst du überhaupt von ihm?«, fragte Mama. »Nach all dem, was du mir erzählt hast, würde ich mich von ihm fernhalten!«

»Ich glaube, ich wollte ihm eine Chance geben«, sagte Rebecca. »Sich zu erklären. Irgendwie.«

»Dich muss es ja ganz schön erwischt haben«, sagte Mama. »Es kommt kalt rein!«

Sie zog die Schäferwagentür wieder hinter sich zu.

Rebecca machte sich an einer Metalldose zu schaffen, und nach viel Fluchen und gutem Zureden gelang es ihr, sie aufzuklappen und den Inhalt in eine Schüssel zu kippen.

Die Schafe machten lange Hälse, aber das Futter war für Vidocq, der unter dem Schäferwagen lag und traurig aussah.

Die Schafe verstanden ihn ein bisschen: Er sah so aus wie ein Schaf, aber er war kein Schaf. Rebecca war seine neue Schäferin, aber er kannte sie kaum. Der große Hirtenhund war ziemlich allein. Rebecca schien das auch zu verstehen. Sie fuhr Vidocq freundlich durch die zottigen Stirnfransen, und Vidocq wedelte matt mit dem Schwanz. Dann saßen Schäferin und Hirtenhund gemeinsam schwermütig vor dem Schäferwagen.

»Das Leben!«, seufzte Rebecca, und Vidocqs Schwanz klopfte zustimmend auf das Holz der Schäferwagenstufen. Gerade als die allgemeine Melancholie dabei war, auch auf die Schafe überzugreifen, sprang Rebecca auf einmal von den Stufen und kroch selbst unter den Schäferwagen.

»Ich hab's!«, rief sie. »Ich hab's, ich hab's! Stöckchen! Stöckchen!«

Das Stöckchen, das Rebecca unter dem Wagen hervorzog, war ein ausgewachsener Ast, und Vidocq sprang plötzlich auf und ab wie ein großer begeisterter Schneeball.

Die Schafe konnten den allgemeinen Enthusiasmus nicht ganz nachvollziehen. Ein Ast. Na und? Im Wald gab es viele Äste!

Rebecca hielt den Ast über den Kopf und wedelte mit ihm hin und her. Vidocq wirbelte um sie herum, baffte und zeigte seine rosa Zunge. Dann flog der Ast durch die Luft, und Vidocq flog hinterher. Er erwischte den Ast noch in der Luft, raste in weitem Bogen über die Weide, hütete im Vorbeirennen ein paar Schafe und sauste dann wieder auf Rebecca zu, die sich vor Aufregung kaum noch helfen konnte.

»Fein! Guter Junge! Brav! Bring das Stöckchen! Wo ist das Stöckchen?«

Die Schafe trauten ihren Ohren nicht. Sie grasten hier Tag für Tag vorbildlich unter schwersten Bedingungen und fanden nebenbei sogar noch Zeit, Rebecca vor dem Garou zu beschützen. Nicht ein Wort! Und nun geriet ihre Schäferin völlig aus dem Häuschen, weil der Hund einen Ast über die Weide trug.

Vidocq legte den Ast vor Rebeccas Füße, Rebecca hob ihn auf, und wieder flog der Ast. Vidocq hinterher. Der Ast hatte keine Chance.

So ging das eine ganze Weile.

Die Schafe sahen sich an, wackelten mit den Ohren und verdrehten die Augen. Alle bis auf Zora.

»Seht euch das an!«, sagte sie. »Wie er hinter dem Ast her ist! Er kann nicht anders!«

Es stimmte: Vidocq folgte dem Ast wie ein Besessener. Dabei interessierte er sich kaum für ihn, wenn er ihn erst einmal zwischen den Zähnen hatte. Er interessierte sich für die Bewegung.

»Er jagt!«, sagte Cordelia und schauderte.

Und dann traf der Ast Mopple am Kopf, Mopple the Whale, der nichtsahnend am Hang graste. Mopple riss die Augen weit auf und fiel um – auf den Ast. Im nächsten Moment hatte sich Vidocq auf den dicken Widder gestürzt. Mopple blökte panisch, konnte aber nicht aufstehen, weil Vidocq auf ihm saß und nach dem Ast schnüffelte, und Vidocq konnte den Ast un-

ter Mopple nicht finden und bewegte sich deswegen nicht vom Fleck.

»Oh shit!«, sagte Rebecca und rannte den Hang hinauf, um Vidocq und Mopple zu trennen. Dann war erst mal Schluss mit dem Ast.

Rebecca und Vidocq kehrten zurück zum Schäferwagen und guckten wieder melancholisch.

Mopple stand lange Zeit einfach nur da, mit weiten, starren Augen, und tat gar nichts. Er kaute nicht einmal, und das war für Mopple ausgesprochen untypisch.

Schließlich blinzelte er.

Die Erinnerung war zurück, die *ganze* Erinnerung. Plötzlich. Mopple versank in ihr wie in Wasser. Er war einmal in Wasser getaucht worden, zu Hause in Irland, irgendwelcher dubiosen Parasiten wegen, und auf einmal erinnerte er sich genau: Kälte und ein Gefühl des Schwebens. Kälte und Enge. Kälte und Angst.

Mopple schnappte nach Luft. Da war Irland und das Meer und George und der Metzger. Süßkraut und Heu und Rebecca, Europa und die schmackhafte Landkarte. Sehr viel Kraftfutter. Die Geschichte vom Garou und Ziegen und Bernie und der Wolfhund. Der Häher, Blumen und Krokodile. Frische kalte Nachtluft, Mondlicht und ein Heulen. Viel zu viele Bäume und auf einmal ein sehr schlechtes Gefühl. Ein Gefühl des Lauerns. Beschleichens. Dann ein Reh, das im Schnee lag und schlief – wie tot. Auf einmal – wie durch ein Wunder – Zora, und dann eine Bewegung hinter Mopple – ein Zweibeiner, aber vielleicht kein Mensch. Der Zweibeiner jagte hinter Zora her, und Mopple stand starr vor Entsetzen.

Er war bei dem schlafenden Reh geblieben. Das Reh war zwar keine Herde, bei weitem nicht, aber es war besser als gar niemand. Erst als der Wald begann, schon grau und morgenro-sig zu werden, hörte er wieder etwas: der unheimliche Zwei-beiner kam zurück.

Mopple wollte weg. Hinaus aus dem Wald. Sofort. Und dann fiel ihm etwas ein, etwas, das man tun konnte, wenn man irgendwo herauswollte. Vernünftig war es nicht.

Mopple the Whale plumpste in den Schnee und spielte tot. Ohne Zappeln, ohne Blöken. Einfach tot. Der Zweibeiner beachtete ihn nicht. Vielleicht konnte er Mopple im nächtli-chen Schnee gar nicht sehen. Er hockte sich über das Reh und wartete. Und wartete. Zeit verging. Mopple spielte wei-ter tot. Der Zweibeiner legte seine Hand auf das Reh, und die weiße Hand und die graue Flanke hoben und senkten sich ge-meinsam im dünnen Morgenlicht. Es gefiel Mopple nicht. Er verstand nicht viel von Rehen, aber er verstand, dass sie wild waren. Frei. Sie wurden nicht gefüttert und nicht geschoren und bekamen kein Kraftfutter und keine Kalziumtabletten. Sie wollten keine Hände. Eine Hand so einfach auf ein wildes Tier zu legen, im Schlaf, wenn es sich nicht wehren konnte – das war gemein. Das Reh wurde unter dem Gewicht der fremden Hand unruhiger, und schließlich schreckte es aus dem Schlaf.

Dann blitzte ein Messer im Mondlicht auf, und das Reh schrie, fast lautlos, und sprang auf. Sprang auf drei Beinen durch den Wald, unbeholfen, schwankend, mit panischen, wir-kungslosen Bewegungen. Der Garou auf seinen zwei gesunden Beinen hinterher. Kurz darauf hörte Mopple wieder einen der lautlosen Schreie, und dann nichts mehr.

Mopple blieb noch eine ganze Weile im Schnee liegen, dann stand er vorsichtig auf. Der Wald war stiller als zuvor. Er wollte die weiße Hand auf dem wilden Fell vergessen, und dann, wunderbarerweise, vergaß er sie wirklich. Die Hand und alles andere, während dicke Flocken durch den Wald schweb-

317

ten. Und dann war es auf einmal hell gewesen und Tag, und Mopple hatte sich gefühlt wie vom Himmel gefallen.

»Und?«, fragte Heide gespannt. »Wer ist es?«

Mopple überlegte einen Moment. »Ich weiß nicht«, sagte er dann. »Ich habe ihn nicht erkannt.«

»Das Walross ist es nicht«, sagte er nach einer Weile.

»Ist es wirklich ein Wolf?«, fragte das Winterlamm.

»Ich weiß nicht. Es sah aus wie ein Mensch, aber die Bewegungen... wie ein Mensch, der vergessen hat, dass er ein Mensch ist. Oder der es vergessen möchte.«

»Und du weißt wirklich nicht, wie er ausgesehen hat?«, fragte Miss Maple. »Gar nicht?«

Mopple schlackerte verlegen mit den Ohren. »Es war dunkel. Ich lag im Schnee. Ich habe ihn nur von hinten gesehen. Er hatte eine Mütze auf. Aber... aber vielleicht roch er ein kleines bisschen nach Ziege. Vielleicht auch nicht.«

Nach Ziege? Plötzlich hatte Ramses einen neuen, schrecklichen Verdacht.

»Was ist, wenn der Garou gar nicht in einem Menschen wohnt?«, blökte er. »Sondern in einer Ziege?«

Es war ein furchtbarer Gedanke. Sie alle kannten die gruselige Geschichte vom Wolf im Schafspelz. Einen Wolf im Ziegenpelz konnten sie sich noch besser vorstellen, meckernd und witternd und lauernd und voller dummer Sprüche.

»Oder in einem Schaf!«, blökte Heide und sah misstrauisch zu dem fremden Widder hinüber, der sich mit geschlossenen Augen im Abendlicht sonnte. »Ein Schaf würde andere Schafe anlocken, und dann...«

Die Schafe waren kurz davor, in hysterisches Blöken auszubrechen, als Ritchfield mit seinem Stern im Gehörn für Ordnung sorgte. Der alte Leitwidder stellte sich neben den Fremden und richtete sich zu seiner vollen Leitwidderhöhe auf.

»Ich bin mir sicher, das ist ein Schaf!«, erklärte er allen, die es hören wollten, und auf einmal kamen sie sich albern vor. Sie blökten dem Fremden freundlich und ein wenig verlegen zu und grasten so eng um ihn herum wie nie zuvor.

»Marcassin!«, blökte der Ungeschorene gutmütig.

Maple hörte auf einmal mit dem Grasen auf.

Da war eine Spur, direkt vor ihr. Irgendwo. Sie glaubte nicht wirklich, dass der fremde Widder der Garou war. Trotzdem hatte Heide gerade etwas Wahres gesagt. Ein Schaf lockte andere Schafe an – und viele Schafe zusammen – was lockten die an?

Miss Maple blickte sich um. So viele Schafe auf dem Schnee. So weiß!

Und dann erinnerte sie sich an die große Spinne, die im Herbst zwischen den Ginsterbüschen ihr Netz gespannt hatte. Eines Tages war ein Eichenblatt in diesem Netz hängen geblieben, und Miss Maple hatte beobachtet, wie die Spinne es gewissenhaft und mit großer Eleganz entfernt hatte. Es hatte eine Weile gedauert, bis Maple verstanden hatte, warum, aber schließlich verstand sie es doch: Das Blatt hätte das Netz den Fliegen verraten – also musste es weg.

»Es ist eine Falle!«, blökte sie laut. »Wir sind eine Falle! Und Yves war ein Blatt!«

Die anderen sahen sie verständnislos an.

»Yves war viel zu groß für ein Blatt«, sagte Cloud beschwichtigend.

»Und nicht flach genug«, erklärte Heide.

»Und er ist nicht auf einem Baum gewachsen«, sagte Mopple.

Die Sache war mehr als eindeutig, aber Maple schüttelte stur den Kopf.

»Ich sage nicht, dass er wirklich ein Blatt war. Aber er war wie ein Blatt. Deswegen musste er sterben!«

»Friss ein bisschen was!«, sagte Cloud besorgt.

Maple dachte nicht daran, zu fressen. Sie stand da und käute wieder – Gräser und Gedanken.

»Die Spinne hat ihr Netz nicht, um Blätter zu fangen. Sie will Fliegen fangen, aber manchmal erwischt es doch ein Blatt, und dann muss es weg, damit es die Fliegen nicht abschreckt. Und wir – wir sind wie ein Netz für den Garou! Erinnert ihr euch an den Werwolfsjäger? Wo könnte er sich besser auf die Lauer legen als hier auf der Weide? Der Wald ist groß und unübersichtlich, aber die Weide ist einfach zu beobachten. Und jeder weiß, dass der Garou sich schon einmal für Schafe interessiert hat. Und dann kam Yves, wie ein Eichenblatt, und hat Rebecca jede Nacht beobachtet. Und der Werwolfsjäger wollte ihn loswerden, damit der Garou wirklich kommt, und deswegen hat er ihn erschossen. Damit sich der Garou an uns herantraut! Er muss sehr entschlossen sein, den Garou zu fangen. Und das bedeutet, dass er fast so gefährlich ist wie der Garou selbst!«

Die Schafe sahen sich beunruhigt nach dem riesigen Spinnennetz um, in dem sich Yves verheddert haben musste, und konnten nichts entdecken.

Schließlich hielt es Heide nicht mehr aus.

»Und wo ist das Netz?«, blökte sie.

»Das Netz sind wir«, sagte Maple. »Aber wer ist die Spinne?«

Während die anderen Schafe nach dem Spinnennetz Ausschau hielten – und nach der dazugehörigen überdimensionalen Spinne! –, näherte sich Madouc Sir Ritchfield, der noch immer solidarisch neben dem Ungeschorenen graste und von der ganzen Aufregung nicht viel mitbekam.

Erst als sich Madouc direkt vor seiner grasenden Nase postierte, blickte der alte Leitwidder auf und musterte Madouc streng.

»Wo ist die andere Schwarze?«, fragte er streng. »Keine Ziege darf die Herde verlassen!«

Madouc sah den alten Leitwidder sehr lange und sehr gründlich an.

»Du siehst sie?«, fragte sie dann. Und – nach einer Weile: »Du bist auch zwei!«

»Manchmal«, gab Sir Ritchfield zu. »Eigentlich immer. Er besucht mich jetzt öfters. Er heißt Melmoth.«

»Wir heißen Madouc«, sagte Madouc. »Alle beide!«

»Angenehm«, sagte Sir Ritchfield, aber wahrscheinlich meinte er nur die Sonne, die ihm mit ihren letzten dicken Strahlen auf den grauen Pelz schien.

Als die Sonne längst hinter dem Schloss verschwunden war und die Schafe schon über einen Rückzug in den Heuschuppen nachdachten, knarrte auf einmal das Tor, und Zach trat auf die Weide, seine Sonnenbrille auf der Nase und eine Kiste in den Händen. Er hielt die Kiste mit beiden Armen vor sich hin und bewegte sich unendlich vorsichtig und langsam wie eine Schnecke auf den Schäferwagen zu.

»Rebecca!«, rief er halblaut, als er endlich vor der Schäferwagentür angekommen war. »Rebecca!«

Rebecca riss die Tür auf, und als sie Zach erkannte, sah sie ein bisschen enttäuscht aus, aber nur einen Moment lang.

»Ich habe eine Bitte an dich, Rebecca«, sagte Zach, und die Schafe konnten hören, wie seine sonst so ruhige Stimme zitterte. »Die Sache ist etwas delikat.«

Rebecca nickte. »Komm rein, Zach.«

Zach schüttelte heftig den Kopf. Den Rest seines Körpers und die Kiste hielt er dabei seltsam still. »Tut mir leid, aber ich habe Grund zu der Annahme, dass dein Wagen verwanzt ist.«

Verwanzt? Igitt! Bei ihnen achtete Rebecca immer so auf

Sauberkeit, und sie selbst... Die Schafe beschlossen, sich zukünftig nach Möglichkeit von Rebecca und ihrem Ungeziefer fernzuhalten.

Rebecca zog sich den Schal enger um die Schultern. »Meine Güte, Zach, der Wind ist eisig. Komm rein!«

Aber Zach stand nur da, Sonnenbrille, Mantel und dünne schwarze Agentenschuhe, und bewegte sich nicht vom Fleck.

Rebecca seufzte. »Na gut. Wir können in den Heuschuppen gehen, da ist es wenigstens windgeschützt. Der Schuppen wird ja wohl nicht verwanzt sein.«

Die Schafe guckten hochnäsig. Natürlich nicht! Daran sollte sich Rebecca ein Beispiel nehmen.

Zach legte den Kopf schief und schien einen Augenblick über die Wahrscheinlichkeit von Ungeziefer im Heuschuppen nachzudenken. Dann nickte er zufrieden.

»Ich gehe gleich. Du kommst in zehn Minuten nach.«

»Zach...«, sagte Rebecca, aber Zach war schon mit seinem Karton unterwegs, noch immer seltsam vorsichtig, wie auf Eis, und verschwand im Heuschuppen.

Wenige Minuten später ging die Schäferwagentür wieder auf, und eine Gestalt, die unter Brotmütze, Schal, Mantel und Handschuhen nur noch am Geruch als Rebecca zu erkennen war, stapfte hinter Zach her.

Wenn Rebecca in den Heuschuppen ging, mussten die Schafe mit. Sie konnten nicht anders. Rebecca im Heuschuppen bedeutete frisches Heu in der Raufe und frisches gelbes knuspriges Stroh am Boden. Und obwohl die Schafe wussten, dass Rebecca diesmal nur Zach treffen wollte, konnten sie das Heu schon riechen: Sonne, Staub und alter Sommer.

Rebecca ging voran – die Schafe hinterher.

Zach stand schon in einer Ecke, rotnasig vor Kälte und reglos. Er hatte den Deckel des kleinen Kartons entfernt und hielt ihn mit ausgestreckten Händen vor sich hin. Futter? Die Schafe äugten neugierig auf den Karton, aber sie trauten sich nicht an Zach heran.

»Es ist mir gelungen, die hier im Wald sicherzustellen.«

Rebecca warf einen Blick in den Kasten. »Tannenzapfen?«

Zach lachte bitter. »Raffinierte Tarnung, was? Nein, Rebecca, das sind Sprengsätze. Hochexplosiv. Von den Russen.«

»Ah«, sagte Rebecca ohne große Begeisterung. »Und was soll ich damit?«

Zach warf einen hastigen Blick zur Tür des Heuschuppens. »Ich werde verfolgt, Rebecca. Bei mir sind sie nicht mehr sicher. Aber hier … kann … kann ich sie hierlassen? Nur für ein oder zwei Tage, bis ich sie meinem Kontaktmann übergeben kann.«

Rebecca nickte ungeduldig. »Okay, Zach. Lass sie einfach hier.«

Vorsichtig, vorsichtig stellte Zach den Karton auf dem Boden ab, und vorsichtig, vorsichtig setzte er wieder den Deckel darauf. Dann trat er schnell auf Rebecca zu und drückte ihr die Hände. »Ich bin dir so dankbar, Rebecca. Es … es tut mir wirklich leid, dass ich dich so einem Risiko aussetze, aber ich muss verhindern, dass die Russen … Ich werde dir das nie vergessen.«

Eine einzelne Träne rollte unter Zachs Sonnenbrille hervor und glitzerte im fahlen Licht des Heuschuppens.

»Schon gut, Zach«, sagte Rebecca verlegen. »Jetzt ein Tee, ja?«

Zach schüttelte den Kopf. »Ich muss weiter. Spionageabwehr!«

Die beiden wandten sich zum Gehen.

»Hast du gar keine Angst, dass die Schafe die Sprengsätze auslösen?«, fragte Rebecca in der Tür.

»Oh nein«, sagte Zach. »Tiere haben Instinkte. Die riechen sofort, wie gefährlich das Zeug ist. Die geringste Erschütterung, und alles fliegt in die Luft. Glaub mir, die werden die Dinger nicht anrühren.«

Mopples Nase, die gerade dabei war, den Deckel des Kartons zu erkunden, erstarrte.

Die Schafe standen lange schweigend um den Karton herum und witterten.

Sie rochen nicht, wie gefährlich das Zeug war. Nicht einmal Maude. Der Karton roch wie ein feuchter Karton mit Tannenzapfen darin. Das war alles. Wanzen? Russen? Springsätze? Irgendetwas stimmte mit ihren Instinkten nicht!

Es gefiel ihnen nicht, auf einmal einen Karton voller Springsätze im Heuschuppen zu haben. Sie wollten nicht in die Luft fliegen wie Vögel – oder Wolkenschafe. Sie mochten es, die Wolkenschafe von unten zu beobachten, und sie stellten sich auch gerne vor, dass diese Schafe am Himmel glücklich waren, und frei. Aber selbst dort hinauf, weit weg von allem Gras?

Dieser Gedanke gefiel ihnen schon weniger.

Die Schafe beschlossen, ein wenig draußen auf der Weide zu warten. Vielleicht würden die explosiven Springsätze ja ganz von alleine davonhüpfen, wie kleine Ziegen.

Draußen ertappten sie den Häher, der mit hängenden Armen vor der Tür des Schäferwagens stand, nach Lavendel roch und unentschlossen aussah. Unentschlossen und sehr erschöpft.

Schließlich klopfte er doch. Die Tür ging zögerlich auf, und einen Moment lang sahen die Schafe Rebecca, ein schlanker Schattenriss vor dem gemütlichen, rötlichen Licht des Schäferwageninneren.

»Kann ich mit dir sprechen?«, fragte der Häher. »Nur kurz. Ich weiß, du musst wer weiß was denken …«

»Nicht hier«, sagte Rebecca nach kurzem Überlegen. »Meine Mutter schläft.«

»Genau!«, rief es aus dem Schäferwagen.

»Ich komm kurz nach draußen.«

Rebecca schlüpfte aus der Tür, und dann gingen die beiden an der Schlossmauer auf und ab, auf und ab und sprachen mit gedämpften Stimmen. Als der Häher Rebecca zum Schäferwagen zurückbrachte, kam den Schafen das Licht auf ihrem Gesicht weicher vor. Weicher und lebendiger. Auch Rebeccas Stimme war weich wie das Bauchfell eines Lamms.

»Danke, Maurice!«, sagte sie. »Danke, dass du mir das alles erzählt hast!«

Der Häher schwieg einen Augenblick.

»Ich wollte nicht, dass du das Falsche denkst«, sagte er dann. Er lachte leise. »Das Falsche ist hier wohl ziemlich falsch.«

Rebecca blieb auf der obersten Stufe stehen, viel länger, als eigentlich nötig gewesen wäre.

»Da«, sagte sie. »Der Mond ist zu sehen. Und er ist rot. Ob das etwas zu bedeuten hat?«

»Das Wetter ändert sich«, sagte der Häher mit samtiger Stimme. »Vielleicht taut es bald.«

Die beiden schwiegen und standen und sagten gar nichts mehr.

Auch die Schafe sahen nach oben, wo der Mond hing wie eine Frucht, tatsächlich außergewöhnlich rosig. Rosig und fett, wie der letzte Apfel im Apfelgarten.

»Was es wohl bedeutet?«, fragte Mopple.

»Nichts«, sagte Maude. »Was soll es schon bedeuten? Der Mond ist dort oben, und wir sind hier unten. Der Mond ist so weit weg, dass man ihn nicht einmal riechen kann.«

»Wenn der Mond ein Ziegenkäse wäre, könnte man ihn riechen«, sagte Heide. »Egal, wie weit er weg ist.«

»Ich glaube nicht, dass er so weit weg ist«, sagte Mopple. »Und ich glaube, er schmeckt. Wenn man auf etwas Hohes klettert und den Hals lang macht, kann man vielleicht hineinbeißen.«

Die Schafe blickten mit neuem Interesse hinauf zum Mond, der wie ein fast vollkommener Haferkeks am Himmel hing.

»Wisst ihr noch, was die kleine Ziege über den Mond gesagt hat?«, fragte Zora. »Den Mond und den Garou?«

Die anderen nickten. Der Wolf brauchte Mondlicht, um aus seinem Menschen herauszukriechen. Ohne Mondlicht konnte der Garou sich nicht verwandeln.

Wenig später hatten die Schafe einen perfekten Plan: Mopple sollte den Mond fressen und sie so auf immer von der Werwolfsplage befreien! Sicher, sie würden den Mond vermissen, aber es war für einen guten Zweck. Einen sehr guten Zweck.

»Ich glaube, er schmeckt wie ein Apfel«, blökte Heide aufgeregt. »Ein sehr großer.«

»Er schmeckt ganz sicher wie ein Keks«, sagte Cordelia. »Ein Keks, den jemand in hellen Honig getaucht hat.«

Mehr Motivation brauchte es nicht. Mopple zog los, um in den Mond zu beißen, und Heide kam mit, um ihm zu helfen. Dort unten am Tor, die Hufe auf den Rand des Futtertroges gestellt, musste es am besten gehen!

Mopple fand eine bequeme Position und machte sich lang.

»Den Hals länger!«, blökte Heide. »Noch länger!«

»Ich habe ihn fast!«, ächzte Mopple und machte sich länger als je zuvor in seinem Leben, so lang, dass er fast nicht mehr dick war. »Fast! Er ist ganz nah!«

Dann knirschte Schnee. Mopple verlor das Gleichgewicht und plumpste in den Futtertrog. Der Häher kam über die Weide, zurück Richtung Schloss. Mopple und Heide ließen vom Mond ab und beobachteten ihn, bis er auf seine seltsame Schlangenbeschwörerart wieder von der Weide gehinkt war.

Als der Häher das Weidetor öffnete, flatterte etwas aus seiner Tasche. Etwas, das selbst in der Dunkelheit funkelte und flirrte wie verrückt.

Mopple und Heide sahen sich an.

»Hast du das gesehen?«, fragte Heide.

Mopple nickte. »Das ist ein Silber.«

»Wie das, das er Rebecca gegeben hat!«, sagte Heide.

Mopple und Heide ließen vom Mond ab, der sich als ein doch etwas zu ehrgeiziges Unterfangen herausgestellt hatte, und beschlossen stattdessen, das neue Silber auf Sir Ritchfield zu spießen. Mehr Silber half vielleicht sogar gegen Mehrwölfe!

Anders als die anderen Silberpapiere ließ sich die kleine Karte leicht einkreisen und fangen. Sie lag nur einfach flach gegen den Boden gepresst und rührte sich nicht. Sie aufzuheben war schon schwieriger.

Mopple versuchte es mit den Zähnen.

Heide mit den Lippen.

Schließlich gelang es Mopple, die Karte vom Boden loszuscharren, und Heide nahm sie vorsichtig zwischen die Zähne. Im nächsten Augenblick hatte sie sie auch schon wieder ausgespuckt.

»Was ist?«, fragte Mopple.

»Das ist kein Silber!«, blökte Heide empört.

An diesem Abend trabten noch verschiedene Schafe zu der kleinen, glänzenden Karte im Schnee. Sie schnaubten sie an und berochen sie. Mopple knabberte sie sogar an. Sie kamen alle zu demselben Ergebnis. Das Ding sah aus wie Silber und spielte mit dem Licht wie Silber, aber es roch nicht wie Silber, knisterte nicht wie Silber, und vor allem schmeckte es nicht wie Silber, kalt und metallisch. Es schmeckte wie Papier, mehlig, fade und hölzern. Das Silber des Hähers war eine Fälschung!

20

Die Schafe standen lange um die trügerische Karte herum und dachten.

»Etwas, das aussieht wie Silber, aber kein Silber ist«, murmelte Miss Maple. »Warum?«

»Vielleicht hatte er kein echtes Silber?«, fragte Cloud.

»Er hat ein Auto«, sagte Heide. »Er kann echtes Silber kaufen.«

Die Schafe wussten nicht genau, was »kaufen« war, aber sie konnten es sich in etwa vorstellen: man fuhr mit dem Auto über Landstraßen, und wenn man Dinge sah, die einem gefielen, nahm man sie einfach mit. Die Schafe selbst hatten auf ihren Wanderungen viele attraktive Sachen gesehen (einmal sogar einen dicken Sack Rüben), aber weil sie kein Auto hatten, nützte es ihnen meist nicht viel. Bei dem Häher war das anders – mit seinem großen Auto konnte er Silber und Rüben holen, so viel er wollte.

Hinter ihnen wurde das Schäferwagenfenster gekippt, und einige von Mamas unergründlichen Gerüchen und Rebeccas aufgekratzte Stimme entwichen ins Freie.

»... nicht einfach«, sagte Rebecca. »Aber eigentlich ist alles in Ordnung. Na ja, vielleicht nicht in Ordnung, Schwarzarbeit ist nicht wirklich in Ordnung, aber es ist nicht das, du weißt schon. Und ein bisschen kann ich ihn auch verstehen, er hat mir alles erklärt. Sein Vater hat ihm nichts als Schulden hinterlassen, und das Schloss verschlingt Unsummen. Ich bin wirklich froh, dass er mir das alles erzählt hat.«

»Wenn es stimmt«, sagte Mama. »Ich könnte ja die Karten... lass das Fenster noch ein bisschen offen! Du musst zugeben, dass dieser Hund streng riecht.«

»Nicht halb so schlimm wie deine Räucherstäbchen«, sagte Rebecca. »Und es kommt kalt rein. Warum sollte es denn nicht stimmen?«

»Naja«, sagte Mama. »Wenn er ein psychopathischer Irrer ist, dann stimmt es eben nicht.«

Mit einem klagenden Scharnierlaut klappte das Schäferwagenfenster wieder zu.

Die Schafe guckten hinüber zum Schloss, das nur dastand wie immer und rein gar nichts verschlang. Der Häher hatte Rebecca wieder einmal gründlich an der Nase herumgeführt. Aber wenigstens hatte sie noch eine Nase!

Der Himmel war dunkler geworden und der Mond bleicher, heller und voller. Noch eine Nacht oder höchstens zwei, und er würde rund sein, vollkommen rund. Die Schafe spürten, wie ihnen das Mondlicht durch das Fell rann wie Wasser und dabei auf der Haut kribbelte.

Maple dachte an den Häher, wie er Rebecca am Waldrand eine schimmernde Karte falschen Silbers in die Hand gedrückt hatte, und an den Werwolfsjäger, der mit echtem Silber auf die falschen Menschen schoss.

»Es ist ein Trick!«, blökte sie plötzlich.

»Was?«, fragte Maude.

»Der Häher!«, blökte Maple. »Er kennt den Wald. Sein Vater ist durch eine Silberkugel gestorben. Er findet, dass es zu viele Rehe gibt. Er hat Angst vor der Polizei. Er hat Angst vor Tess – und dann wurde Tess vergiftet. Er hat Fenster im Schloss, alle Fenster, und durch diese Fenster kann er hinunter

auf die Weide gucken und sehen, so viel er will. Und damit ihm niemand auf die Schliche kommt, verteilt er falsches Silber! Damit ihn der Werwolfsjäger nicht erkennt und es mit echtem Silber versucht!«

Die Schafe schwiegen beeindruckt. Miss Maple war wirklich das klügste Schaf der Herde!

»Und jetzt?«, fragte Cloud.

»Wir hauen ab!«, blökte Ramses.

»Mit dem Auto?«, fragte Lane.

»Bloß nicht!«, sagte Zora.

»Durch den Wald?«, fragte Cordelia zweifelnd.

»Durch das Labyrinth?«, fragte Heide. Mopple hatte ihnen von diesem Rind erzählt, und obwohl sie es nicht so ganz verstanden hatten, wollte niemand von ihnen durch ein Rind hindurch. Bis übermorgen saßen sie hier fest, direkt vor der Nase des Garou!

»Wenn wir nicht verschwinden können – dann muss eben der Garou verschwinden!«, blökte Ramses kühn.

Die anderen sahen ihn erstaunt an.

»Ich meine … irgendjemand muss doch …« Ramses guckte ein bisschen erschrocken in die Runde. Den anderen gefiel der Gedanke, den Garou so einfach verschwinden zu lassen. Andererseits … wie schwer war es schon gewesen, Yves verschwinden zu lassen – und Yves hatte sich wenigstens kalt, steif und reglos verhalten. Der Häher lief herum, einen Wolf im Leib, und keines der Schafe hätte sich auch nur in seine Nähe getraut.

»Wir könnten ihn zu einem Loch locken«, sagte Zora. »Vielleicht fällt er dann hinein!«

Aber die Schafe hatten kein Loch, das groß genug für den Häher gewesen wäre. Das größte Loch, das sie kannten, lag auf freiem Feld hinter dem Schäferwagen, und nicht einmal das Winterlamm passte hinein.

»Vielleicht muss Mopple nur wieder eine Karte fressen!«, sagte Lane. »Die richtige Karte.«

Wenn sie zurückdachten, hatte die Sache mit den Karten immer hervorragend funktioniert.

Maple dachte an ihre eigene, wenig ermutigende Erfahrung mit Mamas Karten, zuerst an den Geschmack, mehlig und hart und bitter zugleich, und dann an das Bild, den Turm und die Menschen, die durch die Luft flogen, und wollte gerade den Kopf schütteln, als sie auf einmal etwas verstand.

Mama hatte Recht! Die Karten halfen einem wirklich zu sehen.

»Wir haben vielleicht kein Loch!«, sagte sie. »Aber wir haben das *Gegenteil* von einem Loch! Kommt mit!«

Die Schafe folgten Maple in den Heuschuppen – es war sowieso Zeit – und im Heuschuppen in die Ecke mit Zachs Karton.

Wider Erwarten hatten sich die Springsätze bisher noch nicht vom Fleck bewegt.

»Springsätze!«, erklärte Miss Maple. »Wisst ihr noch, was Zach über die Springsätze gesagt hat?«

»Instinkte!«, murmelte Maude.

»Russen!«, blökte Heide.

»Die geringste Erschütterung, und alles fliegt in die Luft!«, sagte Mopple.

Maple nickte. »Genau! Alles – auch der Garou!«

Die Schafe stellten sich den Häher vor: zuerst drohend, hinkend und wölfisch, und dann auf einmal hilflos in der Luft schwebend, wie eine Seifenblase. Und alles wegen dieser kleinen Springsätze! Es war ein schöner Gedanke. Rebecca hatte einmal Seifenblasen über die Weide gepustet, und Heide, Ritchfield und das Winterlamm waren hinter ihnen hergetrabt, bis der Wind die Blasen davontrug, weit, weit über den Wald

hinweg. Das Gleiche sollte auch mit dem Häher passieren! Nur dass hinter ihm niemand hertraben würde – keinen Schritt!

Die Schafe freuten sich. Mopple rupfte zur Feier des Tages extra viel Heu aus der Raufe, Cloud plusterte sich auf und sah auf einmal noch wolliger aus als sonst, Ritchfield begann ein Duell mit einem der Heuschuppenpfosten, und der ganze Heuschuppen bebte. Maude, Cloud und Lane blökten im Chor, das schweigsamste Schaf der Herde funkelte mit den Augen, Heide sang »In die Luft! In die Luft! Luft verpufft!«, und Heathcliff sprang vor Freude ziegenartig durch das Stroh, trotz der Schmerzen.

»Es gibt noch ein paar Probleme«, gab Maple zu.

Die Schafe hörten wieder auf zu singen, zu springen und zu blöken. Cloud wurde ein kleinbisschen weniger wollig. Nur Ritchfield donnerte weiter gegen den Pfosten, dass der Heuschuppen wackelte.

»Was für Probleme?«, fragte Heide.

»Nun ja«, sagte Maple. »Die Springsätze sind hier drinnen im Kasten, und der Häher ist irgendwo dort draußen. Wir müssen sie zusammenbringen. Und wir brauchen eine Erschütterung!«

Die Schafe wussten nicht genau, was eine Erschütterung war. Wenn etwas wackelte, so viel war klar. Aber wie sehr musste es wackeln? So wie das Doppelkinn der Fronsac? Oder wie Heides Schwanz, wenn sie gute Laune hatte? Oder wie Megäras Ohr?

Othello blickte zu Ritchfield und dem Pfosten hinüber. »Das ist eine Erschütterung!«, sagte er.

Die Schafe sahen Maple erwartungsvoll an.

»Ja«, sagte Maple zögernd. »Nur soll nicht Ritchfield in die Luft fliegen, sondern der Häher. Ritchfield soll hierbleiben!«

»Ritchfield soll hierbleiben!«, blökten Ramses, Lane, Maude und Cordelia.

Sir Ritchfield bekam mit, dass es um ihn ging, ließ von dem Pfosten ab und senkte geschmeichelt den Kopf.

»Wir brauchen eine Erschütterung ohne Schafe!«, erklärte Miss Maple.

Die Schafe schwiegen und dachten. Es war gar nicht so einfach. Die meisten Dinge in ihrem Leben passierten mit Schafen.

»Wenn etwas vom Baum fällt!«, blökte Heathcliff plötzlich. »Das ist eine Erschütterung!«

Miss Maple stand lange da, mit geschlossenen Augen, und sagte gar nichts.

Und gerade als die anderen überzeugt waren, dass das klügste Schaf der Herde eingeschlafen war, machte sie die Augen wieder auf und sah frisch und munter aus. Und sehr entschlossen.

»Ich habe einen Plan!«, sagte sie dann.

»Hat der Plan einen Haken?«, fragte Heide misstrauisch. »So wie der Plan mit dem Zählschloss?«

Die Schafe sahen Maple fragend an – der Plan mit dem Zählschloss war kein besonderer Erfolg gewesen.

»Nein«, sagte Miss Maple. »Einen Haken nicht. Aber eine Ziege. Mindestens eine.«

»Was kann eine Ziege schon gegen einen Wolf unternehmen?«, fragte Maude.

»Stinken«, sagte Zora trocken.

Maple ließ sich vorsichtig im Stroh nieder, kaute ein bisschen auf einem Strohhalm herum und begann zu sprechen. Die anderen hörten zu. Es war ein komplizierter Plan mit Lane, Heathcliff, einem Springsatz, Hinken, Rennen, Klettern – und einer Ziege. Mindestens einer.

So ganz verstanden sie ihn nicht.

»Aber warum sollte der Häher unter die alte Eiche kommen?«, fragte Heide.

»Weil er hinter Lane her ist!«, sagte Miss Maple.

»Hinter mir?«, fragte Lane.

»Hinter dir!«, sagte Maple.

»Warum hinter Lane?«, fragte Heathcliff.

»Weil sie die Schnellste ist«, sagte Maple. »Sie kann ihm im Notfall am leichtesten entkommen! Und weil sie hinkt!«

»Ich hinke nicht!«, blökte Lane empört.

»Du wirst so tun«, sagte Miss Maple. »Kein Wolf kann einem hinkenden Schaf widerstehen. Es wird so sein wie Vidocq mit dem Ast. Der Garou wird einfach hinterherlaufen müssen! Und dann musst du ihn unter die alte Eiche locken.«

»Und dann fällt der Springsatz von der Eiche, und er fliegt in die Luft?«, fragte Ramses.

Maple nickte.

»Heureka!«, blökten die Schafe.

Dann schwiegen sie.

»Und wie kommt der Springsatz auf die Eiche?«, fragte Othello.

»Heathcliff wird mit dem Springsatz hinaufklettern«, erklärte Miss Maple. »Und wenn der Häher unter der Eiche steht, lässt er ihn fallen!«

»Heu! Heu! Heureka!«, blökten die Schafe wieder.

»Und wie kommen wir an die Springsätze – durch den Deckel der Kiste und ohne Erschütterung?«, fragte Zora.

Miss Maple seufzte. »Ich fürchte, genau dafür brauchen wir die Ziege!«

Einige Zeit und viele nervenaufreibende Verhandlungen später sahen die Schafe mit großem Unbehagen zu, wie gleich drei Ziegen durch die lose Latte im Zaun schlüpften und im Gänsemarsch über ihre Weide marschierten – drei junge Ziegen mit langen, spitzen, geraden Hörnern. Amaltée, Circe und

Kalliope, die sich Mopple gegenüber für Zoras Geschmack viel zu viele Freiheiten herausnahmen.

Eigentlich brauchten sie nur eine Ziege, aber eine Ziege war keine Ziege, hatten die Ziegen erklärt, und zwei Ziegen waren nur eine halbe. Die Wahrheit war, dass gleich drei spitzhörnige Ziegen den Deckel von der Springsatzkiste entfernen wollten, nachdem die Schafe ihnen Vidocq und den Wahnsinn versprochen hatten. Kalliope rupfte gegen alle Vereinbarungen ein paar Knospen vom Haselstrauch. Die anderen beiden kicherten.

Dann betraten die Ziegen den Heuschuppen und schnaubten in gespielter Bewunderung.

»Ein Fenster!«, meckerte Amaltée. »Schick!«

»Und Stroh!«, sagte Circe und fraß gleich ein paar Halme.

»Da hinten!«, knurrte Othello.

Die Ziegen traten neugierig näher an den Karton heran und machten die Hälse lang.

»Und jetzt?«, meckerte Circe frech.

»Die Kiste hat einen Deckel«, erklärte Mopple the Whale, der sich alles gemerkt hatte. »Der Deckel muss weg. Ihr senkt euren Kopf, wie zum Duell, und steckt eure spitzen Hörner in den Spalt zwischen Kiste und Deckel, und dann bewegt ihr vorsichtig den Kopf nach oben, und der Deckel ist weg! Aber es darf nicht wackeln! Nichts darf wackeln, sonst…«

»Kein Hund, kein Hüten und kein Wahnsinn!«, meckerten die Ziegen folgsam.

»Genau!«, sagte Othello. »Die Graue zuerst!«

Amaltée konnte mit ihren Hörnern nicht in den Spalt treffen.

Circe traf den Spalt, blieb dann aber mit den Hörnern stecken und konnte nur durch aufwändiges Manövrieren wieder von der Kiste getrennt werden.

Kalliope senkte den Kopf, fand mit ihren Hörnern den Spalt,

bewegte ihren Kopf vorsichtig nach oben, und schwupp – der Deckel klappte auf und fiel neben der Kiste ins Stroh.

Die Schafe wichen ein paar Schritte zurück und hielten den Atem an. Halb erwarteten sie, dass die Springsätze in hohem Bogen aus dem Karton springen würden wie dicke Flöhe. Aber das Einzige, was sprang – oder besser gesagt: hopste –, waren die Ziegen.

»Tannenzapfen!«, feixten die Ziegen. »Tannenzapfen! Tannenzapfen!«

Die Schafe machten überlegene Gesichter.

»Es sieht aus wie Tannenzapfen«, erklärte Mopple. »Aber es sind Springsätze. Von den Russen. Habt ihr denn gar keine Instinkte?«

Eine der Ziegen furzte. Die anderen beiden kicherten.

»Ihr müsst nicht alles glauben, was man euch erzählt«, sagte Kalliope.

Die gescheckte Ziege streckte den Hals und flüsterte Mopple etwas ins Ohr.

»Sie sagt, wir sind alle Indi-Viehduen«, blökte Mopple beleidigt. »Vor allem ich!«

»Sind wir nicht!«, blökten die Schafe im Chor.

»Wir sind Schafe!«, fügte Maude würdevoll hinzu.

Es war höchste Zeit, die Ziegen wieder loszuwerden.

Anschließend trabten die Schafe in der Dunkelheit hinüber zur alten Eiche, um sich die Sache besser vorstellen zu können. Hier der breite, waagrechte Ast, dort der Springsatz, da Lane, da der Häher.

So weit, so gut.

Heathcliff sah sich die alte Eiche lange an. Im Mondlicht sah sie besonders alt aus, besonders hoch und ein bisschen feindselig.

»Ich werde nicht auf die alte Eiche klettern«, sagte er plötzlich. »Nie mehr!«

Sie versuchten es mit Bitten, Drohungen und Schmeicheleien, aber Heathcliff blieb stur, und kein anderes Schaf konnte sich vorstellen, auf einen Baum zu klettern.

»Ich könnte eine andere Ziege fragen«, sagte Heathcliff schließlich. »Zum Beispiel Madouc. Ich geh sie holen.«

Milder Wind kam auf, Wind, der den schwebenden Garou weit wegtreiben würde. Ein gutes Zeichen! Während sich die Schafe mit dem Wind die Vorfreude auf ein Leben ohne Garou um die Nasen wehen ließen, schlich wieder ein dunkles, leises Auto die Straße entlang auf den Hof, schauderte und stand still. Aus der Tür des Turmes kamen drei Menschen, ein Mann und eine Frau, die einen dritten Mann stützten. Das Gesicht des dritten Mannes war mit weißen Bändern umwickelt und leuchtete, und obwohl er kaum laufen konnte, sah er noch gefährlicher aus als zuvor. Die Schafe sahen mit einiger Erleichterung zu, wie das Auto mit den dreien sich flüsternd entfernte und das Licht im Turm erlosch.

Heathcliff trabte zögerlich hinüber zum Ziegenzaun. Bei Tag wollte er gerne eine Ziege sein, aber bei Nacht war ihm die Gesellschaft anderer Schafe doch deutlich lieber.

Er kam an dem ungeschorenen Fremden vorbei, der unter einem Ginsterbusch schlief.

»Aube!«, blökte der Fremde ermutigend, und Heathcliff trabte ein klein wenig entschlossener weiter zum Zaun.

Keine Ziege weit und breit, schon gar keine schwarze. Doch da! Dort hinten auf der Kommode saß die alte blinde Ziege und käute wieder. Und wieder. Und wieder.

»Ich suche Madouc«, blökte Heathcliff. Seine Stimme klang dünn und zottig im Mondlicht.

337

»Irrtum!«, meckerte die alte Ziege. »Niemand sucht Madouc.«

»Ich doch!«, blökte Heathcliff tapfer.

»So?«, hustete die Ziege. »Hat sie dir die Geschichte vom Fuchs erzählt? Dem Fuchs, dem sie entkommen ist?«

Ihre weißen Augen schimmerten wie Monde. Volle Monde.

Heathcliff nickte. Es war die erste Lektion in Sachen Ziegenhaftigkeit gewesen. Dann fiel ihm ein, dass die blinde Ziege sein Nicken gar nicht sehen konnte.

»Und wie hat sie es angestellt, ihm zu entkommen, hmm? Hat sie dir das auch erzählt?«

»Sie hat den Kreis verlassen«, murmelte Heathcliff.

Die Ziege auf dem Sofa gab ein Geräusch von sich. Ein Lachen? Es klang wie Husten und trockenes Laub.

»Und glaubst du das, du Schaf? Glaubst du, dass ein neugeborenes Zicklein so einfach aus einem Fuchskreis herausspazieren kann? Entkommen ist sie ihm, das raffinierte schwarze Ding, das muss man zugeben, aber nicht, weil sie den Kreis verlassen hat. Sie hat den Kreis *verändert*. Und wie verändert man einen Kreis, hmmm, Kleiner?«

Heathcliff hatte keine Ahnung. Anfressen wäre wahrscheinlich seine Methode gewesen.

»Man findet ihm einen neuen Mittelpunkt«, hustete die Ziege. Speichel und Wiedergekäutes rannen ihr aus dem Maul. »Einen kleinen, schwarzen, hübschen Mittelpunkt. Einen unbewegten Mittelpunkt. Ein Zwillingszicklein vielleicht, ein schwaches, zartes Geschwisterchen!«

Heathcliff stand da und starrte die blinde Ziege ungläubig an.

Plötzlich trat eine zweite Ziege hinter der Kommode hervor, die Ziege mit nur einem Horn. »Wir bilden uns das alles nur ein!«, erkärte sie Heathcliff, machte ein überlegenes Gesicht und zwinkerte.

Heathcliff drehte den beiden den Rücken zu und ging davon, langsam und vorsichtig, damit sie erst gar nicht auf den Gedanken kamen, ihm zu folgen.

Doch die Stimme der blinden Ziege holte ihn mühelos ein.

»Was, Kleiner, meinst du, wird sie tun, um dem Wolf zu entkommen?«

Wie Windgeflüster. Mit etwas Mühe konnte Heathcliff sich einreden, dass er nur Windgeflüster gehört hatte.

Jemand stupste ihn von der Seite.

Heathcliff erschrak.

»Hallo, Heathcliff!«, sagte Madouc und trabte neben ihm her, zurück zur alten Eiche.

Die kleine Ziege ließ sich alles sehr genau von Maple erklären, und als sie verstanden hatte, tat sie einen kleinen Sprung in die Luft.

»Das ist ein ganz wundervoller, verrückter Meckernismus, den ihr da gefunden habt!«, sagte sie. »Macht euch keine Sorgen! Ich klettere für euch auf den Baum! Und wir treffen den Garou, den Garou, Garou im Nu!«

Die Schafe waren froh, dass sie den Springsatz doch noch hinauf in die Eiche bekommen konnten, selbst unter Mithilfe einer Ziege, aber sie wollten nicht, dass Madouc ihn auch über die Weide trug – Madouc konnte keine zehn Schritte tun ohne Hopsen, Hüpfen und Erschütterung.

Schließlich erklärte sich Heathcliff bereit, den Springsatz vorsichtig vom Heuschuppen bis zur Eiche zu tragen – Heathcliff, der seit seinem Sturz Erschütterungen ganz besonders gut fühlen konnte.

Das war es also: bald würde der Garou über den Wald hinwegschweben, hilflos wie eine Seifenblase, wenn auch nicht ganz so schillernd.

Jetzt mussten sie nur noch üben.

21

Der nächste Tag war ein großer Tag. Man konnte es wittern. Groß und seltsam. Die Sonne schien nicht. Es schneite nicht. Der Wind blies. Der Himmel war wie das scheckige Fell eines Wolfhundes, dunkel, unruhig und gezaust. Aufregung lag in der Luft, Krähen kreisten über dem Wald. Ein schwarzes Huhn hatte sich auf die Weide verirrt und rannte mit panischem Blick zwischen den Schafen auf und ab.

Die Schafe waren früh auf den Beinen und probten.

Lane war Lane, und Mopple war der Garou. Die anderen gaben gute Ratschläge.

Lane musste lernen, vor dem Garou wegzulaufen.

Mopple musste versuchen, Lane zu fangen.

Bisher hatten beide noch keine großen Erfolge erzielt. Mopple trabte halbherzig auf Lane zu, Lane hinkte ein paar Schritte, und wenn sie sah, dass Mopple ihr nicht folgte, blieb sie wieder stehen.

Mopple erschrak vor dem schwarzen Huhn.

»So geht es nicht!«, seufzte Othello. »Du bist der Garou! Du musst sie jagen! Wie soll sie richtig weglaufen, wenn du sie nicht richtig jagst?«

»Jagen?« Mopple schielte sehnsüchtig nach unten, wo unter einer Schneeschicht das Wintergras darauf wartete, abgeweidet zu werden.

»Jagen, fangen und fressen«, erklärte Othello.

Mopple sah Othello angewidert an. »Ich will sie ja gar nicht fressen«, sagte er.

»Doch. Du willst! Du bist der Wolf!«

»Ich will nicht.« Mopple blieb stur.

»Du willst sie fressen wie Gras!«

»Wie Gras?«, fragte Mopple interessiert.

»Stell dir vor, da ist gar nicht Lane, sondern ein Büschel Gras!«

»Sommergras?«

»Sommergras und Süßkraut zusammen! Aber es hat Augen, um dich zu sehen, und Beine, um wegzulaufen. Und es will nicht gefressen werden.«

»Das hilft ihm gar nichts«, sagte Mopple entschieden. »Wenn es Sommergras ist, kriege ich es! Ich warte im Schatten, ich warte ganz still, wie ein Strauch, wie ein Stein, mit stillem Atem. Ich warte und gucke wie ein Vogel, mit scharfen blanken Augen. Ich sehe nur das Gras und höre nur das Gras und denke nur das Gras, und dann kommt ein Moment, der richtige Moment, und ich renne los …«

Ehe sich die Schafe versahen, war Mopple unter der Eiche hervorgepprescht und biss Lane kräftig ins Hinterteil.

Lane blökte vor Schmerz und Überraschung und keilte nach Mopple.

Mopple rupfte.

Lane rannte los.

Die Ziegen feixten.

Und am Weidezaun lehnte der Häher und starrte mit mildem Interesse zu ihnen hinüber.

Die Schafe standen ertappt in der Gegend herum.

Der Häher öffnete das Weidetor. Er sah anders aus als sonst. Grüner. Grüner Hut und grüner Mantel. Grüne Stiefel. Einen Moment lang standen die Schafe starr vor Entsetzen, dann

flüchteten sie möglichst unauffällig in den entlegensten Winkel der Weide und beobachteten von dort, wie der Häher an die Schäferwagentür klopfte.

Er hielt etwas hinter seinem Rücken versteckt.

Vidocq im Schäferwagen wuffte, und der Häher trat überrascht einige Schritte zurück.

Rebecca steckte den Kopf aus der Tür und lächelte.

»Ich habe eine Überraschung für dich!«, sagte der Häher und zog ein längliches Paket hinter seinem Rücken hervor. »Eigentlich zwei!«

»Uii!«, quietschte Rebecca. »Komm rein!«

»Lieber nicht«, sagte der Häher mit einem nervösen Blick auf die Tür.

»Okay«, sagte Rebecca. »Ich komm raus. Einen Moment noch!«

Die Schafe standen auf der Weide herum und wussten nicht weiter. So war es nicht gedacht gewesen. Der Häher sollte nicht Rebecca überraschen, sondern geifernd hinter Lane herjagen, bis zur alten Eiche. Und dann sollte er in die Luft fliegen.

»Wunderschön«, sagte Rebecca, als sie das Paket des Hähers nach langem »Ach!« und »Oh!« endlich geöffnet hatte und etwas Rotes zum Vorschein gekommen war. »Danke, Maurice!«

»Das ist ja wohl das Mindeste, nach der unschönen Sache mit deiner Kleidung.«

»Und so weiche Wolle«, sagte Rebecca.

»Kaschmir«, korrigierte der Häher. »Kaschmir stammt von Ziegen. Weicher als jede Wolle!«

»Pah!«, blökte Cloud oben am Hang verächtlich.

Die Schafe guckten feindselig hinunter auf den Häher und das rote Ziegendings.

»Wir müssen ihn loswerden!«, murmelte Heide. Es war nicht klar, ob sie den Häher oder den Ziegenmantel meinte.

»Eine tolle Überraschung jedenfalls!«, sagte Rebecca unten am Schäferwagen. »Ich zieh ihn gleich an!«

»Oh«, sagte der Häher. »Das ist erst der erste Teil. Komm, wir machen einen Spaziergang, ja?«

»Jetzt?«, fragte Rebecca.

»Jetzt!«, sagte der Häher.

»Jetzt!«, blökte Maple aufgeregt. »Versteht ihr? Es passiert jetzt! Er lockt sie von Vidocq weg! Sie gehen in den Wald und – haps! Weiß und rot!« Maple konnte es genau vor sich sehen – zu genau.

»Wir müssen hinterher!«, blökte sie. »Mit Lane und der Ziege und dem Springdings! Wir müssen ihn erwischen, bevor er sie erwischt!«

»Wir können den Baum nicht mitnehmen!«, wandte Maude ein.

»Ach was! Wir nehmen einen anderen Baum!«, schnaubte Maple ungeduldig. »Im Wald wimmelt es von Bäumen! Wir müssen nur den richtigen finden, und Lane muss ihn hinlocken, und Mopple muss sich alles merken! Schnell! Sie gehen! Jetzt!«

Wenig später trabte eine entschlossene kleine Schafsexpedition auf den Spuren Rebeccas und des Hähers in den Wald hinein. Vorneweg Maude mit ihrem guten Geruchssinn. Maude musste Fährten wittern – und Gefahren. Als Nächste kam Lane, das Lockschaf. Madouc, die auf einen Baum klettern sollte. Heathcliff, einen Springsatz vorsichtig zwischen den Lippen. Othello, der Leitwidder, um sie im Notfall zu verteidigen. Und als Letzter, zitternd und leise protestblökend, Mopple the Whale. Mopple war wieder ihr Gedächtnisschaf. Er hatte sich

343

Maples Plan gemerkt, jede Einzelheit, und er würde ihnen helfen, nach erfüllter Mission wieder aus dem Wald herauszufinden. Seit Mopple die Landkarte gefressen hatte, kannte er sich besonders gut mit Wegen aus.

Der Ungeschorene stand lange am Weidezaun und sah der Schafsexpedition nach. Er beriet sich mit Pâquerette, Gris und vor allem mit Aube. Schließlich kamen sie zu einem Entschluss. Der fremde Widder verließ die Weide und trabte hinter den anderen Schafen her, in den Wald hinein.

Kurz nachdem die Schafsexpedition verschwunden war, kam der Ziegenhirt durch das Hoftor. Die Ziegen meckerten, aber der Hirt hatte diesmal keinen Futtersack dabei. Nur seinen knorrigen Stock. Er stand am Rande der Weide und sog tief Luft ein, so als würde er wittern. Wittern und warten. Dann packte er seinen Stock und zog los – hinein in den Wald.

Auf der anderen Seite des Schlosses machten sich die beiden Spaziergänger zum Spazieren bereit, Metalldinge in ihren Taschen und Silberkugeln in den Metalldingen. Es versprach ein besonderer Spaziergang zu werden.

Es war nicht besonders schwierig, Rebecca und dem Häher zu folgen. Die beiden gingen langsam, nebeneinander, und Rebecca leuchtete rot zwischen den Stämmen hervor. Sie hielten sich abseits der Wege. Der Häher kannte den Wald gut. Die Schafe trabten und verharrten, äugten und witterten, und sie suchten einen Baum, auf den Madouc klettern konnte. Bisher sah es nicht besonders gut aus.

Unruhe lag in der Luft, und die Vögel waren zu still. Irgendwo bellten Hunde.

»Hast du schon mal bei einer Treibjagd mitgemacht?«, fragte der Häher.

Von Rebecca hörten die Schafe nichts. Aber vielleicht war ihre Antwort nur sehr leise.

»Es ist eigentlich ganz einfach«, erklärte der Häher. »Es gibt die Jäger und die Treiber. Die Treiber gehen in einer Kette durchs Gelände, mit oder ohne Hunde, schlagen gegen Bäume, machen Krach und scheuchen das Wild auf. Treiben es vor sich her. Und die Jäger stehen auf der anderen Seite und warten.«

»Und wie wissen die Jäger, auf was sie schießen dürfen?«, fragte Rebecca. »Ich meine: wieso treffen sie nicht die Treiber?«

»Oh, das kommt schon vor.« Der Häher lachte leise. »Nein, aber im Ernst, es ist ganz ungefährlich. Die Treiber haben alle Signalfarben an: gelb, orange, rot. Wenn man so eine Farbe sieht, schießt man nicht. Apropos …«

Der Häher machte etwas mit seinem Hut, und auf einmal sahen die Schafe einen orangefarbenen Flecken zwischen den Bäumen aufleuchten.

Rebecca kicherte. »Schick! Aber ein bisschen riskant finde ich das trotzdem.«

»Ungefährlich«, sagte der Häher. »Vollkommen ungefährlich. Hier entlang.«

Rebecca und der Häher waren nun doch auf einen Weg getroffen, einen Hohlweg, der einem kleinen Bach folgte. Links war Böschung, und rechts war Böschung, und von oben ragten Bäume über den Weg wie mahnende Finger. Die Schafe sahen den beiden nach. Nichts und niemand hätte sie dazu bewegen können, diesen Weg zu betreten.

Ein Tunnel. Eine Falle. Ein Hinterhalt. Hier gab es keine freie Sicht – und kein Entkommen.

Die Schafe trabten also oben an der Böschung entlang durchs

Unterholz und spähten von dort hinunter auf den Weg, wo zwischen den schräg geneigten Stämmen immer wieder Rot und Orange aufblitzte.

»Auf so einen Stamm könnte ich klettern!«, sagte Madouc plötzlich.

Kurz darauf hatten die Schafe einen Plan.

»Was ist mit Rebecca?«, fragte Othello. »Rebecca soll nicht in die Luft fliegen!«

Die Schafe sahen sich an. Sie konnten nur hoffen, dass der Garou schneller rennen konnte als Rebecca. Viel schneller. Aber nicht so schnell wie Lane.

»Sie gehen den Hohlweg!«, sagte der kleine Spaziergänger. »Sieht so aus, als hätten wir mehr Glück als Verstand!«

Der große Spaziergänger grunzte.

»Kein Kunststück für dich, ich weiß«, murmelte der kleine Spaziergänger. »Komm!«

»Ein Fuchs!«, dachte Rebecca.

Sie war stehen geblieben, um sich die Schuhe zu binden – alte abgewetzte Wanderstiefel, die so gar nicht zu dem feinen Kaschmirmantel passten. Aber warm waren sie.

Und dann sah sie ihn, beinahe auf Augenhöhe, rot im Gebüsch. Eine spitze Schnauze, schon etwas grau, und tiefe, gelbe Fuchsaugen. Auf der Weide hatte Rebecca nichts für Füchse übrig – aber hier im Wald kam er ihr sehr schön vor.

Rebecca warf einen Blick auf Maurice, der vor ihr den Weg entlangspazierte, vertieft in einen Monolog über die Jagd vor Erfindung der Feuerwaffen, und wahrscheinlich noch gar nicht gemerkt hatte, dass sie stehen geblieben war. Rebecca hatte für heute genug über die Jagd gehört.

Sie drehte sich um und ging auf den Fuchs zu, vorsichtig,

vorsichtig. Der Fuchs sah ihr zu, und dann, als würde er einem geheimen Protokoll folgen, drehte er sich um und rannte weg, tiefer in die Hecken, die den Weg säumten. Aber sie konnte ihn noch immer sehen.

Erst als auch Rebecca ins Gebüsch trat, verschwand der Fuchs, verschwand wie ein Zauber.

Rebecca seufzte und trat zurück auf den Weg.

Aber da war kein Maurice mehr.

Der Häher rannte hinter dem Schaf her – er wusste selbst nicht so genau, warum. Wahrscheinlich, weil Schafe nicht in den Wald gehören. Weil es hinkte und hilflos aussah. Und weil er Rebecca eine Freude machen wollte. Rebecca würde sich wundern, wenn er mit einem von ihren Schafen zurückkehrte! Vielleicht würde sie ihm dann endlich glauben, dass er mit dem Tod des Hundes nichts zu tun hatte.

Doch plötzlich strauchelte das Schaf, stolperte und fiel. Im nächsten Moment stand es auch schon wieder, aber es rannte nicht mehr. Es wand sich und zappelte. Der Mund des Hähers war auf einmal sehr trocken. Sein Herz schlug schnell. Über ihm bewegte sich etwas. Etwas stimmte nicht. Das Schaf kämpfte verzweifelt, aber es konnte seinen Fuß nicht befreien. Er wollte einen beruhigenden Laut von sich geben, aber alles, was aus seinem Mund zu kommen schien, war ein kehliges Knurren.

Von oben sah der Garou komisch aus, ein orangefarbener, leuchtender Punkt, umgeben von einem grünen Rand, und unten zwei Füße, die aus dem Grün herausragten wie kurze, nutzlose Flügel.

»Jetzt!«, blökte Heathcliff.

Madouc öffnete vorsichtig die Lippen und ließ den Springsatz los.

Der Springsatz fiel und fiel und landete direkt vor dem Häher im Schnee.

Pflock!

Maude, Othello, Heathcliff und Mopple oben auf der Böschung hielten den Atem an und warteten, aber nichts flog in die Luft. Nicht der Schnee, nicht der Häher, nicht einmal das Springdings selbst. Der Häher klopfte sich Schnee von seinem grünen Mantel und wollte gerade einen weiteren Schritt auf Lane zumachen, die wie verrückt an ihrer Drahtschlinge zerrte, als doch noch etwas durch die Luft flog.

Madouc.

Sie landete auf den Schultern des Hähers, und der Häher plumpste in den Schnee wie ein Futtersack.

Madouc rappelte sich wieder auf und meckerte triumphierend. Dann war sie auf einmal still und lauschte. Ihr war, als hätte sie gerade eben im Sprung das Niesen eines Metalldings gehört.

»Ein Schießeisen!«, blökte Maude oben auf der Böschung, und Madouc hörte Rascheln und Galopp. Die Schafe rannten, wie sie damals auf der Weide vor dem Schießeisen weggerannt waren. Madouc überlegte, ob sie auch wegrennen sollte.

»Hast du das gesehen?«, fragte der dicke Spaziergänger. »Von oben. Einfach so! Was zum Teufel ist das?«

»Ein Schaf, glaube ich«, sagte der Kleine.

»Eine Ziege«, korrigierte der Dicke. »Was fressen die eigentlich? Ich knall sie ab!«

»Mit Silberkugeln? Bist du verrückt? Hast du ihn wenigstens erwischt?«

»Er ... er ist umgefallen, gerade als ich abgedrückt habe. Ich glaube, er bewegt sich noch«, gab der Dicke zu. »Aber nicht mehr lange!«

348

Er legte wieder zum Schuss an. Wundervoller Schalldämpfer.

Jetzt rannte auch die Ziege davon. Sie trug etwas im Maul.

»Na großartig!«, knurrte der Kleine. »Mach schon!«

»Keine Bewegung!«, sagte auf einmal eine Stimme hinter ihnen.

Eine eiskalte Stimme. Eisig, ruhig und schneidend.

Ein bisschen wie die Stimme des Bosses.

»Lasst die Waffen fallen!«, sagte die Stimme. »Hände hinter den Kopf!«

Ehe die beiden nachdenken konnten, lagen die Pistolen der Spaziergänger im Schnee. Dem Dicken machte das Sorgen. Es war nicht gut für die Waffen dort unten, so nass und kalt.

Vorsichtig, die Hände am Hinterkopf, drehten sie sich um. Sie hatten noch nie in ihrem Leben die Hände so an den Kopf halten müssen. »Hände hoch!«, ja, aber die Hände am Hinterkopf kannten sie sonst nur aus Filmen.

»Die Witzfigur!«, sagte der Dicke.

Sie hatten den Typen schon öfter gesehen, immer lauernd und geschäftig mit seiner lächerlichen Sonnenbrille auf der Nase. »Unser Buchhalter«, hatte die fette Henne gesagt und seltsam gelächelt, fast ein bisschen traurig. Buchhalter! Von wegen! Der Typ stand gelassen im Schnee, in seinem komischen schwarzen Anzug. Er hielt etwas in seiner Manteltasche. Etwas, dessen Mündung vermutlich direkt auf einen von ihnen zeigte. Wahrscheinlich auf mich, dachte der Dicke.

»Leg ihn um«, sagte der Kleine zum Dicken. »Messerarbeit. Das gefällt dir doch!«

»Okay«, sagte der Dicke, aber er rührte sich nicht. Er wusste selbst nicht so genau, warum. Vielleicht, weil der Typ keine Angst hatte. Kein bisschen. Es war nicht normal. Ein bisschen nervös war man bei so einem Job doch immer.

349

»Klug von euch.« Der Mund unter der Sonnenbrille lächelte kalt. »Glaubt mir, so ist es gesünder. Und jetzt vorwärts, die Hände immer schön hinter dem Kopf.«

»Wer schickt dich?«, fragte der Kleine.

Der komische Typ lachte leise. »Besser für euch, wenn ihr das nicht wisst! Vorwärts jetzt! Zurück zum Schloss!«

»Ich bin mir sicher, wir können ...«, sagte der Kleine.

»Still!«, befahl der Typ mit Sonnenbrille. »Kein Wort. Bewegt euch!«

Der Dicke und der Kleine bewegten sich. Was blieb ihnen auch sonst übrig? Der Typ war eindeutig ein Profi. Der wusste genau, was er tat.

Auf einmal war Lane ganz allein, gefangen in der tückischen Drahtschlinge. Es war schrecklich. Sie war ein Schaf, das schnellste Schaf der Herde. Sie musste rennen, rennen, rennen. Solange man rannte, war man sicher. Solange man rannte, war etwas in einem ruhig und frei. Aber Lane konnte nicht rennen. Sie war nicht mehr das schnellste Schaf der Herde. Sie war allein.

Und vielleicht würde sie bald auch kein Schaf mehr sein.

Der Garou im Schnee regte sich wieder. Lane hielt inne, zu entsetzt, um zu zappeln, und stand nur da und atmete. Der Garou setzte sich vorsichtig auf. Er sah sich um, sah Lane an, ohne sich großartig für sie zu interessieren, ohne sich überhaupt für etwas zu interessieren, und betastete abwesend seinen Kopf und seine Schultern. Etwas Blut lief ihm aus der Nase. Der Anblick des Blutes erschreckte Lane. Der Garou berührte die Nase, und ein bisschen Blut blieb an seiner Hand. Er starrte die Hand lange an, dann versuchte er aufzustehen, unbeholfen, als ob er seine Beine nicht kennen würde. Wie ein Lamm, dachte Lane.

Endlich stand der Garou und sah lange auf Lane hinunter. Lane stand ganz still. Der Garou blickte im Schnee herum und suchte etwas – aber er suchte nicht Lane.

Dann ging der Häher den Weg zurück, den er gekommen war, vorsichtig und schwankend, ohne sich noch einmal nach Lane umzusehen.

Lane stand da und sah ihm nach. Stand und stand, zu verängstigt, um zu blöken.

Stand und witterte und atmete.

Und die Zeit verging.

Obwohl es noch kaum Nachmittag war, begann der Wald schon, das Licht zu verschlucken.

Auf einmal fühlte Lane, dass sie nicht mehr alleine war.

Hinter ihr, ein Stück entfernt in der Mitte des Hohlwegs, stand der Ziegenhirt.

Sogar hier im Wald konnte man sehen, dass seine Augen blau waren.

22

Der Ziegenhirt ging langsam auf Lane zu, so langsam, dass Lane kaum Angst hatte. Erst als er so nah war, dass er sie hätte berühren können, machte ihr Herz einen Sprung. Und noch einen. Trab. Galopp. Lane stand da und zitterte, aber ihr Herz jagte in langen Sprüngen durch den Schnee. Schneller und schneller. Lane war das schnellste Schaf der Herde. Ihr Herz wusste das.

Der Ziegenhirt ging in die Hocke und sah sie an – nicht mit leeren, verwirrten Augen wie der Häher, sondern aufmerksam. Zu aufmerksam. Lane wich zurück, so gut das mit ihrem Bein in der Schlinge eben ging. Der Ziegenhirt bewegte sich nicht, aber Lane konnte spüren, dass trotzdem Dinge passierten. Dinge in ihm. Dinge wie Gedanken, nur spürbarer, körperlicher. Lane merkte, wie seine Pupillen sich verengten, sein Geruch sich veränderte, von einfach ungewaschen zu säuerlich und schließlich zu einer tiefen Bitterkeit. Ärger... und Trauer.

Eine Stimme flatterte durch den Wald wie ein verirrter Vogel.

Zuerst konnte Lane keine Worte erkennen, nur eine dünne Klage in einer vertrauten Tonlage.

Dann wagte sich die Stimme weiter.

»Maurice!«, rief Rebecca. »Maurice?«

Lane blickte hinüber zum Ziegenhirten. Er kauerte noch

immer vor ihr, voll von Gedanken, und hörte nichts. Lane war froh, dass er die Stimme nicht hören konnte.

»Maurice? Mauriiiice!«

Diesmal reagierte auch der Ziegenhirt. Er bewegte sich nicht, aber er lauschte. Dann war er auf einmal ganz nah an Lane und packte sie. Lane strampelte mit den Beinen, strampelte und kickte und merkte plötzlich, dass sie mit allen ihren Beinen strampelte – allen *vier* Beinen.

Der Ziegenhirt setzte sie vorsichtig zurück in den Schnee, und Lane rannte. Rannte wie der Wind.

Der Ziegenhirt richtete sich wieder auf und folgte der Stimme, tiefer in den Wald hinein.

Nach der ersten Panik kamen sie sich albern vor. Und ein bisschen verlegen, weil sie Lane einfach so in der Schlingfalle zurückgelassen hatten. Schließlich hatte das Schießeisen des Spaziergängers nicht auf sie gezeigt, sondern – vernünftigerweise – auf den Garou. Trotzdem: Schießeisen war Schießeisen, und es traf nicht immer das, worauf es zeigte – das wussten sie noch von Georges Zielübungen auf der alten irischen Weide. Am besten, man rannte dahin, wo man das Schießeisen nicht sehen konnte. Wenn man das Schießeisen nicht sah, sah das Schießeisen einen auch nicht.

Doch wo waren sie jetzt? Und woher die Geräusche? Etwas stimmte nicht.

Othello blieb stehen. Maude witterte. Mopple schnaufte, und Heathcliff blickte trotzig in alle Richtungen.

Der Schnee war nicht mehr glatt, er war voll von Spuren. Menschenspuren, Waldtierspuren, Schleifspuren. Der Wald war nicht mehr still. Rascheln im Unterholz, ferne Stimmen und noch ferner das Bellen von Schießeisen. Vielen Schießeisen.

Die Schafe rückten dichter zusammen und trabten vorsich-

tig weiter, hin und her, auf und ab, mal hierhin, mal dorthin. Es war schwer, sich für eine Richtung zu entscheiden. Überall stimmte etwas nicht. Die Luft. Die Schatten. Die Leere zwischen den Stämmen.

Es dauerte nicht lange, bis sie die ersten toten Tiere sahen. Hasen und Rehe und ab und zu ein buntes Wunderhuhn. Die Tiere lagen lang gestreckt im Schnee, manche mit aufgerissenen Augen, manche mit hängender Zunge, noch im Tod auf der Flucht. Ein Reh sah aus, als hätte es sich im Schnee zum Schlafen zusammengerollt.

Othello schnaubte nervös und senkte die Hörner. Maude witterte mit weiten Nüstern. Mopple schlotterte. Heathcliff schwieg.

Dann, plötzlich, bekam der Lärm eine Richtung, und wie eine Feldmaschine wälzte er sich mit Schlagen und Schreien und Knirschen und Trommeln und Rascheln auf sie zu. Es klang wie ein riesiges Tier.

Die Schafe rannten, weg von dem Lärm, dahin, wo der Wald noch still war. Still und drohend.

Einen Hang hinauf. Einen Hang hinunter. Zwischen bleichen Birkenstämmen entlang, dann unter jungen Tannen hindurch. Gebüsch. Gestrüpp und – endlich – eine Lichtung. Vor ihnen, am anderen Ende der Lichtung, floh ein Hase vor dem Lärm, und dann floh er auf einmal nicht mehr, sondern wirbelte in hohem Bogen durch die Luft und blieb liegen.

Othello scheute, und die vier Schafe wichen mit weiten Augen zurück in den Wald.

Das laute Tier wälzte sich näher. Die Schafe standen und schielten wieder hinaus auf die Lichtung, wo unbehelligt und ausgelassen die Nachmittagssonne mit den Schatten spielte. Othello wollte wieder einen Schritt aus dem Wald wagen, aber Maude blökte alarmiert. Othello wich zurück. Das Tier

354

brüllte mit vielen Stimmen. Jetzt konnte man es schon ab und zu zwischen den Bäumen aufblitzen sehen, orange und gelb. Leuchtend. Wenige Schritte von den Schafen entfernt brach ein Reh durchs Unterholz, sprang aus dem Wald auf die Lichtung, rannte und rannte nicht mehr. Der Knall hallte noch über die Lichtung, als das Reh schon längst still lag. Othello führte sie zurück in den Wald. Die Lichtung war zu tückisch. Zu verlockend in ihrer sonnigen Stille.

Gelb und Orange zwischen den Bäumen. Überall. Das fremde Tier schrie. Wie groß es war! Wie lang und schrecklich und laut!

Othello drehte sich um und bot dem Tier die Stirn.

Es hatte keinen Sinn, auf eine Lichtung zu rennen, auf der tote Rehe lagen. Lieber ein oranges Tier, das man sehen konnte. Sehen und angreifen. Othello senkte die Hörner. Seine Hufe scharrten im Schnee. Sein Atem tanzte in der gefrorenen Luft.

Maude, Mopple und Heathcliff sahen ihn ungläubig an.

Othello war auf einmal ganz ruhig und klar, atmete tief ein und …

»Mach das nicht!«, sagte eine Stimme. »Mach etwas anderes!«

Othello wirbelte herum, doch da war niemand, nur ein großer Stein.

»Was man tun muss, ist einfach *nicht* rennen«, sagte die Stimme. »Nicht in die eine Richtung und nicht in die andere. Stehen und warten an der richtigen Stelle. Ich habe das Tourbe erklärt und Farouche und Aube, und euch werde ich es auch erklären.«

Der Stein kam vorsichtig näher. Jetzt erkannten die Schafe auch Schafsohren, Schafsaugen und eine Schafsnase. Der ungeschorene Fremde! Und er schien keine besondere Angst vor dem Tier zu haben.

355

»Kommt!«, sagte der Ungeschorene und trabte unbeholfen auf ein Brombeerdickicht zu. »Schnell!«

Lane rannte. Unbehelligt. Mit allen vier Beinen. Wie der Wind. Wer rannte, war sicher. Schwierig wurde es erst dann, wenn man mit dem Rennen wieder aufhörte.

Trotzdem – der Wald war merkwürdig laut geworden. Lane hatte mehrmals die Richtung gewechselt, aber jetzt wusste sie, woher der ganze Lärm kam, und rannte in die entgegengesetzte Richtung. Sie machte sich keine besonderen Sorgen. Das Getöse war langsam. Sie war schnell.

War sie nicht gerade eben an einer kleinen schwarzen Ziege vorbeigaloppiert?

Doch!

Lane hörte hinter sich Schnee knirschen, und dann wurde das Knirschen leiser. Schade! Gemeinsam rennen war besser als alleine rennen, das wusste auch Lane. Sie konnte nicht so einfach stehen bleiben, ihre Beine wollten das nicht, aber sie rannte langsamer. Die Ziege holte auf.

»Hmpf!«, ächzte die Ziege. »Hmpf! Hmpfhmpfhmpf!«

Lane verstand kein Wort.

Wahrscheinlich lag es daran, dass die Ziege etwas im Maul trug, den leuchtend orangefarbenen Hut des Garou. Lane schauderte und rannte wieder schneller.

»Hhhmpf!«, japste es hinter ihr.

Die Ziege wollte ihr etwas sagen, aber sie konnte es nicht wegen dem Ding im Maul. Warum ließ sie das Ding nicht einfach fallen? Dinge waren schlecht!

»Hmpfarte!«, meckerte die Ziege. Die Sache schien wichtig zu sein.

Lane beschloss, an geeigneter Stelle auf die Ziege zu warten und zu hören, was sie zu sagen hatte. Dort vorne, zum Beispiel, wo es zwischen den Bäumen heller wurde. Eine Lichtung? Lichtungen waren gut!

Lane rannte noch schneller.

»Hmmmmmpffaaa!«, meckerte es hinter ihr, leiser schon und weiter entfernt, aber seltsam eindringlich. Etwas in dem Ziegenlaut brachte Lane dazu, ihre Beine endlich unter Kontrolle zu bringen und doch auf die Ziege zu warten. Die Lichtung war schon ganz nah, und Sonnenlicht strich mit beruhigenden Fingern durch den Wald.

Madouc kam neben ihr zu stehen, ließ den Wolfshut fallen und keuchte und keuchte.

»Und?«, sagte Lane ungeduldig. »Dort hinten ist eine Lichtung! Lass uns wenigstens auf die …«

»Nein!«, keuchte Madouc.

»Wir werden weiter sehen können«, erklärte Lane. »Und es ist hell!«

»Hör …«, keuchte Madouc, » … zu! Jetzt!«

Lane drehte sich zweimal im Kreis, dann wandte sie sich wieder der Lichtung zu. Sie würde sich nicht so einfach von einer kleinen Ziege herumkommandieren lassen. Ziegen waren verrückt, diese ganz besonders. Aber war sie nicht noch vor kurzem von oben auf den Garou gesprungen? Der Garou hatte Lane nichts getan, weil Madouc rechtzeitig auf ihm gelandet war. Lane zwang sich zur Ruhe und wartete ungeduldig auf das, was die Ziege zu sagen hatte.

»Wir … brauchen … den … Hut!«, schnaufte Madouc.

»Verrückt!«, dachte Lane. Der Hut hatte nicht einmal dem Häher gestanden, und in Madoucs Maul sah er geradezu lächerlich aus, nichts als ein leuchtender Klumpen. Lane wollte wieder losrennen, doch dann tat sie es doch nicht.

»Warum?«, fragte Lane.

»Still!«, befahl die Ziege.

Lane war still, aber der Wald war es nicht. Schreie und Schlagen und dann – ein Schuss! Lane fuhr herum. Ein Schießeisen! Wo war das Schießeisen?

»Dort hinten!«, flüsterte Madouc. »Wir laufen vor dem Lärm weg, und dort, wo es still ist, warten sie.«

Lane blickte hinüber zu der Lichtung, wo es so warm und friedlich aussah, und zitterte.

»Was machen wir?«, flüsterte sie. »Wo laufen wir hin?«

»Über die Lichtung«, sagte Madouc. »Mit dem Hut. Sie werden nicht auf uns schießen, wenn sie den Hut sehen. Der Häher hat es gesagt. Der Hut wird uns beschützen. Die Farbe wird uns beschützen.«

»Glaubst du das?«, fragte Lane und blickte skeptisch auf das kleine bunte Fetzchen Stoff.

»Nein«, sagte Madouc. »Aber die Menschen und die Metalldinge glauben es. Das genügt! Wir müssen nur dicht zusammenbleiben, damit der Hut uns beide beschützen kann.«

Lane atmete tief ein und nickte.

Den Hasen hatte er einwandfrei erwischt. 1a Schuss, das würde selbst Jacques zugeben müssen, der arrogante Sack! Aber jetzt war es wieder ruhig. Das war der Ärger bei diesen Treibjagden. Stehen und warten und sich den Arsch abfrieren. Die Treiber hatten es da besser, die waren wenigstens in Bewegung. Trotzdem: wenn er es sich recht überlegte, wollte er nicht auf der anderen Seite sein, trotz der ganzen Schutzkleidung. Er hatte da Geschichten gehört …

Da!

Endlich bewegte sich wieder etwas am Waldrand. Er legte an. Zielte. Ruhig jetzt! Ganz ruhig!

Die Leuchtfarbe sah er erst im letzten Moment. Er ließ das Gewehr wieder sinken. Schweiß stand ihm auf der Stirn.

Verdammt, war das knapp gewesen! Gerade dachte er noch an Geschichten, und jetzt… Aber korrekt war das nicht. Die Farbe saß zu tief, und sie flappte auf und ab und bewegte sich viel zu schnell.

Mit offenem Mund und gesenktem Gewehr sah der Jäger zu, wie ein Schaf und eine schwarze Ziege mit einem Schutzhut im Maul über die Lichtung rasten und auf der anderen Seite wieder im Wald verschwanden.

Dann machte er seinen Mund wieder zu.

»Still, Marcassin! Ruhig, Pâquerette!«, mahnte der Ungeschorene.

Othello, Maude, Mopple und Heathcliff jedenfalls standen still wie Steine, umgeben von stacheligen Brombeerranken und dichtem Gestrüpp. Das Tier war jetzt so nah, dass der ganze Wald voll von ihm schien, und sein Gebrüll jagte ihnen Schauer über das Fell. Schwer vorstellbar, dass es ihr Gestrüpp nicht einfach platt walzen würde, und sie mit.

Othello senkte wieder die Hörner. Mopple stand vollkommen still in einer Art Schreckstarre, und Heathcliff riss nur die Augen auf. Aber Maude hielt es nicht mehr aus und wollte gerade davonpreschen, als der Ungeschorene den Kopf drehte und sie eindringlich ansah.

»Bleib, Gris!«, sagte er. »Wir haben den schlimmen Winter überstanden, und wir überstehen auch das.«

Maude wusste nicht so recht, was sie davon halten sollte, aber auf einmal war der Moment für Flucht vorbei. Direkt vor ihnen schien sich das Tier zu spalten, in viele Stücke zu zerspringen, und statt eines Monsters kamen drei Menschen in albernen bunten Westen durch das Dickicht. Sie schlugen mit Stöcken gegen Baumstämme und brüllten. Dann waren sie auch schon vorbei, einer links von ihnen und zwei

rechts, und um sie herum lag wieder nur der Wald, still und erschöpft.

Die Schafe standen da und staunten und ließen es zu, dass sich ihre Flanken langsam beruhigten. Heathcliff sah den Ungeschorenen an, scheu und respektvoll, dann machte er zwei Schritte auf ihn zu, obwohl der Fremde so seltsam moosig roch und feucht.

»Wie heißt du?«, fragte er.

Der Fremde pendelte den Kopf hin und her. »Ich … ich heiße … ich bin … ich weiß nicht. Ich habe es vergessen, glaube ich.«

»Wie kannst du das vergessen?«, Heathcliff staunte.

Der Fremde legte den Kopf schief und dachte. »Es … es war nicht so wichtig, irgendwie. Es war wichtig, die anderen nicht zu vergessen … Gris und Pâquerette und Aube …«

Heathcliff sah zu dem Fremden auf, der seinen eigenen Namen vergessen hatte, um die Namen der anderen zu beschützen. Es war etwas, das man von keiner Ziege lernen konnte – und trotzdem war es wichtig.

»Wir werden einen neuen Namen für dich finden«, sagte er dann. »Ich weiß, wo man sie finden kann! Du wirst schon sehen.«

Die Schafe standen am Rand der Weide und grasten und lauschten, witterten und verdauten, aber sie ließen den Himmel über dem Wald nicht aus den Augen. Der Himmel war erst strahlend blau, wurde dann dunkler, dann wieder bleicher und fahler, dann sogar etwas rötlich. Aber niemand flog in die Luft. Nicht der Häher und auch sonst keiner. Ein großer Vogel flappte, und dann fiel er zu Boden wie ein Stein. Das Gegenteil von In-die-Luft-Fliegen sozusagen. Ferne Schüsse flüsterten über die Weide, und die Schafe machten sich Sorgen. Sogar die Ziegen verhielten sich ruhig, steckten die Köpfe zusammen und tuschelten.

Dann raschelte es auf einmal am Waldrand, und Lane und Madouc traten zwischen den Bäumen hervor. Madouc hatte es irgendwie geschafft, einen leuchtend orangen Hut auf ihre Hörner zu spießen. Lane sah erschöpft aus und besonders langbeinig. Beide schlüpften durch den Draht im Ziegenzaun, und während Madouc mit ihrem Hut auf der Ziegenweide blieb und von den anderen Ziegen neidisch umringt wurde, trabte Lane weiter, durch die Latte und zurück auf die Weide.

»Und?«, fragte Miss Maple. »Habt ihr den Häher erwischt?«

Lane schüttelte den Kopf. »Nein. Madouc hat den Springsatz fallen lassen, aber er ist nicht gesprungen, also ist Madouc gesprungen, und der Häher lag im Schnee. Aber dann ist er wieder aufgestanden. Und dann war ich auf einmal allein, und der Ziegenhirt hat mich befreit.«

»Der Ziegenhirt?«, fragte Maple.

»Der Ziegenhirt!«, sagte Lane. »Ich bin gerannt, und es war laut und leise, und am gefährlichsten war es dort, wo es leise war. Und sonnig. Aber der Hut hat uns beschützt.«

Die Schafe schwiegen. Es klang ein bisschen … verrückt.

»Und die anderen?«, fragte Miss Maple.

»Ich weiß nicht«, sagte Lane leise. »Weg. Ich erinnere mich nicht.«

Aber sie erinnerte sich doch ein bisschen, an die vielen Schüsse, die sie gehört hatte, und schauderte.

Später kamen auch Othello, Maude, Heathcliff und Mopple aus dem Wald, und zu aller Überraschung auch der ungeschorene Fremde, der irgendwie gar nicht mehr so fremd war – aber noch immer sehr ungeschoren.

»Er hat uns gerettet!«, blökte Heathcliff. »Vor einem Monster und Männern mit Westen! Uns alle!«

Die Schafe staunten. Der Ungeschorene wurde von allen Seiten berochen, stand freundlich und schweigsam herum und kaute.

»Ich habe immer gewusst, dass das ein Schaf ist!«, erklärte Sir Ritchfield – und er hatte Recht.

Heide und Heathcliff spielten um den Ungeschorenen herum ein Versteckspiel, Cloud machte ihm ein Kompliment in Sachen Wolligkeit, und Maude fand auf einmal, dass er gar nicht so schlecht roch, eher würzig und appetitlich wie Schafgarbe.

Später, als der Schlossschatten schon wieder Richtung Weide gekrochen kam, langsam, aber unerbittlich wie eine Nacktschnecke, blickte der fremde Widder hinüber zum Apfelgarten und zum Waldrand, und ein seltsamer Ausdruck trat in seine Augen.

»Etwas stimmt nicht mit ihnen«, sagte er bekümmert. »Tache, Pâquerette, Gris. Sie wachsen nicht. Die Lämmer wachsen nicht, und die Hörner wachsen nicht. Nicht einmal ihre Wolle wächst.« Er drehte nachdenklich den Kopf. »Meine Wolle wächst.«

Der Ungeschorene verabschiedete sich von Farouche, Grignotte, Boiterie, Sourde, Tache, Pâquerette, Gris, Marcassin, Pré-de-Puce und zweimal von Aube.

Dann seufzte er und trabte hinüber zu den anderen Schafen, um im Nachmittagslicht zu grasen. Es war ein schöner Moment, und die Schafe kamen sich vollzähliger vor als seit langer Zeit.

Erst als immer mehr Autos mit lauten Männern in Grün und Orange auf dem Hof auftauchten und Mama aus dem Schäferwagen kam, ungewöhnlich bleich und ganz ohne eines ihrer aufwendigen Gesichter, fiel den Schafen auf, dass doch jemand fehlte.

Rebecca.
Rebecca war als Einzige nicht aus dem Wald zurückgekehrt.

Zach saß in der Scheune, das Band in den Händen, und versuchte, seine Enttäuschung wieder in den Griff zu bekommen. Schließlich ging es nicht nur um Ergebnisse, es ging darum, das Richtige zu tun. Und Zach hatte das Richtige getan – wenn auch mit den falschen Leuten. Die beiden Männer, die über ihm an die verschlossene Heubodentür hämmerten, waren keine russischen Doppelagenten. Nur ganz gewöhnliche Killer, die für ganz gewöhnliches Geld auf den Patron angesetzt worden waren. Weil er irgendeinem Verbrecher ein neues Gesicht gegeben hatte. Und jetzt musste er natürlich als Mitwisser ausgeschaltet werden. Zach gähnte. Die Identität des Patienten hatten die beiden Killer nicht verraten, selbst bei Zachs verschärften Verhörmethoden. Psychologischen Verhörmethoden, selbstverständlich. Zach hatte die beiden nicht angerührt. Das schien sie am meisten beeindruckt zu haben, dass er sie nicht einmal angerührt hatte, keinen Klaps. Der alte Herr hatte Recht gehabt. »Gib ihnen einen Schmerz, und sie haben etwas, woran sie sich festhalten können. Gib ihnen nichts, und sie haben nur sich – und das ist meistens nicht allzu viel, Zach.« Zach hatte mittlerweile seine Zweifel, ob der alte Herr wirklich für den Geheimdienst gearbeitet hatte, aber mit Verhören hatte er sich ausgekannt. Keine Frage.

Zach drehte das Diktiergerät nachdenklich in seinen Händen hin und her. Zwei Killer, ein Auftrag, kein Auftraggeber. Das bedeutete, dass der Arm des Drahtziehers bis in die Gefängnisse reichte, und das bedeutete, dass die Wahrheit nie ans Licht kommen würde. Organisiertes Verbrechen, vermutete Zach. Wahrscheinlich hatte der Patron seine Nase in Dinge gesteckt, die ein bisschen zu groß für ihn waren. Und wenn schon. Nicht Zachs Problem. Er würde einfach das Band und den Schlüssel zum Heuboden diesem amateurhaften Polizisten übergeben und sich dann wieder auf seine Mission konzentrieren. *Die* Mission.

Zach seufzte und entsicherte seine Dienstwaffe. Er musste lächeln. Wenn die beiden Killer seine Dienstwaffe gesehen hätten – das hätte ihnen den Rest gegeben. Neongrün und neongelb und genau einer Spielzeugpistole nachgebildet. Nicht nachweisbar. Sie hätten verstanden, über welche Technologie seine Auftraggeber verfügten, und vielleicht hätten sie dann doch noch gesungen. Andererseits – Vorschrift war Vorschrift. Es gab so viele Vorschriften. Zach steckte den Schlüssel zum Heuboden und das Diktiergerät in einen Umschlag, schrieb ein paar Zeilen und klebte den Umschlag zu. So.

Zurück zum Schloss. In der Küche helfen, wie alle anderen. Nicht auffallen. Jagdbankett, so ein Unsinn. Zach war sich sicher, dass etwas anderes dahintersteckte, wahrscheinlich ein Informationsaustausch israelischer Doppelagenten. Eine ideale Ablenkung jedenfalls. Er trat hinaus in den Schnee und musste hinter seiner Sonnenbrille blinzeln. Hell. Einen Moment überlegte er, ob er anfangen sollte, bei solchen Gelegenheiten eine zweite Sonnenbrille über der ersten zu tragen. Dann kniff er einfach die Augen zusammen und stapfte los, auf das Schloss zu.

Der Fuchs kroch aus dem hohlen Baumstamm hervor, in dem er die Jagd abgewartet hatte, und leckte sich das Fell. Die Jagd selbst war kein Problem gewesen, zumindest nicht für so einen alten und glatten Fuchs wie ihn.

Die Probleme kamen später.

Der Wald und alles in ihm war stiller geworden, scheuer, ferner, weniger. Die Kaninchen, die überlebt hatten, saßen jetzt alle tief unten in ihren Burgen und zitterten, und es würde Tage brauchen, bis die Waldmäuse wieder entspannt unter Tannenzweigen spielten.

Nach der Jagd war eine schlechte Zeit für den Fuchs. Es war eine schlechte Zeit für alle Räuber.

Der Fuchs beschloss, sich auf die Suche nach dem Menschen zu machen, der anders war als die anderen. Wenn die Rehe zu scheu und verschreckt waren, hatte er andere Methoden, an Beute zu kommen.

Über ihr waren Bäume.

Schön und gut, schließlich war sie im Wald.

War sie im Wald?

Rebecca blinzelte. Irgendetwas stimmte nicht mit den Bäumen. Irgendetwas … die Art, wie sie sich bewegten, vielleicht.

Die Art, wie sie sich nicht bewegten! Die Bäume über ihr waren so still.

Und – grün!

Grüne Blätter.

Sommerbäume.

Dann entdeckte Rebecca die Faune. Drei tanzende Faune, mit Hörnern und Hufen und Efeu im Haar. Der mittlere Faun erinnerte Rebecca an etwas. Jemanden. Maurice? Frank? Im nächsten Moment wusste Rebecca, dass der Faun sie an Othello erinnerte. Sie lächelte.

Das Lächeln tat weh.

»Ein Traum«, dachte Rebecca, aber tief im Inneren wusste sie, dass es kein Traum war. Die Faune waren zu still für einen Traum.

Alles war zu still.

Rebecca rollte auf die Seite.

Seitlich und am Boden war kein Wald. Der Boden war aus

365

glänzendem Holz, die Wände weiß, mit einigen Kratzspuren, wie von Krallen.

Als sie die hohen französischen Fenster sah, wusste Rebecca, dass sie in einem Metallbett lag.

Einem Metallbett im dritten Stock.

Sie rollte sich auf den Bauch, schloss die Augen und schlief wieder ein.

23

So!«, sagte Mama. »Ich ruf die Polizei!«

Diesmal rauchte sie nicht.

Sie war über die Weide hin zum Schloss gegangen, und eine Weile später war sie wieder zurückgekommen, ruhiger irgendwie, kleiner und noch dünner. Wie zusammengezogen. Wie ein Konzentrat von Mama, das erst in Wasser verdünnt werden musste, bevor man es trinken konnte. Aber Mama machte keine Anstalten, sich zu verdünnen.

»So wie es aussieht, ist der Schnösel allein aus dem Wald zurückgekommen«, sagte sie zu niemand Bestimmtem. »Sie lassen mich nicht mit ihm sprechen. Sie sagen, er hatte einen Unfall. Irgendetwas Schweres ist ihm auf den Kopf gefallen. Er behauptet: ein Schaf. Die anderen glauben: ein Ast. Ich denke, irgendjemand hat ihm eine übergezogen und sich mit Rebecca aus dem Staub gemacht. Oder er war es selbst und tut nur so. Jedenfalls hat niemand sie gesehen, kein einziger von diesen ganzen lächerlichen Waldmännern. Behaupten sie zumindest.«

Mama zitterte.

Die Schafe hörten aufmerksam zu. Sie wussten, dass dem Häher eine Ziege auf den Kopf gefallen war, und streng genommen auch nicht auf den Kopf, sondern in den Nacken. Aber wo Rebecca war, wussten sie auch nicht.

Sie dachten nicht sofort an Futter, aber bald dann doch. Wer

würde ihnen heute Kraftfutter geben, wenn Rebecca nicht wiederkam? Wer würde ihnen überhaupt Kraftfutter geben?

Mama?

Zuerst einmal sah es nicht danach aus.

Mama ging in den Schäferwagen und unterhielt sich dort so laut mit dem Sprechgerät, dass die Schafe sogar durch die geschlossene Tür etwas mitbekamen. Nicht die Worte, aber die Stimmung. Die Stimmung war schlecht.

Kurze Zeit später kam die neue, konzentrierte Version von Mama wieder zurück, in Gummistiefeln diesmal und mit Handschuhen. Die Schafe konnten sehen, dass sie geweint hatte.

»Sie kommen!«, sagte sie. »Und ihr kriegt Futter! Wenn ich jetzt nicht irgendwas Nützliches mache, werde ich verrückt!«

Mama war sehr unerfahren darin, etwas Nützliches zu tun, und das machte sie zu einer ausgezeichneten Futterspenderin. Sie schwenkte den Eimer zu stark hin und her und verteilte so zusätzlich Futter auf der Weide, und sie kippte ihnen unglaubliche acht Eimer in den Trog.

Dann schaufelte sie Heu aus der Futterkammer, einfach so, und auf einmal gab es auf ihrer Weide einen kleinen Heuhaufen – nicht in der Raufe, wo er hingehörte, sondern mitten im Schnee. Der Heuhaufen sah unwirklich aus – wie etwas in einer Geschichte.

»Heu! Heu! Heureka!«, blökten die Schafe.

Aber irgendwie fühlte es sich nicht richtig an. Es war zu früh für den Heuhaufen. Die Geschichte war noch nicht vorbei.

Kalt. Kalt und leer.

Rebecca lag in ihren roten Mantel gewickelt auf dem Metallbett und versuchte, nicht zu denken. Sie war aufgestanden und im Zimmer herumgegangen. Irgendwann hatte sie eine

Weile geschrien. »Hilfe!« und »Maurice!« und manchmal einfach nur »Waaaah!« und – am allerverstörendsten – »Mama!«.

Und dann hatte sie mit dem Schreien wieder aufgehört. Nicht aus Überzeugung. Auch nicht aus Erschöpfung. Einfach so. Sie hatte das ungute Gefühl, dass hier schon zu viele Menschen geschrien und geheult hatten, ungestört, ungehört, außer von den gemalten Faunen an der Decke. Der Raum war groß und leer, und ihre Schreie hallten.

Die Fenster ließen sich nicht öffnen und – auch das hatte sie versucht – nicht zerschlagen, zumindest nicht mit bloßer Hand. Und Dinge gab es hier keine.

Doch. Ein Ding schon.

Das Ding gab ihr eine Menge zu denken.

So ein einfaches Ding.

Eine Wasserflasche auf dem spiegelnden Parkett, in der Mitte des Raumes. Eine frische, volle Wasserflasche aus Plastik. Evian. *Ihr Körper besteht zu 60 Prozent aus Wasser. Wählen Sie das Wasser, das Sie trinken, mit Sorgfalt. Wasser ist Leben.*

Sie kannte den Text auf der Flasche auswendig, und sie verstand ihn besser, als sie je etwas verstanden hatte. Zwei Liter. Zwei Liter Leben.

Die Flasche war beruhigend und beunruhigend zugleich.

Jemand wollte, dass sie nicht verdurstete.

Jemand wollte, dass sie hierblieb.

Wie lange konnte man mit einer Wasserflasche auskommen? Zwei Tage? Eine Woche?

Und noch ein dritter Gedanke umtanzte die Flasche, flüchtig wie ein Lichtreflex. Immer, wenn sie hinsah, war er schon wieder fort. Und doch. Und doch. Eine Plastikflasche. Kein Glas. Vielleicht war das Zufall. Hier in Frankreich gab es oft Plastikflaschen.

Eine Plastikflasche konnte sie nicht zerschlagen. Eine Plas-

tikflasche würde keine scharfen Scherben hergeben, mit denen sie andere schneiden konnte. Mit denen sie sich schneiden konnte. Was waren das für Gedanken? Warum sollte sie sich schneiden?

Rebecca beschloss, dass es nicht ihre Gedanken waren. Es waren Gedanken von früher. Gedanken, die in diesem Raum viel zu oft gedacht worden waren.

Draußen begann es zu schneien.

Auf dem Hof standen zwei große schwarze Schäferhunde und schnüffelten mit ernsten Mienen an Rebeccas populärem Wollpullover.

»Zu viel kann man sich davon nicht versprechen, bei dem Schnee«, sagte Malonchot am Zaun zu Mama und schob seine großen Hände zurück in die Manteltaschen. »Aber wir versuchen es. Wir wissen jetzt, welche Route sie wahrscheinlich gegangen sind. Und wir versuchen, Verstärkung zu bekommen.«

»Sie wollte weg«, sagte Mama und blickte ins Leere. »Und jetzt ist sie weg.«

»Weg?«

»Der Tierarzt hat uns ein neues Quartier besorgt«, sagte Mama. »Morgen ziehen wir um.«

»Hat sie irgendjemandem davon erzählt?«, fragte Malonchot.

Mama schüttelte den Kopf. »Dem Schnösel vielleicht. Sie hatte eine Schwäche für den Schnösel.«

Auf einmal lächelte Malonchot.

»Was gibt es da zu grinsen?«, fragte Mama.

»Ein Gedanke«, sagte Malonchot. »Vielleicht will jemand verhindern, dass sie morgen geht. Das wäre besser ...«

»Besser als was?«, fragte Mama.

»Besser als das andere«, sagte Malonchot. »Wir tun, was wir können.«

»Und was können Sie?«, fragte Mama.

»Das Gleiche wie Sie«, sagte Malonchot. »Raten. Nur ohne Karten.«

Die Schäferhunde waren mit dem Schnüffeln fertig und zogen ihre Menschen an Leinen hinter sich her, hinein in den Wald.

»Ob sie wirklich *so* gut riechen können?«, fragte Maude. »So gut, dass sie eine einzelne Rebecca aus einem ganzen Wald herausriechen können? Ich konnte im Wald so gut wie gar nichts riechen!«

Die Schafe blickten mit neuem Respekt auf die Hunde. Sie selbst standen in der Gegend herum, zu vollgefressen zum Grasen, alle außer Mopple, und kamen sich überflüssig vor. Etwas Seltsames war geschehen. Seit sie das ganze Futter im Magen hatten, vermissten sie Rebecca nicht weniger, sondern mehr. Sie vermissten Tess. Sie vermissten George. Sie vermissten sogar Vidocq, der am Waldrand saß, den Schäferhunden nachblickte und sich nicht mehr für die Schafe interessierte.

Rebecca sah auf die Hunde und Polizisten hinab und hätte schreien können. Wenn sie nur nicht schon so heiser gewesen wäre. Ein Schluck aus der Flasche? Noch nicht!

Rebecca versuchte, wieder zu denken. Irgendwo musste eine Öffnung sein, ein Ausweg. Wenn nicht hier im Raum, dann in ihrem Kopf. Ihr Kopf war auch nur ein Raum.

Aber dann dachte sie doch nicht – sie erzählte sich Geschichten. Maurice hatte den mordenden Psychopathen gestellt und sie zu ihrer eigenen Sicherheit eingeschlossen, während er sich mit dem Irren in den Gängen des Schlosses eine Schlacht lieferte. Na ja. Wie lange konnte so was schon dauern? Die Plin war eifersüchtig und hatte sie hier eingesperrt, um Maurice unten am Kaminfeuer ihre Liebe zu gestehen. Irgendwas war mit

der Plin. Irgendwas war in ihren Augen, wenn sie Maurice ansah. Sie konnte ihn gerne haben! Ihn und das ganze kranke Schloss dazu. Auf einmal dachte Rebecca, dass sie der Plin durchaus zutraute, jemanden verhungern zu lassen.

Dann erinnerte sie sich an den Vater. Den irren Arzt mit seinen Möbeln. Was, wenn er doch noch lebte und sich ab und zu Privatpatienten einfing, um seine Forschungen fortzuführen? Vielleicht beobachtete er sie gerade jetzt? Nein, nein. Nicht gut. Keine gute Geschichte. Weiter! Aber hatte nicht Maurice gesagt, dass es Dienstbotentreppen gab, geheime Verbindungen in den dritten Stock? Vielleicht konnte sie sie finden und entkommen!

Sie begann, die Wände abzuklopfen, Wände, übersät von Dellen und Schrammen und Kratzspuren. Wände, die schon viele andere Hände vor ihr abgeklopft hatten. Jahrelang.

Rebecca hörte mit dem Denken wieder auf, ging zurück zum Fenster und sah.

Ihre Mutter saß auf den Schäferwagenstufen, ein Buch auf den Knien.

Auf einmal musste Rebecca weinen.

»Ich kann das nicht!«

Mama hatte eine Brille aufgesetzt und sah auf einmal aus wie eine Eule, aber mit der Lektüre waren sie bisher trotzdem noch nicht so recht vorangekommen. Mama las ein paar Worte, verstummte und versuchte es wieder. Und schon nach ein paar Sätzen klappte sie das Buch wieder zu.

»Ich weiß, sie liest euch vor, und irgendwas muss ich sowieso tun, ich kann doch nicht einfach hier sitzen! Aber das kann ich jetzt nicht!« Mama faltete ihre Brille wieder zusammen, die Eulenhaftigkeit verließ ihr Gesicht, und sie sah müde aus. Und verzweifelt.

Dann musste sie durch ihre Müdigkeit hindurch grinsen.

»Ich hab's!«, sagte sie. »Ihr werdet Augen machen!«

Sie kramte eine Weile im Schäferwagen herum, dann kehrte sie auf die Stufen zurück, Yves' kleinen Kasten in den Armen. Sie pflanzte ihn auf die oberste Schäferwagenstufe, steckte eine Plastikschnur hinein und drehte an einem Knopf.

Im nächsten Augenblick waren die Schafe ein paar Schritte von den Stufen zurückgewichen und staunten: der Kasten wechselte die Farben und sang!

»Was sagt ihr nun?«, sagte Mama.

Als klar war, dass sich der laute Kasten nicht vom Fleck bewegen würde – vermutlich, weil Mama ihn vorsorglich mit der Plastikschnur angebunden hatte –, wagten sich die Schafe wieder näher und erkannten, dass sich in dem Kasten winzig kleine Menschen bewegten, die mit viel Eifer auf Europäisch quakten. Abgesehen von der wirklich ganz außergewöhnlichen Kleinheit der Menschen war die Sache nicht besonders beeindruckend.

»Man kann ja gar nichts riechen!«, sagte Maude.

Die anderen blökten zustimmend. Ohne Geruch waren die kleinen Europäer im Kasten uninteressant – noch uninteressanter als normalgroße Menschen.

Mama sah ein wenig enttäuscht zu, wie die Schafe sich zerstreuten. Nur Ramses und Ritchfield mochten das neue Unterhaltungsprogramm. Für Ritchfield war es einfach wie ein neues Fenster – ein Fenster, das auch bei Tag leuchtete, und Ramses mochte die Musik. Die Musik machte, dass man sich bei furchterregenden Szenen – etwa Szenen mit Autos – nicht besonders fürchten musste.

Dann verschwanden die Menschen – niemand konnte sehen, wohin –, und Kreise und Vierecke jagten sich durch den Kasten. Anschließend wurde das Programm schlagartig inter-

essanter. Eine Frau ging zu heroischer Musik über einen Gemüsemarkt, dann sah man sie Zucchini und Paprika schnippeln. Einige der Zucchini waren größer als die Menschen von vorhin. Eine Herde enthusiastischer Jungmenschen galoppierte dazu, dann wurde ein kleines buntes Päckchen ins Bild gehalten. Das Gemüseprogramm war viel zu schnell vorbei, aber dafür kamen Schokolade, Brot und ein spannendes Obstprogramm. Gerade als die Schafe begannen, doch noch Gefallen an dem kleinen Kasten zu finden, begann der zu husten und wurde schwarz.

Schuld daran war Mopple. Er hatte den Kasten berochen, um zu sehen, ob man vielleicht von hinten an eine der glänzend grünen Zucchini kommen konnte, und hatte dabei in Gedanken die weiße Plastikschnur angenagt, mit der Mama den Kasten an den Schäferwagen gebunden hatte.

Dem Kasten schien das nicht zu gefallen. Er war schwarz vor Ärger geworden und zeigte keine Zucchini mehr. Alles, was blieb, war ein pelziges Gefühl auf Mopples Zunge.

Die Schafe hatten das viele Kraftfutter endlich halbwegs verdaut und begannen, sich Gedanken darüber zu machen, wie sie ihre Schäferin wiederbekommen konnten.

Der Himmel wurde dunkler, und ihre Schafe unten auf der Weide guckten Fernsehen.

Rebecca fragte sich, ob sie schon dabei war, verrückt zu werden. Wie schnell ging das? Wie viel Zeit war vergangen? Wann war jetzt?

Zeit war ein seltsames Ding.

Rebecca hätte schwören können, dass sie schon seit Ewigkeiten hier oben im dritten Stock saß. Tage? Wochen? Das Einzige, was dagegen sprach, war das Licht. Als Rebecca zum zweiten Mal in ihrem Metallbett erwacht war, verschwanden

374

gerade die letzten Sonnenflecken vom Parkettfußboden. Früher Nachmittag vielleicht. Und jetzt waren die Schatten lang, und das Blau des Himmels wurde nachdenklicher.

Ein Tag. Ein einziger, endloser Tag und eine viertel Wasserflasche.

Wie hatte der Tag angefangen, draußen, vorher?

Mit einem roten Mantel und Maurice in Grün, so viel wusste Rebecca. Der rote Mantel war noch hier. Maurice nicht.

Und dann?

Der Wald.

Und dann?

Sie wusste es nicht.

Rebecca blickte hinunter auf ihre Schafe. Neben jedem Schaf stand ein Schattenschaf, ungleich schlanker und langbeiniger als das Original. Die Schattenschafe sahen zerbrechlich aus. So nah und so fern. Unerreichbar. Auf einmal hatte Rebecca Angst um sie. Etwas Schreckliches würde da unten mit ihren Schafen passieren, und sie musste hilflos hier oben stehen und zusehen.

Rebecca fürchtete sich mit einer lächerlichen Kleinkinderfurcht vor der Dunkelheit.

»Was ist, wenn die Spaziergänger nicht auf den Häher geschossen haben, weil er der Garou ist?«, fragte Miss Maple. »Ich meine – ist es nicht seltsam? Zuerst fangen sie selbst Rehe und spielen Garou, und auf einmal machen sie Jagd auf ihn?«

Mama saß vor dem Schäferwagen, blickte zum Wald und rauchte unermüdlich Zigaretten. Und diesmal – seltsamerweise – hob sie jeden Zigarettenstummel sorgfältig aus dem Schnee und steckte ihn in eine Plastiktüte.

Die Schafe hatten versucht, Ideen zur Rettung Rebeccas zu sammeln, aber ihr bester – und bisher einziger – Plan war ge-

wesen, »Rebecca!« in den Wald hineinzublöken. Die Sache war schnell langweilig geworden, und Miss Maple ermittelte weiter.

»Vielleicht wollten sie der einzige Garou sein?«, sagte Ramses. »Vielleicht war der Häher ein Konkurrent, und deshalb musste er weg?«

Maple schüttelte den Kopf. »Die Spaziergänger wollten nicht sein wie der Garou. Sie wollten nur, dass die Rehe nach Garou aussehen. Wahrscheinlich glauben sie gar nicht an einen echten Garou. Und nach allem, was Othello erzählt hat, macht ihnen das Garou-Spielen auch keinen besonderen Spaß. Vielleicht wollten sie ja nur, dass der Häher auch nach Garou aussieht! Vielleicht hatten sie es von Anfang an nur auf den Häher abgesehen!«

»Na und?«, blökte Heide.

Maple ließ die Ohren hängen. Heide hatte Recht. Was nützte es zu wissen, was die Spaziergänger taten? Diesmal brauchten sie eine Schäferin.

»Wir sollten Rebecca suchen gehen«, sagte sie.

»Aber wenn nicht einmal die Hunde sie im Wald riechen können…«, sagte Maude mutlos.

Die anderen blökten zustimmend. Niemand wollte noch mal in den Wald.

Der Ziegenhirt fütterte drüben auf der Nachbarweide seine Ziegen mit Rüben, und die Schafe sahen teilnahmslos zu, zu vollgestopft und deprimiert für den üblichen Futterneid.

»Wir wissen etwas, was die Hunde nicht wissen!«, sagte Miss Maple mit glänzenden Augen.

Die anderen hörten auf wiederzukäuen und sahen sie an.

Die Tür.

Die Tür und das Metallbett.

Die Tür und das Metallbett waren die einzigen Dinge hier,

die nicht nach Schloss aussahen, sondern nach Gefängnis. Die einzigen Dinge, die nicht logen.

Das Metallbett war am Fußboden festgeschraubt.

Die Tür war gepolstert und hatte nicht einmal einen Knauf.

Nun, da sie verstanden hatte, dass hier nichts voranging, versuchte Rebecca zurückzugehen. Zurück in den Wald. Sie war wirklich im Wald gewesen, da war sie sich sicher. In einem echten Winterwald, bewegt und sonnig und unendlich schön. Alles Bewegte war schön. Die Sonne, die über den Parkettboden wanderte, und der Himmel, der seine Farbe änderte, eine Weile ins immer tiefere Blau, dann auf einmal grau und hell und dann düster und rosig, und ihre Schafe unten auf der Weide natürlich. Unbewegte Dinge, die schön sein wollten, taten so, als würden sie sich bewegen, wie die Faune an der Decke, die zu springen schienen und es doch nicht taten.

Aber darum ging es nicht, nicht wahr? Sie war im Wald gewesen, mit Maurice. Und dann war sie dem Fuchs gefolgt, nur kurz, doch als sie sich umdrehte, war Maurice weg gewesen. Der Hohlweg hatte sich gekrümmt und dann geteilt, und sie konnte nicht weit sehen. Und es gab so viele Spuren im Schnee – von der Jagdpartie wahrscheinlich –, dass sie die seinen nicht finden konnte. Hatte sie Angst gehabt? Ja. Sie hatte es sich nicht gleich eingestanden, aber schon da hatte sie Angst gehabt. Sie war eine ganze Weile lang Hohlwege entlanggestolpert und hatte nach Maurice gerufen. Und dann? Und dann?

Der Wald verlor sich im Nebel.

Nein, doch nicht. Noch nicht! Irgendwann war der Ziegenhirt vor ihr gestanden. Er schien nicht überrascht, sie zu sehen – als hätte er sie schon lange beobachtet, und Rebecca hatte sich einen Moment lang sehr gefürchtet. Aber dann hatte der Hirt gegrinst und einfach nur freundlich ausgesehen. Er

hatte ihr gewinkt, ihm zu folgen, und Rebecca war erleichtert hinter ihm hergelaufen, nach Hause.

Nach Hause?

Sie war nicht zu Hause. Sie war im dritten Stock. Was war dann passiert? Was?

»Er geht in den Wald!«, seufzte Maude.

Tatsächlich.

Nachdem der Ziegenhirt mit dem Rübenfüttern fertig geworden war, war er zuerst eine Zeit lang außen an der Hofmauer entlanggegangen. Doch statt irgendwann durch eine der kleinen Holztüren zu verschwinden, hatte er sich links in die Ginsterbüsche geschlagen und stapfte nun durch das Niemandsland jenseits der Hofmauer Richtung Wald.

Maude, Othello und Maple hinterher.

Anders als Mama, Malonchot und die Hunde wussten die Schafe von Lane, dass der letzte Mensch, der Rebecca im Wald bemerkt hatte, nicht der Häher war, sondern der Ziegenhirt. Sie hatten beschlossen, ihn zu beschatten.

Er war ihre beste Spur. Ihre einzige Spur.

Trotzdem wäre es ihnen lieber gewesen, wenn diese Spur nicht schon wieder in den Wald geführt hätte.

Glücklicherweise hielt sich der Ziegenhirt am Waldrand. Irgendwann blieb er stehen und zündete unter einem dicken Kastanienbaum eine Kerze an. Er sagte etwas auf Europäisch. Sehr sanft und sehr freundlich. Die Schafe verstanden nicht, was.

Dann ging es weiter, bis zu einer Birke. Am Fuße der Birke hatten sich ein Ginster, ein Weißdorn und viele Brombeerranken zu einem perfekten kleinen Versteck verwoben.

Der Ziegenhirt schlüpfte hinein, und die Schafe blieben in einiger Entfernung hinter einem großen braunen Farn stehen.

»Wisst ihr, wo wir sind?«, fragte Othello.

Durch die Büsche hinter ihnen konnte man einen Zaun sehen, der genau wie ihr Weidezaun aussah. Und jenseits des Zauns stand schemenhaft und kauend ein Schaf, das sehr an Mopple the Whale erinnerte, und dahinter, dunkel wie eine Spinne, die Äste der alten Eiche.

»Das ist unsere Weide!«, sagte Othello, sehr leise und sehr wütend. »Er belauert unsere Weide!«

»Still!«, flüsterte Miss Maple.

Die Schafe wichen hinter zwei silbrige Buchenstämme zurück und warteten darauf, dass der Hirt wieder aus seinem Versteck kam.

Mopple hörte auf, in den Wald zu starren, und trabte zurück zum Schäferwagen. Starren half auch nichts. Egal, wie lange man starrte – der Wald wurde nicht grüner. Mopple konnte sich die Zucchini nicht aus dem Kopf schlagen. Es war sehr lange her, dass er etwas so Grünes gesehen hatte, und er wollte hineinbeißen.

Nach der Sache mit der Plastikschnur hatte Mama den Kasten wieder in den Schäferwagen geräumt. Dann hatte sie geraucht. Dann hatte sie wieder ihre Zigarettenstummel aus dem Schnee gesammelt.

Dann hatte sie sich in ihren Mantel gewickelt und wollte »den Schnösel zur Rede stellen – koste es, was es wolle!«. Der Gedanke, dass die Sache ihre Wolle kosten konnte, gefiel den Schafen gar nicht, aber glücklicherweise griff Mama nicht zur Schurschere, sondern verschwand durch das Weidetor, Richtung Schloss.

Die Tür des Schäferwagens ließ sie offen stehen.

Zum ersten Mal, seit Mopple denken konnte – und Mopple the Whale, das Gedächtnisschaf, konnte länger zurückdenken

als alle anderen –, stand die Tür des Schäferwagens offen, und niemand war da.

Nur ein Schritt. Nur ein Blick. Höchstens eine halbe Zucchini. Eine halbe Zucchini konnte niemandem auffallen. Oder vielleicht doch lieber eine ganze, damit man keine Bissspuren sehen konnte. Zwei! Zwei Zucchini waren vermutlich am unauffälligsten!

Mopple the Whale holte tief Luft und setzte seinen Huf auf die erste Schäferwagenstufe.

Ein Telefon klingelte.

Nicht im Raum im dritten Stock, nein, leider, der Raum im dritten Stock war still wie ein Sarg, sondern in Rebeccas Erinnerung. Im Wald. Es war ein Wunder gewesen, dass sie im Wald überhaupt Empfang gehabt hatte.

Sie war kurz stehen geblieben – und der Ziegenhirt vor ihr war auch stehen geblieben – und hatte abgenommen.

Es war der Tierarzt gewesen. Ja, sicher, der Tierarzt!

Er hatte einen Tiertransporter und einen Fahrer gefunden, und der konnte sie morgen abholen – oder vielleicht sogar schon heute Abend. Sie und alle Schafe. Auf einen Pferdegnadenhof! In Sicherheit.

Rebecca hatte sich gefreut. Vielleicht hatte sie sich ein wenig zu laut gefreut. Hatte der Ziegenhirt sie verstanden? Verstand er ihre Sprache?

Nein, dachte sie zuerst, aber dann erinnerte sie sich: Hortense hatte ihr einmal gesagt, dass der Ziegenhirt vorher Lehrer gewesen war. Lehrer für alte Sprachen. Vorher. Vor was?

Sie erinnerte sich, dass sie wieder losgegangen waren, voran der Ziegenhirt, Rebecca hinterher. Schneller diesmal. Vielleicht hatten sie die Richtung geändert.

Rebecca war sich nicht sicher.

Und dann? Nichts.

Was war mit dem Telefon? Rebecca hatte das Telefon in ihrer Manteltasche gehabt. Vielleicht… Nein. Die Taschen waren leer. Natürlich. Wo war ihr Telefon?

Der Ziegenhirt blieb nicht lange in seinem Versteck. Wahrscheinlich hatte er das auch gar nicht vorgehabt. Er machte eher den Eindruck eines Dachses, der kurz zum Bau zurückkommt, um sich zu vergewissern, dass noch alles in Ordnung ist. Dann ging er weiter, seitlich an den Apfelgärten vorbei, wieder auf das Schloss zu. Es dämmerte. Die Fenster des Schlosses glühten von innen, und ferne Stimmen verwoben sich zu einem überraschend insektenhaften Summen. Hier draußen, zwischen den Hofgebäuden, war alles still.

Der Ziegenhirt blieb vor einer metallenen Tür stehen, schloss sie auf und ging in einen Raum, der voll von Geräten und kleinen Maschinen war. Plötzlich war es drinnen hell.

Die Schafe blinzelten durch die Tür und sahen zu, wie der Ziegenhirt Sachen aus seinen Manteltaschen holte. Kekse, eine Pfeife. Eine flache Flasche. Eine Taschenlampe.

Und dann: ein Sprechgerät. Rebeccas Sprechgerät! Kein Zweifel. Es war größer und schwerfälliger als die meisten anderen Sprechgeräte, und es roch nach Rebecca, ein guter Geruch von Gesundheit, Erde und einem Hauch Kraftfutter.

Der Ziegenhirt legte das Sprechgerät in eine Schublade und schob die Schublade zu.

»Er ist… Er war… Er hat…« Othello war außer sich.

Ehe die anderen sich versehen konnten, hatte der schwarze Leitwidder die Hörner gesenkt und schob die schwere Metalltür mit einem Knall zu. Der Schlüssel des Ziegenhirten steckte außen in der Tür und schlug gegen das Metall. Klack. Klack. Klack und klack.

Drinnen hämmerte der Ziegenhirt gegen die Tür. Man konnte ihn auch rufen hören. Sehr gedämpft.

»So! Das geschieht ihm recht!« Othello hob stolz die Hörner. »Er hat Rebeccas Sprechgerät! Er belauert uns! Er ist der Garou!«

»Vielleicht«, sagte Miss Maple. »Aber wie sollen wir jetzt Rebecca finden? Er kann uns nicht mehr hinführen.«

Othello guckte noch einen Moment lang wütend und dann verlegen.

»Vielleicht ... Wir können warten, bis jemand die Tür wieder aufmacht!«

Sie blickten links über den Hof und rechts über den Hof. Maude witterte. Nichts. Alle Menschen waren mit den grünen Männern im Schloss beschäftigt. Es konnte sehr lange dauern, bis jemand den Ziegenhirten befreite.

Die Schafe trotteten wieder zurück Richtung Weide. Alles in allem war die ganze Aktion kein besonderer Erfolg gewesen.

Mopple hatte es von allen Seiten versucht. Von oben. Von unten. Von hinten, wo einige Plastikschnüre aus dem Kasten hingen. Aber von den Zucchini fehlte jede Spur. Vielleicht waren sie herausgefallen?

Mopple ließ von dem Kasten ab und sah sich um.

Wie dunkel es im Schäferwagen geworden war.

Und dann, auf einmal, wurde es noch dunkler. Jemand stand in der Tür und schnitt das Licht ab. Mopple erstarrte.

Mama knipste das Licht an.

Dann passierte eine schrecklich lange Weile gar nichts.

»Na, so was«, sagte Mama schließlich. »Zuerst habe ich gedacht, ich bin betrunken. Aber ich bin's nicht. Kalt ist das hier.«

Zu Mopples Entsetzen zog Mama die Schäferwagentür zu und ließ sich in einen Stuhl plumpsen.

»Bist du betrunken?«, fragte sie streng.

Mopple versuchte, unschuldig auszusehen.

»Willst du, dass ich dir die Karten lege?«, fragte Mama. »Heute ist es auch schon egal, weißt du. Sie sagen mir nichts. Sie helfen mir nicht. Um die Wahrheit zu sagen, ich kann ein bisschen Gesellschaft gerade ganz gut gebrauchen.«

Mopple wollte keine Gesellschaft sein. Er wollte eigentlich nur nach draußen, aber er konnte nicht an Mama vorbei, und Mama begann, die Karten zu mischen.

»Das werden auch immer weniger«, sagte sie.

Dann begann sie, verschiedene Karten vor Mopple auf einen niedrigen Tisch zu legen. Normalerweise wäre es appetitanregend gewesen, aber momentan wollte Mopple nur weg.

»Der Narr«, sagte Mama. »Die Welt. Die Sonne. Gar nicht so schlecht. Und hier: der Mond.«

Mama runzelte die Stirn. »Der Mond ist hier nicht so gut. Illusion. Verwirrung. Traum und Täuschung. Wahnsinn.«

Jemand klopfte an die Schäferwagentür. Mama sprang aus ihrem Stuhl wie von einem Floh gebissen und riss die Tür auf.

Draußen standen Malonchot und zwei Männer mit Schäferhunden.

Den Hunden hingen lange rosige Zungen aus den Mäulern. Malonchot schüttelte den Kopf.

Mopple starrte auf die Karten vor ihm. Die Karte mit dem Mond sah bleich und kalt aus, und Mopple erkannte Wölfe, die den Papiermond auf der Karte anheulten. Der Mond! Wenn die Karte nicht so gut war, musste sie eben weg! Ganz einfach. Hier vor seiner Nase war ein Mond, den er fressen konnte!

Ohne zu zögern, biss Mopple zu.

Die Karte war zäh. Als Mama zurückkehrte, kaute Mopple immer noch. Mama kam ihm sehr seltsam vor. Wie aus Glas. Als würde sie gleich zerspringen.

»Ich weiß, dass sie nicht tot ist!«, sagte sie mit einer gläsernen Stimme. »Ich kann es sehen! Ja, ich weiß, einiges von dem, was ich mache, ist Humbug – aber einiges eben auch nicht! Ich weiß, dass sie lebt! Und ich weiß, dass sie nicht weit weg ist. Ich habe das Gefühl, dass sie mir zusieht!«

Mopple schluckte. Er hatte getan, was er konnte.

Mama öffnete wieder die Tür und scheuchte den dicken Widder ins Freie.

Die Nacht brach an. Eine Nacht ohne Rebecca.

»Lass uns jagen!«, sagte der Garou und sprang vor Vorfreude so sehr in seinem Menschen auf und ab, dass der Mensch zittern musste.

»Es ist nicht so einfach«, flüsterte sein Mensch. »Nicht heute, nach der Jagd. Die Rehe sind zu scheu. Sie werden das Futter nicht fressen. Sie werden nicht schlafen. Wir können sie nicht fangen, wenn sie nicht vorher schlafen.«

»Es gibt andere Beute«, sagte der Garou unbeeindruckt. »Langsamere Beute. Wir müssen nur langsamere Beute jagen, so wie das letzte Mal.«

Der Mensch sträubte sich.

»Es ist so riskant«, sagte er. »Andere Beute ist so riskant!«

»Wir haben es schon öfter getan!«, insistierte der Garou.

Er hatte Recht.

»Was ist mit den Leuten da oben?«, fragte sein Mensch und blickte zu den erleuchteten Fenstern hinüber, wo das Jagdbankett lärmte.

»Sie werden uns nicht sehen!«, sagte der Garou. »Nicht, wenn wir rechtzeitig in das Versteck gehen. Bevor sie fertig sind. Niemand wird uns kommen sehen. Und der Morgen wird so still sein. Stiller als sonst. So still und so schön.«

Der Garou leckte sich die Lippen.

»Es ist so kalt da drin«, jammerte sein Mensch.

Den Garou kümmerte das nicht. Er hatte ein Fell.

Erst im Mondlicht entdeckte Rebecca den Wolf.

Sie lag wieder auf dem Metallbett, zu erschöpft, um zu schlafen, und starrte nach oben.

Im fahlen Halblicht des Mondes schienen sich die Faune zu bewegen, zu springen und zu tanzen.

Drei Faune.

Drei Teufel.

Die Decke mit den Faunen hatte keinen guten Einfluss auf sie. Trotzdem starrte sie weiterhin wie besessen nach oben. Es gab ja sonst nichts hier, und seit die Sonne untergegangen war, traute sie sich nicht mehr, aus dem Fenster zu blicken. Rebecca hatte zu viel Angst vor dem, was sie dort unten vielleicht sehen würde.

Je länger sie hinaufstarrte, desto sicherer war sie sich, dass die Faune nicht wirklich tanzten. Sie rannten. Flohen. Flohen vor etwas. Vor was flohen die Faune?

Dann, als der Mond begann, den Schattenriss der französischen Fenster über das Parkett zu zerren, entdeckte sie den Wolf, zuerst seine Augen, klein und glimmend, dann sein Maul und seine scharfen Zähne, schließlich Ohren und Tatzen und Schweif. Der Wolf lauerte in einem Gebüsch, sprungbereit, und nun, da Rebecca ihn einmal entdeckt hatte, konnte sie ihren Blick nicht mehr von ihm wenden.

Der Wolf war schrecklich.

Kein Wunder, dass die Faune flohen.

Rebecca wusste, dass Deckenmalerei eine Kunst war. Dass man früher viel Freude an Effekten gehabt hatte. Räumlichkeit. Täuschung. Gemalte Realität. Wer hatte ihr das erzählt? Maurice?

Der Wolf war wahrscheinlich in Grüntönen gemalt worden, und bei Tag verschwamm er im Blätterwald. Nur nachts, wenn die Farben verschwanden, konnte man ihn sehen. Ein Wolf, den es nur bei Mondschein gab...

Einfach.

Rebecca wusste das.

Aber ein Teil von ihr wusste es nicht.

»Und du hast den Garou einfach so eingesperrt?«, fragte Heide.

Die Schafe hatten sich in den Heuschuppen zurückgezogen und blickten Othello bewundernd an. Der Leitwidder hob stolz seine vier Hörner. Er wusste, dass es nicht sehr klug gewesen war, die Tür zuzuschieben, aber besonders leid tat es ihm trotzdem nicht.

»Ich glaube nicht, dass der Ziegenhirt der Garou ist«, sagte Miss Maple.

Die anderen Schafe sahen sie böse an. Immer, wenn sie gerade den Garou losgeworden waren, kam Maple und hatte etwas dagegen.

»Warum?«, blökte Maude.

»Warum?«, blökten die anderen Schafe.

Maple dachte kurz nach.

»Wegen Madouc«, sagte sie dann.

»Madouc?«

Maple nickte. »Er hat sie aufgezogen, stimmt's? Madouc mag ihn. Sie wäre nicht so wild darauf, den Garou zu fangen, wenn *er* der Garou wäre.«

»Vielleicht weiß sie nicht, dass er der Garou ist«, wandte Zora ein.

Maple schüttelte den Kopf. »Es ist nicht nur das. Erinnert ihr euch an all die Sachen, die Madouc über den Garou wusste? Mond und Silber und Kugeln? Und daran, wie entschlossen sie ist, ihn zu finden – so entschlossen, dass sie im Wald seinen Spuren gefolgt ist! Sie muss diese Entschlossenheit irgendwo gelernt haben – und ich glaube, sie hat sie von dem Ziegenhirten gelernt! Das bedeutet, dass der Ziegenhirt der Werwolfsjäger ist!«

Maple schloss die Augen und sah den Ziegenhirten vor sich, grau, unsichtbar und lautlos. Und traurig! Warum war er immer so traurig? Was hatte er durchgemacht? Warum war er nicht mehr er selbst? Und wenn er nicht mehr er selbst war – wer war er dann? Vielleicht gehörten die Frau und das Mädchen zu ihm! Maple erinnerte sich, wie er in einigem Abstand hinter Rebecca und Zach durch den Wald gestapft war – vielleicht, um sie vor dem Garou zu beschützen, aber wahrscheinlich nur, um den Garou auf frischer Tat zu ertappen. Vielleicht war es genau so passiert: der Hirt hatte Rebecca und ihren roten Mantel im Wald entdeckt und war ihr gefolgt. Und dann musste etwas passiert sein. Etwas, das ihm gesagt hatte, dass Verfolgen allein nicht genug war.

»Heißt das, dass er Yves erschossen hat?«, fragte Heathcliff.

»Wahrscheinlich«, sagte Miss Maple und machte die Augen wieder auf. »Könnt ihr euch vorstellen, wie er Nacht für Nacht in seinem Versteck saß und mit seinen Silberkugeln auf den Garou gewartet hat, und immer kam nur Yves und hat seine schöne Falle vermasselt? Da hat er es irgendwann nicht mehr ausgehalten und dafür gesorgt, dass Yves eben nicht mehr kommt!«

Die Herde hatte sich um Maple herum zusammengeballt und machte enttäuschte Gesichter. Wenn sie gewusst hätten, dass der Hirt ihn auf dem Gewissen hatte, hätten sie nicht so viel Aufwand getrieben, um Yves zu verstecken!

»Aber«, sagte Cloud, »wenn er nicht der Garou ist – was will er dann mit Rebecca?«

Maple überlegte. »Er will nicht Rebecca«, sagte sie dann. »Er will uns. Wir sind sein Netz! Wir locken den Garou an. Er muss mitbekommen haben, dass Rebecca wegwill. Deswegen durfte sie nicht zurückkommen. Der Ziegenhirt weiß, dass wir ohne Rebecca nicht Auto fahren können!«

Die Schafe sahen sich an. Othello hatte den Werwolfsjäger eingesperrt – nicht den Werwolf selbst! Selbst die nicht ganz so intelligenten Schafe verstanden, dass das nicht gut war.

»Aber wenn der Hirt der Werwolfsjäger ist«, sagte Lane. »Wer ist dann der Garou?«

Tief in der Nacht trabte Heathcliff ganz alleine aus dem Heuschuppen, um sich den Mond anzusehen. Er wusste nicht genau, warum, aber er hatte das Gefühl, dass Ziegen sich oft den Mond ansahen.

Der Mond war rund und voll und die Weide so hell, dass man die Spuren der Spatzen im Schnee erkennen konnte. Trotzdem konnte sich Heathcliff nicht richtig konzentrieren.

Das lag an zwei Dingen.

Eines davon war eine leere Stelle am Weidezaun, die Stelle, wo Vidocq den ganzen Abend gesessen und sehnsüchtig in den Wald gestarrt hatte. Wahrscheinlich war der Hirtenhund einfach zwischen den Bäumen verschwunden. Heathcliff konnte ihn verstehen. Er war genauso zottig wie Vidocq, und auch er wusste, was Sehnsucht war.

Die andere Sache war noch beunruhigender: die Türen des Schrankes unter der alten Eiche, die sich nie bewegt hatten, egal, wie sehr Mama bohrte, standen weit offen. Heathcliff erstarrte. Er erinnerte sich an das Buch und daran, dass es Wesen, die es eigentlich nicht gab, im Inneren des Schrankes auf einmal doch gab. Halbe Ziegen zum Beispiel. Oder – Werwölfe?

Doch das Wesen, das vor dem geöffneten Schrank stand,

war harmlos. So harmlos, dass Heathcliff sich sicher war, dass er nur träumte.

Rebecca schlug die Augen auf.

Es war fast schon hell, und der Wolf an der Decke war nicht mehr als eine Ahnung. Ein Schemen. Bald würde das Tageslicht ihn ganz vertrieben haben.

Im nächsten Moment wusste Rebecca, dass ein Geräusch sie geweckt hatte. Ein Kratzen. Sie fuhr herum und sah, wie die Tür sich langsam öffnete.

Rebecca hatte sich die ganze Zeit davor gefürchtet, dass diese Tür einfach nicht mehr aufgehen würde.

Erst jetzt verstand sie, wie sehr sie sich davor gefürchtet hatte, dass sie aufgehen würde.

24

Rebecca?«

»Zach!«

War er wirklich überrascht, sie hier zu finden? Oder hatte er sie hier eingeschlossen? Rebecca hätte so gerne seine Augen hinter der Sonnenbrille gesehen.

Sie hatte mit allem Möglichen gerechnet: dem Ziegenhirten, der Plin, irgendeinem wahnsinnigen Alten. Sogar Maurice. Aber Zach? Zach war so offensichtlich durchgedreht mit seinem ganzen Agentenspleen, dass sie kein einziges Mal an ihn gedacht hatte. Aber jetzt erinnerte sie sich an das, was Maurice gesagt hatte: Zach war früher Patient in der Anstalt gewesen, und als Einziger hatte er nicht von hier weggewollt. War das die Ausbildung gewesen, von der er immer sprach? Hier? Hier im dritten Stock?

Sie beschloss, keine plötzlichen Bewegungen zu machen. Statt auf die Tür zu, ging sie ein paar Schritte von der Tür weg, Richtung Fenster, und drehte Zach den Rücken zu. Es war das Anstrengendste, was sie je in ihrem Leben getan hatte.

»Ein schöner Ausblick!« Wie ruhig ihre Stimme klang! Rebecca fühlte auf einmal, wie verzweifelt sie war.

Zach nickte und trat neben sie ans Fenster.

»Das war mein Zimmer. Früher, als ich noch in der Ausbildung war. Mein erstes Zimmer. Ich komme manchmal hierher zurück. Bist du auch in der Ausbildung, Rebecca?«

»Nein«, sagte Rebecca und hoffte, dass es die richtige Antwort war.

»Gut.« Zach nickte zufrieden. »Die Ausbildung ist hart. Du solltest nicht hier sein, Rebecca. Hast du den Wolf an der Decke gesehen?«

Rebecca sah, wie draußen der Horizont rosig wurde.

»Es ist nur ein Bild«, sagte Zach beruhigend. »Egal, was Eric sagt. Viele Dinge, die man sieht, sind nur Bilder. Wichtig ist, die Dinge hinter den Bildern zu sehen, hat der Alte gesagt. Das macht einen guten Agenten aus.«

Rebecca hielt es nicht mehr aus. »Kann ich ... gehen?«, fragte sie und war geschockt davon, wie sehr ihre Stimme zitterte.

»Natürlich«, sagte Zach. »Wenn du nicht in der Ausbildung bist, ist das kein Problem. Du solltest sogar gehen.«

Er lächelte. Ein echtes Zach-Lächeln.

Rebecca verstand auf einmal, dass Zach weiterhin nur Zach war.

Kein Wolf.

Kein Monster.

Ein freundlicher Kerl, der in einer Geschichte lebte. Einer Agentengeschichte. Schräg und komisch, aber auch klug und mutig und rührend. Er hatte sie nicht hier eingeschlossen. Er hatte sie nur gefunden. Rebecca hatte auf einmal sehr viel Respekt vor Zach. Für jemanden, der viel Zeit im dritten Stock verbracht hatte, war er geradezu erschreckend stabil.

Das brachte sie auf einen Gedanken.

»War noch jemand hier in der Ausbildung?«, fragte sie. »Nach dir? In diesem Zimmer? Jemand von hier?«

Zach nickte. »Der Alte hat immer gesagt, dass er der Beste war. Sein interessantester Fall. Wahrscheinlich waren wir alle ein wenig eifersüchtig.«

»Wer?«

»Der Sohn des früheren Schlossbesitzers. Alter Adel, hat der Alte gesagt, und … anfällig. Er hatte damals versucht, sich umzubringen, wegen irgendeiner Dummheit mit Drogen, und dann kam er hierher in Behandlung. Wie gerufen, sagte der Alte.«

»Eric?«, fragte Rebecca.

Zach nickte.

»Wir sollten gehen. Ich bring dich zurück, ja?«

Zach hielt ihr höflich die Tür auf, und Rebecca stürzte nach draußen. Der dunkle staubige Gang, in den sie trat, war einer der schönsten Orte, die sie je gesehen hatte.

»Da entlang?« Sie musste sich beeilen. Da unten waren ihre Schafe und ihre Mutter, und sie wussten von nichts.

»Kann ich dich etwas fragen?«, fragte Rebecca, als sie eine steile Wendeltreppe hinabstiegen, langsam, weil sich ihr der Kopf drehte. Ihr Kopf tat weh. Irgendjemand musste ihr auf den Kopf gehauen haben.

»Natürlich, Rebecca.«

»Was war vorher? Vor deiner Ausbildung?«

Ein verlorener Ausdruck trat in Zachs Augen. »Vorher? Ich weiß nicht. Man sagt, ich kam aus einer guten Familie.«

Zach sah Rebecca Hilfe suchend an.

Die Schafe waren früh auf den Beinen – fast vor dem ersten Licht. Sie hatten wenig geschlafen. Der Mond hatte sie nicht schlafen lassen. Der Mond – und das Heulen.

Jetzt war alles still.

Das Schloss, der Hof, der Schäferwagen. Die grünen Männer waren längst verschwunden, von Mama war nichts zu sehen. Trotzdem war schon Futter im Trog, nicht das übliche Kraftfutter, aber schmackhaftes Getreide – vielleicht einen Hauch zu bitter.

Die Schafe kauten verschlafen darauf herum, bis plötzlich Madouc zu ihnen in den Trog sprang und nach ihren Nasen kickte.

»Fresst das nicht! Fresst das bloß nicht!«, meckerte sie.

Die Schafe sahen die kleine Ziege empört an.

»Warum denn nicht?«, blökte Heide.

»Das ist unser Trog«, sagte Maude, die morgens meistens schlechte Laune hatte. »Verschwinde!«

»Aber es riecht wie das Pulver!«, meckerte Madouc. »In der Hütte! Mit den Ratten! Schlafende Ratten! Schlafende Rehe! Schlafende Schafe! Das Werwolfspulver – versteht ihr nicht?«

»Es riecht ein bisschen bitter«, gab Maude zu.

Lane blickte hinunter auf Madouc, die noch immer den leuchtenden Hut trug. Den Hut, der sie beide gerettet hatte. »Ich glaube ihr!«, sagte sie.

Die Schafe hörten auf zu fressen, und Madouc erzählte von der Hütte im Wald, von dem Futter auf dem Tisch und von dem Pulver, von den Ratten und dem bitteren Geruch.

»Ich bin mir ganz sicher, dass das der Grund war, warum die Ratten geschlafen haben. Und warum Mopple ein schlafendes Reh gesehen hat. So jagt er. Er ist kein echter Wolf! Er ist zu langsam. Deswegen kann er Rehe nur fangen, wenn sie schlafen. Er gibt ihnen Futter mit Pulver, das sie schlafen lässt. Und dann verletzt er sie, damit sie nicht mehr so schnell laufen können. Er hat versucht, mich zu verletzen. Und erst dann kann er sie jagen! Und dann jagt er sie!«

Die Schafe ließen vom Futtertrog ab. Sie fühlten sich – ein wenig benommen, vielleicht.

»Aber wir sind keine Rehe!«, sagte Cordelia. »Heißt das, er jagt jetzt uns?«

Niemand antwortete.

»Aber die Menschen!«, blökte Cloud. »Mama. Die Men-

schen im Schloss. Sie werden auf uns aufpassen, nicht wahr? Irgendjemand!«

»Ich glaube, wir müssen jetzt auf uns selbst aufpassen«, sagte Othello leise.

»Heißt das: er kommt?«, fragte Ramses.

»Er kommt!«, sagte Maple.

Ramses nickte stumm, und auf einmal sah er nicht nur jung und ängstlich aus, sondern irgendwie auch entschlossen.

»Wann?«, fragte Zora.

»Sobald es hell ist«, sagte Maple. »Wenn er etwas sehen kann.«

»Wir sollten uns verstecken!«, blökte Mopple und versuchte, sich dünner zu machen.

»Wo?«, fragte Heide.

»Hinter dem Heuschuppen!«, sagte Ramses. »Hinter dem Schäferwagen! Hinter der Futterkammer – wie vor dem Schießeisen!«

»Er wird uns wittern«, sagte Maude mutlos.

»Nein«, sagte Zora. »Nein, das wird er nicht.«

Die Schafe sahen sie erstaunt an.

»Er war hinter mir her«, erklärte Zora, »und ich bin gerannt, und immer wieder war er hinter mir her. Und dann bin ich stehen geblieben, und er kam nicht. Kam einfach nicht. Er hat mich nicht gefunden! Er hat mich nicht gefunden, weil er mich nicht wittern konnte. Nur hören und sehen, wenn ich mich bewege. Er ist kein echter Wolf. Er kann uns nicht riechen!«

Miss Maple nickte. »Wir können es versuchen. Wenn er uns nicht sieht, geht er vielleicht wieder.«

»Und wenn er uns sieht?«, fragte Heide.

»Dann … dann locke ich ihn weg!«, sagte Othello.

Das Grau des Himmels wurde allmählich heller, und Othello trabte zur Wasserstelle, um mit einem kalten Trunk die Müdigkeit zu verscheuchen. Nebel kroch über den Boden. Das Schloss war still wie ein Stein. Genau genommen war es nur ein Stein. Ein hohler Stein. Nichts anderes.

Othello wollte gerade seine Nase ins Wasser tauchen, als ihm das Schaf vom Grunde entgegenblickte. Es sah entschlossen aus. Und stark. Viel stärker, als Othello sich fühlte. Er stellte sich vor, wie es wäre, mit dem Schaf vom Grunde Plätze zu tauschen. Das Schaf vom Grunde konnte die Herde gegen den Garou verteidigen, während er hier unter dem Wasser stehen würde, ganz still, ganz sicher. Es war nur ein Gedanke, und trotzdem…

Konnte das Schaf vom Grunde überhaupt aus dem Wasser steigen? Konnten Schatten sich selbstständig machen? War der Garou vielleicht so etwas wie ein herrenloser Schatten? Ein Wesen, das vom Grunde emporgestiegen war und seinen Menschen gefressen hatte? Oder saß der Mensch noch immer irgendwo unter dem Wasserspiegel und traute sich nicht mehr heraus? Othello war sich sicher, dass die Menschen einen Menschen vom Grunde hatten und dass sie ihn nicht immer so richtig verstehen konnten.

Der schwarze Widder blickte hinunter in das dunkle Wasser, und auf einmal war Melmoth neben dem Schaf vom Grunde aufgetaucht. Melmoth, sein Lehrer. Das Schaf, von dem Othello die wichtigsten Dinge in seinem Leben gelernt hatte. Wind und Freiheit. Kämpfen und Nicht-Kämpfen, an den richtigen Stellen. Melmoth schwieg und sah ihn nur an, doch Othello verstand, was er ihm sagen wollte. Keine Worte. Eher ein Gefühl für das, was wichtig war. Das Gefühl half, und Othello fühlte sich wacher.

Othello nickte Melmoth zu, und Melmoth nickte zurück. Dann tauchte Othello entschlossen seine Nase ins Wasser

und trank. Das Schaf vom Grunde verschwamm, und Othello fühlte sich besser. Er sah sich um. Neben ihm stand Sir Ritchfield, einen weichen, lämmerhaften Ausdruck in den Augen. Othello verstand, dass auch er Melmoth gesehen hatte.

»Er fehlt mir!«, sagte Sir Ritchfield.

Othello nickte. »Er fehlt mir auch.«

»Eine Herde ist wie ein … wie ein Lamm«, sagte Sir Ritchfield. »Man muss sie beschützen. Egal, was kommt. Man muss sie beschützen, weil sie *da* ist.«

Othello schwieg.

»*Er* hätte sie beschützt.«

»Ich weiß.«

»Der Abend beginnt, wenn die Nachtigall singt …«

Othello blickte zu Ritchfield herüber. Obwohl der alte Widder noch neben ihm stand, wusste Othello, dass er in Wahrheit längst davongetrabt war auf die duftende Nachtwiese seiner Jugend. Othello beneidete ihn fast. Er selbst war noch immer hier, knietief im Schnee, während der Garou irgendwo dort im Morgengrauen auf sie lauerte.

Es war wieder ein bisschen heller geworden. Die Schafe verschwanden hinter dem Heuschuppen, hinter der Futterkammer und hinter dem Schäferwagen, wo sie nicht zu sehen sein würden, wenn der Garou vom Schloss kam. Hoffentlich kam der Garou vom Schloss!

Heathcliff versteckte sich nicht sofort wie die anderen, sondern trabte zögernd zu Othello hinüber. Nebel stieg aus dem Bach, und der Horizont wurde hell. Die Welt war so schön.

»Hast du Angst?« Heathcliff musste es wissen.

»Das ist nicht wichtig«, sagte Othello. »Es ist meine Herde. Das ist wichtig. Ein Leitwidder wird seine Herde gegen alles verteidigen. Alles. Selbst gegen den Himmel.«

Heathcliffs Augen wurden groß. »Gegen den Himmel?«

»Ich kannte einen Widder, der seine Herde gegen den Himmel verteidigt hat.« Othellos Stimme war weich und klar. »Gegen das Gewitter. Die Herde floh in den Wald, er aber blieb auf dem Hügel und hat das Gewitter angegriffen. Er kam nicht zurück.«

Othello schwieg eine Weile. »Es ist nicht immer so wichtig, ob man Angst hat.«

Der Nebel war golden geworden, der Horizont rosa wie eine Schafsschnauze. Es war ein schöner Moment.

»Geh auf die Eiche!«, sagte Othello plötzlich. »Er wird nicht nach oben sehen. Schafe klettern nicht auf Bäume. Geh auf die Eiche, Heathcliff!«

»Ich bin ein Schaf!«, sagte Heathcliff entschlossen. »Ich klettere nicht auf Bäume!«

»Ich weiß«, sagte Othello. »Du wirst auch auf der Eiche ein Schaf sein.«

Aber Heathcliff ging nicht auf die Eiche. Er traute sich nicht. Alles, was er in diesem Moment wollte, war, zwischen anderen Schafen zu sein. Möglichst vielen Schafen. Einer Herde.

Und dann kam der Garou doch nicht vom Schloss, sondern aus dem Schrank. Heathcliff erinnerte sich plötzlich an den Traum, den er heute Nacht geträumt hatte. Der Traum war kein Traum gewesen, und Eric war doch nicht harmlos.

Der Garou streckte sich und sah die Schafe an, wie sie sich nutzlos von der falschen Seite hinter Heuschuppen und Schäferwagen zusammenballten. Einen Moment lang, bevor die Angst sie überschwemmte, kamen sie sich einfach nur dumm vor.

Der Garou starrte. Ein seltsamer Glanz lag in seinen Au-

gen, wie Othello ihn von verrückten Zirkushunden kannte. Er war kein Wolf. Er war etwas ganz anderes. Othello dachte, dass die Idee, die die Menschen von einem Wolf hatten, etwas sehr viel Schlechteres sein musste als der Wolf selbst. Der Wolf damals im Zoo war schrecklich gewesen, aber gleichzeitig sehr lebendig.

Der Wolf in dem Menschen hatte etwas Räudiges, Totes.

Die Schafe blinzelten benommen zum Schrank hinüber, und Othello stellte sich zwischen den Garou und seine Herde.

Ein Messer blitzte auf.

Dann erinnerte sich Othello an den Plan. Weglocken. Der Schwarze scharrte die Hufe.

Es gefiel ihm nicht, in diesem Moment von seiner Herde wegzulaufen und sie ungeschützt zurückzulassen. Was, wenn es doch Mehrwölfe gab?

Kein Kampf ist besser als jeder Kampf mahnte eine Stimme aus seiner Vergangenheit. Eine graue, gute Stimme. Othello dachte an Melmoth im Wasser und rannte doch noch los.

Vielleicht wollte er nicht wirklich rennen.

Vielleicht war er zu schwarz.

Vielleicht war er zu wütend.

Jedenfalls folgte ihm der Garou nicht.

Othello drehte in weitem Bogen um und galoppierte zurück, aber es war schon fast zu spät – der Garou war schon nah vor den benommenen Schafen am Heuschuppen, und er hatte ein Messer in der Hand. Das Messer war nicht lang, aber es sah scharf und gefährlich aus – wie ein einzelner Zahn.

Dann stellte sich auf einmal Ritchfield vor seine Herde, Hörner und Entschlossenheit und Stolz. Ritchfield war zu alt, um noch ernsthaft zu rennen, aber er konnte vor seiner Herde stehen, mit gesenktem Kopf und einem silbernen Stern im Gehörn, und das tat er. Der Garou blinzelte irritiert und blieb stehen. Ritchfield fühlte sich jung und schwerelos, und er konnte das Meer riechen. Er äugte zur Seite, um zu sehen, ob vielleicht Melmoth neben ihm stand. Melmoth war immer neben ihm, wenn es wichtig war. Doch Melmoth war nicht da. Der Duft des Meeres verschwand, und Ritchfield roch auf einmal nur noch Schnee. Und dann sah er Melmoth doch noch, nicht neben ihm, sondern hinter dem Garou. Er stand nur da, mächtig und grau und sehr freundlich, und schüttelte fast unmerklich den Kopf. Ritchfield verstand. Er verstand ihn immer. Jetzt war nicht die richtige Zeit zu gehen. Der Weg zurück war noch nicht zu Ende.

Ritchfield trat einige Schritte nach hinten, in die Herde hinein, und Melmoth nickte ihm zu, dann verwandelte er sich in einen Wirbel Schnee und war verschwunden.

Der Garou trat noch näher. Es war der Moment vor dem Sprung, der Moment, an dem alles stillsteht.

Der Jäger. Die Beute. Die Zeit.

Und einer stand doch nicht still.

Ein Schaf sprang aus dem Schutz der Herde nach vorn, dann galoppierte es direkt an der Nase des Garou vorbei.

Davon.

Um sein Leben.

Um das Leben aller Schafe.

Kein Wolf kann einem panisch fliehenden Schaf widerstehen, auch der Garou nicht.

Der Garou wirbelte herum und rannte hinter Ramses her.

Über den Hof, am Graben entlang, unten glitzerndes Eis. Zwischen die Hecken. Finger in der Wolle, sie fassen – vergebens. Ecken, Hecken und wieder Hecken. Enge. Das Labyrinth!

Hufe auf Eis, Hufe auf Schnee.

Wolfsstiefel auf Schnee.

Nebel. Atem. Leben.

Stiefel auf Schnee.

Ramses galoppierte panisch zwischen den Hecken hindurch. Warum war er losgerannt? Warum nur? Und warum in das vertrackte Labyrinth? Warumwarumwarum?

Um die Ecke. Um die Ecke. Geradeaus. Spritzender Schnee. Folge dem linken Horn. Folge dem rechten Horn. Folge dem Geruch des Waldes. Um die Ecke.

Halt.

Ramses stemmte alle vier Hufe in den Boden, bremste vor einer grünen Wand. Die Stiefel des Wolfes waren jetzt sehr nah, und Ramses steckte in einem Gefängnis aus immergrünen Blättern und fühlte sich schwindelig. Er konnte nicht mehr atmen. Er konnte nicht mehr denken. Er senkte die Hörner. Als er den Atem des Wolfes hören konnte – einen entsetzlich ruhigen Atem –, preschte er los, ihm entgegen.

Warumwarumwarum?

Ramses und der Garou erreichten die Ecke gleichzeitig. Der Garou wich zur Seite – wie schnell er war, wie nah und schrecklich –, und sein Messer züngelte nach Ramses. Ramses rannte einfach. Rannte und rannte. Um viele Ecken. Über viel Schnee. Vorbei an den Klauen steinerner Raubtiere. Hinein in den Wald. Rennen.

Der Wind sang in seinen Ohren. Die Müdigkeit war verschwunden.

Rennen. Leben. Nichts war einfacher.

Erst als sich immer mehr Bäume in seinen Weg stellten und sein Lauf mehr dem Zickzack eines panischen Hasen glich, merkte Ramses, dass das Rennen doch nicht so einfach war.

Nicht mehr. Ein stechender Schmerz saß in einem seiner Hinterbeine und Kälte in seinen Lungen. Er blieb stehen – nur einen Augenblick – und prüfte die Luft.

Der Wald war verwirrend, ein eisiges, würziges Wirrwarr von Witterungen. Von überall her. Moos und Schnee. Tausend fremde Tiere.

Blut.

Der Blutgeruch schockte Ramses. Ein böser, vertrauter Geruch.

Sein eigenes Blut.

Das Messer des Garou hatte tief in Ramses' Schenkel gebissen und rote Tropfen hervorgelockt.

Rote Tropfen im Schnee.

Eine Spur hatte sich an seine Fersen geheftet. Eine lange, gierige Zunge, ein Strick, der ihn an die Augen des Wolfs band. Ein Strick, gegen den Ramses kämpfen musste. Ein Strick, der ihn schwächte und verriet.

Es war so früh. Das Licht würde noch einen ganzen Wintertag auf den Boden fallen und ihn an den Garou verraten. Den Garou, der durch das Unterholz brach, nicht weit von hier.

Ramses atmete tief ein. Die Angst war überall um ihn, groß und schrecklich, schrecklicher noch als der Garou selbst. Ramses musste durch sie hindurchsehen. Hinter der Angst war etwas, das ihm helfen konnte.

Kämpfen.

Rennen allein war nicht mehr genug, nicht mit der roten Spur. Was Ramses brauchte, war ein Duellplatz, wo ein Schaf Anlauf nehmen konnte, Haken schlagen und den Himmel sehen. Ein Ort ohne Hinterhalt.

Ramses galoppierte weiter. Bäume, Bäume, Bäume. Bäume und Schnee. Manchmal hörte er Schritte hinter sich, manchmal Rascheln und Knacken. Einmal Atem. Irgendwann wurde es still, und alles, was Ramses hören konnte, war sein eigenes Herz.

Er blieb stehen und lauschte. Nichts. Der Boden unter seinen Füßen hatte sich verändert, war hohl und tückisch gewor-

den, die Bäume hatten sich entfernt. Über ihm schwebte hell und weit ein morgengrauer Himmel. Ramses stand weiß auf der weißen Eisfläche eines Sees, mit wilden Augen und zwei Hörnern. Zum ersten Mal in seinem Leben dachte er an seine Hörner.

Die rote Spur war ihm gefolgt.

Das Eis flüsterte.

Am Rande des Sees hockte der Garou, das Messer in der Hand, und starrte ihn verzückt an.

Ramses blieb ruhig in der Mitte des Sees und witterte. Der Wolf würde ihm auf das Eis folgen, so viel war klar. Auf das glatte Eis. Der Wolf konnte nicht anders. Aber der Wolf stand noch immer auf seinen zwei ungelenken, unpraktischen Menschenbeinen. Wenn er stürzte, würde Ramses angreifen. Wenn nicht …

Die rote Spur züngelte um Ramses' Hufe. Sie lockte den Garou. Schließlich zog sie ihn hinauf auf das Eis. Kein Schaf, das seine weichen Raubtierbewegungen sah, hätte ihn so einfach für einen Menschen gehalten. Schauer strichen über Ramses' Nacken, aber er blieb stehen und senkte seine kleinen Hörner. Auf einmal hörte er … Musik vielleicht.

»Fall!«, dachte Ramses, als der Wolf in einen lockeren Trab fiel.

»Fall!«, als das Messer aufblitzte, grau und klar wie der Himmel.

Aber der Wolf fiel nicht. Der Wolf rannte, und, unendlich langsam, kam er auf Ramses zu.

Ramses' Hufe bohrten sich in das Eis.

Dann ein lauter Knall. Ein Schuss?

Eine Schar Krähen schnitt durch den Himmel.

Der Garou stand still. Er blickte nach unten, dort wo sich das blinde Eis spaltete und Dunkelheit hervorquoll.

Der Garou gab einen winselnden Laut von sich und sank auf die Knie. Das Eis lachte und brach, ein Labyrinth von Lachfalten auf der weißen Haut des Sees.

Dann geschah etwas Seltsames.

Das Messer des Garou hatte Ramses vergessen und hackte verzweifelt auf die Dunkelheit unter ihnen ein. Eis schrie und zerriss.

Der See streckte seine dunklen, hungrigen Finger nach Ramses aus, und der junge Widder vergaß den Garou, vergaß alles, sogar die Angst, und galoppierte auf das Ufer zu, so schnell er konnte. Kälte griff nach seinem linkem Hinterhuf, aber er schüttelte sie ab und rannte weiter, schneller als Kälte und Eis, so lange, bis weicher Schnee sich um seine Hufe schmiegte.

Draußen auf dem See war nichts mehr. Kein Wolf. Kein Mensch. Nur ein Loch wie ein gezahnter Rachen und die rote Spur, die sich in der Dunkelheit verlor.

Doch am Rande des Sees saß ein roter Fuchs und blickte mit einem seltsamen Ausdruck in den Augen zu dem Loch hinüber.

Ramses drehte dem See den Rücken zu und trabte los.

Heraus aus dem Wald.

Zurück auf die Weide.

Nach Hause, wo eine schläfrige Herde und eine sehr erschöpfte Rebecca am Schäferwagen auf ihn warteten.

25

Deswegen hat er den Mond angeheult!«, sagte Madouc nachdenklich. »Der Mond ist ein Ziegenkäse! Ein Ziegenkäse, den er nicht einpacken konnte!«

Die Schafe machten skeptische Gesichter. Die Theorie vom Ziegenkäsemond war mehr als umstritten.

Es lag schon einige Tage zurück, trotzdem waren die Schafe noch immer dabei, die vielen Dinge wiederzukäuen, die seit Vollmond auf ihrer Weide passiert waren.

»Ich glaube nicht, dass Eric den Mond angeheult hat«, sagte Miss Maple.

»Aber …«, blökte Heide. Immer glaubte Maple alles nicht!

»Ich glaube, dass sein Hund den Mond angeheult hat«, erklärte Miss Maple. »Der Wolfhund, von dem Mopple erzählt hat.«

»Weil der Mond ein Schaf ist?«, fragte Cordelia.

»Weil er einsam war«, sagte Miss Maple. »Wenn der Garou jagte, war sein Hund allein.«

Die anderen nickten weise, kauten vorsichtig und hielten sich vom Weidezaun fern. Sie waren noch immer etwas nervös. In den letzten Tagen war auf dem Hof der Teufel los gewesen, und leider nicht in Gestalt eines freundlichen Herren mit Hufen und Hörnern.

»Die Teufel«, murmelte Maple auf einmal. Vor Nachdenken und Kombinieren kam sie zurzeit kaum zum Grasen. »Mama hat Recht – die Karten helfen einem wirklich zu sehen. Man muss nur wissen, wie: drei Teufel – und keiner war an allem schuld, aber jeder an ein bisschen etwas. Der Garou an den Rehen und früher an Schafen und Menschen. Mit dem Garou hat alles angefangen. Dann kamen die Spaziergänger und haben ihn nachgeahmt. Und der Ziegenhirt hat Yves erschossen, aber eigentlich wollte er den Garou erschießen!«

Malonchot hatte lange mit Rebecca gesprochen und ihr alles erklärt. Dann waren auf einmal viele Mützenmänner aufgetaucht und hatten angefangen, Menschen mitzunehmen.

Zuerst die beiden Spaziergänger, die sich gegenseitig die Nasen blutig geschlagen hatten, später den Häher mit einer Binde um den Kopf, die Plin und zwei Tage später Eric, den man im See gefunden hatte, bleich und ausgesprochen steif. Die Schafe hatten ein wenig Angst gehabt, dass die Männer in ihrem Enthusiasmus auch Rebecca mitnehmen würden.

Doch Rebecca blieb.

Hortense war viel bei ihr im Schäferwagen gesessen und hatte geheult und geheult und geheult.

Dann hatten die Mützenmänner Dinge in Erics Haus gefunden. Vor allem Bilder, schön und künstlerisch und mit viel Rot, aber auch Schlafpulver und Tagebücher, den Wolfhund und Vidocq, die sich angefreundet hatten. Hortense hatte mit dem Heulen wieder aufgehört und versprochen, sich um die beiden Hunde zu kümmern.

Kurz darauf hatten die Mützenmänner auch noch den Ziegenhirten mitgenommen. Der Ziegenhirt hatte dabei ausgesprochen glücklich ausgesehen. Die Ziegen wurden von nun an von der Fronsac gefüttert, und sie kamen nicht schlecht weg dabei.

Mama hatte dem kleineren der beiden Jungmenschen und seinem Rüsseltier die Karten gelegt, ganz ohne Teufel, mit Gerechtigkeit und Mäßigung.

Es waren stressige Tage für die Schafe gewesen, ohne Fernsehen und Vorlesen, aber jetzt stand die Abreise kurz bevor.

Diesmal ging es auf einen Pferdegnadenhof. Die Schafe waren gespannt.

Die große Schere schnappte in die Luft wie eine aggressive Krähe, und die Schafe schauderten.

»Okay«, sagte Rebecca. »Dann wollen wir mal!«

Gemeinsam mit Zach und Mama hatte sie den Ungeschorenen in den Pferch getrieben, und nun ging es ihm an die Wolle. Schur! Mitten im Winter! Der Tierarzt war auch da.

Nur ein bisschen, hatte Rebecca den Schafen versprochen, damit er wieder aus den Augen sehen konnte. Hufe schneiden. Augentropfen. Kalziumtablette. Wurmkur. Das volle Programm.

Aber erst einmal mussten sie ihn kriegen. Der Ungeschorene war nicht der Schnellste, aber er war ein geübter Ducker, Wender und Haken-Schlager. Und er war stark. Rebecca schnaufte. Zach verlor seine Sonnenbrille und blinzelte.

Die Schafe standen draußen am Zaun und gaben gute Ratschläge.

»Nicht in die Ecke!«, blökte Cloud.

»Ein bisschen nach links!«, blökte Heide.

»Mehr nach rechts!«, blökte Maude.

»Vorsicht, hinter dir!«, blökte Heathcliff.

»Vorwärts!«, blökte Sir Ritchfield.

Der Ungeschorene blieb stehen und guckte verwirrt. Zach sprang und erwischte ihn an den Hinterbeinen.

»Am besten, du hältst jetzt einfach still und wartest, bis alles vorbei ist!«, erklärte Lane. Es war einer jener guten Ratschläge, die jeder gerne zum Besten gab und die nie jemand befolgte.

Die Schere klapperte, und viel verfilzte Wolle fiel zu Boden.

Kräftige Schafsbeine kamen zum Vorschein und breite, zersplitterte Hufe. Rebecca stöhnte, als sie die Hufe sah. Mehr Wolle fiel: ein Rücken, ein Hals, ein Schafskopf. Wachsame Schafsohren. Selbst die größten Skeptiker mussten nun zugeben, dass der Ungeschorene – der Halbgeschorene? – eindeutig ein Schaf war, ein kräftiger Widder mit runden, bernsteinfarbenen Hörnern und verträumten Augen. Er kickte ein bisschen und blökte ein bisschen, aber im Großen und Ganzen ließ er die Sache mit Würde über sich ergehen. Ganz im Gegensatz zu Rebecca. Sie hatten ihre Schäferin noch nie ein Schaf scheren sehen – wahrscheinlich, weil sie noch nie in ihrem Leben ein Schaf geschoren hatte. Sie fluchte und schnaufte, verlor ihre Brotmütze und schnitt Zach fast ein Ohr ab.

Anschließend gab es auf der Weide beinahe zwei neue Schafe: den Fremden – und Zach, dessen schwarzer Anzug so sehr mit weißen Wollzusseln übersät war, dass er einem Schaf zum Verwechseln ähnlich sah. Der Frischgeschorene selbst sah ein bisschen wie eine Wolke aus – eine von den eher unregelmäßigen –, und schon bald machte das Gerücht die Runde, dass es sich vielleicht um ein Wolkenschaf handeln könnte.

»Das wäre geschafft!«, sagte Rebecca zufrieden.

Mama sagte nichts und zupfte sich mit spitzen Fingern Wollfäden von der Jacke.

»Ich brauche eine Maniküre«, seufzte sie.

Rebecca grinste und klickte drohend mit der Hufschneideschere.

Anschließend saßen die beiden Frauen rauchend auf den Stufen des Schäferwagens und sahen dem Schnee beim Tauen zu.

Schweigend.

»Den Mafioso haben sie noch immer nicht«, sagte Rebecca schließlich. »Er muss wichtig sein. International. Maurice sollte

ihm nach einer Schießerei ein neues Gesicht geben, und anschließend musste er natürlich selbst dran glauben – damit niemand das neue Gesicht beschreiben konnte. Das hätte ich ihm vorher sagen können. Wie konnte er sich nur auf so was einlassen?«

»Gier«, sagte Mama und blies Rauch in die Luft.

»Schulden.« Rebecca seufzte. »Kannst du glauben, dass diese komischen Wintergäste wirklich Auftragskiller waren? Die sahen so harmlos aus!«

»Ich hatte gleich ein komisches Gefühl«, sagte Mama. »Wer so viel duscht, ist nicht normal.«

»Du hast immer ein komisches Gefühl«, sagte Rebecca.

»Und? Hatte ich vielleicht nicht Recht? Dieser Hirt! Und dieser schreckliche Eric!«

»Ich ... ich kann ihn irgendwie verstehen«, murmelte Rebecca. »Natürlich nicht das, was er getan hat, aber ... ich war eine Nacht in diesem furchtbaren Zimmer. Und er war da ein halbes Jahr und hat jede Nacht zu diesem Wolf hinaufgestarrt. Und das während eines Drogenentzugs. Und wer weiß, was ihm dieser kranke alte Nervenarzt so alles erzählt hat. Der hat ihm doch ganz bewusst ... und Erics Wappentier war auch noch ein Wolf. Der Alte hat das wahrscheinlich für einen wahnsinnig guten Witz gehalten. Dort oben ist alles so blass und starr, weißt du, und man bekommt so einen Hunger nach Farbe und Bewegung.«

»Er hätte wenigstens die Menschen in Frieden lassen sollen«, sagte Mama und schnippte ihren Zigarettenstummel in den Schnee. »Und die Schafe«, fügte sie dann gönnerhaft hinzu.

»Der Polizeipsychologe sagt, er hat wahrscheinlich versucht, sich auf Rehe zu beschränken. Aber nach den Jagden konnte er keine Rehe betäuben, weil die viel zu scheu waren, drum ...« Rebecca brach ab. »Ich hoffe, der Polizeipsychologe lässt mich jetzt in Frieden. Ich möchte eigentlich nur weg von hier und die ganze Sache vergessen.«

»Unsinn«, sagte Mama und zündete sich eine zweite Zigarette an. »Du solltest ein Buch schreiben. Oder wenigstens ein Interview geben. ›Im Rachen des Werwolfs‹ oder so. Glaub mir, das zieht.«

»Aber eingesperrt hat mich doch der Ziegenhirt.«

»Details.« Mama wedelte geringschätzig mit der Zigarette. »Dann gibst du später eben noch ein zweites Interview, ›In den Fängen des Werwolfsrächers‹. Was meinst du? Wie haben sie den eigentlich erwischt?«

»Er hat sich selbst gestellt und alles gestanden. Seit er weiß, dass der Garou tot ist, ist das ein vollkommen anderer Mensch. Er hat sich sogar bei mir entschuldigt, weil er mir eine übergezogen hat.«

»Das verzeih ich ihm«, sagte Mama.

»Du?«, fragte Rebecca.

»Das und Yves obendrein«, sagte Mama. »Seine Frau und sein Kind, stell dir das vor. Ich sage dir, wenn dir etwas passiert wäre, säße ich jetzt auch mit Silberkugeln bewaffnet im Wald.«

»Tess«, sagte Rebecca nach einer Weile. »Tess verzeihe ich ihm nicht so einfach.«

»Das war auch er?«

Rebecca nickte. »Damit sie seine Werwolfsfalle nicht stört. Eric hätte Tess nie etwas getan. Er mochte sie so sehr. Komisch, nicht?«

»Komisch«, sagte Mama und stand auf. »Ich geh rein. Mir ist kalt.«

Und als Rebecca nicht hinsah, schnippte sie auch ihre zweite Zigarette in den Schnee.

Das Schloss schrumpfte wie Schnee in der Sonne, nur schneller, und die Schafe sahen ihm aus dem Hinterteil des Autos dabei zu. Der Abschied von dem roten Apfel im Obstgarten war ihnen überraschend schwergefallen. Aber eigentlich waren sie froh, dass es weiterging. Vielleicht würden sie jetzt doch noch Georges Europa entdecken, das Europa der Apfelbäume, der grünen Wiesen und der langen Brote! Ein Europa ohne Wölfe und Ziegen jedenfalls!

»Da ist Madouc!«, sagte Heide plötzlich.

Und tatsächlich: eine kleine schwarze Ziege rannte hinter ihrem Auto her. Rannte wie verrückt.

»Ich glaube, sie will mit«, sagte Cloud.

Die Schafe sahen sich einen Moment lang schweigend an, dann löste Lane mit ihrer geschickten Schnauze die Klappe am Hinterteil des Autos.

Die Klappe schleifte. Das Auto wurde langsamer.

Madouc rannte schneller.

Schließlich schaffte sie es und landete mit einem bewundernswert weiten Ziegensprung zwischen den Schafen. Die Schafe guckten ein wenig verlegen.

»Ich glaube, das ist ein Schaf!«, blökte Sir Ritchfield plötzlich.

»Ein Schaf! Ein Schaf!«, blökten auch die anderen erleichtert. Wenn Madouc ein Schaf war, würde ihr Leben in Zukunft um einiges leichter sein!

»Keine Sorge«, raunte Heathcliff Madouc ins Ohr. »Es ist nicht so schwer, ein Schaf zu sein. Ich zeige dir, wie es geht!«

»Wir sind jetzt ein Schaf«, sagte Madouc zu der kleinen schwarzen Ziege, die immer dabei war. Die kleine schwarze Ziege sah stolz aus.

Das Auto hielt an, und der haarige Fahrer kam nach hinten und klappte das Hinterteil des Autos wieder zu.

Die Schafe äugten neugierig nach draußen, in den Wald hinein.

»Guckt mal!«, sagte Ramses.

Die Schafe guckten. Wenn Ramses etwas sagte, hörten sie ihm jetzt immer sehr genau zu.

»Was ist?«, fragte Heide, aber dann sah sie es auch. Alle Schafe sahen es.

Etwas Leises, Schönes und Wichtiges.

Wie jeden Abend kam auch heute die Dunkelheit aus dem Wald gekrochen. Aber diesmal sah es so aus, als würde sich das Licht festhalten, an jedem Baum, jedem Stamm, jedem Zweig, um noch etwas länger in der Welt zu bleiben, und nur langsam und widerwillig floss es von der Straße, von den Bäumen und vom Himmel.

Es war das Wichtigste, das die Schafe seit langer Zeit gesehen hatten. Es bedeutete Grün und Gras und Lämmer und Wiesen und Sprünge in die Luft.

Es bedeutete Frühling.

Auf einmal konnten die Schafe auch etwas Besonderes riechen.

Die Menschen hatten nicht Recht. Das Wachsen des Grases war kein Geräusch. Es war ein Geruch.

Ein sehr schöner Geruch.

»Speusipp!«, sagte Madouc.

»Hindley, Hareton, Hannibal«, sagte Heathcliff.

»Ich weiß nicht«, sagte der namenlose Widder und kaute.

»Epikur?«, fragte Madouc. »Heraklit?«

»Ginster, Hasel, Gänseblümchen«, sagte Heathcliff. »Tulpe?«

»Tulpe gefällt mir nicht schlecht!«, gab der Widder zu und kaute nachdenklich sein Heu.

Auch am Ende dieser Geschichte gab es einen Heuhaufen.

Sie mussten ihn zwar mit drei braunen Ponys teilen, aber das war nicht schlimm. Die Ponys waren nicht besonders geübt darin, zusammen mit Schafen zu weiden, und bisher war es nicht allzu schwierig, ihnen das Heu einfach unter ihren Nasen wegzufressen. Aber die Ponys holten auf.

»Ich glaube, das sind keine Schafe!«, sagte Sir Ritchfield mit Kennerblick.

»So schlecht ist Europa vielleicht doch nicht!«, sagte Cordelia. »Man muss sich nur erst daran gewöhnen.«

»Und ich habe den Mond gefressen!«, erzählte Mopple jedem, der es hören wollte. »Wenn ich nicht den Mond gefressen hätte, wäre es nicht so gut ausgegangen!«

Und daran gab es überhaupt keinen Zweifel.

Epilog mit dem Lamm

Kalt.

Und hell.

Es stach in den Augen. Augen? Augen! Die Augen waren oben. Im Kopf. Der Kopf konnte auch atmen und riechen, tausend Dinge, süß und scharf und warm und blau. Alles durcheinander. Und hören: ein Rauschen draußen und ein Pochen drinnen. Früher hatte es kein Draußen gegeben. Jetzt schon. Frieren konnte man überall, auch weiter unten, wo kein Kopf mehr war.

Das Lamm zitterte. Es wollte weg. Weg bedeutete erst einmal weg von unten, wo es am kältesten war. Das Lamm streckte Dinge – Beine? –, und tatsächlich: die Bodenkälte entfernte sich. Dann ging etwas schief, und schon war der Boden wieder da, kalt und besonders hart. Noch einmal! Zuerst hinten. Hinten war, wo der Kopf nicht war. Hinten war einfacher. Dann vorne. Alles schwankte, aber der Boden blieb, wo er hingehörte: unten.

Das Hell floss in Kreisen zusammen. In Kreisen und Farben. Neben ihm stand etwas, dunkler als das Oben, aber nicht sehr dunkel, und roch gut. Und gab tiefe, beruhigende Laute von sich, die das Zittern verjagten. Näher! Näher an das gute Ding, mit dem Kopf voran!

Dann roch auf einmal etwas anders als vorher. Heiß und stechend.

413

Das Zittern war zurück.

Die Laute des guten Dings waren schriller geworden und nicht mehr so schön beruhigend. Auch der Geruch hatte sich verändert. Das bedeutete etwas. Es gab etwas zu tun! Das Lamm riss die Augen auf und versuchte, mehr zu sehen. Da! Etwas Rotes züngelte durch das Grau. Vorher hatte es nur Grau gegeben, hell und dunkel, bläulich und rosig. Viele Graus.

Das Rot war neu. Das Rot war anders. Schneller. Verstohlener. Gefährlich.

Das Lamm gab einen Laut von sich. Der Laut erschreckte das Lamm. Es versuchte, näher an das gute Ding zu kommen.

Das gute Ding bewegte sich.

Das Rot flackerte.

Kreiste.

Peitschte nach vorne und floss zurück ins Grau.

Das gute Ding blökte.

Dann war das Rot auf einmal direkt vor ihm, mit gelben Augen und Weiß im Maul. Das Lamm schrie. Und dann flog das Rot durch die Luft, weg von ihm. Das gute Ding hinterher, mit Tritten und Stößen und Wut.

Bevor das Lamm auch nur anfangen konnte zu zittern, war das gute Ding schon wieder da, und es war kein Ding, sondern warm, warm, warm und beweglich, mit einem schwarzen Gesicht und Hörnern und dem besten Geruch und der schönsten Stimme.

Und einem Versprechen.

Plötzlich hatte das Lamm ein Maul, und das Maul hatte etwas vor. Entlang an warmem Fell, zu einer geheimen Kuhle, tief hinein. Und saugen saugen saugen.

Das Leben war süß. Und warm.

Und es schmeckte.

Zora war zufrieden mit ihrem Winterlamm.

Dank

Ich danke…

…Werner, Susi und O fürs Testlesen.

…Tanja K. und Jutta R. für besonders aufmerksames Testlesen und viele kluge Kommentare.

…Ulla K. für den Gewitter-Widder, Bernie, Freundschaft und schöne Schafsmomente.

…Astrid Poppenhusen wie immer für ihre Hilfe und ihren Einsatz.

…Claudia Negele, Georg Reuchlein und dem ganzen Goldmann-Team für Geduld, Vertrauen und Nervenstärke.

…Micha D. für Ideen, Energie und fürs Schafehüten.

…Robert B. für Geduld, Gemüselasagne und alles andere.

…und Ethel, fürs Meckern.